國家清史編纂委員會·文獻叢刊

呂留良全集

5

俞國林 編

中華書局

目録

呂晚村先生四書講義卷之五

呂晚村先生四書講義卷之六

呂晚村先生四書講義卷之七

呂晚村先生四書講義卷之九

呂晚村先生四書講義卷之十

論語七　述而篇……一八三

呂晚村先生四書講義卷之十一

呂晚村先生四書講義卷之十二

吕晚村先生四書講義卷之十三

吕晚村先生四書講義卷之十四

呂晚村先生四書講義卷之十六

呂晚村先生四書講義卷之十七

呂晚村先生四書講義卷之十八

吕晚村先生四書講義卷之十九

吕晚村先生四書講義卷之二十

吕晚村先生四書講義卷之二十一

呂晚村先生四書講義卷之三十八

呂晚村先生四書講義卷之三十九

呂晚村先生四書講義卷之四十

呂晚村先生四書講義卷之四十一

吕晚村先生四書講義卷之四十二

弁言

揚子雲曰：「古者楊墨塞路，孟子辭而闢之，廓如也。」自象山爲陽儒陰釋之學，朱子終身力排之，是非明白，炳如日星。後數百年而有王伯安，乘吾道無人之際，竊金溪之狂禪，以惑亂天下之耳目，至詆朱子爲洪水猛獸；晚年定論之作，顛倒彌縫，尤爲陰譎。羅整庵、陳清瀾亦嘗極力辨之，而本領不足，所見猶粗，無以攻其堅而撲其焰；後此講學諸儒，未嘗不號宗朱，而究其底裏，總無能出良知之精藴，蓋陸氏之言，復盈天下，而朱子之學之不明也久矣。先生當否塞之後，慨然以斯道爲己任，於諸儒語録、佛老家言，無不究極其是非，而於朱子之書，信之最篤，好之最深。病夫世之溺於異學而不知所返也，故其教人，大要以格物窮理、辨别是非爲先。以爲姚江之説不息，紫陽之道不著。又以爲闢邪當先正姚江之非，而欲正姚江之非，當真得紫陽之是。是以四方來學者，問難之際，是是非非，不少含糊假借。又以爲欲使斯道復明，舍此幾箇讀書識字秀才，更無可與言者，而舍四子書之外，亦無可講之學。是以晚年點勘文字，發明章句集注，無復剩義，而凡説之不合於朱子者，辨析毫芒，不使稍混。天下讀其書者，如撥雲霧而睹青天，其復見所謂廓如者乎，而不幸先生已即世矣。鏦自甲寅歲受業於先生之門，於先生之書，尋繹蓋亦有年，而未有以得其要領。自先生之亡，嘗欲掇其大要，編爲一書，俾夫窮鄉晚進，有志之士，便於觀覽，而未之敢也。近睹坊間有四書語録之刻，謬戾殊甚，其中有非先生語而混入之者；有妄意增删，遂至文氣不相聯貫者；有議論緊要，而妄削之者；其所載無黨述評，十居其四，甚有以述評語爲先生語者：種種謬戾，不可悉數！鏦竊懼夫後之學者，昧其源流，而以爲先生之書真如此，其爲惑誤不小也，用是不揣固陋，編爲講義一書，間與同學蔡大章雲就、嚴鴻逵庚臣、董采載臣及先生嗣子葆中無黨更互商酌，自春徂夏，凡六閱月而後成。讀者誠由是書以求朱子之書，則孔孟之道可得而復明矣！　門人陳鏦謹識，旹康熙丙寅立冬後四日。

呂晚村先生四書講義卷之一

大學一

經一章

大學自程子更定，復得朱子章句，即使原本未必盡合，正以精益精，聖人復起，不可易已。後之學者，未有能篤信而力行之，故其效罕睹，何嘗有從其説而得過者乎？乃陽儒陰釋之徒，惡格物之説害己，彎弓反射，輒以古文石經爲辭，然理卒不可毁也。其後索性敢道大學非聖人書，嗚呼！悖叛至此，大亂之道也！

「小學」「大學」，有地有制，如朱子序中所云「八歲入小學，十五入大學」者是也。朱子序「大學」二字名目緣起，故云爾。其實此「大學」字却指「爲學」之「學」，乃古昔教人之法之義，故注云「大人之學」，其非地制之「大學」可知。須知王制「大學」中未嘗有此書，曾子推論大人爲學當如是，亦未嘗爲學宫補典故也。

知有朱子小學之教在，「大學之道」四字纔分明。

除却俗學、異學，即是大學之道。俗學者，今之講章時文也；異學者，今之陽儒陰釋以講學者是也。

有謂大人之學，盡其心而已。「明明德」是存此心，「新民」是推此心，而「止至善」則又盡其心而無遺。先生曰：「大學無重心義，以其本天也。盡心只可當知至，存心只可當正心，不可以該『明』『新』也。蓋心非即『明德』，心所具者乃『明德』耳，單説心，即本心之學，非聖學也。」

有謂「明德」是心之體，先生曰：「『明德』兼身心性情，合體用而言，不止心體。」

有謂「明德」「新民」是爲己爲人之學，先生曰：「云成己成物則得，爲人非聖學也，兩樣夾雜不得。」

「至善」，謂「明明德」「新民」各有極至之則。「止至善」者，如學聖必孔子，而夷惠非所由；治法必唐、虞、三代，而五霸、漢、唐不足效之謂也。

有謂「止至善」爲成終之學，先生曰：「『止至善』，兼始終，不專終也。」

「止至善」之事，只附在「明」「新」兩綱領上，更無第三項用力處。故「止至善」只説知，不說行，非「止至善」無行，行即在「明」「新」內也。

「止至善」一綱領專重「知」，故下文急接「知止」。

凌渝安先生講聖經至第二節，董采請曰：「八條目中，『知』『行』並列，此節單提重『知』一邊，其意如何？」凌先生曰：「聖人預知天下後世，講心性之學者，必以學問思辨爲支離，遺外而求內，自立直捷了當之法，懸空想像一種道理，若有所見，原非真知，其心自以爲『定』『静』，而愈見猖狂，故急於此單提『知止』爲入門下手之要，即中庸告君『誠身』，必先『明善』也。」采舉似，先生曰：「凌先生之言切矣。賢試道大學畢竟幾綱領？」曰：「章句以上三句爲三綱領，豈别有義乎？」曰：「吾正恐賢信不及有三綱領耳。以異端之旨言之，止有『明明德』一綱領耳，更無二事，安得有三？以俗學論之，己物對待，亦止兩綱領耳，何必有三？此兩家都信不及者也。不知後世學術之謬，正在此一綱領上差去。江西頓悟，是知有『明明德』，而不知『明明德』之有『至善』也；永康事功，是知有『新民』，而不知『新民』之有『至善』也。方知聖人於『明』『新』下急著此一綱領，吃緊爲人處，是聖學之定盤星、指南針，若少此一綱領，則上兩綱領都無根柢。然此一綱領至實却至虚，最難見，故最難信。上兩綱領知行並重，此一綱領却單重在知。『至善』只是難知，知得自然行得，行處只在上兩綱領內，不須更說。如孟子『集大成』章，『聖』是諸聖所同，『集大成』却歸孔子者，以其智更高耳。故『知止』一節，緊帖定第三句綱領説。有此一節，則此一綱領已了畢，以下八條目，只就上兩綱領中條析次第言之。雖『止至善』即在其中，然却不是此一綱領注脚，故知行並列也。」

此節講者多不切實，甚或混入邪説而不知者，皆因「知止」二字，看不分明，離却「至善」而泛言「止」也。上面平列三綱領，然「明」「新」二件易見，而「至善」極難説，惟知之而後能得之，故正説「止至善」，接口即下「知止」二字。若云必知止至善，自然定静安慮而得止至善，以一「止」字，總括「止於至善」四字，蓋急轉口省文也。後來講學者先不通文理，如李見羅知止説，竟謂知止即艮止之止，無思無爲，復其寂然不動之本體；又謂知止即知本。一派胡説！只要借幾箇儒家言語字眼，行其惑亂之術，全不顧經傳文義如何。故自隆萬以後，講此節者，無不墮入狂禪，總只是離却「至善」二字。此不特道理差，直是文理不通耳。

異説講「止」字皆離却「至善」，故錯入禪去；然亦有不離「至善」講而愈錯者。如李見羅謂知止非懸空知至善之所在而止之也，似矣，然他日對李慈則曰：「儒學與禪誠兩宗，禪與儒者之心無二體。水非止何以能照？鑑非空何以能明？學可殊方，而心之必歸於止而能慮者一也。」又涂邦直問：「近收拾一止，覺有進處。静中一切，皆如無有，如此去，得無墮空虚近於禪？」曰：「還應得事否？」曰：「應處亦不差。」曰：「不論差不差，只一段清虚尚在否？」曰：「有時在，有時不在。」曰：「如此，何慮墮空虚近於禪？」觀此，則不但其所謂「止」字懸空，連「至善」先懸空。其所以懸空者，緣他所謂「至善」，離却「明」「新」事理而言。即在應事上講，亦只是要隨處尋求此一段清虚，便以爲止，便以爲至善耳。只看他「不論差不差」五字，其不識至善而的係狂禪，供狀昭然矣。聖經之所謂「至善」，正在「明」「新」事理上求絲毫不差之極處耳。故予謂此節「止」字必要靠實「至善」説，「至善」必要靠實「明」「新」説，方有著落。

此節只完得「止至善」一句綱領。「止至善」原只在「明」「新」二綱領上説，如何又分出爲三？緣此一綱領最重，「明」「新」二綱領漸次工夫，即「止至善」工夫，如下八條目是也。而「止至善」一綱領之要，只在乎「知」，一知即自然定静安慮而得，故朱子謂「定、静、安、慮、得五字，是功效次第，不是功夫節目」，非謂憑空了悟可得，言其功夫即在八條目也。「物格」「知至」，則知所止矣，「意誠」以下，則皆得所止之序，章句煞自分明。所謂到「慮而得」此處最難進，亦就五字功效中説到此地位較難，非將「慮」與「知」分兩節功夫也。若論功夫則全是「物格」「知至」，不可一蹴而至耳。

「格物致知」，是「知止」前功夫，「意誠」至「天下平」，是「得止」中次序，不知來源去路，縱説煞功效次第，究竟不解何以不是工夫節目。説「知」便似忽然大悟，説「得」便似大事了畢，名爲遵章句，實不知章句爲何語也。

此節無工夫指定静安慮言，不是連知止都無工夫，忽然摸著鼻子也。知止前，正有後文致知工夫在。

凡人有一知一見，自以爲是，亦自會定，然非知止至善之有定也。知止，是説曉得極頭處，不是識得箇路徑。

纔「知止」五者相因而見，知「得」相去不遠，此大層級也；五者逐段相因，此大層級中小層級也；定、静、安相近，至「慮而得」處較難進，此小層級中重難層級也。

定、静、安、慮、得，是「知止」後自然相因而見，然五者之中，「慮」字一節自别，是臨事時研幾審處，正是「知止」發用爲知，得緊要關頭，比上三事更重更難，但「慮」之所以窮幽極微，使事理盡處無不到，則非「安」不能也。

「慮」字直從「知止」貫來，事理大段已在「知止」中明白，到此又研幾審處耳。

每見旁觀籌畫甚能，而當局多謬迷舛錯者，只坐不「安」，非不能「慮」也。「慮」之義理已在「知止」中完徹，但臨事張皇，則思力憧擾，便不能精詳周匝，不是到此方去講究事物義理也。

自「知止」至「慮」，只就「知」邊説。

定、静、安、慮、得，只一「知止」便到；雖一「知止」便到，然「知」「得」兩邊境界却别。

有謂定、静、安、慮是心學相因之妙，先生曰：「天也，性也，理也，道也，皆可以言學，心獨不可以言學。心者，所以爲學之物，無以心爲學者。惟釋氏本心，以心爲盡頭，謂天性理道皆出其下，故曰心學。凡言心學者，皆釋氏之見也。况定主志向，静主心，安主所處，慮主事，此數句兼身心事物在内，未嘗指心法而言；若謂身心事物皆心所爲，如此則四書無一章不可説是心學，又不止此數句矣。」

「知先後」「知」字，與「知止」「致知」兩「知」字不同，此處較輕，如云曉得箇先後次第，則進爲有序，而入道不遠耳。所謂「進爲」者，即下八條目，其中自有知行工夫。格物致知，知也；誠意以往，行也：與此「知」字不相蒙。講章以爲兼行説，夢噑也，亦惑於姚江知行合一之説，故見「知」字便要兼「行」，不通之論也。

「知」字在本節重，全章不重。本節重者，結上起下，意在「先後」，然先後功夫效驗之序在下兩節，此只説知得先後便可近道，猶中庸「知遠近」云云可與入德同也。全章不重者，「知止」「知至」兩「知」字相應，經意所重，與此「知」字不混，講章每將三「知」聯串，此不識字人論點畫爲類，而不求意義者也。

此節總爲上文示箇下手次序，以起下二節。看「近道」二字，正對學者而言。本末終始，聖人細細區分，正欲人會歸精一，後來要直捷，反成鶻突虚謬耳。聖學愈分，則合處愈真；異端怕分，則所合亦僞而無用。聖賢論理必分晰精詳，惟分得愈細，則合處更真實，故曰「惟精」、「惟一」。異端最怕分別，必摒埽一切，而後見本體，不知其所謂本體者，妄也，非真也，此是儒釋邪正分界處。後來陽儒陰釋者，又謂必先見本體，而後勘驗求盡於細分，其説似包羅可喜，然先約而後博，先一而後精，與從來聖賢教人之法，悖叛更甚，則又妄中之妄，邪外之邪矣。

修正誠致，各有工夫，各有功效，兩節就中分先後次第耳。工夫不無輕重，然無一可略，若但趕重下截，則節節推來，只一「格物」可了矣。下節而後亦然。

身與心較然有此二物，「意」即心之所發，「知」即心之所知，只在心中分別出來，爲用工節次耳，非又有二物與心並列而爲三也。

「正心」「誠意」「致知」，予最憎講者每云：「心生於身，而反以役身；心授權於意，而意反以害心；意能蒙知，而知足糾意。」就其説譬之，身乃家當頑物也，心則主人也，意乃賊也，知則邏者校尉也：欲使主人合邏尉擊賊則得矣，試思一身之中，心、意、知三件，終日互相搿搯斷鬧相似，有此大學否？

「心」兼動、静言。

心本無不正，緣意之不誠習熟，而本體亦有病，故「正心」傳謂有所忿懥、恐懼、好樂、憂患，則不得其正。心體上安有此四者之病？可知從意之習熟生來，故欲正先誠。「心」指渾全之體，「意」指其零星發動之端，猶中庸之未發已發而有中和之名，其實原非二物。

或云：誠是嚴於思慮未起之先，即「居敬」意。先生曰：「思慮未起之先，無處用誠，『居敬』不是『誠意』事。」

有謂「誠」字中不可兼言善惡，只或有半善而非全善，或九分皆善而一分未盡善，亦是皆要致知，「致」字極重。先生曰：「誠有半善非全善，九分善而一分未盡善，此亦是致知甲裏話，非誠字中話也。」或曰：十分九分之説本朱子。曰：「朱子是講自欺，謂爲善之意有不足，非指意之善惡也。」

有謂意歸於一則誠，先生曰：「誠字不是歸一，故朱子於臨卒前三日，改注中『一於善』三字，正恐後來誤認也。」

有謂制其心則意不起，空其心則意無不善，此皆至精之道，而聖人不爲者，以有爲之業皆發於其意耳。先生曰：「豈有道之至精而聖人不爲者？可見其以至精歸異端，而以世務權用之粗者歸聖道，得不謂之悖哉？」又曰：「自白沙陽明以後之講學者，其所見道之粗則功利作用，其精者則空寂不動，而精者又不可用入經，世以奉二氏而慕之，只得以粗者自居，而又粉飾以内外異用之術，以此而談儒者之經，何心何意？何正何誠？不若一棒一喝之爲直捷了當耳。」

看「正心」傳，有所忿懥四者，可見心體上有病，皆由發用處做成。故欲正先誠，誠必先致。只恐誠其所不當誠，而於當誠者反不知用誠耳，非謂以知照意之誠不誠而把捉之也。

誠意先致知，不是要知覺察意也。平日講究得道理明白，則發念自然真實，真實來亦不錯；若發意時加省察，此又是「慎獨」，不是「致知」條下事。今人皆爲認差此義，故講「慎獨」又混入「致知」，只坐將「致知」工夫，誤作發動時覺察觀耳。

誠意必先致知，非謂發念之時要「知」去監制他，亦非謂初發之意必善，繼起之意必不善，而以初念爲知也。「致知」是平日間事，平日講究得義理善惡分明，到發念時自然當理；若不曾致知，則好所不當好，惡所不當惡，初念便不是，雖誠亦錯，故不可不先致也。若意之既發，其誠與不誠，又當於發動之幾，自加省察，勿使虚僞間雜，乃所謂「慎獨」。獨即意之實境，慎即誠之緊嚴處，即在誠意中説，不涉致知甲裏事。若混此處爲「致知」，則知之功反在意後，且須於致知、誠意之間，增補慎獨爲一條目矣。

誠意先致知，不是要「知」來監察那「意」之善惡，只是日常間道理明白得盡，到發念時，自然該好者好，該惡者惡，發來不錯耳。人多誤解致知是發意時返照之用，於是將誠意傳中「慎獨」打混，以獨爲本體，有謂即是致知者，有謂真知即誠意者，甚有謂意乃心之所存，即是獨體者，其謬亂皆從此出。大凡妄生邪説，只是本文不曾明白耳。此亦誠意必先致知之一證也。

凡人意之所發，必從熟處生，即夢寐病狂醉亂時，皆可驗熟處，乃其所明也。故欲誠意，必先致知，謂平素於道理講究得明白，則意發必當，乃可得而誠耳。若謂知能覺照意，使不爲惡，能辨決意之疑信，則知在意後用力矣。致知是意未發時工夫，到意發後加審幾省察，乃誠意中之慎獨，非先致之知也。

誠意必先致知，即中庸所謂「不明乎善，不誠乎身」、「明則誠矣」之意。蓋理明則發念皆正，而用力皆實，非謂賴知去覺察意之誠否也。若以覺察爲知，則知反在意後矣。覺察意是慎獨事，不是致知事，此界不明，粗則支離紛擾，精則打入禪門，總與聖經没交涉。

禪學之「知」，正要絶去「意」字，此與正學之「知」正相悖，所謂「無生忍」也。「知」與「意」闘，是逐節推去，其實「知」是一大截，實貫到底，不單粘「意」也。

傳習録曰：「無善無惡，心之體；有善有惡，意之動。知善知惡，是良知；爲善去惡，是格物。」他日其徒王汝止謂錢德洪曰：「此恐未是究竟話頭，心體是無善無惡，則意、知、物亦皆是無善無惡。」二人請正於天泉橋，陽明曰：「我這裏接人，原有此二種。利根之人，一悟本體，即是功夫。其次不免有習心在，且教在意念上用功夫。汝止之説，是我接利根人的；德洪之説，是我爲其次立法的。」由其言推之，則所謂知善知惡，爲善去惡，亦只是誘引中人入門方法，猶未是最上乘。若其正法眼藏，止有「無善無惡」四字而已。陽明又自言居龍場，恍若有悟，證諸五經四子，無所不合，獨於朱子之説，有相牴牾。今試取其言考之，五經四子合乎不合乎？合其説者，五經四子之中，止一告子而已。堯舜曰「危微精一」，孔子曰「繼善成性」，孟子曰「性善」，與其言不合明矣。牴牾豈獨朱子乎？然則其所謂證諸五經四子而無不合，乃其欺天罔人，以聾瞽後世之術耳，豈誠然乎？若以本體爲無善無惡，必將并去其善而後可以復本體也，則凡所謂擇善固執，樂善不倦者，不幾皆本體之障乎？此正聖學與異端分界之處，此處一差，以下都無是處，不可以不辨也。或云：修身、正心、誠意、致知，此大學漸臻之事也，若以頓詣者言，則身、心、意、知，總一至善無惡之物而已矣。其云身、心、意、知，皆至善無惡之物，可謂知其説之非而救之，似矣。然有此理，無此事。自「天命」以後，道理本該如此，所謂有此理也；然堯舜相傳也，説箇人心道心，人心曰「危」，道心曰「微」，可見心便説有善無惡不得。故雖聖人亦必戒慎恐懼、兢兢以精一允執爲主。聖學但分安勉，無頓漸。頓漸者，異端了悟之説，爲禪相律教之分，即陽明利根習心之别。若聖學有頓漸，則堯舜必是頓詣矣，何復云人心道心乎？豈堯之接舜，反不如陽明之接利根乎？

孟子「良知」「良」字，不過指不必學慮而自然可見，以明仁義爲人心之同，猶其言乍見孺子入井可以觀仁，非以乍見爲仁之至，以不慮爲知之極也。若「知至」之「知」，則知性知天，而心無不盡之謂，與良知之義不同。良知正以不致見其良，致知正以不恃其良爲致，三字牽合不攏，牽合則其義各失。夫言豈一端，各有所當也。自陽明牽合此三字爲宗旨，彼自指其所爲知，既非曾子格致之知，亦并非孟子仁義之知，不過借儒家言語説法耳，豈可以此解曾孟之道哉？有云「外緣無窮之象，内識自然之心」，此説似是而非。聖賢所謂格至，只是事物之理，講求體會，到貫通徹盡處便是。格至不分内外，若謂緣解外物以求識内心，正是分内外。聖賢只要明理以行道耳，要識心則甚？識自然之心，尤屬邪異之旨。如此説，則「外緣無窮之象」一句，已早喫陽明痛棒了也。既見得萬象屬外，要内識自然之心，又要緣象以識，那得不喫他痛棒！

以致知爲下手，而復以良知爲本體，夾雜考亭與王伯安爲調和之説，此一種謬見極多。不知格物者致之功，知至乃復知之體，孟子所謂「盡心」是也。若良知不過指其自然發現，如乍見孺子之仁之類耳。以此驗固有之端則可，不可即以此爲全體也。如以此爲全體，便離去「理」字，無理則無用。

格致之説，異流聚訟。其有得者，總無出乎程子前後十六條之所有；自餘悖亂支遁，皆竊野狐之遺涎，自誑以爲醍醐，而識者但覺其腥穢耳。

格物之義，或問集程子之説九條，内外精粗，工程次第，已無所不備。陽明自謂曾用朱子説，格亭前竹子七日致疾，此是陽明謬爲此説，以非聖誣民耳。朱子答陳齊仲書云：「爲格物之學，不窮天理、明人倫、講聖言、通世故，乃兀然存心於一草木、一器用之間，是何學問？如此而望有所得，是炊沙而欲成飯也。」然則陽明格竹，正朱子之所斥摘者，何反以不狂爲狂乎？

物，猶事也，不單指人物之物。

物，事也，原兼事物言。人但作物件之物看，正犯朱子辨一草一木之非，而伯安誤以竹子致病也。

有謂未有物，先有知，此生人同具之知也。先生曰：「有則俱有，無知先於物之理。」

有謂事物之理，合於吾心之理。先生曰：「如此説，便成兩件矣。事物之理，即吾心之理，何煩合也。」或問，程子觀物察己者，豈因見物而反求諸己乎？曰：「不必然也。物我一理，纔明彼，即曉此，此亦落或人見解。」

若說借物理以反求己知，即成假合，即是義外。要之本無二理，明彼即曉此，更無内外精粗之别。知此則「在」字自然精實。

只舍外便蔽内，不是兩事。

知與物，致與格，是拆不開事，故不言「先」而言「在」。看下節云「物格而後知至」，則層次未嘗不明。有謂以内爲本，而以外廣之、養之，則格物在致知之末矣。

有謂學者有所得於本原之地，則雖賾博之事，可以游行而無礙。先生曰：「如此，則格物當爲八條目之末務，即近來先一貫而後學識之胡說。」

邪說止是懸空，到用處便成兩截。

異端之知，與用處不合。善知識，老講師，作爲定顛倒，只是不循理，反要去理障。

有謂蒙之象辭曰：「蒙以養正，聖功也。」此非大學之道歟？而上九之爻詞曰：「擊蒙利禦寇。」此非捍禦外物之謂歟？使非捍禦外物，清明其質，則雖欲窮盡物理，又安知其不謬也？先生曰：「誠意、正心、修身，皆所以捍禦外物也。正爲不曾窮理，則必有非所捍禦而捍禦者，如陸王之說，以窮究事物義理爲務外，而必欲去之是也。有所當捍禦而不捍禦，且以爲主者，如陸王之反以禪爲宗是也。有自以爲已捍禦而實非捍禦者，如陸王之自以爲立大體致良知矣，而所爲所誨，皆猖狂傲悍，日騖於功利權詐是也。凡諸謬害，皆從不窮理而空致知來，故必先窮理，然後能清明其質，而捍禦不謬耳。若既能捍禦外物，而清明其質，則誠正之功已得矣，又何須再講致知乎？至蒙卦彖辭，主小學言，不足盡大學之道；上九爻辭，原戒治蒙者，但克治其外誘，不可攻伐大過，反爲之害耳，與格物致知意毫無交涉。如此説經，真可謂之支離穿鑿矣。」

今人於程朱格物之説，未嘗覩其津涯，所謂用力之地，次第工程，及涵養本原之功，與夫辨别狥外爲人之弊，皆有所未曉，宜乎爲邪説塗其耳目而不以爲非也。誠能尋取或問章句之津涯，則彼之所云格其心之物，格其意之物，格其知之物，正其物之心，誠其物之意，致其物之知，皆抛閃支離，不成説話，正其所謂認理爲外，認物爲外襲，陷於告子義外之説，而不自知以學術殺天下後世，其禍烈於洪水猛獸者，可即以此歸之矣。

第四節、第五節從第三節生出。第五節是知所後則近道也，故首句與下六句分終始大次序，而終始中又有小次序。上四句與下三句分本末大次序，而本末中又有小次序，皆爲學者指陳大段，使之知此近道。

此節解來似上節之效驗者，非也，先後總是工夫次第，有上一層，纔可做下一層；無下一層，亦不見上一層；要做下一層，正須有上一層。如此看來，節節自有本分，步步自有交關，注中「既」字「可得而」字語脈朗然也。

此節「而后」字與「知止」節「而后」之義不同。「知止」節，一「知止」便直貫到「能得」，此節「而后」却逐層各有境界遞下，人每混看與「知止」節一樣，便是一物格便了，七箇「而后」只作急口叠文，其爲謬不在文法，而在義理矣。

逐箇「而后」各有工夫，不是一「知至」便了。注中「可得而」三字，正「而后」真精神也。物皆有至善，物格則知所止矣。知止於至善，則知至矣，即格爲至。此一箇「而后」，比下六箇「而后」較輕。

知之未至，則不當好而好，不當惡而惡，其意不可得而誠也，此是「知」「意」相關之故。若真誠飾誠，乃是第六章傳意，專釋「誠意」故云，非「知」「意」相連處要指也。因致知亡傳，此理少發明耳。

兩節先後言其次第如此，其實工夫節節緊要，無一了百了事也。知至而意不誠，則知爲虚知，其至否亦難見；意誠而心未正，只得零星收拾，東没西出，弊病百出，亦不見誠之妙也；心正而身未修，則「動容周旋中禮」，可知有多少病在，其根心之妙亦未充也。

「明」本而「新」末，故齊、治、平三傳皆根修身説。然修身止連家而不連國與天下，又有道理。齊家「新」之始，治、平「新」之極，故治、平二傳皆指家之感應説。看「平天下」章

「上老老」三句，與「民之父母」節，及孟獻子二節自見。

七「而后」終始之義已明，不須更説。但七句挨次平列，本末之義未透，故下節提出「修身爲本」。

上八條目「明」「新」並列，第六節特結出總要，謂「明德」爲「新民」之本。「自天子以至於庶人」，盡天下人類而言，看「自」「以至於」四字，天子庶人中間大有人在，不單講兩頭人也。「壹是皆以修身爲本」，謂各有分限責任，皆從身起化，正謂末異而本同耳。若謂庶人亦以天下爲己任，則同末非同本矣。「修身」，各人當下之事；「修身爲本」，各人當下皆有己物感應，不待異日及天下而後見，其本亦非爲天下國家之故而後修身也。

上兩節止就大人身上一氣説，此節又推廣言之，謂不獨天子，即至庶人，亦有齊家之責。便分「明」「新」，分「明」「新」即有本末，故皆有修身之責，仍責重大人者失之。

此不是責重天子，無一人無此身，則無一人無此責重，但舉其全，須從天子説下耳。故曰「壹是皆以」，猶萬物一太極，物各一太極也。

「明明德」，是成己；「新民」，是成物。成己所以成物，故「明明德」爲「新民」之本，世無有己而無物之人，則亦無但「明明德」而不「新民」之人。此因上文從「明明德」於天下者立説，故提出此義，正見天子、諸侯、大夫、士、庶人，無一人不有此責任，不耑爲有天下者言也。時講每歸重天子，似以「至於庶人」皆賴天子之修身爲本，失其旨矣。

「本」字對「新民」而言，即庶人至未有室家者，亦必有所與之人、所及之物，一人一物，皆末也，身其本也，所以對付此人物者即新民也，修身其本也。如此方見人人有新民之事，人人必以明德爲本，故無一人可以不修身者。若必以治國平天下對「本」字言，道理雖闊大，然有可自諉於本外者矣。

自天子以至於庶人有許多等級，其職業正各不同，然所以不同者，分也，非理也，故曰「分殊理一」。此節語勢側重庶人邊，見得雖至庶人，也只是此本，未嘗有別件。庶人無治國平天下之分，然到得修身，則治國平天下之理已具，只看他明明德力量如何耳。其本盛大，則其末闊遠；其本淺薄，則其末狹小。直到大德必受命，匹夫有天下，憑修身者各自做去，固不容越分妄覬，亦未嘗禁人自致也。後世自上及下，總不以修身爲本，遂將此理看得詫異耳。

「齊家」即「新民」也，故庶人與天子同本，中間有國有采地治邑者不消説矣。蓋從位説下，故云「自天子以至於庶人」，論理其實自庶人以至於天子，天子新民，亦須從庶人齊家道理做起也。故下文「治」「亂」結以「所厚」，正爲齊家是「末治」大同處。

「本」字對家國天下説，不可對物知心意説。

就上文八條目中間抽出「修身爲本」，故時解每將上下七條目比儗，因以格致誠正對齊治平夾説者，此非理也。「本」字對家國天下，物知心意，乃修身内事，不可與家國天下對説。

李見羅提唱此節爲宗，似於諸異説中較切近矣，及細考其説，固仍不離乎陽儒陰釋之術也。以知本牽合知止，因提「止」「修」二字作話頭，蓋止其所止，非止於至善之止；修其所修，亦非格致誠正之修也。

呂晚村先生四書講義卷之二

大學二 傳首章至傳七章

傳首章釋明明德

「天命」二字，看中庸首句便分明：在人曰性、曰明德，在天曰命、曰明命，只是一件，因地頭分名目耳。經傳中「命」字有從理言者，有從氣數言者，即「天」字亦然，非謂有二「天」二「命」也，猶之只一心耳。而虞廷分「人心」、「道心」，必如是說，此一件纔真實圓滿也。惟佛家最怪此說，則曰支離，曰兩橛，究竟他也不怪支離、兩橛，總怪這一箇「理」字耳。看楞嚴「惟識」「圓覺」等語，真是支離，他除却「理」字説天説命，只有這形象氣數耳。故説天命到極精妙，只是一無，然終不奈這形象氣數何。遂爲因果報應生死輪迴之説以亂之，却極淺鄙易破，即禪子亦心知其不然，遁以爲寓言。故佛家於「天命」上截則空無，下截則粗陋，其黠者借粗陋説空無，借空無説粗陋，以求渾一，不知真成兩橛也。

「峻」字本不甚重，然帝堯分量，自與湯文不同；「克明」爲帝王所同，要的確是堯之「克明」，須從「峻」字見得。

傳二章釋新民

「苟日新」，對未新而言也。「日日新，又日新」，承已新而言也。本只兩項，章句甚明。朱子歎今之學者，「却不去『苟』字上著工夫」，可見首句之重。此是自新之切實機關，下兩句不過就此接續去耳。「日日」，是言不間，「又日」，是言持久意，兩句又各不同。「日日」主繼續義，「又日」主提振義。「日日」從上「日新」生來，「又日」從「日日」生來，原只了得「日新」兩字，却三句各有精義。

別處「又」字是打斷字眼，此却是連串字眼；別處「又」字是從新字眼，此却是仍舊字眼。究之「又」字自是打斷、重新，只「新」字到底連串仍舊耳。

言新始湯武，有舊染之當革也。

自周以後，生民未經一新，雖漢唐盛時，亦幾刑措。然非至善之新，雖新而不用其極，則聖人新民之道，究未嘗一日行於天下。皆緣秦以後開國之心，多從自私自利起念，制度政令，皆由此出，凡所以遂民生、興民行者，一切爲因循苟簡之術；後世儒者之心，亦復不異，凡所以輔導其君者，彌縫修飾，無非逢長，此自私自利之根。不知此一點心，乃自秦以來舊染之污也，必君臣先自滌此污，而後可以行王者之道。故大學釋「新民」，必先説自新，復説用極，其所以爲萬世慮者深矣。孟子謂「不以堯舜之道事君治民」，與謂「吾君不能」者，皆謂之「賊」，然則後世儒者之道，皆賊道耳。

「極」即至善也，「用」即止也，無所不兼「自新」「新民」也。

「用極」又在「自新」「新民」上逼進一步，非泛講明新也。

「自新」「新民」，引古證義已盡，第恐後世自己放低了説，如謂漢唐之盛，即可當三代，及三代之政，後世必不可復之類，迎合時王，自流入於功利之卑污而不知，反謂聖人之新民不過如是。擡高後世帝王，猶可言也；遂使三代新民之道，終古不復行於天地之間，不可言也。傳者逆知此弊，故於此特下用其極義，見不到至善，未可謂之新民。

就大人之學言，故曰「新民」，要之，聖人自一身以外，天地萬物事理，云爲無非分内，大學總以「民」字該之，致中和而至位育，盡性而至參贊，帝王與匹夫共此道理，共此責任。

止説箇「新民」，則「民」字中品類恐有所不盡，而無治民之位者，若可闕此義矣。故於結末下「無所不用其極」句，包羅甚廣，見無事不在裏，無人不在裏也。

或云末節只拈上文，與「皆自明」句同，余以爲不然。「皆自明」句原只一意，此却兼「自新」「新民」二意，又隱然有「新民」本於「自新」意，正自不同。

或謂「新」字從「明德」説，方於「極」字有會。此言不然。「極」即至善意，「明」「新」皆有之，乃「至極」之極，非「會極」「歸極」之極，故不可以「明」爲「新」極也。

「極」有訓「至」字者，「無極」、「太極」之類是也；有訓「中」字者，「皇極」之類是也。此「極」字却兼兩義，然畢竟「至」義爲主，「中」正是「至」，未嘗不是，却又須一轉。

「極」無形象，憑人指名，千蹊萬徑，任心造理，有何不得？即謂漢唐便是至善，也由他説。但將天命原頭一忖，則多去不得，故聖賢言道必本於「天極」，從「天」起下面，自不走作。聖人新民之極，三代後惟朱子得之耳。觀其與陳吕辨論可見。

傳三章釋止於至善

首節説理之當然，次節説人須知止，尚是虛虛指點，到第三節明指个止至善榜樣，而其中要領條目工夫境界事理咸具。

五「止」皆從「敬止」分出。

道理在文王身上看，却不是文王底道理。

仁、敬、孝、慈、信，即是至善。或云：若作至善看，可勝鶻突，是將至善另作一物看，爲陸子静黑腰子也。止於仁尚非至善，則亦不可名仁矣。此説能誤人，故正之。

仁、敬、孝、慈、信，固爲至善，然天下有許多仁、敬、孝、慈、信，其中大小淺深分數不同，不可不謂之善，而非其至也，必如文王之止，乃爲至善，要人從文王身上體會出自家至善，不即以仁、敬、孝、慈、信虚義即爲至善也。

仁、敬、孝、慈、信爲一定之理，便是至善。何以人不能止，却無一定之仁、敬、孝、慈、信？只爲人倫中境界人各不同，則所以爲仁、敬、孝、慈、信亦變化無定。惟聖人緝熙敬止，爲能就不同處曲折以造人倫之至，而仁、敬、孝、慈、信形焉，天下後世可奉以爲規矩，乃所謂至善也。明此，則注中「究精微」之藴，與「推類盡餘」意，正可深長思矣。

「至善」有定理，而「止」無定式，如仁爲君道之善，而必如文之爲君，乃止善之至也。

五倫中惟父子兄弟從仁來，故不論是非，若君臣、朋友二倫，却從義生，義則專論是非，是而義合則爲君臣朋友，非而義離則引退，義絶則可爲寇讎，故曰父子主恩，君臣主敬。明乎敬之義，則文王夷齊龍比皆敬也。武王亦敬也，天下無不是之父母，不可謂天下無不是之君上，但人臣一身，生殺惟君，不可以私怨而生懟叛之心，此昌黎二句之不朽於古今也。若其大義所在，則「天降下民」一節，此理巍然。撫我則后，虐我則仇，亦天經地義如此，非我一人得而狥心違天也。如謂事君亦如事父，連是非都抹殺，則非止敬之道矣。

五者目之大，推類以盡其餘，方見聖人之止無非至善；然不於五者中一一各究其精微之藴，亦無從推且盡也。要之至善已備於五者，餘只從五者推去耳，非另有未全之説也。

第三節言「止」，第四節言「所以止」。

顧麟士云：「第四節釋詩一段即貼衛武公而不泛及，以上節『爲人君』五句貼文王，下節『親賢』三句貼前王，例觀而知之也。」按，此論極謬！章内五引詩，皆借詩之語句發明「止至善」道理耳。如「敬止」「止」字，詩文本屬語辭，而此竟作實字，則語句且不執定解，況語句所指之人之事乎？依渠例，將「邦畿」節貼武丁孫子，「綿蠻」節貼周衰賤者乎？其誤總在「釋詩」二字。大學原以詩釋經，初無釋詩之意，今以爲釋詩，豈不反客作主哉！此等議論，誤人不小。須知此是就詩句上指出這道理，活潑潑地，豈但衛武不足當，即詩言又豈足盡哉！

本傳是釋「止至善」，玩「如切如磋，如琢如磨」兩句中，便有日新不已之妙，方是「明明德」者「止於至善」之學修，非泛然學修之可當也。

「恂慄」「威儀」，注云：「德容表裏之盛。」則作求止苦功固疎，而做成效看者亦隔也。用力只在學修，然必至表裏如此，方是功夫足處。

俗多以上二句爲工夫，下二句爲功效，非也。「恂慄」「威儀」，工夫到此方足「動容周旋中禮」，「盛德」之「至」，即「至善」「至」字也。

或以四者分配致知、誠意、正心、修身，不知自修兼誠、正、修，恂慄兼心、意，妄分不得，故章句、或問都無此説。

「有斐君子」，是渾成贊詞，自「切磋琢磨」至「瑟僩赫喧」，學成德備，方有此「有斐君子」之稱。「斐」雖止訓文貌，然所謂「有斐」，乃和順積中，而英華發外，猶之「動容周旋中禮，盛德之至」云爾，非指其僅爲文貌工夫，僅成文貌風采也。故「有斐」二字中包舉上八句在内，即「盛德」「至善」，亦只就上八句指其實有如此。時解淺看了「有斐」二字，又從詩人言外補出道理，則不但詩人有缺欠，連大學也須坐箇扶同矣。

「明明德」至「民不能忘」，「新民」至「没世不忘」，方見「至善」全節，精神都注在兩結句。

此與下節皆從頌美中見其止善，其所以皆不忘，正其善之至也。主意全在末二句，故後注云：「此二節詠歎淫泆[二]，其味深長。」

「前王所以新民者，止於至善，能使天下後世，無一物不得其所」，此四句是從「賢」「親」二句推原説本，言非獨一時民不能忘，後世愈久而不能忘，方見新民之極功，乃所謂至善也。

由天下後世被澤久遠，原想前王新民之止至善，但釋詩人詠歎不忘之言，而其理自得。「君子賢其賢」兩句，亦是極形後來規模氣象，究竟前王新民之止至善，却在語句之外，所謂其味深長者也。

有謂本節重在「後世」上講，以發「新民」「止至善」意，先生曰：「不是重後世，正從後世追原到前王之至善處。蓋新民之止至善，前王一向如此，只是愈久不忘，正見其善之至耳，不是當時相忘，後世忽然感念也。」

惟至善爲人心所同，故前王萬世不忘。

注中「前王所以新民者」，「所以」二字便有新民之本在内。

或云：此即申上文「民不能忘」意，不可説是新民之止於至善，親賢樂利，是盛德至善中事。其説極謬！上文「不能忘」，指自修，「明明德」事。即淇澳之詩，何嘗一語及治人乎？「學修」「恂慄」「威儀」乃盛德至善中事，與親賢樂利無干。此節「不忘」，指治人，「新民」事；「前王」指文武，已與上文「君子」各樣。上文「君子」，詩人指武公，傳者借來却空説，不必實其人也。此節「前王」，詩與傳同指周先王，實有其人其事，安可與上節混做一片乎？上節詩中有切磋諸義，故釋以證明明德之事。此節詩詞無事實語，故補親賢樂利以見新民之事，條理井然可覩，而必欲混之，此萬曆間講章立意悖注，自以爲高，而實不通文理之説也。

傳四章釋本末

引孔子之言至「使無訟乎」已止，「無情」二句則曾子解「使無訟」之義，故注又下「而言」二字，聖人即指孔子，從上文「吾」字來也。

「無情者不得盡其辭」，緊釋「使無訟」；「大畏民志」，又緊釋「不得盡辭」，都是倒繳語氣，而兩句中間含著「我之明德既明」一句在裏，乃所謂「本」也，觀注可見。

「大畏民志」，也只得新民邊事，所以大畏民志者方是本，是從末上倒推到極盡交接頭上，離鈎三寸，令人恍然觸悟，處處總是此箇道理，離「訟」看，即「訟」看，無非此箇道理，故曰「此謂知本」，最有隱約指點之妙。

「此」字，指夫子之言，「本」者，「大畏民志」之所以，然即「明明德」也。即一「聽訟」而可悟必歸於「明德」，此謂「知本」也。「大畏民志」雖是本，然只在「聽訟」上説，此一事之本也。到「此謂知本」句，則已點明凡事總一本，即此可見乃萬事之本也。

「使無訟」，是「新民」之一事，然云「大畏民志」，亦無不由於「明德」者，即此言可以知本末之先後耳。「本」只是一箇本，只「知」字活。

「聽訟」是「新民」中一事，「使無訟」中便有「明明德」在，末不一末，本只一本，即此可悟。

凡本必一而末必分，本必同而末必異。「聽訟」之末，末中之一也；「明明德」而「畏民志」以「使無訟」，凡爲末之本一也。本只此一事，末不止「聽訟」也。「無訟」亦不是本，「使無訟」之故乃本耳。

其末散爲萬事，本則一也。萬事各有本，而推之只此本，故無本外之末。就萬事中任舉一端來看，無不合者。

此章只重「本」字，不重「知」字。此「知」字與經中「知所先後」「知」字相應，與「致知」「知」字無涉。人多誤看亂拈，因有纏入格物者，并有謂「格物」之「物」即「物有本末」之

「物」者，一派胡説！其原亦起於新建毁朱子補「格致」傳，而即欲以衍文結語當之也。凡經傳中字同義别，皆宜一一辨析，令如淄澠之不可混，於此不通，不特時文家見字胡纏，如後世學者之以「習静」爲「主静」，以「良知」爲「致知」，皆不辨字義而妄援立説，正夫子所謂不知而作也，儒者不可以不戒。

大學經程朱考定，如地平天成，即與鴻荒時境界有不盡合，分外分明亭當，萬世永賴；後來紛紛，動援古本石經，狡焉思逞，都是無知妄作耳。如「知本」「知先後」之「知」與「知止」「致知」「知」字不同，「物有本末」之「物」與「格物」「物」字不同，而正嘉間講師，皆比而同之，至欲以「物有本末」節補「格致工夫」傳文，於字義且未通，遑論其學耶？故其人初以訓詁附程朱，而末年皆宗傳異端，蓋其所得乎程朱者原非也。然世儒方尊行其書，以爲説經之準繩，聖學安得不淆亂哉！

傳六章釋誠意

專釋「誠意」，人但知分出致知，不解分出正心，依各傳例，當云所謂正心在誠其意者，而此章不然，蓋有義也。

大學「誠」字與中庸「誠」字不同：中庸「誠」字可以單舉，乃實理、實心、實德之美名也，兼大學「誠」「正」「修」等義。大學「誠」字貼定「意」字，不可單舉，但作實字解，蓋意之善不善，是致知條下事，此但說實用其力耳。實便自慊，不實便自欺，欺慊之分，獨中自知，故功在慎獨。今人都將「誠」字作「善」字解，與中庸義相似，因欲於獨中分别出善不善來，却誤入「致知」傳矣。且下節「誠中」「誠」字又如何說得去？又因注有「人所不知而己獨知」兩「知」字，遂亂拈「致知」，不知此兩「知」字指其地言，即中庸所謂「人之所不見」也。

不是說待「致知」「知至」了，方去做「誠意」工夫，知善知惡，自是「致知」傳中事，此傳不及耳。但就人所知善惡，如當下之當好當惡，是非未嘗不明，就此明處發爲好惡之意，便當盡其好惡之力，所謂「誠意」也。然人每不能盡好惡之力者，緣其閒居不肯認真用力，自以爲人所不見處，可以放鬆，不知此處一鬆，無所不至，此放鬆處必有其端倪，即謂之「幾」，此是私欲插根處。蓋人性本善，未嘗有惡，惡由此生，故曰「誠無爲，幾善惡」。此時此地爲人所不見而己獨知之者，故謂之獨，誠意者於此時加省察，不使自欺之根於此滋長，則好惡之力，未有不盡而意自誠矣。書理大段如此，後儒看「慎獨」二字疆界不清，遂使全旨蒙障。

「誠意」只是實用其力，所以用力不實者爲自欺。去欺之法，在「慎獨」，非「慎獨」即

「誠意」也，人看「獨」字蒙混，竟似誠其獨者，則謬甚矣。

「自欺」乃不實用力之由，「自慊」乃實用其力處，似反正一例而實兩層也。

「自欺」只是發得不足、做得不盡處便是，不必説到後來掩覆也。

「實用其力」四字，是「誠」字了義，下云「皆務決去而求必得之」，明説向行一邊矣。今人「以意覆意」、「以意覺意」、「初起之意」、「繼起之意」、「二意」、「衆意」等語，皆鬼窟中作計也。

「如惡惡臭，如好好色」，好惡到此方盡，有一分不如處，便是一分自欺，其中又有多少等第在。

好惡便是意，毋自欺而必自慊，便是誠，但欺慊分界處，其後相懸，其初甚微，他人所不見，未有自己不見者，故謂之獨。獨即自也，不曰自而曰獨，指分界之時地而言，乃誠意之緊要處，非心意間别有一物名之曰獨也。若心意間别有獨體，則誠意之上，又增出一條目矣。

好惡意也，實其好惡誠意也。好惡之實與不實，只在初發念時省察，令其好必如好色，惡必如惡臭，則閒居無不善之爲，而誠中形外，皆自慊矣。故慎獨是誠意中細緊一步，非誠意之外别有一條工夫，亦非慎獨即誠意也。

「好惡是意，實用其力，如好色惡臭是誠，稍有不實用力處，即爲自欺而不誠」，此五句是釋誠意正義，但其用力之實與不實，在閒居人不見處，此是自欺之根，須自己於此覺察而加謹焉，此之爲愼獨。此是誠意緊要關頭，指示人下手，不可以獨混意，以愼混誠也。看注中「然其實與不實」句，用「然」字轉，不一直説落，細體會自明矣。

末句緊承「自欺」「自慊」説來，意發而實則自慊，不實則自欺，實與不實，惟自心發念時知之，此所謂獨也。故此「獨」字中只辨實不實，不辨善惡，辨善惡乃「致知」甲裏事。注中「知爲善去惡」句，是承「致知」説來，謂既知善惡矣，乃發一念去惡，而去惡之念或不眞；發一念爲善，而爲善之念或不勇。此間發處幾微不眞不勇，下稍便成撿著。然其發念不眞不勇之時，他人不見，自己未有不見者，從此審愼教眞教勇，則意無不實矣。

「獨」只是意初發時，人所不見處，蓋意之誠，直貫至事爲顯現都是，如好好色、惡惡臭到必得決去方足，而方其起念隱微之際，一有不實，便不能到必得決去田地，故必愼其獨，看注中下一「地」字，則「獨」字指人所不見之時境言，即與下節閒居相照，非謂心有獨體、知有獨覺，復説到致知甲裏去也。

「愼獨」乃傳義，非聖經所有。經文所謂「誠意」者，每發一意，如好惡即是意，則必實用其好惡之力，務決去、求必得，乃謂之誠；若徒發好惡而不去做，或做而不盡，皆謂之不誠。「誠」字中有事爲在，即至「平天下」之「民之所好好之，民之所惡惡之」，亦只是誠意直貫到底，故「誠意」一傳變文獨釋，正爲此也。依經文本義説「誠」字，但當體會「實用其力」四字講，若慎獨則又傳者於誠意中提出緊要關頭，謂意之所以不誠，皆在初發端時有所未盡，人未見處不實用力，此屬於獨，即易之所謂幾，乃意之起頭，非意之全體；意之全體，直徹事爲之終始，獨只是自静而動之交接關頭，誠無爲，幾善惡，善惡之夾雜從幾中生，即其有所未盡，不實用力，便是惡之萌蘖，此際更加省察，則惡端無從而入，此之謂慎。慎有嚴善惡意，誠則實行其善而已，兩義不同。獨非意也，慎非誠也。後儒不明經傳之旨，於誠意外添出慎獨工夫固不是，誤認慎獨即誠意，亦不是。

存養省察，鑿然有此兩節工夫，但分配動静不得，存養是兼統動静，省察下手却在動之微處存誠主敬，原無時不然，至動之微處，尤加審慎耳。此次候有兩節，原非平對兩事也。自俗學離而爲二，異學又欲混而爲一，以彼爲直捷，以此爲支離，後人求其説而不可通，於是有以慎獨即致知者，有以意爲心之所存者，有以獨爲本體者，此真所謂支離耳，其惑誤又不知何所底也。但平心觀之，於文義已不通，又何論其是非耶！

論學而流於邪慝，只是求直捷害之，格、致、誠、正、修，分明五節，必强求其一，則似身、心、意、知可併而物不可併，故陽明以爲善去惡爲格物，不知此止是誠意工夫，是欲廢格致而先廢誠意也。後來又以意爲心，所存主即是獨體，則又欲廢誠意而先廢正心矣。大都異説，根源只是一物，所謂佛法無多子而借聖賢言語，改名换姓以欺人，正僧杲傳授張子韶書云：「左右既得此欛柄入手，便可改頭换面，用儒家言語説向士大夫，接引後學。」正是此法。其所謂「致知」、「慎獨」，皆致其所知，慎其所獨，非吾所謂致知慎獨也，學者須明辨之。

閒居即獨也，爲不善，即不慎獨也。

閒居便是獨，揜著時亦是獨。

病痛全在「閒居」二句，「厭然」二句正見其知不絶處，故注云：「是非不知善之當爲，惡之當去也。」孟子指點人亦多在此處，令人猛省，然須有多少學問功夫。前有格物，知纔盡，後有誠意，知纔實，良知家亦竊此意作指點，却更無須格物誠意，幾何不認賊作子乎？蓋「厭然」謂之「幾希未盡」則可，謂之「本無闕欠」不可也。

有謂小人慕君子之容，故厭然，先生曰：「君子之容，小人所最憎，誰肯慕者？良知家極詆禮法端方之士，以爲僞，僞者誠有之，然畢竟世間小人狂肆無禮者多，而貌爲莊敬者少，自有良知之教，小人并不須厭然矣。」

「如見」非真見也，在人或未必見，見亦不盡。即小人厭然處，見人之見如此，真無微不獻，無地可容。

看來近世小人揜著之情狀，又與古小人不同。一則因天下真君子少，足以售其欺盜，謂古小人所以如見敗露，只是術不工，無博辨堅僻作用以濟之耳，於是於揜著上講究益精，此一種也。一則大家一般人，爾知我見，看世間所稱人宗道長，其底裏不過如此，因疑古之君子，或亦不過如此，因并疑天地間道理原不過如此，益信得「生之謂性，無善無惡」，「氣即是理」等説真聖人心傳，打破此關，頭頭是道，滿街都是聖人，更不消揜著此一種學術行，而小人之無忌憚益甚矣。

世間僞作有道行徑，未有不敗露者，只是天下多其曹，轉相覆護，甚則敗露亦無礙耳。

「此謂」二字緊承上文説，「誠」字只訓「實」字，人都看做實德之誠，自説不去，反生枝節。「獨」字只説人所不見之地，後來講學者欲標此作宗旨，於「獨」字下加一「體」字以牽入其玄渺之説，并下節都墮鬼窟。

「獨」字只對人而言，後來説入心體，便是援儒入墨家言，非聖賢之所謂獨也。

「此謂」語氣緊接上文，原是虚説，兼君子小人在内。小人閒居爲不善，實有諸中，則「如見肺肝」，形於外；君子慎獨毋欺，實有諸中，則「心廣體胖」，形於外。小人中無善，故欲著而不能；君子中無不善，故雖指視自嚴，而無揜著如見之狀，兩邊對勘自明。後來誤認「誠」字，以爲小人安得能誠中？故必欲就君子善一邊説，不知此「誠」字只當「實」字，與中庸「至誠」「誠者」之「誠」不同也。

問此「誠」字與上「誠」字有何辨別？曰：「上『誠』字只是對欺説，此『誠』字只是對形説，如此便看得分曉。」

上文兩稱「慎獨」，第三節正指「獨」字，令人於此處用力。獨只是對衆之稱，對人之稱，即上文「自」字、「己」字、「閒居」字耳。上節掩著無益，猶對衆人而言，此言自己獨處，原自揜不得，衆人所指視即在乎此。能於此一反求内省，自然欺隱寬假不去，於此處不放鬆，則誠無不誠矣。只是誠意中緊要關頭，指境地時候言，不是心意中又有件東西唤做「獨」也。自嘉隆以後，講學諸公借聖賢言語立自己宗旨，將「獨」字看入深微，書理從此惑亂不明矣。

上節是小人欲揜其惡而不能，此節正言善惡之不可揜如此，若竟將上節貼小人，此節貼君子則謬，蓋十手十目，只是人必知之，非是慎獨之君子，當下意中撰出景象也。

緊要在一「所」字，一事暫起，一念偶動，即其所也。十目十手，只是人不知之而己獨知之，己知之則人必知之耳，不謂慎獨中乃有此形象也。

指視之嚴，猶中庸「莫見」二句，論道理如此，非爲怕指視而慎也。

有云「十目所視」二句是找足閒居爲不善節，詠嘆文體耳，非謂君子因此而慎獨也，因此而慎獨，心不廣，體不胖矣。又有云考亭謂此承上文「人之視己，如見其肺肝」之意，須主小人說。先生曰：「上文『此謂』三句已將君子慎獨找足閒居節，又何須從新詠歎小人乎？以嚴爲慎，此意之所以誠，心廣體胖，則意誠之驗，故廣胖之潤，與『視』『指』之嚴，本是一串事，有前後中外之分耳，不可彼此對較也。若謂嚴則心不廣、體不胖，然則如見大賓，承大祭，皆於爲仁有礙矣。至朱子『承上文』云云，謂打上文說下耳，看『人雖不知，我已自知』，與『十目手視指』、『何異』數語〔二〕，蓋但言獨之可畏，而君子之必慎自見，固不謂君子怕人視指而後慎，亦非謂小人怕人視指徒自苦也。小人自苦在形外處，此『嚴』字在『獨』中說，朱子語自分明，豈容誣入哉？故謂『十目』二句，借小人反照說則是，却不得說壞了『嚴』字。君子惟知此嚴，乃所以潤身而廣胖也。蓋吾儒本天，釋氏本心，本天者知性以盡心，以至善無惡爲極，故知天命而常存敬畏；本心者信心自大，即心爲性，以無善無惡爲極，故不知天命而不畏，其所畏却正是一箇『嚴』字。」

一念之實，一事之成，皆爲誠意。至念念如是，事事如是，横推開闊無窮；日日念念如是，事事如是，竪推久遠無間。欲浄理純行，道實有諸己，乃所謂德也，不是誠意外别有箇德，亦不是纔誠意便是德，便能潤身。有一分德自有一分潤，自下學立心至成德有多少功候在。

明道善言詩，只用虛字點綴，便使人有所感發，朱子取其意以傳詩，自謂無毫髮憾。其注「富潤屋」兩句，亦用此法，只著「則能」字、「矣」字點綴，故兩句似全而實未了，似實而卻虛，以其推説在下也。

有謂心廣體胖，即心正身修，君子必正其心，必修其身，故不敢不誠其意。先生曰：「『心廣體胖』句，非章意所重，不過反覆形容一箇意誠景象耳。若論誠意功效，則直至平天下。絜矩之道，也只得箇誠意，豈止身心關係哉？況『廣』字與『正』字，『胖』字與『修』字，俱貼合不上，正爲廣胖只是氣象上看，不是工夫效驗極頭實地，故章句或問及先儒皆未嘗牽引也。」

「心廣體胖」，或問謂内外昭融，表裏澄徹，而心無不正，身無不修矣，言正修之本皆已在此，則帶講固無礙也。

「必誠其意」句，原結通章，非三句各結本節也。

有謂末二節是懼之以可畏，歆之以可慕，傳者示人自修之意甚切。先生曰：「聖賢有此權術作用耶？蓋二氏教人之法耳。天堂地獄，宗門人便不然之，豈足以誘學者耶？」

傳七章釋正心修身

首節説不正之故，次節明身心之關。「在」字是正心工夫，是好字眼，與上有所不同。人要牽合有所，謂有在故不在，先説壞了「在」字。辨色、别聲、食味，人之所以生，不是不好事，只心不正，則其用皆失耳。原以此三者責重心正，人每謂心之不在由此三者引去，既屬添出倒説，又説壞了「視」、「聽」、「食」。

【校　記】

〔一〕詠　原作「泳」，據下文改。後仿此。

〔二〕異　疑爲「益」之訛。

呂晚村先生四書講義卷之三

大學三　傳八章至傳十章

傳八章釋修身齊家

自「誠意」傳後，「好」「惡」二字直説到底，是大頭腦處。

古人謂齊家比治國平天下較難，看古聖人許多難處，直是無可奈何，然聖人處之已無不盡善，亦只是好惡無辟之至而已。

齊家是第一難事，惟克己反求足以感之。

但看諺下一「莫」字，可知溺愛不明，不獨指庸愚也。頗有道義自命，而營逐以濟不肖之惡；或詞章名世，而標榜以譽不學之文，反躬試問，真不可解。及其論刺他人，又未始不了了也。此在賢者不免，况流俗乎？吾輩有子待教者，不可不一深省。

「此謂身不修」五字，總承上兩節。「不可以齊其家」，亦總結兩節語，非半句配首節，半句配次節也。次節注云：「是則偏之爲害，而家之所以不齊。」看「所以」二字，則次節未嘗指家不齊，而仍説身不修明矣。

傳九章釋齊家治國

上有修身，下有天下，本章只完得家國，其責重修身，只是「教」「家」二字，不是又補入修身也。

教者，家也。而所以教者，身也。所以教之實，則心之誠恕也，國不過理通而效達耳。平天下亦只如此，故曰「成教於國」，無教國之法也。

首節只説家國之理一，故不出家而教可成。若上下相感，此行彼效，與責在修身爲教，皆下面説話，非此節義也。

看下文「帥天下」「所藏乎身」，可見不出家，便有家上面事在，「成教於國」，便有國下面事在。

「孝者所以事君也」三句，是申明所以不出家而成教於國之理，非爲成教於國條陳方法功效也。

看注云：「孝、弟、慈，君子所以修身而教於家者也。」「所以」、「者也」四字，語意最明，故三「者」字不是指人，不是指事，只就「家」字中指出三件道理，如云家之所謂孝也者，即國之所以事君者也云爾。時解誤看注中「君子修身」句，遂將孝弟慈屬君子，下三句屬國人，說來竟犯第三節效驗矣；於是又有謂上下句俱就君子身上說者，亦非也。君子固孝弟慈，家人亦教此孝弟慈，國人亦教此孝弟慈，即至天下家家孝弟慈，也只完得家底道理。若事君、事長、使衆，乃是國底事件，亦君子與國人共有底，不專指君子也。直當撇開君子、國人，竟講家之有孝弟慈，即國之所以事君、事長、使衆之道，所以不出家而成教於國，何等明白直捷！何用葛藤自入魔界耶！

在家有此種道理，在國即爲那種道理。所以不出家而成教於國，在家則君子與家人總在裏，故注云「所以修身而教於家者」；在國則君子與國人總在裏，故云「國之所以事君、事長、使衆之道，不外乎此」。所以教成於下，都只在家國道理上說，不責坐人身上說，俗解分上屬君子，下屬國人固非，至有謂家國都在君子身上說，則更謬矣。

人亦知家國相通之理矣，然說來仍向感應者，病坐看煞君子國人兩邊各占一半耳。

因有謂都就君子一邊説者，亦非也。事君如何貼得君子邊去？修身教家，則家之人皆孝弟慈矣，國人獨不教孝弟慈乎？但通國人孝弟慈，也只完得箇家之理。惟其事君、事長、使衆之道即在乎此，此是治國之理，正是不出家而成教於國之理。也須將君子國人且都置，只説家之孝弟慈道理，即國之事君、事長、使衆道理，便不煩言而自解矣。

有謂國人見我家如此，亦即自能如此，仍舊落了感效去；且國人見我家孝，亦即自能孝則有之，如何是所以事君，豈不格礙乎？又要作轉折，豈不支離乎？顧麟士謂：「我之上有親，我之下有臣，臣事上有長，臣使下有衆。」總坐煞在人身上看，自生葛藤。若曉得此只説家國相通之故，在道理上論，不涉人身上論，則葛藤盡斬矣。

在家爲孝之道，即在國爲事君之道，止在衆人公家道理上看，不著在一人身上看，著君子身上看且不可，况著在承教之人乎？

不是君孝而臣忠，亦不是求孝而得忠，亦不是無意於事君而教孝，亦不是爲要事君而教孝，離此乃明所以之説。

此三句只説道理，不説事效。次節只説端倪自然，不説推行。

首節衹明家國相通之故，就道理言也。第三節乃明國本於家之機，就推行功效言也。第二節説道理已在推行處，説推行却只説端倪自然，仍在道理上看，到下兩節纔正講推行事也。故朱子謂即孟子乍見入井意。孟子以乍見入井處指四德之端，大學以保赤指孝弟慈之端，都在自然發見處見得，所謂始然始達者也。

上言家國之理本通，此下方言推行事效。此節乃上下交接處，言孝弟慈之推行本乎自然，只要誠心求取。而三者之中，惟慈心最真而易曉，故特引以證三者之同，然非謂治國推行盡於慈，亦非謂推行便有政法作爲也。

「機」字意上已説竟，第四節又從「機」字中發出「恕」字之理，主意全在「其所令反其所好而民不從」句。

上言感應之機在於一人，此言一人所以致感應者，必本於藏身之恕，兩節意自不同。王樹堂諸子拈「有諸己而後求諸人」題，有謂：宜重上半截，不則，似爲求人而有諸己，非藏身之恕矣。予謂：言各有當。此章「恕」字原在齊治上説，與他處「恕」字不同。故朱子謂：「尋常人有諸己，又何以求諸人？無諸己，又何必非諸人？如論語『躬自厚而薄責於人』，『攻其惡，無攻人之惡』是也。大學之説，是有天下國家者，勢不可以不責他。」蓋治國者，勸人善、禁人惡，便是求諸人、非諸人。以此條觀之，可知此兩句却重下半截，蓋有諸己、無諸己，皆指所求諸人、非諸人之事理言也。求與非，即上文「所令」，有與無，即上文「所好」。因所令轉出所好，則此兩句自從求非轉出有無，乃合語意。若云凡治國之求人、非人，必有諸己、無諸己而後可耳。

「恕」字只在政治上看。

家國相通之理之效，上文節節説盡，又用一句通結了却矣，三引詩只反覆詠歎，指點與人玩索耳。

朱子謂：漢人説經，止訓詁文字，不著議論，而意味極長。此即程子但念過令人有悟之妙。蓋言詩之法本如此。

家國相通，教成功效，至第三節已説盡，第四節復承「一人定國」，説到藏身須恕，正補出修身爲齊治之本，「恕」字乃成教之要領，即下章「絜矩」相連血脈也。此三節詠歎，正鞭辟向藏身之恕爲下章絜矩之原，不是重衍家國相關疣綴閑文也。

合齊與治而總命曰「教」，言在家則欲人人如此，在國則欲家家如此也。然必一家之人人如此，而後可求一國之家家如此，此欲治先齊之正面也。自「藏恕喻人」以上，都責重一人身上，此是説所以齊之本，未盡得一家人人如此意，故又引三詩詠嘆，指示箇景象。所謂宜家人、宜兄、宜弟，其爲父子兄弟足法，皆指一家人人能如此意，見家與國成教相連處，非復上文專説一人身修之義矣。然一家中人人如此，又有箇次第。教成必始於夫婦，而後及兄弟，而後及父母。看中庸「妻子好合」二節，及孟子「老吾老」一節，皆從夫婦兄弟說起，蓋家之難齊，最是此二項，而二項中又重在夫婦，兄弟之尤，未有不起於閨房妯娌之際者，故此二項人教成，以教家無難，即以教國無難矣。緣家人國人，人人各有箇夫婦、兄弟、父子，故教一家即教一國之家，家無二理也。

家之齊，其效在父子兄弟；而齊之難，却在夫婦兄弟，而夫婦尤難，故齊家之本，始於夫婦。中庸引詩，必妻子合而兄弟翕，然後父母順；孟子引詩，必刑于寡妻，至兄弟，而後御家邦，皆是此理。此傳上面皆言齊治相關之義，故概舉孝弟慈，此三引詩卻正指示齊家下手緊切工夫，節節次第有意，非隨手拈頌也。

傳者引詩，有微旨確然處，如由家人而兄弟，而父子，與家人、兄弟、父子中間許多經緯，此是教家與教國之實理也；有隱躍流露，未嘗泥執，令人自悟處，如只說家而點出教國，只說正國而點出本於家，總於言外指點不出家而成教於國之意，此不盡之妙也。

「教」字、「法」字，原從「成教」句來，只說治國，「治」字中所該尤廣，故說「成教於國」方是大學修齊治貫通切實處。

三釋詩皆補詩意所不及，最得引申之妙。桃夭、蓼蕭，止言家而補出國，鳲鳩詩「其儀」句指身，「正是」句指國，中間却補出家來，其爲父子兄弟足法，舉一家而言，非仍歸君子身上也。蓋此章原止釋家國，中間責重君子，乃推本家之所由齊，反覆說明。上文已結，此三引詩，詠嘆齊治相關之旨，所重在家，不重推本於身矣。故足法要重家人説，但一家足法，原脱離君子不去耳。

看「平天下」章三言得失，亦責重修身。自「齊家」以下，各傳未嘗離根説也。但「齊家」章須將心意知納入身説，「治國」章將身納入家説，「平天下」章將身納入國説耳。

傳十章釋治國平天下

「治國」只説動處，「平天下」是説到盡處，天下之動無加於國，而盡處却自須有道。語句是從矩出道，語意却是爲道指矩，謂平天下之道，雖與國有不同，然即在家國之矩絜之而得，故曰「平天下在治其國」也。

「平天下」自有政事，與「治國」不同，然其矩則一也。矩從家國間見而絜之天下乃爲平天下之道，故曰「所操者約而所及者廣」。全節注重末句，「上老老」三句，只是家國已效處指出「矩」字耳。

上行下效之意，上章已説盡，此但取來引起絜矩之道耳。三句是治國已行之效，提出見人心之同，然以引起絜矩之道，非此傳所重也。

「上老老」三句，原只是家國相感通處，不是説天下，然天下亦只此心此理，但須從此絜開去耳。

此三句是説應感，然都從心上説，不從事理上説，與他處又别。

此三句是國與天下之所同，下句是因其所同而推極國與天下之不同以使之同，國與天下分界在下句。

中三句乃人心之同，末句正不使一夫之不獲樂，只以下理財用人之屬，乃不使不獲之政事也。

「上老老」三句是教化所興起，「絜矩之道」是政事以遂其欲。蓋「上老老」三句是齊家治國中事，而天下人心之同亦不外乎此，故曰「平天下在治其國」。上行下效，興感之機，只是家國關通親切，天下又加闊遠，觀聽阻隔，非身家之修齊，驟能致應感之速，此國與天下微分不同處，所以必須絜矩之道。「絜矩」者，推一國人心之同，以量度天下之事也。故朱子云：「絜矩之説不在前數章，到此節次成了方用得。」又云：「此章首尾只推絜矩之意，未嘗復言躬行化下之説。」蓋謂此也。不然，治國時豈無政事？平天下豈不用教化？然節次自有不同，不可曰身修家齊而天下平，竟與治國無分也。

「絜矩」，人皆以「心」字混過，縱好，只解得「矩」字，不曾解「絜」字，不知矩是家國天下之所同，治與平不同處正在「絜」字中見，此道之所由出也，故朱子謂「到此節次成了方用得」。蓋家國相關，只在此心感應，而國與天下相關，又有政事之不同，絜家國之矩於天下而道生焉，故此節眼目在「道」字，而因矩爲道，重却在「絜」字也。

治與平分界在「道」字，「道」者，所以遂其同然興起之政事，此國與天下不同處，故必須絜矩耳，非謂即興起一國之心而是也。

總要明白國與天下正多不相同處，第其良心無不同者，君子只就這同處推度開去，細得其情，曲成萬物。如所謂必因天地寒煖燥濕，廣谷大川異制，民生其間者異俗，剛柔輕重遲速異齊，五味異和，器械異制，衣服異宜，修其教不易其俗，齊其政不易其宜，正從這一點同處生出許多不同之政事，乃所謂「絜矩之道」也。故此句所重却在「道」字，矩無不同，絜而爲道，正多不同。上文三句，言國與天下之所同，此句正言國與天下之所不同，所以朱子謂不在前數章而在此章，到此是節次成了方用得。

家國相通以理以意，國與天下相通便有政事制度，理意只以感應相示，到政事制度，便有宜此者不宜彼，性情風氣之異。矩只此矩，絜處卻不同，故「治國」章只説「藏身之恕」，而此章説「絜矩之道」，絜矩即恕之事，然而其道有辨矣。

「上老老」三句是興起其心，在以身爲教，末句是遂其願，在因人心之同，而爲聖人之政，此是兩義。然以身教興起其心意，在「齊治」章已説盡，此處引來，見平天下之道，也只在此同然處經畫處置耳。故兩義中只重遂願，不重興起，蓋治平教化，更無二理，只政事大有不同，故「平天下」通章只講「絜矩之道」，都在政事上説，不在教化上説。此節只要轉出末句，爲全傳題目。

「家國近」，「近」止言教，就躬行化下言也；「天下遠」，「遠」重言道，就政事制度言也。故中三句只説家國，而末句方説天下。或曰：如此説，則興起屬家國，而遂願屬天下，毋乃看成兩截，豈家國不須遂，而天下無煩興乎？曰：家國非無政事，而所重却在躬行化下；到平天下時，感應工夫已都在治國中做了，但恐立政制事處無以遍愜，五方異姓有宜此不宜彼者，此道之所當講也。然道之原頭仍在家國感應處，可見爲矩本一，但絜處有不同，故重在道。然所謂遂願者，亦只是遂其興起之願，原未嘗兩截説，但本同末異，須如此推極得盡耳。

君子不惟有以化之，又有所以處之，非謂平天下不須興感也，但化之意已在治國説盡，故此章止重「處之」邊發明耳。

或問云：幸有倡焉而興起矣，然上或不能察其心，而失所以處之之道，則其興起者或不得遂，而反有不均，是以必得絜矩之道，然後有以處此而遂其興起之善端。翫此則知絜矩之道，是在興孝弟不倍後事，故朱子又謂「不在前數章，到此是節次成了方用得」。

有云絜矩是家國已行，不是到平天下方絜矩，不知正爲平天下道有不同，故須絜耳。如國之政事與天下政事，其間許多條目，參差不齊，聖人正恐於此處稍有未盡，則不能均平矣，於家國間得此矩，而絜之天下爲道，務求必盡此參差不齊者耳。故謂矩爲家國所同則可，若絜矩之道，則畢竟朱子「謂到此節次成了方用得」也。蓋矩是理一，絜是分殊，重「矩」字看，則每縮到家國一源，而此處却重「絜」字，注中推以度物，正爲是也。

「上老老」三句固在前章「齊治」中指點下來，然只引得一「矩」字，所謂「絜矩之道」，却自有平天下事理在，故朱子曰「絜矩之説不在前數章，到此是節次成了方用得」，正爲國與天下自有分殊處耳。此是推放開去，非倒縮轉來也。若云只是這箇近也如此，遠也如此，問甚國與天下？一派顢頇，則「平天下」一章都成剩語矣。此亦是釋氏萬法歸一，三界唯心之病。

吾於勾股測量比例之法，而益明絜矩之説。若謂吾此矩，天下亦此矩，以矩合矩，故能平，則矩爲死物，其用有窮矣。蓋矩立於此，而天下高卑遠近陂側奇零之數，皆得而正之。其器至一，而其用愈引愈廣，使此器分線根本有毫秒之差，以之測算皆不合矣。然此器之準與不準，正要在事物上比例考驗，此平天下之矩必從人心同然處體勘而得，而工夫原在「格致誠正」中來也。

絜矩根源在「格致誠正」，其道由家國而推，則已統大學綱領之全矣。人心所同，有人欲，有天理，如好貨、好色，人所同也。然須是應好之色貨乃得，若但說好色貨人所同，却是人欲也，遂人心之人欲，則大亂之道矣。故孟子曰：「心之所同然者，謂理也、義也。」孝弟慈是理義之同然，故曰「矩」；禮樂刑政制度亦理義同然，故曰「道」；從此矩推行，爲道即理義同然之用，故曰「絜矩之道」，蓋謂絜人心同然之理，而爲平天下之政事也。但從血氣耆欲求各遂其願，此是黄老之自然無爲，釋氏之方便普度，非聖人絜矩之道矣。

首節「上老老」三句，指人心之所同處，所謂「矩」也。末句「絜矩之道」，又有遂其願欲政事在。第三節「所好」「所惡」是矩，「好之」「惡之」是絜矩之道，正相照應。

自「誠意」章講好惡起，修齊治平只此一線説去。好惡自己及人，曰新民，始於齊家，終於平天下，故二傳中説好惡獨詳明。平天下而引詩言父母，其意正深切，非愛民寬皮套子也。

泛向設施處講愛民如子、好惡與同話頭，極其至，也只到得漢文帝、唐太宗而止，非三代之治平也。緣此心先不是，如窮秀才伏處時，民之好惡，皆身體之，及服官蒞政，貪殘刻戾，其好惡又與民殊也。只緣做秀才時，其好惡先不端正，一切都是人欲，如何做官時，忽然循理得來？自三代以後，習成一功利世界，己心民心，皆失其正，凡禮樂刑政、制度文爲、理財用人之道，純是私心做就，先儒所謂心如印板，板文錯，則印出書文無不錯者。三代之所好所惡，無論己心無有，即民心亦不望及矣，豈不可哀也哉。故程朱責難於君，必以正心誠意，非迂闊也。

注中「能絜矩」云云，只一「能」字正有推行之功，後文理財用人，乃其條目大端也。

「此之謂」三字是傳者語，就道理上說，言能如此方當得父母之稱，不指民稱君子，亦不指君子以此稱自居也。注云「則是愛民如子，而民愛之如父母」，則上下之意都在，即謂百姓稱我作父母亦無妨，但「此之謂」三字不是指民言耳。

「民之父母」四字，人自習焉不察，得「此之謂」三字喝醒，方見當此者鮮。

「財」「用」二字，從「得衆」「得國」生來，開後文論財張本。人土即衆國，財用則衆國中物，原不是別生枝節也。章內三言得失，從此說起。翫一「此」字，是凛凛岌岌之詞，故注云「承上文不可不慎而言」。

有云德爲治天下之根本，非德爲財本也；財爲治平之末務，非財爲德末也。余以爲不然。「平天下」章論財用自此始，直至傳末皆言此事，故「先慎乎德」一句，「德」字便專就財用而言。看此節注云「本上文而言」，則德之本正對財，財之末正對德，故下節緊接外本内末，非可以泛論治平也。從通章泛論，不説道理不是，實非本節之旨矣。

本則理一，末乃萬殊，只是一箇「明德」。對「新民」言則民爲末，在「聽訟」言則訟爲末，就「財用」言則財爲末，須粘末看，又須離末看，如此「本」字，須緊從財上較出，方見親切。然不得離看，意則似專爲財而慎德，語病不小矣。

「仁親以爲寶」一句，是直出，無轉計；是快説，無遲疑；是順口便道，無迎拒囁嚅。晉文子犯兩人，平時極詭譎，此時極光明至誠，無他本也。

無他技，不是實無技，正言其「休休」「有容」耳。

「休休」只説寛平廣大，便與「如有容」混，盧玉溪謂「有淡然無欲，粹然至善意」，此説好。

「如有容」，「寔能容」，首尾相照應。「如有容」從「休休」中得其氣象，「寔能容」從「有技」「彦聖」五句中得其精神。

「人之有技」五句，總在「有容」句生出，故後又「我寔能容」之句，下半段又應「寔不能容」句，語意分明。

高下大小，無所不收，以見「有容」之至，是也。然必高下大小各盡其才，當其分，而後謂之「能容」。看「有技」二句，便見其下面纖細無遺；看「彦聖」數句，便見上邊極高者大者。我又能盡其高大，則高大更過之矣。若容有技與容彦聖一樣，便不謂之「寔能容」，可知其中正有明通公溥，裁成器使之道在，不是以一切渾蒙爲容也。

「不啻口出」，正從「口出」中見其「不啻」，不是不形之言也。

自「誠意」章至此章，皆以好惡爲用力處，然聖人論用力都重惡一邊，看釋「絜矩」節便見。論語講「恕」字，「道不遠」章講「忠恕」，皆以不欲勿施，故朱子謂絜矩正是恕者之事，此節又是絜矩中一事，其義本一。恕以求仁，故惟仁人能惡能愛。「此謂」二字須緊承上文，側重惡人講，鄉愿爲賊，剛毅近仁，理自如此。居鄉而同流合污，在位而包羞養奸，皆不仁之甚者也。

看釋「絜矩之道」節，只言所惡道理，原重惡邊説。「絜矩」從「恕」字來，不欲勿施，强恕之道本如是。

此申言好惡之極，至仁人方能得其正。從惡見愛，即「絜矩之道」，但言惡，而「樂只」節兼言之也。蓋人情公私，於「所好」處看，不若於「所惡」上看，更分明極盡。此義之所以成仁，而公私之界，分於義利，故章末又詳言之。

通章只講「絜矩」，爲好惡空講難明，故就財上説，就人上説，總只講好惡公私之極耳。

「秦誓」以下數節，皆借用人指好惡，非以好惡訓用人也。

全傳專言好惡公私之極，忽及貨財，忽及舉錯，皆是講好惡，就「治」「平」中枚舉一二大端，指示此理耳，其實禮樂刑政動止云爲，無非好惡，非謂好惡之道止於此也。即此二端中，亦貨財詳而舉錯略，以理財用人平對，亦屬後來講章標派名色，章句未嘗有也。至君子有大道，注中明訓「居其位而修己治人之術」，蓋即指禮樂刑政動止云爲總包貨財舉錯之類而言，非絜矩之道也。細翫章句，則其辨自見。

此「道」字直從經首「大學之道」「道」字生來，故注下「修己治人」四字即兼「明新」二句也。

「絜矩」意至上節已説竟，此節又另起總結，直照聖經首節，收歸「大學之道」，故注云「修己治人之術」，即「明明德」「新民」也。

此「道」字不是絜矩之道，絜矩之道，從心推出及民事理也。絜矩者，以民之好惡爲好惡，公之極也，皆只是新民一邊事，君子大道，則舉修己治人之全而言。以上言絜矩、言好惡之公私，此節言忠信，又從公私中推極誠僞敬肆之分，蓋所以行此好惡之公者也。

君子只是有平天下之位者，大道即所以居是位之術，其事理甚大，故曰「大道」。然非忠信，則施設皆虚，猶云爲天下國家有九經，所以行之者一也。故「君子大道」，須切「位」

上說;「忠信以得」,須切「居位」之道說。

注中特地云「君子以位言之」,正恐人誤看做有德者,則「驕泰」句說不去也。「大道」注中明云「居其位而修己治人之術」,人偏多貼用人理財,不知何據? 聞時論欲專主用人,尤難解也,總是不會讀注耳。

章内雜舉理財用人,緣此二事是天下事之大者,故舉以立論,其實平天下不止此二事,或又變而爲愛民用人,則用人亦愛民中事,取舍即好惡之一端,不可以作對也;理財用人,皆所以明好惡,但取用人而置理財之好惡,亦不可也。總之「大道」所該者廣,單指一二件,便說不去。

「大道」鑿定用人理財固非,又有直指即「絜矩之道」,其謬同也。絜矩之道,亦所以行此大道者,與「忠信」二字對,非即大道也。絜矩之道從「仁恕」生來,忠信從「誠」生來,皆所以行此大道者,猶之中庸行達道歸於達德,道德一本於誠相似。故有絜矩之道之君子以德稱,有大道之君子以位稱,各有確義,不可混也。

「忠信」,人即作「絜矩」看固非,離「絜矩」另標一道理名目又不是。「絜矩」是心理之同然,「忠信」即在行處實心上說;「絜矩」即「誠意」章好惡推廣言之,「忠信」即「誠意」章之自慊慎獨也。

「忠信」是「絜矩」前一節工夫。

以上只是説「絜矩」，故於上節特注云「自秦誓至此」。又皆以申言好惡公私之極，以明上文所引南山有臺節「南山」之意，正結清上文，見此節之不粘連「楚書」數節也。又於此節注云「因上文所引文王康誥之意而言」，則此節當直承文王康誥兩言得失，而不當承上數節又明矣。或云，此節是上承用人，下接理財過脈，不宜斷絶。此正是謬論。如其説，理財上已説過，下文不過因上有財意而申言之耳，原非特起，何用過脈哉？總之眼光拘小，只在貼身上下尋來路去路，而不知古人文章，端緒接續，脈絡貫通，間見層出，有别見於言外者，其來路去路，本自了然，但粗心者自不辨耳。

「大道」只是生財中底道理，要正大，不可私邪纖悉耳，與上文「大道」風馬牛不相及也。

此「大道」與上「大道」毫無交涉，人多云大道不止生財，而生財亦有大道，如此，乃是大道以生財，非生財有大道也。

有天子之財，有諸侯之財，有鄉大夫之財，有庶民之財，生財大道，統而言之，其理同也。然必自天子得其道，而天下之財無不理，此「平天下」之義也。

「舒」字有二義，舒徐固是舒，舒暢亦是舒也。南北轉漕，費以鉅萬，固是不舒；太倉之粟，陳陳相因，亦是不舒。

東坡有言：「吾得一法，大要是慳耳，美其名曰儉素。」看來家國道理，總只如此，故爲國須識大體，看一「舒」字，非僅節省之謂也。

「舒」不止戒淫侈。

管商桑孔，其道何嘗不能足財，却不可恒也。惟此四者不見有餘，自無不足，雖凶荒患害，皆不能貧，此方是恒足，此便是大道。

有謂財非君子所諱，先生曰：「不用如此説，纔説不諱，便看得私心小樣。」

「散財得民」，言其無私不貪，而適以得民。「發身」是傳者推論，非仁者爲要得民，而散財以要結之也。

「仁者以財發身」，謂仁者即於財論，亦以財發身耳。若謂仁者結民心惟此，則亦權術矣。

因上文言生財不可無道，恐人君意重在生財，故特下此節，以起下文。至末只一意，言雖生財有道，然不可外本内末，故又提出仁義，而以義利之重結之。

大意是申決上文「發身」之説，只合云上好仁則必有其財耳，而傳文故作三疊，正要跌出「義」字，爲下文義利之辨張本也。

君民上下，相接純是義，而其所以相接處原是仁，不容分屬也。然上但知有義，則矯恣貪虐之患生；下但知有仁，則觖望僭亂之禍作，故上專責仁，則下自安於義。

有謂君臣上下，非天所爲，人之所設也，故必以仁義相感。先生曰：「此意直從原頭差到底。君臣上下，皆天所爲，故仁義相感，仁義皆天也，彼亦以爲人之所設耳。」

自「生財大道」節至上文，就「財」上論所以生之、有之之理，傳又恐人主重視夫財而講究不置，反以仁義爲致財之道也，故急下末二節，見財利之必不可求，其爲後世慮者深矣。

引獻子言只取食禄之家不得與民争利耳，「此謂」二句通釋三段，未嘗有單指聚斂意思。

或問，朱子引公儀子董子以證上二段，引臧文仲冉子以證下段，則亦並舉無疑。

與民争利便是病國，便是不絜矩，故臧文仲妾織蒲，夫子直斥其不仁。

惟義乃利，天下更莫有利於義者，然如此説，則講義仍是講利，好義原爲好利，其爲人心之害反深矣。如釋氏以禍福勸人行善，其本心先壞，以私心行善事，豈復有善根乎？然義之爲利，理本如是，又不可不明，故聖賢必先説利之害義，與懷義之必當去利，然後轉出義本自利，更不須講利，其理乃圓滿無弊。如孟子之仁義不遺親後君，與此傳之以義爲利收結是也。

善者不是突然而有，即是曩時指摘放廢之人，至此事急勢促，方覺其爲善者，方覺善者之有，則大事已去矣。

理財用人，雖朱子論此章大段，亦有此語，然未嘗見章句，讀者勿泥爲不易可也。朱子曰：「『絜矩』章專言財用，繼言用人，蓋人主不能絜矩者，皆由利心之起，故狥己欲而不知有人，此所以專言財用也。人才用舍最係人心向背，若能以公滅私，好惡從衆，則用舍當於人心矣，此所以繼言用人也。」

呂晚村先生四書講義卷之四

論語一　學而篇

子曰學而時習之章

「學」字訓效。朱子謂所包甚廣，兼學、問、思、辨、行五者，未嘗專主讀書而言，讀書乃學中一事耳。時解每以稽古弦誦典籍等了却，此正是朱子所闢爲詞章訓詁之學，而陽明反以此誣朱子者也。

昔友與余論集注，曰：「『學』字被文公注錯，竟在讀書講義上看，豈不誤耶？」余誦此節注，答之曰：「後覺效先覺之所爲，何嘗專指讀書講義耶？」乃憮然置去。吾友亦好古能文者，蓋其時浸淫於良知之習，以集注爲洪水猛獸，士大夫皆以不看朱注爲高，而篤信邪説所云，硬坐朱子之罪，謂但知以讀書講義爲學，而爲時文者，亦以爲遵傳注必當云爾，故遇「學」字定以稽古博聞、詩書誦讀爲言，此攻者固不知，守者亦不知也，誠令細心讀集注章句，則豈敢爲此誣罔之論哉？　近日論者乃云作文須依注，講學則不可依注，以講學之説論文則非也，夫作文所以發明孔孟之言，此而不可用講學之説，則所講者何學耶？　固不辨而知其所主者之必邪説矣。

門人問：「學之言效，如其人非效乎？」曰：「效其人是也，以如其人爲至，古未之有也。孔門諸賢，誰不效孔子？　以顔子爲至，而顔子未嘗如也；有若似孔子矣，而反不及顔子；曾子未嘗如孔子，而獨爲得傳。　故非不欲如之也，無此事焉，故不以爲至也。」

儒者之所謂「覺」者指此理，外道之所謂「覺」者單指心。　理必格物致知而後覺，所謂知性知天而心乃盡也，覺心則必先去事理之障，而直指本體，故以格致爲務外支離。　然自以爲悟本體者，於事理究竟膠黏不上，於是後來陽儒陰釋之説，又變爲先見本體而後窮事物，自以爲包羅巧妙，不知先約而後博，先一貫而後學識，乃所謂支離務外，聖門從無此教法，六經具在，可覆驗也。

朱子謂：「第一句五字雖有輕重虚實之不同，然字字有意味，有下落。」今按「學」「時」「習」三實字，與「而」字一斷，人所共曉，惟「之」字指所知之理，所能之事，人都忽略，不知時習箇甚。

「説」字實境真味只在上句中領會，若脱却講便是拈花微笑，且喜大事了畢，非聖學之説也。

仁義禮智，非由外鑠我也，故如芻豢之悦我口，若道即心是學，便不是。

髫齔就傅，開口便能問「學是何物，所學爲何事」者，知其將來必能涣然冰釋，怡然理順，蓋此時已種根也。

凡提一字以貫通章，注中初無此意，即屬萬曆以來講説杜撰章旨，皆亂道也。若此章「學」字於理却合，注雖不提明，亦隱然脈線，蓋「學」字原無所不貫耳，若謂非此不可，則又不然。

「有朋自遠方來」，須連上節説下，然必問其所學何學？則其朋爲何朋？假如爲禪宗之學，則必有禿丁之朋。爲修煉之學，則必有爐火之朋；爲縱横技擊之學，則必有亡命無籍之朋，各學中支派不同，學亦隨異，然未有不相感應者也。

「人不知」地位甚高，不是歎途窮事。

「不知」隨地説，不專指行藏。

須是聖人説底道理，自可包括賢人步位，若移做得賢人説底，便到不得聖人徹上下境界。時解於首節止作誦讀話頭，次節止作交游話頭，末節止作士不遇話頭，此是低秀才胸中打論耳，於聖賢何有！

有子曰其爲人也孝弟章

上節就凡人虛論箇道理如此，下節言君子所以專用力於孝弟之故，未嘗粘煞兩箇人説，亦未嘗有上爲質而下爲學意，此皆講章説夢耳。

兩節原一氣貫注，不過因淺觀深，就小指大，總講道理如是，不曾分兩種人事也。自講説强分上節爲質，下節爲學，轉生支離，於是「君子」句要過文，「孝弟」句要過文，大都剜肉成瘡，愈講究愈不明白。

金仁山謂前節以質言，後節以學言，中二句泛言，亦是强分枝節，看來只大概論事理如此耳。若云但看凡人若孝弟便不到犯上作亂，不犯上作亂便是仁化氣象，所以要做仁民愛物工夫，必須在「親親」上做起。如此看來，原是一氣説下，只是前節在凡人一人身上推論其理，故孝弟與仁都説得淺小；後節就道理推論到盡處，不但仁字説得廣遠，即孝弟亦説得完全耳。

或問：「説者謂上節以質言，是凡人之孝弟；下節以學言，是君子之孝弟。闢之者又謂首尾孝弟相應，無犯亂不仁，即是爲仁，不得硬分兩項人看。二説如何？」曰：「前説始於金仁山，理亦無誤，但『質』、『學』二字下得不當，便成滲漏。上節是設箇假如，就現成人身上指點。此孝弟説得輕、説得小，也不論質、也不論學，如云大凡孝順之人，决不爲非。下節即根上節推出，此孝弟説得重大，完全只指點道理如此，『質』字固不相干，即『學』字亦言外意。如云不要小看了孝弟，乃是为仁之本，則不可不務學，意思又在此句下，語氣未及。故仁山硬分質、學，誠有病。至上節現成假如，自然指凡人説；下節講道理，自然指君子説。即不犯亂亦與爲仁不同。不犯亂只就凡人一人身上説，若爲仁道理甚大，仁民愛物，參贊化育，都在裏，非君子誰與語此。」

上節孝弟是指成質言，「其爲人也」四字是虚語，與「葉公」章「其爲人也」文法一例，猶云這箇人一向也。此「爲」字與「爲仁」「爲」字虚實不同，「人」字與「仁者人也」「人」字又大小精粗不同，時講每每牽合「爲仁」即「爲人」，不但不識爲仁道理，并不識爲仁文法矣。

末兩句只講道理，不在人身上説，「孝弟也者」，不但不粘凡人，并不坐定君子。

天下人都不犯上作亂，此是何氣象！故「爲仁」二字只在上文涵泳得之也者，其與神理，自然意味深長，蓋此節是足上語，非推開語也。

爲仁之仁，小言之，即不犯上作亂；廣言之，至於變時雍，上下咸若，即親親仁民愛物之盡，俱在外面推行上看。此一節即上節道理，極言其量之大，而孝弟之不可不務耳，非另生出「仁」字也。

或云：孝弟爲仁之本，集注云「仁道自此而生」，若作「始」字解，則與「生」字不合，便與「本」字不合矣。即第一坎二坎三坎之説，亦出朱子，然於集注不合，亦是未定之論。即以水言之，謂一二三坎之水皆出於源則可，謂二三坎之水出於第一坎則不可，如可謂二坎之水出於一坎，則三坎之水獨不可謂其出於二坎乎？此非有子本意。朱子已圈外之，而今人猶用此解，甚誤也。先生曰：「『本』字原有二義，一爲要約，一爲初始。仁爲孝弟之本，重要約義；孝弟爲行仁之本，却重初始義。纔説箇『爲』字，便有次第之序。親親而仁民愛物，故行仁自孝弟始。孝弟是行仁之一事，未爲謬也，若主要約義説，則正犯程子所謂「仁之本，不是行仁之本」矣。朱子一坎二坎三坎之説，正與集注意合。如謂一二三坎之水皆出於源者，此孝弟與仁民愛物皆出於仁也。謂二三坎之水出於第一坎者，仁民由於親親，愛物由於仁民，即謂第三坎出於第二坎亦無不可，但親親爲大耳。凡補全章意，朱子皆列之圈外，非謂與集注不合故也。」

譬之水，孝弟是第一坎，仁民之仁是第二坎，愛物之仁是第三坎，孝弟之與爲仁其科坎不同，然水只此水耳，若於孝弟外另講爲仁，便非「本」字之義。「爲仁」二字甚廣闊，平章協和，於變時雍，及上下鳥獸草木咸若，都在裏，可知有多少事理。但其次第必親親而仁民，仁民而愛物，若無此次第，便是異端二本，不成箇仁，故曰「行仁自孝弟始」。虛齋不肯將「行」字代「爲」字，「始」字代「本」字，則以孝弟是仁之本矣。孝弟是事上説，仁是性，豈有事爲性本之理？孝弟有孝弟之事，爲仁有爲仁之事，但爲仁之事必自孝弟推行出去耳。朱子謂：「本立則道隨事而生，如『事親孝，故忠可移於君；事兄弟，故順可移於長』」，正是「行」「始」二字義，虛齋自錯會耳。

孝弟是本根，仁道説盡處，從本根到盡處，其中煞有次第層級。人自父母兄弟以至昆蟲草木，其等不知凡幾，於父母兄弟面上用得十分意思，逐等殺派至昆蟲草木，尚有一分二分；若先於父母面上只得三四分，下便推派不去矣。所以人只要於父母兄弟意思使之極厚，此之謂務本根，本既厚，則以下便自推廣得去，亦不必更事講求。「本立道生」，只是如此。

今之放生戒殺，齋供施捨，以爲行仁，吾謂此直行不仁耳。富貴之家，每於此捐重貲而不惜，考其家庭孝弟，則有不可問者：一貧寠親族入門上座，便疾憎峻拒矣。蓋以所捐者明捨而暗來，家庭卹睦則有去無還耳。只此一自私自利之念，便不仁之甚，直是待其父兄親族，不如昆蟲僧道矣。故予謂凡感應功過勸善之書，皆勸惡之書也，其本不仁也。是論語第一章言「仁始」，故注云「心之德」，「愛之理」，兼解全部「仁」字也。此章專主「愛之理」邊説。

曾子曰吾日三省吾身章

「不忠」「不信」「不習」，在幾微不覺處加察，是曾子思誠之功。

爲人謀事雖極盡心，畢竟與自己有别，此私心也。

「不忠」不必有心僨敗人事，只謀事到八九分便住，此一二分，則德怨利害之故也。如烏喙食之殺人，若止云傷人，便是不忠。注云「盡己之謂忠」，「盡」字極難説，纔自説盡，便是不盡。

有謂曾子三省，不必拘泥三件，總只是凡事皆省察自反耳。先生曰：「曾子只舉得三，省却替他補無所不省。自以爲得曾子之深，不知其正是見三者之淺也。」

子曰道千乘之國章

「敬」字貫始終表裏。

「信」兼言與事説。

天地之財止有此數，聖人正就這上面還他个無過不及之謂節。

「人」兼臣民説。

「使民以時」，特愛人中之一事，王政重農，故又另言之。

楊氏論所存未及爲政之説，本之伊川，伊川之意，正爲此五者煞有條目實政在，恐人不去講求，故云此言淺近，而堯舜之治亦不過此，皆欲人向此五者擴充推極也，是補言外義，故朱子列之圈外。近來反以此爲正意，若云求治於一心而有餘，却正犯程子之所病矣。

子曰弟子入則孝章

「學文」雖末，然非小事也，聖賢豪傑將終身焉。在弟子當先務根本，且知識未充，故必有餘力而及之耳。

「學文」正是博學審問慎思明辨之事，斷不可少，蓋不學文則不惟固陋，正恐上數事有差誤也。

「學文」句淺深精粗並至，即「志道」章「游藝」之旨。

今童子六七歲就傅，便事讀書，問讀書爲何等事？則其父兄茫然，其師長亦茫然矣。人材從小便教壞，又安望其成人物也？今日村學堂中，肯寘一本小學，下老實教做去，世上旋旋出得幾箇好人大人，此豈小小事業耶？若只講做時文，無論醜惡，即做到極處，與所以要讀書事毫無干涉。凡爲父兄師長者，不可不省此意也。

子夏曰賢賢易色章

「賢賢」與「與朋友交」不同，人多混看。

事君能致其身，此是千古人臣破的語。凡筮仕立朝，每事俱從身上起見，縱使勳業爛然，直聲震世，究之打此關不過耳。

「雖曰」二字須活看。「曰」者，他人不確之論也。人先坐煞「未學」，便有何必讀書之弊矣。「苟非生質之美，必其務學之至」，正深嘉其學耳。

文學科中人，見得文學虛僞之弊盡，而爲此言，非欲廢學，正欲學之務本而盡其誠耳。「雖曰」、「必謂」，言所期於學者不過如是，非歎美其不學也。語氣抑揚間，其意自見。後來欲借以行其不必學之説，遂謂即此是學，而凡爲讀書窮理者非，因謂注中「生質之美」二句爲支綴，則子夏幾不免爲聖門之罪人矣。蓋聖門教人，只有知行，學所以致知也，行以踐其實也，二者有專舉，有全提。聖人之言，雖專舉而自全；賢人之言，則不免有偏重之語病。如此節專重在篤行，則輕在知邊，他日子夏又曰「學問志思而仁在其中」，專重在致知，則輕在行邊，合二章互觀之，可見其理之一矣。故朱子於「博學」章補雖未及力行意，於此章補生質之美篤學之至，正見斡旋妙義。

學問只在日用倫理上辨取一「誠」字爲難耳，今世講學尚氣節之徒，其中不可問。有更甚於流俗者，是僞妄曖昧，又過於小人也。

王介甫折張天祺曰：「賢却讀書，某却不讀書。」程子聞之，曰：「只此便是不會讀書。」今人每緣多讀幾卷書，胸中便有多少樣子，隨吾所爲，靡所不可，若以程子之義律之，只是不讀書耳。

子曰君子不重則不威章

聖人明言「君子不重」，則固有君子而不重者也。「不威」之下而云「學則不固」，則固言君子既學而有不重者也。蓋「不重」只是氣度養得不足，不是根本上事，然却能摇動根本，聖人言此以見外面之不可輕視耳。有謂「君子無不重，君子之學必然重，不重由其學來」，説來未嘗不是道理，却與本節之意不合；定要與孔子拗彆一上以爲高，聖人説外面，我畢竟要説裏面，亦可笑也。

有友論此節「重」「威」，只是初學外邊儀節上事，故序先於「主忠信」。余曰：「『重』『威』亦是徹始徹終事，初學工夫固須從外面有形象處扶豎起，到得既學後，亦有因不重而走作者，此是涵養精細工夫，非粗節也。」友曰：「到君子既學，豈尚有不重者？」余曰：「如此説，則『君子而不仁者有矣夫』，更説不去也。」

有云我擇勝己而後交，則友又將擇勝己而後交，必窮之道也，故必求如己者而友。先生曰：「『無友不如己』，恐其好勝喜佞，日就汙下，如孟子所謂好臣其所教而不好臣其所受教耳。豈謂不求勝己之友乎？若必求如己者而友，則以水濟水，即友不如己之病根也。」

知過不改，其病只坐一「憚」字。只憚改時，意已大病，不必論後日也。

「勿」字如旗脚之麾，正有力氣在。

曾子曰慎終追遠章

「慎終追遠」，指躬行盡禮盡誠處，非泛論制喪祭之禮也。

「民德歸厚」，謂民亦知反本盡誠，可以施教化而出治道，非謂即歸厚於君上，而服從固結也。

「慎終追遠」，只自盡其道，而民自歸厚，非謂欲民之歸厚而從事於慎追也。爲民而從事，其慎追之本已失矣，民何以歸厚乎？凡下句説到功效者，必不可倒講，此義利之辨也。

子禽問於子貢曰夫子至於是邦也章

亢意只在「求」，「與」字却從「求」字轉出，體貼「抑」字便見，故子貢亦不更辨「與」字。

五者正要説在外面淺易處，千人萬人，一望即見得如此，雖冥頑庸鄙皆可信，故必聞其政耳。又須知聖人原無打點五德之意，在邦君心目間感化，彼且不自知所以然，又從何見得？即在學者日見聖人處，悟其所以得聞在此。

此是子貢推測必聞政所以然，亦是子貢眼中見得聖人德容氣象如是，聖人固不自覺，非真夫子挾此五者之術以希合於世也。

此是子貢善言聖人處，聖人初不自知有五者，又安得以五者蘄聞政乎？沾沾爲聞政而出此五者，聖人亦大狡黠矣。

子貢言下薦機，隨波逐流，只爲子禽鈍漢，「求」「與」二字作轉語耳。若説夫子實以此五者得之，或五者便必得國政，即犯死語矣。夫子何心以五者得聞，即得亦止聞之耳，何嘗得政哉？「得」字止是人樂與言，故五德亦但就和易一邊説耳。

有謂玄德升聞，堯命以位，不是初見舜容即命之也。先生曰：「玄德升聞而命以位，此以聖人禪聖人也。温、良、恭、儉、讓，而必聞政，此以聖人感庸人也。豈可以此比例？要之，命以位則聖人亦必歷試詳慎。若必聞其政，即堯初見舜容，亦必爾爾。」

温、良、恭、儉、讓，只説得聖人發見處，在聖人發見處亦只説得一半，故注下「過化存神之妙，未易窺測」數句，正爲子貢斡全語意，令後人不倒看，錯走作用，其義甚精。

金仁山謂注中「盛德」「過化存神」是補内一層，「亦」字與圈外謝氏三「亦」字，是但指其外。似矣，而猶粗，在未見朱子意旨也。所不足於子貢者，爲此五字於夫子德容亦止得其謹厚謙退，不自聖賢之一節，於聖人中和氣象多所未備，看「子温而厲」「望之儼然」二章可見。朱子恐學者看錯一針，一向偏於和柔，則鄉愿流俗之害生，故正欲補其外意，不重内也。惟「德盛」「盛德」是補其内，「亦」字與三「亦」字是但指外之一節，亦不是補内，緣子貢爲子禽「求」「與」二字下轉語，「以得之」三字却著痕迹，朱子爲此三字補滲漏耳。

人看得此五件平淺，不足以概聖人，要就上面别尋高一層景象，不知正不消如此。看注中「即此而觀，其德盛禮恭」云云，則所謂「過化存神」之妙，原懸起一層在五件上，正不當看低此五件也。

子曰父在觀其志章

開口便説「父在」「父没」，則志行原從孝上觀也；若到「三年無改」句纔講孝，則上面説箇甚。

凡急改父道者，不定要非其親，只是要急見己美耳。

有子曰禮之用和爲貴章

天高地下，萬物散殊，而禮制行。纔下箇「禮」字，便十分嚴肅，異端看得這嚴肅煞艱苦，道是聖人將箇外加道理，柴栅纒繳人，於是悟得真性本無物，禮豈爲我設，正「知和而和」之源流也。有子見於此，故即此嚴肅上指出自然道理，看其運行處，心安情順，有非此嚴肅不可者，便是真性流行，原非有所艱苦也。如拜跪於君親，揖讓於賓友，雖極敬畏，然必如此乃安，但於拜跪揖讓間見得此意，所謂和也。「知和而和」者，便謂拜跪揖讓，不過致此真意於君親賓友，吾已得此意，雖不拜跪揖讓可也。其用必猖狂蕩佚，禮之本體皆失矣，又安可行乎？大意祇是如此。

有云禮以人情爲端，嚴則不便於人情，和則便於人情，故以和爲貴。先生曰：「禮之以人情爲端者，如鐘鼓管籥以飾喜，干戈弓矢以飾怒，衰麻哭踊以飾哀，皆因人情而生品節。然其原則本於天，聖人殺之以降命。聖人不敢以己意與其間，況狗凡人之欲乎？惟其本於天，故等殺品節，秩然有制而不亂，即所謂禮之體之嚴也。惟其本於天，故其行之也貴乎從容自然，而各安其倫，即所謂用之和也。嚴與和皆天也。今曰嚴則不便於人情，而和便於人情，是本心之學，非本天之道也。是以和爲禮之本，而非禮之用貴和也。自晉人尚異教，破壞禮法，至謂『禮豈爲我輩設？』則直滅天理而狥人欲矣。士大夫之見解如此，此晉以後之天下所以不可言也。」

晉人曰：「禮豈爲我輩設耶？」此真禽獸之言，而後世猶以爲美談，此良知之説所以日熾也。

「禮之爲體雖嚴」六字最立得妙，纔見「之用」字「爲貴」字，有子不是亂下。有子講道理喜就下一橛説，故「和」只在「用」上見得，朱子補出禮之體説，深有意在。惟其體本自然，故其用從容不迫。和原在禮内，若止向用處尋和，便是禮外添了一箇。故凡朱子斡補字義，雖本文所無，必須提闡。自隆萬來以注爲支離，必以渾融脱略爲妙，亦本於異學改復古本大學，入室操戈之私意，而微言大義隨之澌滅矣。

禮之用自和，故和不在禮外，若以和用禮，分明自有箇和在矣。只緣「用」字看得不的，「之」字有無一般，其病便鑫起耳。

和與禮總是一片，到「知和而和」纔是兩片。人每説成兩片者，其胸中原只曉得「知和而和」之和，而不曉得禮之和也。

「和」字須抱定「禮之用」三字説。謂禮本是和固非，謂禮本是嚴，以和爲貴，亦非。蓋禮者，天地之序，其用則本和耳。人每看和在禮外，其所謂和，非有子之和，乃禪和之和也。

「和」字雖同，其所爲和已不是。嵇阮之狂，二氏之自在，正是不和，然皆自以爲和，其錯却在「知」字。

禮之體本嚴，而其用則貴和，和非禮之本也。「知和而和」，失禮之本，故曰以「禮」節之，不曰以「嚴」節之。蓋道箇禮，便是嚴也，看和與禮成兩件固粗，看和爲内而禮節爲外更粗。

有子曰信近於義章

此節都在言行交際尤悔極弊處，作傍理寡過之思，是降一步説，不是盡頭道理，不則，義禮如何云近？交親如何云不失乎？故「可」字「遠」字「亦可」字，從「近」字「不失」字生來，而「近」與「不失」字，又從「信」「恭」「因」字生來。若將「信」「恭」「因」看得重大，下面便説不去。「信」只指期約，「恭」只指小節，「因」只指踪迹，於最輕易忽處，能近而不失，自然可且遠矣。

「信」只是偶然期約不經意處言之，所以不「復」，固由於失義，而義之所以不合，由信原最易忽略事，人多率任，少斟酌也。

「復」只在「信」時，「可」之理已在。

此節「信」「恭」「因」三字總要看得極輕。如「因」字不可便做求友看，只是踪迹初交處，或偶然遇合，或庶事作緣，不必大倫中朋友之正，然亦將終身與之，或其中亦遂有足爲朋友者，其初必有所因而交，故謂之因。若竟作求友論，則「不失」「亦可」語意都説不去矣。

今人看「朋友」二字便不仔細。朋友在五倫内與君臣、父子、兄弟、夫婦相同，平生關切身心，不多數人者是也。其餘自尊貴及閑散卑下之屬，雖踪迹極密，皆後來旋成朋友，然初因也，非朋友也，故「因」字所該者廣。古今朋友之變，亦多從「因」字錯來，不可不省。

子曰君子食無求飽章

「無求」正要看他畢竟爲何，若下面不是，連無求多不是。

「食無求飽，居無求安，敏於事而慎於言」，凡爲好學，必有是四者。有是四者，只可謂之好學，未可謂之有道也，須看他所學何。學如鄉愿之學，佛老之學，詞章之學，功利作用之學，以及後世陽儒陰異之學，苟好其一，未有不兼是四者而後謂之好也。然可惜枉用一生心力，於道何曾見得分毫？或問圈外尹氏亦發此旨，然則取正於有道，即所學不謬矣，豈尚有非其所好者乎？曰：「正爲『有道』二字難説。陳相悦許行，神光參達磨，王艮拜伯安，他也説是就正有道，傅子淵、包顯道、袁機仲之流就紫陽而不知正，彼且以金溪爲有道也，奚其正？故中庸曰：『思知人，不可以不知天。』如何得知天？只是格物窮理。」

須知君子之學何學，而後講好之如此，若「學」字不曾分明，則所好終成駁雜，非君子之學也。就正正非容易，有道亦亂認不得。

注「凡言道者，皆謂事物當然之理，人之所共由者也」，是借第一箇「道」字，訓明全書「道」字之義，尤「務本」節訓「仁」字兼説心之德〔一〕，其實「務本」節「仁」字只重愛之理，此節有道固指共由之道，然只重有此道之人，不便單提説也。或問「道」字前已兩見，何獨至此而全訓之？曰：「『父在』章『道』字只指前人之志事，『禮用』章『道』字只指先王政治説，都不是學問通舉之道，故注始於此。」

子貢曰貧而無諂章

學問中人未必盡無驕諂，處貧富便是學，樂與好禮是他性情造詣如此，初非以貧而樂，以富而好禮，故進於無諂無驕。子貢引詩，悟得天下道理皆不可安於小成，不專以此爲樂好禮之工夫也。「告諸往」只是告以處貧富之道，「知來」只是悟得天下道理皆不可安於小成。

無諂無驕，止去得流俗私情，原未有義理自勝處，便易走作。樂與好禮，講到學問至處，孔顔之蔬水簞瓢，舜禹之恭己無間，境界無窮。

正爲子貢意中看得無諂驕已至，夫子又爲指出樂與好禮境界，樂與好禮即無諂驕更上一層，非埽却無諂驕也。朱子謂「有人合下便樂與好禮，不更回來做諂驕」，又云「今人未能無諂驕，便要到樂與好禮，如何得」？明此二義，其理始圓。

子貢引詩，就「可也」「未若」轉語，見箇義理無窮，已不著貧富上。夫子許可子貢，又説他觸類通達處，喜其知不滯而進取高遠，并不著詩上，并不著義理上矣。

「斯」字只就上文説，往來只就問答説，萬曆以後，竟寫做話頭公案，書意始漆黑矣。

「往」，指首節所論處貧富之道，「來」，指子貢所悟學問之功，故注曰「已言」、「未言」，須畫開兩邊説。惟其不相涉而觸悟，故可與言詩在此。須知夫子此句，只是許可子貢知義理無窮，能於學問推充，不重在言詩也。

子夏原是言詩，此章却因學問説到詩，「可與言詩」，亦正爲他於學問進取無窮耳。遮上面又有一轉在，不得竟將詩做了盡頭。

【校記】

〔一〕尤　疑當作「猶」。

吕晚村先生四書講義卷之五

論語二　爲政篇

子曰爲政以德章

「爲政以德」，是現成象，是囫圇句，拆開不得，層摺不得。朱子曰：「德與政非兩事。」問是以德爲政否？曰：「不是把德去爲政，不必泥『以』字，只爲政有德相似。」細玩其理自明。

「爲政以德」猶云「有德之政」，不是德與政分論，故「爲」字「以」字都不是著力字。

他處虛字要著力，此句「以」字著力不得。若云以德去爲政，即分德政兩事，即向外去，其德亦驩虞黄老之德耳。

「爲政以德」不是廢政，但以德先之耳。

首句止得半截話，「無爲而天下歸」意，在第三句中見。居所而衆星共，正以譬德之主宰運旋，只指出無爲化神之意耳，非擬天子高居而四方環衛也。

北極亦自動，第人不可見耳。

此頗與黄老相近，得黄老之精，則所謂居簡馭煩，以寡制衆，亦自見得此意。顧其彌近理而愈失真者，其所爲德，非吾之所謂德耳。昔人謂漢以黄老治，如曹參之守法，陳平之不對錢穀刑獄，與文帝之謙讓未遑，放賈生、置晁錯之類皆是，然亦衹得黄老之粗者耳。何則？北辰居其所，是動之至，非不動之至，黄老之所爲德，在至勞，非至逸也，而漢人惟知以逸待勞，故吾謂黄老之精，漢人尚未之見及也。而後世所見，又出漢下。治天下之法，固宜其架漏千年，而三代以德之政，終不可得而見也與？

自古君道未有求逸者，即無爲而治，亦人不見其迹耳，聖人煞憂勞無逸。

子曰詩三百章

此是論詩教之大旨，示人以讀詩之法。舉全部詩經而言，非指作詩之人之事，亦非釋詩之詞義，爲逐章逐句尋解脱法門也。

此乃聖人指詩教之本，教人讀詩之法，不是讚詩，亦不是論思，亦不説詩之思本皆無邪也。

「一言」不是貪省求直捷。

全旨重「無邪」，不重「一言」，范氏「守約」之説，是題外推廣義也，各經皆然，何獨詩乎？故次之圈外。

但取悟要之意，猶可言也，至謂悟得一言可蔽，即可不須三百，此大亂之道也。然而講悟要，勢必至此，故悟之一説，無忌憚之術也。

知其爲邪即無邪也，若揀出邪放隱處，邪愈有矣。後學怕説到邪，正見他渾身都是邪耳。

詩之緣起，原從采風考事而立，只一採訪陳觀間，可知有先王許多刑賞慶讓、補救化導之道在，此無邪之本也。後人讀詩，提起此意在前，則雖誦淫奔昏亂之章，皆得性情理義之正矣。後人不明斯理，反以朱子之説爲疑。若聖經必存正去邪而爲無邪，則大易不當設「見金夫，不有躬」之象，而春秋亦不當載姜氏會齊侯之文矣。

注中「善者感發，惡者懲創」二語，是「無邪」定解。近人惡切實而務圓通，都不肯如此講，或全主一言，或只拈「思」字，便似夫子離却語言文字，立不二法門，直指人心者，其害道可勝言耶？然其來亦有所本。由王伯安竊陸子静之説以畔朱子，謂三百無淫詩，然猶知其説之難通也，則歸咎漢儒雜亂夫子已删之詩，非古經矣。至郝京山敬祖述其意，猖狂譋詆，謂既經删正，淫詩焉得復在三百之内？朱子於詩稍涉情致，即爲淫奔，使聖人經世之典，雜以諧謔，初學血氣未定，多生邪思，致蒙師輟講，父兄不授，故其詩解一以古序爲斷。今即序論之，則桑中、蝃蝀、氓、丰、東門之墠、溱洧、東方之日諸篇，在序已不得不言淫亂矣，其詞獨非諧謔，初學聽之，獨不生邪思，蒙師父兄獨可哆口而教乎？至毁朱子爲高叟、咸丘蒙，而以子貢、子夏、孟子言詩爲斷。夫説詩與注詩不同，以説詩注律注詩，此所謂高叟、咸丘蒙之見也；果如敬言，則亦但虚懸本文，聽人解悟圓通足矣，又何必執古序以爲左證乎？又謂朱子將六經許多義理割與二氏，自守皮膚；趙貞吉亦自謂不諱禪學，禪正是聖道之精微，朱子自割以授二氏耳。盗憎主人，民惡其上，其悖妄一轍，正可見其底裏所自出。嗚呼！自孟子割之以與翟朱，程朱割之以與佛、老久矣，敬與貞吉乃欲援而入之，多見其不知量，又何傷於日月乎？

子曰道之以政章

兩節平舉，語意歸一，優劣善否，瞭然難混，朱子恐後人遂偏廢政刑，故於圈外説圓，謂德禮中原有政刑，聖人只爲第一節專用政刑乃不可耳。朱子所云不廢者，正德禮之政刑非專用之政刑也。論者動云不可貶政刑而尊德禮，是欲將專用政刑者周旋，先與聖言相剌謬矣，豈朱子注意哉！

有云政刑不可説壞，蓋春秋時所謂政刑，尚是太公之治齊，非後來申商比也，子産之於鄭亦如是。先生曰：「看朱子圈外總注，政刑德禮，原俱指先王所以治天下者，故曰『不可偏廢』，但爲耑重政刑而不本之德禮者言；若專重政刑，則雖先王之政刑，亦止得『免而無耻』，故政刑不但不是申商，并非太公子産之所爲政刑也。」

德禮在先，政刑在後；德禮爲本，政刑爲末：古今理勢之必然。聖人分别兩者得失淺深，原爲耑用政刑者而設，故次第説入耳。或將德禮講做政刑後商量變計，却須將政刑廢壞矣。

或云：德禮指在上本身説。德訓行道有得，合身心言，如其身正，不令而行意。禮即行事中正之矩，道立於身，而道之齊之以此。若但説教民爲善，則霸者躬行雖闕，何嘗教民爲惡，仍是道之以政矣；禮偏指五禮，則只是教民習禮矣。禮即德中無過不及之則，而散爲數度者。如云德道未能，又須禮齊如此，則禮之效深，而德之效淺矣，德固禮之本也。先生曰：「此章原爲治法分辨本末，不重責君身意。若正身而民化，又别一話頭。此章『道』『齊』二字，原專指教民説，但德道指君之躬行倡率耳。禮便是制度品節之及民者，故曰『齊』，若謂禮亦在君身行事看，則仍是道之非齊之也。注中『固』字『又』字次第甚精，此『又』字與『又多能也』『又』字同例，是加詳，不是推深，正分本末輕重説，非禮深而德淺也。政道不從，又須刑齊，德道未一，又須禮齊，文義自明。合論之，德禮爲政刑之本，分言之，德又爲禮之本，非謂齊深於道也。道注『先之』，齊注『一之』，是兩節通訓，故不特德道是率先，即政道亦是率先。霸者治國亦必身自行法示信，即所謂道之以政也，但霸者率先只在紀綱法令，與王者之率先只在仁義孝弟，此爲不同耳，不可因霸者之教民亦以善，而謂王者只躬行，未嘗教民也。」

子曰吾十有五而志於學章

「志學」，是徹始終事。

工夫吃緊在前三節，雖聖人生安，於此想亦煞用力來。到「知命」以下，只是涵養充積去，用力一節輕一節矣。

問「五十而知天命」，曰：是先有這件家伙在。「知天命」，只是曉得這家伙來歷耳，若先不認得這家伙，更問甚來歷也。

「耳順」是聰之至，不是淡，要淡聰明，即非聖學。

聖人之學，性天之學也。自古無學心之説，有道心便有人心，故心不可爲學也，學所以正此心耳。直指人心見性成佛，學其所學，非聖人之學也。故凡言「心學」二字，即是爲邪説所惑亂，彼只要歸於無善無恶耳。聖人説箇「從心所欲」，重在「不踰矩」三字，矩者何？性也，天也，至善也。心與性天合一，方爲至善，方是聖學，可知心上面更有在。故謂聖學都在心上用功夫則可，謂聖學爲心學則不可。

説箇「不踰矩」，可知聖人心中刻刻有箇天則在，不是即心是道。此本天本心之别，即程朱之所謂「主敬」也。

聖學原無一息之停，刻刻有日新處，數者只就十年大段舉箇名目教人耳。

聖人工夫只一片去，到十年獨覺得火候一變耳。如元氣流行，不見他那一日换却寒暑，然四時之正自嬗。

聖人止是一路做去，純亦不已，不是過十年另换一番工夫，也不是無思無爲，忽然又開一樣境界。

道理境象，循節相生，後十年消息，已在前十年做透，前十年見處，却與後十年不同，與邪門忽摸著鼻孔，又道鼻孔原來向下，總没交涉也。

或云，夫子隱其學之徹始徹終者，而言其積累者以教人。先生曰：「聖人言語，句句真實，凡所謂謙辭，亦是後儒推原而言。若説聖人有意作謙，便有弊病，況有所隱乎？程子所謂『聖人未必然』，朱子所謂『固無積累之漸』，是指聖人生質而言，言其生知安行，於所謂志學、立、不惑等，不大段吃力，界畫定做耳，不是説聖人别有一種易簡道理、直捷工夫，秘而不傳，而故立此節目，爲下乘説法也。惟禪門有兩種接機，姚江竊之爲天泉證道云：『無善無惡心之體，有善有惡意之動，知善知惡是良知，爲善去惡是格物。』這話頭爲其次立法的，若接利根人，則心意知物總是無善無惡，本體工夫一悟盡透。如彼之言，原有兩道，故有隱有示耳。聖道決無可隱。」

聖門總無頓悟之法。和尚家有一宗，名一樣啞謎〔一〕，要人猜著，猜著便無事，故有頓漸之説。聖人之道，做到老，學到老，假我數年，卒以學易，活到八十九十，又須有進候不同處，總無頓悟事也。或曰，然則生知者非與？曰：生知者，知之易，不喫苦，如所謂聞一以知十，聞一以知二是也，非謂定不須學也。且如孔子問禮學琴，也須從人問學來，但到手容易，默識心通處不同於人耳。聞韶三月不知肉味，是怎地用功，何曾一聽便了悟哉！講到末節，多説窮神入化，學成德全，他竟不許孔子再活到八九十去，甚可笑！

問朱子知行分配之説如何？曰：朱子謂志學，一面學，一面力行，而以知爲重。立本於知，而以行爲重，則知行原十分畫開不得，朱子因門人問如何分知行，故隨問答之，非此章一定之分限也。問「十五志於學」章知行如何分？朱子曰：「志學亦是要行，而以知爲重，三十而立亦是本於知，而以行爲重，志學是知之始，不惑與知天命、耳順是知之至，三十而立是行之始，從心所欲不踰矩是行之至，如此分看。」

孟懿子問孝章

懿子不再問，便見其錯會。

孟武伯問孝章

不説人子之心，而反説父母之心，此是對照語；只説父母之心如此，又不説人子宜如何體父母之心，此又歇後語。其辭氣極活極冷。惟活也冷也，纔刺入人心裏去。

凡無疾之時，皆父母所憂之時，此所謂「疾之憂」；所謂「惟其疾之憂」也，程子謂武伯其人多可憂之事，正見此義。

子夏問孝章

不説色應如何，應如何便有模擬，可模擬便未爲難矣，隨時易地，其道無方。舜之齋慄有齋慄之難，老萊之嬉笑有嬉笑之難，中有一分孝，外便有一分之色自然流露，無可掩著，難處原不在色，不在色，色之所以難也。

根心生色，不假貌爲，然則真朴者其色無難乎？此又有説。温寶忠母夫人舉此句爲訓曰：「性急人，烈烈轟轟，凡事無不敏捷，只父母前一味自張自主氣質，使父母難當；性慢人，落落托托，凡事討盡便宜，只父母前一副不痛不痒面孔，亦使父母難當。」其言粗淺而有味。色豈必出於不孝？凡自以爲其心無他，徑遂出之，所傷已多，皆此義也。色固由於氣之和，氣由於愛之深，而所以能深能和，則必天性學力並至而後有此，此所云難也。程子謂「子夏能直義而或少温潤之色」，須識此意。

子曰吾與回言終日章

「如愚」是「不違」外貌。

退省只是實，勘其所行耳。人每說得聖人神張鬼智、悄冥窺覻相似，豈不可笑！

「發」謂日用動静語默間，皆足以發明終日所言之理，但謂言上發明固非，離却夫子所言而泛言發夫子之道，亦非語意也。「亦」字是驚喜詞，不是輕可詞。

「足發」正見「不違」中默識之妙，非兩層也。

此章久在雲霧中，以「如愚」爲老氏之盛德若愚，以「足發」爲衆妙之門，而全抹去動静語默之間，發明所言之理之意。總由平日胸中無「身體力行」四字，處處走入玄虛，與聖賢大旨背反，不獨此一章也。

子曰視其所以章

聖人只論觀人之道當如此，若其所以爲視觀察者，煞有本領，是上一節說話，聖人未之及耳。故朱子引程子之言於圈外，蓋不見此理，但講視觀察，恐後人蹉入自私用智之術，流爲機權作用，失却聖人所以觀人之本也。

程子所謂「知言窮理」，是平日自做工夫，原不爲視觀察而設，然却是視觀察底定盤針子。或有改知言作知人者便不通，三句正講知人，知言乃所以知人者也。知人是性之德，智之用，不是做工夫處。

或問朱子聖人當不待如此著力，曰：這也爲常人説，聖人固不用得如此，然聖人觀人，也著恁地詳細，若不教徹底分明，如何取舍？此等處直是朱子道得盡。知人則哲，惟帝其難之，敷奏明試，三載考績，聖人如何委曲周到，也是道理合如此，聖人未嘗不詳慎也。誠至明生，只在「知言窮理」上省得苦工夫耳。

或謂一時而視觀察都到，斷無此理。須知此章爲人論觀人之法當如此，不是聖人自夸其神鑒也。

凡人情僞，自上古至今日無異也，聖人窮理盡性，能知鬼神萬類之情狀，其道固如是，非爲末世奸嶮，而聖人爲立鉤距之術也。視以觀由察安，在唐虞三代前理亦爾。有謂人情日深，鉤距日密，雖聖人不能坦然以游世，是聖人胸中先擾擾多機械危險矣，何以能知人曲成萬物哉？且孔子時已世變易術如是，更數千年，將聖人亦相從爲魔怪耶？

子曰温故而知新章

有謂人之爲學，以見聞自牿者多矣，君子學求諸心而自得。先生曰：「『故』者所已知，『新』者所未知，都只在聞見中説，言因其所已知者而益加精詳，日知其所未知，非謂『故』爲聞見而『新』爲心悟也。猶之看書，初時所見猶屬皮膚，若能思辨不已，剖晰精微，或悟前解之粗，或知他説之謬，或得向時未見處，或旁通於别義，皆所謂知新也，如此則可以爲人師而講書辨難矣。注所云『記問之學，無得於心』者，猶之近日秀才，止曉得一本説約俗書，自以爲原本傳注，此以淺陋爲『故』而不知『新』者也。又有一種學究，博考講章，如所謂蒙存淺達者，以至於大全，則自以爲無所不知，而究於聖賢之旨，不知其所歸，所謂蒙存淺達之迂訛、大全之䮞駁，不能辨也，此以駁雜爲『故』而不知『新』者也。又其甚者，造撰新奇之説，離叛傳注，如袁黄之改注，葛寅亮之湖南講，及説統説叢等，此又以謬妄爲知『新』，而非聖人之所謂『新』也。凡此總因四書之理無得於心，而徒爲講章記問之學故也，非謂四書傳注之外，别有所謂『新』者，當舍傳注而求之心也。且聖人明言『温故而知新』，則『新』原只在『故』之内知之，得力原只在温之内，未嘗云棄『故』而知

『新』也。」

有謂以物應物，執其一以格其萬，必有所限於物而不通；以心應物，則隨取而皆裕。先生曰：「以物應物，方不執一以格萬，以心則限於物而不通矣，況『温故知新』，亦不是心與物之分。」

有以「故」爲形而下之器，「新」爲形而上之道。先生曰：「『温故知新』，是日知其所未知耳，非故爲形下而新爲形上也。今日之新，異日又成故矣。」

中庸温故知新作兩節看，此只作一節看，新從故生，必新生而故爲實得。

子曰君子不器章

「不器」，不是不能器，無器不備，其本領不關器，不可以器求之、限之耳。無所用者非不器也，君子有時以一節見，如治水、稼穡、掌火、明刑之事，似有專長，然而不器也。

「不」字須放在「器」字上看，又須放入「器」字中看，乃得其全，人但見得「器」字外耳。

子貢問君子章

「先行」句即落箇「其言」，則其言非泛指辭説，即所知之事理也，若云我所知之事理，必躬行有得而後可見之言。八字只一句説，「行其言」只指一件，與别章重行慎言之義不同。别章「言」、「行」平對泛説，故「行」字去聲讀，此只是一片説，故是平聲字。

「其言」乃所知所得之事理也，不就做一番言語説過，必先身體力行，步步著實，而後説出來。「行其言」三字拆開不得，拆開則「行」字是去聲，而非平聲，去聲是對待字，平聲即在「言」字上見，故比他處平舉之言行較深一層也。但作言行先後，則「其言從之」四字都無著落。

「其言」非有聲之言，言之事理也；「行」非得行之行，踐其事理之實也，故「行其言」三字拆説不得。

「其言」非言也，「從之」乃言耳。以今日論君子，只有其言在，所謂先行後言之意不可得而見之，在君子當日亦必空中先有箇其言在，方去先行後從耳。

有謂子貢居言語之科，夫子此語專伸起「行」邊耳。先生曰：「祇是眼前所見事理，其未體諸身也，曰『其言』；舉而見之實事，曰『行其言』；及其宣之口耳，曰『而後從之』。然則『其言』非言也，『行其言』非專指行也，總是此理顯藏，次第分名，究之，只要完得此理，實有諸己，以喻諸人耳。若云專伸起『行』邊，却須先有其言在而行之，又早言伸在前了也。宗門人要去事理障，先不要有其言，看得『行』是運水搬柴作用，『言』是語句文字義學，打合不上，强分輕重，只爲其言上無是非，故行處全無義理，直謂不曾有所行可也。」

意固重行，而語實爲言而發，對子貢病也，看下箇「其言」字，則言之理已在前矣。

「先」「後」是君子終身刻刻如此。

「而後從之」，是到此自然流出，非爲此而先行也。

子曰君子周而不比章

「周」字中等殺越精明，氣象越廣大。

萬曆以來，門户之争，害人家國，只消一「比」字耳。祁虎子問一門户要人於東林鉅公，曰：「此君子也。」將薦矣；問於山陰劉念臺，曰：「此小人也。」遂劾之。天下稱其公直。鉅公亦長者也，然未免比矣。如念臺先生其庶幾焉，而虎子能信山陰而不顧門户，亦不可及哉。後人猶以山陰爲東林，此門户人引以爲重耳，其實不然。

子曰學而不思則罔章

「學」謂講習之事，凡一技一業，世務云爲皆是，讀書不過其中一事耳。洒埽應對進退，造之可至聖人，若不思則不得其理，所謂「終身由之而不知其道」也。不思之人，猝乍有所見，便自以爲是，必不肯並存闕疑，乃所以罔也。有謂思以求心，先生曰：「此騎驢覓驢也，思以求其理耳。」良知家作爲顛倒，善知識窮兇極惡，皆只爲打掉了窮理工夫。

子曰攻乎異端章

有解攻爲攻伐之義，先生曰：「攻治之攻，改而爲攻伐之攻，其義水火矣。要使天下無是非，混同異，是何心乎！」

子曰由誨女知之乎章

首句空説箇「知」之道，「知之」「不知」，是「女」字中所自有；「爲知」「爲不知」，是能不自欺；末句就指不自欺處，即是首句「知」之道。故首末兩「知」字總説是一樣，而有虚實；中四「知」字，上二字是自己見地分現處，下二字是不自欺。細看來，六字字字不同。許東陽謂中四字指一事之知，猶覺籠統在。

「知之」、「不知」就事理上説，纔見得有知有不知，便自畫不得；「爲知之」「爲不知」，是當下心上不欺處。

「是」字直指上兩「爲」字，不指知不知，所謂無自欺之蔽也。

自欺之蔽，一則蒙昧不自察，一則雖覺而强蓋過去。知之不知，則能自察矣；爲知之爲不知，則不强蓋矣。「是」字只指當下，由此而求其可知之理，朱子補圓道理如此耳。

講章謂子路以不知爲知，實坐不知，非曉得不知而飾爲知之：此却與注意不合！蓋好勇之賢乍有所見，主張到太過處，一冒過去，便是自欺，故朱子引正名一節，便以孔子爲迂，和那知處也不知了，證得最明。子路豈不知孔子之不迂？只要主張名不能正太過，致此蔽耳。講章之誤在一「飾」字，飾者不肖之自欺，强以爲知賢者之自欺，自欺亦有粗細之分，然總爲自欺，則於理蔽一也。

聖學説知便指義理，不指心體。但心有自欺之蔽，則義理障拒而不明，所見皆成謬妄；能去此蔽，則義理易明。天下未有知其不知而肯終安於不知者也，故朱子由此而求之一轉，正圓滿「是知」中道理，非於「是知」外添蛇足也。惟邪教之所謂知則專指心體而言，但本體一明，大事了畢，當下即完全無欠，若更加擬議，便於本體有礙，此良知家之精蘊也。

子張學干禄章

「干禄」不是不講言行，另有一種動人之言行。

「寡」者，「尤」「悔」未必無也，則寡者如是用力而後僅得寡也。兩「則」字是難辭。

或問子張學干禄，夫子以禄在中引之，如何反作難辭？曰：禄不須干而自得，是下三句中語意，此兩段却正説寡尤悔之難，看兩「則」字如何鄭重。子張才高務外，直看得言行不打緊，夫子説寡尤悔之妙以引之，却正不許他兩「寡」字容易也。

學者求道，與庸鄙人求利達，其用功深苦一般，但所求之物不同耳。譬之作好文字，與俗下醜派，其用功深苦也是一般，未嘗好文難而醜文易也，但掉轉肺腸便得耳。

「在中」但就理上説，不論時節因緣。「在中」則已有得禄之理，其或不得，命之不可知也。「干禄」則已失得禄之理，其或得之，亦命之不可知也。枉爲小人而不免於坎壈，枉爲醜文而不售於場屋者，不知凡幾也。禄原不是學問分外事，所誤在干耳。「在中」者，道理如此，學者未嘗計及，亦不必計及，應固在中，不應亦在中。

「禄在其中」，不是引誘庸流，亦不是鼓厲修士，是天地間自然正理，故奔競與枯遁者，雖清濁不同，而其不知道，看得一「禄」字重滯則一也。

古人鄉舉里選，故説箇言行，如今秀才秘訣，却是醜作文，低立品，禄在其中矣，可笑可歎！

季康子問使民敬忠以勸章

同一物也，相讓則見多，相争則見少；同一理也，責人則兩失，自盡則兩得。夫子立言原只煞重在上半截，「敬忠以勸」，就康子言之耳，然即此便見此理之公。有感必有應，只要點破康子私心，若謂兼講功效，便是巧於計較者也。「舉善而棄不能，便不盡勸」，朱子此語正爲舉教並重，非爲教重於舉也。

子曰人而無信章

不知其可，不獨一言一事之礙。

子張問十世可知也章

子張欲知來，夫子只以知往者推之。知來求其變，知往只求其不可變，不可變者其大，而變者其末也，故兩段只重「因」邊，不重「損益」。「百世可知」，只在「因」與「所損益」，邵子一部經世書，總不出此圈襀裏。理數原不可分析，然畢竟以理爲主，無理則數亦難算矣。讖緯家只見一邊，故有驗有不驗，聖人上下千年，直如著衣吃飯。

子曰非其鬼而祭之章

不爲之根，總在利害上起脚，凡人於利害分明，其氣便餒，故聖賢只在是非上斷定。不講利害，則無欲，無欲則其氣浩然，所謂仁者必有勇也，

【校記】

〔一〕名 四書語録卷十四作「各」。

吕晚村先生四書講義卷之六

論語三　八佾篇

孔子謂季氏章

季氏僭竊，與莽操等不同，蓋公子紈袴權臣，一味妄自尊大，不知其文理不通，帶一分騃蠢無知，帶一分世家習氣在。

三家者以雍徹章

不説三家僭竊，只説何取，令三家亦索然無可回答，是并不許三家明認僭竊也。語愈婉，旨愈嚴，無知妄作罪名，使三家若可承，又不得不承，又實難自承，正見聖人立言之妙。

季氏旅於泰山章

能弗能，只論冉子自己，不論季氏之從否，此是聖賢行義正傳，孔明之不逆睹成敗利鈍，文山之病雖不治而必用藥，皆此志也。

此「與」字直而不曲，乃怪問之辭，非婉商之語。

子曰君子無所爭章

「其爭」句應「必也」句，只了得「無所爭」一句耳。

子夏問曰巧笑倩兮章

子夏只讀錯一「爲」字。詩人「爲」字上微逗斷，「爲」字讀得重，本意是因素爲絢；子夏將「素以爲」三字一滚下去，「爲」字讀得輕，便誤認即素爲絢，此所以起問也。

此與「無諂」章相似而不同：彼終始論學；此只論詩，已截然難混。彼首節夫子之答已進一解，而子貢悟詩又進一解；此章夫子之答只訓明詩義，至子夏方别進一解。繪素即是素絢，只一「後」字答他「爲」字，故子夏就「後」字悟出「禮」意耳。

此「禮」字只指三千三百美盛處而言，故曰「後」，若將「禮」字講入精微，則「後」字説不得矣。

「禮後」句看作悟境便入禪，一著高解便入老莊。「禮豈爲我輩設耶」，只此一句，便是魑魅禽獸之言，然其弊未嘗不從悟處過高來也。依他説，只成禮外禮僞，非禮後矣。「後」字是重禮之義，不是薄禮。

子夏因夫子一箇「後」字，悟到有本有文，自然之理，正見理之精微，未嘗以禮爲忠信之薄也。錯會此意，于是牽連上兩節亦是憂世救俗之旨，失之誣矣。

子夏原只問詩，聖人也只答他論詩；子夏忽然悟到「禮後」，觸類旁通，正得詩教之妙，而所悟又只在學問本原，又見詩學之益，故夫子與之，未嘗爲「禮後」之旨不可明言，而托之言詩也。「禮後」「後」字指禮之本然説，謂有忠信爲本而禮以之行，禮自在忠信之後，非謂人得而先後之也，後之亦非薄之、去之也。

聖人有取子夏言詩，正爲他禮後之意從切實反本上來，見其爲學親切，此方是會讀書，故曰「可與言詩」，不是空拈悟境也。

「可與言詩」，聖人正喜其因詩知學，得詩教之益，非謂其能不落言詮，如釋氏之破句別字皆可以悟禪，將「素絢」句看做青州布衫、鎮州蘿蔔也。

有云：「『禮後』一語，恍然篤信謹守之象，即灑埽應對下學之意，故夫子與之。先生曰：「子貢、子夏兩許言詩案，俱爲其切於學而有不同，子貢喜其能求義理之無窮，子夏則喜其能悟出意言之表，各因其人而進之，正爲其長進一格也。若子夏仍取其篤信謹守洒埽應對下學之義，又何足與言詩乎？」

有云：子貢穎悟，子夏篤實，以大意爲可觀而忽遺乎名物，此穎悟者之言詩也；若精詳訓詁，而忽然旁通於詩之理，離而適以爲合，非篤實者不能，故聖人尤喜與篤實者言之。於商與賜，皆許言詩，而詩之傳獨屬之商，猶之于參與賜皆言一貫，而一貫之傳獨屬之參也。先生曰：「詩之教與他經不同，觸類旁通，斷章取義，益人無窮，正在不拘滯處。或言事而忽悟詩，或因詩而忽悟理，皆得詩教之妙，故夫子許之，無異辭。與『一貫』公案又別。『一貫』兩章問答開示，語句已自不同，子貢之不及曾子固不待言而決，若言詩之本領高下，則子夏斷不及子貢，聖人必無喜與篤實言甚於穎悟之理。若據後儒之授受，以申公得之子夏，遂以爲聖人獨傳子夏，此必不然。當時聖門無人不以詩教，傳詩説者必多遭焚坑之難，獨卜氏一宗不絶耳，焉知子貢之徒，不更得孔門之微義哉？但謂詩序出自子夏，則後漢書已明證爲衛宏自作矣。若序可證子夏之宗，則詩傳亦托之子貢矣。但如子夏之精詳訓詁，而因言明理，其細心自非後儒所及。蓋讀詩之道有二：其一如漢人之訓詁，但解釋名義，不增入意論，名義精詳，則其味深永，意論處處通達；其一如程子之言詩，渾不章解句釋，但優游吟哦，有時轉卻一兩字點綴地念過，教人省悟。二者門户似别，然皆以潛心玩索而得，篤實與穎悟一也。若後世觀大意不求甚解，此習性粗疎，自托高致，豈足語穎悟之讀詩哉？近人爲經學，又務爲穿鑿牽輳杜撰之論，以翻古人成説爲高，如郝敬季本之流，直六經之蟊賊，又豈足與語子夏之篤實精詳乎！」

子曰夏禮吾能言之章

開口便道「吾能言之」，可見聖人于二代禮意精微，及大綱節目，皆有欛柄在手，只是典故不詳，便無徵不信耳。看聖人於文武之道，尚且求之賢不賢之識大識小，朱子注「道」字爲「謨訓功烈、禮樂文章」，蓋其大道精微，聖人自能言之，亦非賢不賢之所能識也。

夏殷未嘗無大略之存，但其詳不可得聞耳。

子曰禘自既灌而往者章

魯禘賜自成王，說出明堂位，先儒謂漢儒多魯人，魯之僭大始于春秋，多矯飾之言，漢儒因而述之，則并祀周公以天子禮樂爲非據。然据魯頌之詞，未可謂盡出周末先秦也，陳氏曰：「施之周公之廟，猶曰報功，施之魯國，難乎免于僭矣。」其說較正。

程子謂成王之賜，伯禽之受皆非，是千古定案。

或問禘之說章

既曰「不知」，又曰「之於天下」，則非不可知也。既曰「之於天下」，又止曰「示諸斯」，又記曰「指其掌」，則可知而不可言也。

既曰「不知」矣，知者之於天下視掌却從何知之？故知只是難言耳。

中庸之難明是就道理上說，此節之難知是兼魯禘非禮意，故中庸止云治國，而此云

「於天下」，「於天下」則不王不禘之義自見矣。

中庸泛言通于上下道理，故但云治國，此處易「天下」二字，魯禘之非已隱然言下矣。有云：禘者，審也。所以審視昭穆也。禮：三年喪畢，新主入廟，則禘於新宫。此不獨魯爲然也。左傳曰：烝嘗禘于廟。晉人曰：以寡君之未禘祀。夫子亦曰：郊禘之事，降殺于天子。此又何説而諱之也？先生曰：「禘有大禘，有時禘，左傳所云，多時禘之通行于天子諸侯者爾，此亦惑於後儒禘祫混一之説，不及精審也。」

王孫賈問曰與其媚於奥章

「與其媚於奥，寧媚於竈」，此處「寧」字與他處「寧」字不同，他處「寧」字虚，此處「寧」字實；他處是僅可意，此處是不可不意。

敢將「媚」字直説，是小人無忌憚賣弄，今時公然講究以爲榮矣。

子曰周監於二代章

此論周之禮，極贊其美，言周禮之所以善，緣「監於二代」，故明備美盛如此，舍此安適哉？「文」是贊美之詞，非文質之文也。「從周」，從其道之盡善，非從王制也。

此以文字贊周禮，非謂周尚文而論周文之宜從也。忠質文三統是三代治天下之道，亦不專主禮而言。此章中初無較論三統之意，但極言周禮之美盛，道理該從，非謂孔子不得位，當從時王而不當反古也。

周之文，自是歷代漸次趲來如此，「監」字正其所以爲文之故，非周自以文監二代也。到此正盛，過此失中，夫子從周，純乎天理之至，若作尊王説，不特不知文字，并不知監二代之道，便屬私意矣。

非二代那趲下來，周不能自成其文，非周先王亦不能監二代以成文。

周家積累既久，又連生數代聖人，故其監二代極精詳，非前後所及。孔子從周以此，非不倍義也。若如庸説，則秦始監周弱而廢封建，宋祖監五代而廢藩鎮，皆可爲法矣。

周禮之所以盛者，以其監於二代之故，但至末流，其意漸失，則夫子當時之文，非復文武之時之文，後生末學，便有擬議先民之意，夫子正謂周制本盡善，但人自未之從耳。

文勝之文，非監二代之文也。因文勝而思返質，是直欲去文，更非夫子本懷。「從周」即「從先進」意。

子入太廟章

「是禮也」，言每事詳慎，正是禮當如此，我亦行禮云耳，乃辨明禮意以教或人，非自解知禮也。「是」字直指敬謹之意，「禮」字只在道理上說，不在自己身上說，則辨明處仍是凜然敬謹之意，即此言亦禮也，可見聖人無時不是禮。

聖人聞人非議，多引過婉言，獨此毅然直任，非自辨知禮，辨每事問之即禮也。蓋一己之是非可以委曲任過，而禮之是非關天下後世，不可以不明，正見聖人無我處。後來鄉原一流，不但自原不知禮意，即有所知，而人非之，也一味含餬，道他總不知，不足與辨，此便是多少陰私鍥薄，與聖人此等處較看，直是天淵。

陳司敗譏夫子即婉承以謝之，此獨毅然立辨者，正爲時人不知「禮者，敬而已矣」之義，則禮意不明于天下，故不惜直任以悟之，或謙或辨，總見聖人之無私。

子曰射不主皮章

「主」字是專重解，謂不專重貫革，便非禁貫革也。謂「力不同科」，便非舍力而論射也。弧矢之利，以威天下，古聖人何故製此不祥之器乎？蓋有所用也。不貫革，用之何益？知此可悟井田封建，古聖人爲天下後世計至深遠矣。

原有箇武射在，但先王之道不重此。「不主皮」，謂不主于貫革，非禁貫革也。所重在此，則所輕自在彼耳。不主皮，則貫革之射自攝于内；主皮，則禮射亡而天下之能射者亦少矣。

「不主」二字，一以奮武衛，一以揆文教，兩義都備。

射原是力上事，但主于貫革即是尚力，主于中鵠即是尚德。中鵠也是用力，力歸于巧，即名爲德。使中鵠又貫革，先王固所取也，但不主耳。其所以不主者，以力不同科故也。尚德則力在其中，尚力則殺心勝而射失其道，故夫子歎之。要知聖人作弧矢以威天下，便是爲力，看王者揆文教處能得幾許地，其餘皆奮武衛者也，豈先王不仁之術哉？如此然後萬物各得其所，其用力處乃所謂德也。杯酒釋兵，豈非詘力，而中原塗炭，何尚德之有？先王誠惡力，何不竟用畫布，并其皮去之耶？「力不同科」，自有必同者在，若止欲賤力，則并射可去矣。

子貢欲去告朔之餼羊章

記「欲去」只二字，當時子貢定有説，故夫子下「愛羊」二字，惜其無實而妄費，此注之所以不可易也。人每將「子貢欲去」，另講出一種深心偉議，豈聖人之知言知人，覿面商論者，反不如後世之臆揣耶？

羊與禮不是兩件，賜看來是羊，子看來是禮。

定公問君使臣章

天降下民，作之君，作之師，君引賢以共治，亦天也。君臣本乎天，禮即天秩天敘，天命天討，無非天也。從天看下，則君臣尊卑雖截然，而相去不遠，蓋禮之等止一級耳。自無道秦以詐力爲君，君非天降之君，於是務自尊絶而與臣乖隔，禮意澌滅盡矣！後代末能反正其道，不過於其所行加修飾焉，宜其君臣之倫失，而治道亦不能復隆于古也。

天爲生民而作君，君爲生民而求臣，君臣之分雖嚴，其情實親近。自秦人無道，上下猜忌，爲尊君卑臣之禮，而君臣師友之誼不可復見，漸且出宦官宫妾之下矣。宋時君臣猶存古意，自兹以後，復蹈秦轍，禮數懸絶，情意隔疎。此一倫不正，上體驕而下志污，欲求三代之治，未易得也。

人知父子是天性，不知君臣亦是天性，不是假合。天生民而立之君臣，君臣皆爲生民也。臣求君以主治，君求臣以輔治，總有箇天在，故位曰天位，禄曰天禄，天秩、天討，非君臣之所得而自私也。君臣之尊卑雖定，而其遞降相去止一間耳。只緣三代以後，君臣都忘卻了「天」字，君以爲惟我之所欲爲，臣以爲生殺刑賞爲君所制，不得不然，于是尊君卑臣，相去懸絶。故其治也，以威力相攝；及其不能攝也，則篡弑隨之，直弄成一箇私心自利世界，與「天」字隔絶。君不知禮之出于天，臣不知忠之本于性。性天命也，天即理也，性即理也，故朱子于「各欲自盡」上又加「理之當然」四字，若不識此四字，便講煞各欲自盡，只成本心之學，自以爲盡，而實多未盡在。如良知家言，也只坐不知天也。

自三代以後，以詐力取天下，以法術治天下，一切于人欲上修飾補苴，君臣之間，皆以駕馭術數爲事，尊卑懸絶，情意隔離，總忘卻一「天」字。不知君臣之所由來，從天降下民起義，故君求臣，臣事君，皆天也。知天則忠字直從天命之性來，不忠則逆天，自有所不能已者，非駕馭術數之所能取也。

君有禮，則其分益明，故曰「天澤履，以辯上下定民志」。

忠不是講報答，自無所逃于天地之間。

「禮」「忠」二字，人多略去粗節而求精微，云儀節之禮非禮，職分之忠非忠。其説似深而易遁，離理而責心，亦良知家言也。不知講到粗節處，方是禮忠之實，方是禮忠之盡，則彼之所謂深者，正吾之所謂淺耳，越看得禮忠好。

子曰關雎樂而不淫章

宫人性情之正，正見后妃之德，文王之化。匡衡曰：「妃匹之際，生民之始，萬化之原，婚姻之禮正，然後品物遂而天命全。」明在文王后妃夫婦上説。後來不知道者，以爲涉房帷燕昵之私，欲改從序作求賢，而終難通也，則又變爲后妃求賢女共内職而作，其支離無理又甚矣。

惟文王之德之盛，故宫人於其夫婦居室之際，寫來恰得性情之正；亦惟宫人身被文王之化，性情自好，故能寫得聖人性情出，贊詩人亦正深歎文王后妃之德之不可及也。後來不會此旨，强攻傳注，至郝敬輩，必主后妃求賢自輔，而辨謂宫人誰與文王卧起，而知其輾轉反側。然則即其言刺之，關雎若后妃自作，則斷無自稱君子之理；既淑女爲嬪御，亦無好逑之義、鐘鼓之樂，除非此詩爲文王所作則可，否則又誰知后妃之輾轉反側者乎？后妃得淑女爲三夫人九嬪以下，而樂有之矣，其於淫不淫，何解也？即求之未得，而哀有之矣，何慮其傷乎？序亦自知其不通，而遁云「無傷善之心」，則又太輕看了太姒矣。

子曰管仲之器小哉章

所謂器者，只如瓶罍之類，生成只受得多少水，其間或受得一二分，或受得五六分，或受至九分十分，然其器則已定也。孔孟之不用，只是器大，無許多水去充滿得他；管仲之一匡九合，只是器小，纔一勺便盈。故器小不是在一事一節上論，或人以儉知禮爲器小，何異捫籥喻日。夫子但言其不儉不知禮耳，至所云器小者，固難爲或人道也。然管仲之不儉不知禮處，正是其器小處，世間固未有不儉不知禮之人，而其器則大者也。

不儉不知禮，不是證器小，然也只是器小中事。

夫子斷管仲始終只是一案，或人却是隨地辨解。因器小曰儉，因不儉曰知禮，或人意中已不暇顧母矣〔一〕，不知夫子到底只勘定器小，不儉不知禮，皆從重科斷中公案。

問管仲若儉與知禮，其器有加否？曰：管仲器小，只是合下如此，他事遮補不得。

或以器大者，雖奢與僭無害，此是漢以後人見識，却正是器小處。

或人認差「禮」字，只作冠冕迂闊等字看，所以即將不儉爲知禮。

子語魯太師樂曰樂其可知也章

朱子云「味其語勢，蓋將正樂而語之之辭」，今玩記者書法，固是如此。

樂有本、有文、有聲、有音、有宮、有律、有容，數者合而成樂。本者，功德與事也。文者，詩歌也。聲者，器之響也。音者，響之高下清濁，如今之工尺四上是也。宮者，音所主之均，如工尺四上之入某調也。律者，宮所中之律也。容者，舞綴也。此章只于樂中提出比音一種，講其節奏之善，蓋爲太師言之云耳，然作樂之事，亦莫重于此。經生家無論律呂，即「聲」「音」二字，尚有不求分别者，何况其餘？

樂有以器言者，以理言者，以音言者，此以音言者也。以器則已粗，以理則已精，惟音也者，不離乎器而實本於理。粗之則婦豎皆能知其妙，精之則鬼神不測其故，此是介乎精粗之間者。

人每説得樂有疑鬼疑神，一種不可知道理在外，聖人言理徹上徹下，決無此等蹺蹊。雖只説當然，而所以然之妙已寓其中。形而上者，即在形而下内，非有二也。

少孤，喜嬉戲，嘗于度曲絲絃，粗解各均旋宫自然之度。牛鐸蘆吹，此理長在工尺四上，即是鍾吕。今樂猶古也，惟衆律高下一定之等，諸儒争求未得，亦當坐不諳音度而憑空説理，故難明耳。試從俗樂中，合絲竹肉兩端之盡，而求之元聲，未嘗不可尋也。惜無明義習數者就正此事，紛紛是古非今，轉説轉遠。

儒者不與有司習，則其理愈高，其説愈謬，後世論樂諸儒，病總在此。飛灰累黍，古尺帝指，都無是處，王伯安論律吕，只求禮樂本原，更不問名物度數，大言欺人，其不知正等耳。

樂之難作，大約讀書人好立議論而不可行，伶工習之而不明其義，兩者相左耳。今日俗樂工尺上四，何嘗不是十二律還宫耶？

夫子所言，不必古樂，即末世俗樂，亦斷不能出此，此所以謂「可知」也。古樂之亡，亡于器數，其聲音之理終不亡。

數句聯貫而下，只「始作」、「從之」、「以成」有界分，純、皦、繹都是從之中事，以成統上始、從，純、皦、繹有挨次，而無輕重層折。

翕、純、皦、繹，乃聲音自然之理，櫪馬淵魚，皆知其妙，惟其如此，所以不可易也。淫樂之害，都只在聲音上差去。

此章今人亦知講聲音，卻不曉得聲音之所以然，換湯不換藥，仍是浮詞亂話，翕、純、皦、繹，總無精切之言。有人偶用樂記字眼，爲主司所塗黜，相傳以經學古學爲戒，以爲不但無益，并且害事。士夫胸中不知樂記爲何物，又何論古今樂律，更有何書也？

儀封人請見曰君子之至於斯也章

封人見地儘高，觀其辭氣之間，加於晨門沮溺輩數等矣。

子謂韶盡美矣章

性反誅讓，乃推論所以盡善未盡善之故，非以善未善推論征誅之不是也。聖人亦只是論樂，不論兩聖人。在帝王諸樂中，獨舉二樂衡論，則武樂之美盛可知，但較之韶則尚有未盡善者。傳注推論所以然，故及德功上看耳。要之，武王之德功已至聖處，但較舜自是不同，不爲貶剌征誅也。使舜當武王時，亦必伐紂，其樂自是盡善；使武王受堯禪，其所未盡善亦終有遜舜處，在聖人分上，自有不可强耳。

論韶武，非論舜武，論韶武而舜武在其中，非論舜武而以韶武爲斷也。樂以象功，舜武之功皆極盛，故聲容皆美。功之所由出，因乎其德其時，此其所以不同，聖人亦無可如何者。較量褒貶，則直作武王非聖人論，抹過德時，又是俗見周旋。韶武軒輊，係聖人功德不同；聖人功德，又係氣稟時數之不同，道理本自光明洞然，言之有何觸礙？有何周旋？世上含含糊糊，或索性放肆妄論，總被武王非聖人一篇胡説做成痞塊耳。

【校　記】

〔一〕母　疑當作「及」。

呂晚村先生四書講義卷之七

論語四　里仁篇

子曰不仁者不可以久處約章

仁安知利，自全其本心之德，初不爲處約樂也。然惟仁知久處約樂，正足以見安利中體用，各得之妙耳。

安利有本領，不是處約樂處得，是處約樂處見。

安仁利仁，不是安利約樂。

余嘗見畫工棋師之最高者，雖盎無粟、椸無衣，曾不足以敗其趣，彼固有所自得也。藝事尚然，况理義之悦心乎？人惟中無所得，不得不藉外物以求樂，斯靡所不爲耳。聖人下此二句，正爲不可處約樂人，指示可處本領。

子曰惟仁者能好人章

兩「人」字雖説外邊事，兩「能」字却説裏邊事。先須無私心，然後當于理；不到得當于理，只無私心，也不濟事。

「能」字講到權用，即與「仁」字背；便講到功應上，似乎「能」字盡頭，卻也是外面一截，不知只在當理處便是盡頭，不必更講受好惡那邊也。天下頗有好惡，雖爲人所悦服，卻未必無私心而當理，故不可以此論「能」字也。朱子曰：「有人好惡當于理而未必無私心，有人無私心而未必當于理。」此説最精。須知必無私心而當于理，纔承當得箇「能」字，此是裏面盡頭，那一面更不消説得矣。

「能」字只講當理，不講人服，雖人服亦繇當理，然又是推一層話頭，不是本義。

能好能惡，只講當于理而得其正，不是説功力足以及天下爲能也。

「能」字指理，不指功用，注所云「好惡當于理」，正解「能」字也。凡在功用看「能」字，憑他歸本仁者，總説成體用兩截。

好惡本自仁出，故惟仁者能完得好惡之理。人都説君子不得已而有好惡，先將好惡看壞，似好惡原礙仁，仁者别就上面有箇斡旋作用，此卻正是二氏差之毫釐，斷絶天理處。人生墮地，一啼笑，以至老死，無非好惡，只自私欲攙和，多失其當好當惡之理。惟仁者無私心而當理，則所好惡渾然是仁，原未嘗於好惡上别有作用也。纔著作用便是不仁，總爲看得好惡是後來外鑠，可以憑心倒置，不道此有箇天理在，不得從心説起也。

無好惡者，除非木石，若鹿豕便有好惡，然木之向榮，石之攻玉，亦有好惡在。老氏之道德必爲申韓，佛氏之平等必滅絶倫理，其原只是一箇自私自利，便只是一箇不仁。

能必兼智勇而後足，未有不智不勇而能好人惡人者，故智勇即仁之分體。然仁可以兼智勇，而單論智勇，則不必仁；不必仁，則智勇亦失其爲智勇矣。

子曰富與貴章

人必取舍端正而後可以講存養，故此章從外邊説入内。今人於立身大段，毫不曾分明，立箇界限，一味談心説性，豈不可笑！要之，富貴貧賤，原不是外邊事，學者工夫，須從出處去，就辭受取予處做起耳。到得聖人分上，於富貴貧賤，却都是精微不易到處矣。人必取舍明而後可以言存養，吾見講學宗師，談心論性，訶詆古人，至其趨羶營利，喪身失脚，有不可對妻子者，吾不知其所講者何事也。

取舍義明是最粗工夫，要擇難做的做起；存養功密是最細工夫，是即易忽處尚然。今日自名學者，先問其出處如何，取與如何，便已不端正，更何所論也。若到存養工夫密，則區區出處取與之義，又不足言矣！亦以此見處富貴去貧賤一事之失去仁甚易，而「終食」「造次」「顛沛」，終身無頃刻之疎漏不違仁極難，可不勉諸！

有謂欲惡可以累仁，先生曰：「欲惡心之用，如何無得？但用欲惡差乃害仁耳。」

欲惡是人心，仁是道心，欲仁惡不仁，則人心合于道心，而欲惡之用正矣。欲惡膠著富貴貧賤，則離道心而入人慾，欲惡之用失矣。欲惡正乃可以言仁，未即是仁也。下面一節節説入求仁工夫精密處，固不離不處不去路脈，亦不廢欲惡之用，而求之空虛也，故注分首節爲取舍，而下兩節爲存養，則工夫原是一片，却自有淺深粗細之分。人將首節看做境，下兩節看做心，于是强分内外。不知富貴貧賤雖外，而不處不去即内；無違必於是固内，而造次顛沛亦外，心、境固不可分説也。不處不去，只定得箇門路，札得脚根住，下面工夫一步精一步，一節難一節，人於下二節仍粘著富貴貧賤，若止完得不處不去便是仁，則反重首節而輕下面矣。

取舍存養，工夫有精粗，事理無大小，看成兩件，便有多少内外隔閡。

「不以其道」「道」字，謂不當得而得，非道義之道。

若將「道」字看做大道之道，則天下但有不道之富貴，安有不道之貧賤？ 不以其道得之，謂我不應得而得耳，故曰「其道」，「其」字指人而言。

有謂以道卻富貴，亦可以道卻貧賤，故不去者尤難，若都以道爲衡，是亦巧于卻貧賤矣。其説似新快，而不知無此理也。富貴之辭，我可得而自主者，故不必聖賢，獨行之士皆能之。要卻貧賤，非我之所得而主，貧賤終不能却，安能以道爲衡而巧卻之耶？ 故不去貧賤之人，亦不必聖賢，獨行之士皆能之。所謂不處不去者，聖賢於這上面取舍分明，毫無繫戀怨尤之意，渾然得其天理之安，乃所謂仁也。

有謂不處不去，近於好名，而不可謂之仁。先生曰：「不處不去，即求仁大端立脚處，後面只從此加純密耳，豈得説壞！ 不處不去，非指好名一流，惡乎成名，此名字甚重，亦無惡近名之意。」

有謂聖人矯人情之所欲惡，而歆之以至美之名。先生曰：「余最疾人援三代以下惟恐不好名之説。古猶今也，三代以下，人材未嘗不生，因政教衰，民不興行，又都被此等説數誘壞，以是日下。由其説充之，三代下必無真聖賢豪傑矣，而可乎？名之與實，用之與體，本不相離。名之不立，當責之實；用之不行，當問諸體。名即實也，用即體也。若離體而言用，是爲作惡，離實而言名，是爲作僞，作惡、作僞，聖人之所深誅也，而以名歆人，有此聖教乎？且將仁作美名看，視天下道理反成假設矣。」

「無終食之間違仁」，正面只是平時無非仁耳，然此意鶻崙難狀，故借反語托出，不過説君子無時不依於仁耳。然正面講用力處，精神便寬鬆，用終食之間違仁，反面托出，乃見工夫細密，君子全體用力處，纔説得盡。

是反托語，總欲形容存養之密，反借疎處托出。説到「違」字已是仁多不仁少，至「終食無違」，則無幾微之去仁矣。

終食之間，猶中庸所謂須臾，極言其無間斷，非謂于此著工夫也。

此極言存仁功夫之密。説箇密，尚不足以見之，從其罅隙推求，乃見其密之無間如此。此是反面話法，若謂君子專於終食造次顛沛上用工夫，便不是。或謂此處最重，於此過得，方算得手，都將「終食」「造次」「顛沛」等字看煞了也。

終食無違，正是全體工夫，初入頭人，于取舍立得脚住，纔好講此節進步，是本章之次第也。若此一節工夫完密，則投之以千變萬化之取舍，而無不自得，斯其爲不處不去者又精矣，是總注圓義也。

首節在取舍上説，此在存養上説，其所指益精。看注云不但富貴貧賤取舍之間而已，已離首節界矣。

苟志於仁矣，則欲惡自正，故聖賢以求仁爲急。審富貴、安貧賤，乃求仁入門之粗節，此處脚跟一蹉，上面更無可説。若便以堅守此念爲仁，則許由黔婁，皆可以稱仁人，而陳仲子亦可爲得大道而疎小節者矣。總是自己胸次污俗，怕講到道理精微嚴峻處，不惜破碎書義以凑之，極爲悖理！

後世學者大病，莫甚於自己怕峻絶，只管把道理放低來凑我。若能於粗節上稍稍立脚，便將下面極卑污一層，擬議其難，以擡高自己地位。如釋氏之于貪癡，良知家之于虚僞，皆是臨深爲高。要之，貪癡虚僞固不足與言道，聖人所與言，正爲不貪癡、不虚僞，而仍無當于道者正多；無當于道，則亦終不免于貧癡虚僞之歸耳。良知家極惡宋人論人之嚴，謂彈射無完人，不知從宋人之論而爲之爲完人乎？抑從滿街皆聖人之説而爲之爲完人乎？然則惡宋人論人之嚴，此心已不仁之甚，而不可以入聖人之道也明矣！看此章書者都犯此病，謂不處不去地位甚難，終身守此，便是不去仁。若然，則原憲于不處不去可謂終身以之，又且克伐怨欲不行焉，而夫子終未肯許其仁，何也？要之胸中原奈何不下這富貴貧賤四字，看得這地位極難，立不處不去之下，而欲窺測不處不去以上之事，又安從乎？

沾沾只守不處不去之心以爲仁，則子路終身誦之，夫子何以云「何足以臧」乎？有將富貴貧賤看做重大，而以終食違仁作小者看，極悖謬！孟子以讓于陳〔一〕，謂以其小者信大者，正指此也。

有謂惡貧賤欲富貴者，爲不曾思造次顛沛隨其後也。先生曰：「此卻嚇惡欲者不動，要避造次顛沛，其説先違仁矣。」

「造次」「顛沛」二句，極言不去仁之盡，非以此破除富貴貧賤也。若以此破除，乃二氏勸世文道理，如所謂嘆骷髏、呪孤魂、唱藍關道情者，最俚鄙可笑！在彼家且爲下乘説法耳。

子曰我未見好仁者章

世間人未有惡仁好不仁者，則好仁惡不仁亦是嘗有，如何便説箇未見？只是世間多是似好非好，似惡非惡，半好半不好，半惡半不惡，到底不曾爲仁，便算不得好惡，故夫子曰我所謂未見者，乃必須如此方纔算得。看接口即複下箇「好仁者」、「惡不仁者」，意思可見。

既云「未見」矣，即接口云云，可知夫子心目間自有箇模樣在。必要到「無以尚」「不使加」，方用得好惡之力盡，即大學傳云「決去而求必得，以自快足」也。所謂「成德」，亦是指用力之盡，不是稱他自然如此，與下節用力分别也，故曰「成德之事」。「事」字正指「無以尚」「不使加」，是實用力工夫。看朱子於「誠意」傳注云「知爲善去惡，則當實用其力」，可知用力只在好惡。惡惡臭，好好色，只是用力之盡，故此節「無以尚」「不使加」，即是下節用力所分者，在盡不盡耳。

聖人望人只在用力處，用力只是好惡，首節未見，正爲無人如此用力得盡。兩「者」字是成其好惡之德之人，故注下「成德」字。人多誤認成德爲生安，與下二節强分天人安勉，失之遠矣。

注中「成德」，是指兩種現成人説，朱子云「只是利仁事」，則非安仁可知。同是利仁而有好惡之分，所謂資性生成，亦非生知性之之謂也。人誤看「成德」，竟説做安仁性生一流，與下二節强分天人安勉，不知幾州鐵鑄此一大錯矣。「無以尚」，「不使加」，正有爲仁工夫在，即下文用力處，但此指已成之德言耳。

注中「成德」，言好仁惡不仁之實有諸己，不是生安自然之謂，説者錯會此二字，强分安勉，更有連下二節分三項人看，謬皆因此。

朱子謂此只是利仁事，非聖人之徒也。下文用力亦不是好惡外别有甚工夫，但此爲已成好惡之德者耳，非好惡爲自然，下用力爲勉然也。

何謂利仁之事？爲好爲惡必由分别，分别好惡處，便是智者事，故曰利仁。好至無以尚，惡至不使加，即大學之「如惡惡臭，如好好色」，意之誠也。然必知至而後意誠，故注中各下「真知」二字。

此「好」「惡」字，粘定在仁不仁上，拆開單講不得，原是説爲仁，不是論好惡也。且此好惡亦只在資禀德性上分看，不是説一人用情發意也。

末節「未見」，只言未見用力之人。

子曰人之過也章

此章之旨，不是深求，正在淺看，謂即人之過失顯然處，皆可以見其心之仁不仁，君子定失之厚，小人定失之薄耳。人不明此旨，添出許多略迹原心閑話，而于不仁一邊，定要含糊不説出，徒見其謬迷也。

「觀過」句，原兼仁不仁説，單爲洗刷君子者非旨也。或曰：如注言，則「仁」字下須增出「不仁」二字，似傷語氣。曰：如公言，則亦須於「觀」字下增出「君子之」三字，獨不爲傷語氣乎？

子曰君子之於天下也章

「於天下」，猶云凡事耳。謂「之天下」者，言無適不然，與「子張問仁」章之「於天下」同，非治天下、服天下之謂也。

「於天下」，猶言應凡事，與「能行五者於天下」「天下」字義略同。今多錯看，輒張大「天下」二字，故有義在天下不在君子、君子以天下還天下之謬。

義從事物見而其根具於心，説在天下、在君子都不得。事物之義雖具于吾心，而不辨擇則不明，故古人于義上著箇「精」字，而「智」附之以見。然必先虚其心，無所執滯，而後能辨擇而至于精，此「比義」之所以必先，説無適莫也。

天下只有一義，適莫者無見于義，而憑心造理，自以爲是者也。

「適」「莫」兩字，乃人之私心蔽見，不是外邊行止。

適莫之病，不專在事未至時，過去、現在、未來都有。

適莫與義正相反，適莫便不是義，義便不是適莫。理固如此，然無適莫而不精於義，却無是處，古人所謂無私心易，當理難也。

其無適莫，正爲「義之與比」，惟其比義，故無適莫。此兩路原只一路也，然失卻一邊，則所謂一路亦不的。

無適莫而無義以主之，必流于佛老之猖狂，此本天本心之分也。注中引謝氏説，正見此意。近説好言直截，謂無適莫便是比義，吾所不解，無他，猶是中新建之毒也。

昔人言衆人之心無主，以無所主而生有；聖人之心有主，以有所主而還無，乃知唐虞事業三杯酒，湯武征誅一局棋，不是隨緣任運，只是完他箇道理應當耳。人云無適莫便是比義，大是溷話！只有義之與比，方能無適莫，要做義之與比，却須先無適莫，始兩邊混併不得也。

天下事物莫不各有當然之理，我能知明處當，便謂之義，我不能知明處當，我自失之耳，事物之理自在也。君子于一事一物，必使我所以處之者，與事物當然之理相合爲一，此之謂比。

義是極有界限者，君子精義，亦正在界限上用工夫。「義之與比」，猶云唯義是從耳。高其説者，要將「比」字説得無意而自合，渾化而無迹，却正與聖人之旨悖矣。義以方爲體，以精爲功，不可以融化渾釋爲極。自晉人清談，乃有異解，自以爲高，而實非也。

或云義自爲比，不以我比義，是隆萬後不通講章亂道，不可爲訓。

子曰君子懷德章

他章都指云爲處説，此指其用心之微。

君子小人，其所思向定是如此，思向如此，所以爲君子小人。

「懷」字與「喻」字不同：喻是知條下事，懷是意條下事；喻是分曉深精，懷是起心發念在此。

子曰放於利而行章

「利」字即與「義」字對，凡計較自私作用皆是，貨財其一爾。放利而行，謂凡事要占便宜，損人益己也。

「放」有自擅意，有專務意。

子曰能以禮讓爲國乎章

禮與讓不是二物，不讓則禮非其禮矣。看爲國以禮，哂其不讓，程子謂「達得便是堯舜氣象」，其理自見。

子曰不患無位章

只爲人心皆向外求諸人，故聖人于此等處皆引向裏求諸己，明下兩「不患」，所以截斷人心邪竇也。有若聖人不禁人求位求知，則雖謹言慎行，仍是干禄之學，非「在中」之理矣。自己胸襟鄙陋，不得將聖人言語擡低來湊。

「求爲可知也」「可」字著眼，人知固見其可，不知亦不失其可。求爲可知，談何容易！今之處士冒濫者多，奸黠後生俱欲向此中作逋逃之藪，令彼清夜自狀，其所爲可者安在耶？竊論先輩於盛世不試，講學諸公，負高名于身後，今讀其書，未嘗不以大布終身爲幸耳。

子曰參乎吾道一以貫之章

或云：曾子平日既得力于忠恕，便是從心上做起，既是心上做起，便是平日已知一貫之理，但此日互相提唱，爲中下人説法耳，世儒以曾子爲至此始悟，豈非説夢？先生曰：「聖門傳習，誰不從心上做起？心上做起便算已知一貫，則得者當不止曾子矣。平日得力于忠恕，卻信不及即是一貫事，得聖人一指示，乃涣然冰釋，雖不是别見箇道理，卻是至此始悟也。若謂互相提唱，爲中下人説法，此言尤可笑！曾子忠恕爲中下人説法猶混得去，夫子一貫亦爲中下説法乎？則將以何等爲上乘説乎？曰吾道，曰夫子之道，聖賢明明對面親切裁成，而曰爲中下説法，聖賢無此搗鬼行徑也。」

忠恕盡頭便是一貫，本體止是一件，但聖賢用處不同，工夫各别耳。人將一貫看做教外别傳宗旨，將忠恕看做義學知見小乘，自然牽扯不合，于是空拈一心字了之。注中「渾然一理，泛應曲當」，是解一貫，不是一心字可了也。若一心字可了，則一貫忠恕都屬强名，原無分別矣！此正儒釋本天本心分別處。故一貫忠恕看做兩件不得，竟看做一件不得。

道理止是一箇理，到各人身上便有許多道理，卻仍只得一箇道理，所以一貫亦正自不同也。譬之傷寒，寒只是此寒，但受寒之人有虛有實，有陰有陽，所以證候不同，而方法亦別。到得寒邪散盡，元氣復還，原只是一箇傷寒道理。若執定一法以治傷寒，未有不敗矣。知此方見聖人之言原不曾虧欠下橛，曾子之言亦不曾瞞過上橛也。

此是本天之學，徹上徹下，故程子指出天地「於穆不已，變化各正」，是忠恕盡頭其實卻在盡己推己做入。近人全不理會，只以一心字了卻忠恕，若云夫子之道心而已矣，不知其流入於禿丁本心之學也。

須知曾子此言，爲門人指示，非正頌聖人也。「忠恕而已矣」，就學者分上指出聖人全體，云不過就是這箇造到極處，便是聖人之一貫。「而已矣」三字，語氣可想。程子所謂「聖人之忠恕動以天」，亦是將忠恕移上一階，就聖人身上説，畢竟忠恕本位名義，須還他平實，故程子亦必先提「違道不遠」説入，方是徹上徹下。若竟丢開下一截，單説上一截説話，儱儱侗侗，如云夫子之道心而已矣，又如云夫子之心自然而已矣，仍還門人一箇大泥團，豈曾子語意哉！

從學者心目中指出聖人要妙，「而已矣」三字，指點親切而高遠，朴實而活變。

忠恕本是學者分内事，然聖人亦只是無爲之忠恕，到天地亦只是無心之忠恕，學者較推行著力耳，却只此一箇忠恕，但所以爲忠恕不同也。近人意中先看低了忠恕，便似曾子于夫子之言，作僧杲把柄入手，改頭换面，接引後學，賊智矣。

朱子云「忠是一，恕是貫」，此是分體用説，其實恕也只是一，故又云忠在心，恕在事物之間只是一箇一，分著便各有一箇一，恕自忠出，所以貫之也，看「所以」二字自分明。若竟以忠貼一，以恕貼貫，又生枝節矣。忠是盡處一，恕是推處一。

「曾子」章主行，「子貢」章主知，亦本朱子，然朱子分别兩章不同大段如此。曾子質魯，平生於踐履得力多，然其學以格物致知爲始，未嘗不事知也。若「子貢」章則明指學識，自當在知處説，與此不同。雖學識亦不離心，然又是一話頭，所謂節節推去，可知是盡也。

子曰君子喻於義章

「喻」只是明白，君子只於是非上明白得盡，小人只於利欲上明白得盡。力行在篤好之後，篤好又在深喻之後。

程子謂「惟其深喻，是以篤好」，正指已成之君子小人。「喻」字兼深知篤好而言，然必深知然後篤好。看「深」字「篤」字，皆非恒人之知與好所得而與也。喻利人但將貪污一流罩煞，不知這裏面正有人物在。天下頗有忠信廉潔之行，而其實從喻利來者，蓋其智慧實曉得如是則利，非然則害，故所行亦復近義。然要其隱微端倪之地，實不從天理是非上起脚，而從人事利害上得力，此之謂喻利之深篤；若貪污之人，止知小利而不知大害，知近利而不知其後之大不利，此并不能喻利者。雖均之爲小人，而其等高下懸殊。不能深喻者，其爲小人猶淺，至喻之能深篤者，直與君子疑似，後世不察，每爲所欺，而此種學術，遂流傳于天地之間。如孔孟所指之鄉愿，今人竟望爲君子不可及之人矣，豈不可恨可痛！

喻兼性學，不是漫然便曉，只是入門一岐，一路必造其極。世間只有這兩條路，不喻義即喻利，中間並無隙地可閒歇一班人！而且喻義者必遠利，喻利者必賊義，中間亦更無調停妙法可兩不相妨。

陸子静說志習在此，則喻在此，是從喻字前說。子静謂科舉純是喻利，看來確然如此。今日舉業愈趨愈下，即不利亦騖之，只是妄求耳，并未曾喻，然則求昔日之小人亦不可得矣。

子曰事父母幾諫章

「幾」字在人子諫法上説，言其立言用意之微妙，使不覺其爲諫者然。有作「知幾」「審幾」之「幾」，是在父母事勢上説，似當先幾而諫，非幾諫之謂矣。

子曰父母在章

太真絶裾而去，彼云王事靡盬耳，然尚爲終天之恨。今之游士幕師，有無故棄高堂數千里外，而且托菽水爲辭者矣，彼獨何心！

子曰父母之年章

喜懼原一時並集，不分先後彼此，「一則以」是一合急語，非兩開轉語也。

子曰以約失之者鮮矣章

「約」是收斂近裹著實意。

閲歷世故深透，而無學問以自守，到得悔悟時，做功夫不及，只好走入邪説躲避去。從來才人狙俠、老妓名士下場，未有不以禪終者，蒲團拄杖，正是一團狼熱肺腸，狡黠機械，不妄想因果受用，即貪竊法席名位，此其心與禽獸何異？亦豈「以約」之道乎！老子清浄不犯手，近乎約矣，而滅理寡情，出爲申韓，其失略同，皆非約也。

子曰君子欲訥於言章

不是贊君子之言行，亦不是泛論言行之理，是説君子存心如是，則其功夫體象可知。訥與敏只在言行上見，訥言敏行，只在「欲」字上見。欲如何見，也只在他訥與敏時意象見得耳。故訥言即指日用語默，若説做著書立説，文章聲問，非欲訥之言矣。近人講言行，都犯此病，乃文行之辨，非言行做功夫實地也。

子曰德不孤章

「不」字，「必有」字，語氣反復決絶，固是自然之理，而所以慰厲人意，盎然言表。固言自然一定之理，亦所以堅修德者之志而振其氣，知其必有鄰，雖終無鄰可也。世間齷齪猥瑣，一倡萬和，諂訕成群，晝集暮散，墟市而已，豈曰鄰乎？鄰之爲言，正以不多得，然而必有之爲貴也。

子游曰事君數章

此非戒臣友畏避緘默也，正欲其善於諫諍，使君友得諫諍之益，而倫乃得全耳。因避辱疏而戒言，其罪又浮于數矣！

【校記】

〔一〕陳　原作「乘」，據孟子改。

呂晚村先生四書講義卷之八

論語五　公治篇

子貢問曰賜也何如章

子貢兩問，煞緊要，不是討贊語，亦是其用工夫處。只一「器」字中，褒抑都到。「器」有一半天，一半人，然一半人煞重。

或曰雍也仁而不佞章

或人看「仁」字甚淺，看「佞」字却有作用，夫子「不知其仁」「仁」字甚微，看「佞」字正是不仁。首句「焉用佞」，是泛講，直指以教或人。「禦人」二句，乃折其「佞」字作用之非。「不知」二句，方爲仲弓分辨，「不知其仁」，正破其所見「仁」字之淺。末句「焉用佞」，却見雍之不佞，正是好處。

子使漆雕開仕章

使仕，只因其才可仕而仕，並無深意，到開「未信」一句，直能進取其大，追到聖人向上處，出於夫子意外，故説。人要在「使仕」一句中將下兩層都罩入，做函蓋乾坤句看，是探竿影草，又是據地獅子，又是金剛王寶劍，是一喝，不作一喝用，只爲熟於禪，便看得聖人也蹺蹊，却不道聖人高于禪處，正無此鉗鎚作用是。

只一「斯」字，可知漆雕開心目間實有所指，此所謂進取也。只一「信」字，可知其自求之切，只「未能」字，可知其精進之勇，所謂篤志不安於小成也。

人説信只是信得可仕，説亦只説其可仕，開自信不及，正夫子之信開，都脱却「斯」字講「信」字，極其至只爲漢唐以下人物作分疏，毫不涉聖賢分内。

使開是就他材分可使，説開是因他篤志所見者大，不肯小用，又有出于聖意之外者，故説之。若仍要講説其可仕，卻小看了未信道理。堯舜事業，亦只是一點浮雲過太虛耳，故曰「曾點漆雕開已見大意」，莫要看大了「仕」字。朱子篤志，正指見大意不安小成，但恐人誤看入過高處，故下「篤志」二字便著實，即所謂進取也。若止就政事推行處講，并「篤志」二字亦錯看小樣矣。

人每苦「説」字難下注脚，皆因「斯」字不確，「未信」處無巴鼻也。程子謂「見大意」，朱子謂「篤志」，一是横處説，一是豎處説。上蔡「不安于小成」，只是兩説反面耳；饒氏分作三樣看，拙矣！雙峰饒氏曰：「集注釋悦字有三，朱子謂悦其篤志，程子謂悦其已見大意，謝氏謂悦其不安于小成，其實相貫。惟其見大意，故不安于小成；惟其不安于小成，故篤志。」

曾點漆雕開身分，只在當下自不凡。

子曰道不行章

子路原不是大呆子，卻因聖人神化莫測，信之過篤耳，然好勇無取裁處便在此。

孟武伯問子路仁乎章

此章論三子，與論令尹子文、陳文子，不實斷其于仁如何，而曰未知、不知者何也？蓋仁者，乃人欲浄盡天理流行之謂，若於此有纖毫信不及處，則或日月至焉，亦不可知；或人欲歘起，天理澌滅，亦不可知。若欲舉其全體而言，當下便要承當此一字，大概難説。至于治賦、爲宰、與賓客言，到盡得仁字後，皆可點鐵成金；若其未能，則治賦自治賦，爲宰自爲宰，與賓客言自與賓客言，與仁字總没交涉也。

仁只純是天理，無一毫私心之謂，三子未必無一二節近仁處，然謂之無一毫私心則不能。若三子之才能，則自有三子地位在，但不得以此準當「仁」字，朱子論漢文帝、唐太宗功業，不準當三代，亦是此意。顔子「三月不違仁」，令尹子文却「未知焉得仁」，正欲做箇題目，使學者入思議始得，乃知此章不是泛論人才，正要令人識得箇「仁」字。

所以不知者，只是私意未盡，纔著一點私意，則事功皆虚妄矣。

聖門重求仁，記者意亦主此，用才非本旨也。但聖人言語自是八面旁通，在武伯分上看，未嘗無此義，只「可使」二字自見。

子謂子貢曰女與回也孰愈章

聖門以聞知爲事，舍此更無教外别傳。時多云即以聞論，即以知論，皆坐不明書理，只要用字圓活之弊，不覺隱然有箇西來大意在吞吐間，此便是禪學沁入人心已久處。

「弗如也」句，不是活，不是奪，不是回機反縱，乃殺句也。此句須殺得盡，下句纔有轉身之妙，若但從上文引逗，作隨波逐流看，卻不見金剛玉劍作用。

此二句純是聖人引進子貢妙用，有縱有奪，有殺有活，却須向子貢境界火候中勘驗，弊病分明，方見聖人四路把截，逼拶到離鉤三寸處，真是老婆心切。

聖人進人，只在當下鞭策，如與點悦開、商賜言詩之類皆是。自知自屈，只此是「吾與女」處，不論從前究竟也。由此可至無弗如，止好言外推一步帶説耳。

子曰吾未見剛者章

「剛」字，兼質與學説。

慾之不得爲剛，就根而言，剛中之一義也。夫子所歎之剛，剛之全義也，即無慾未可以盡剛也。

夫子突然一慨，必有指歸，而茫然難測，所以來或人之對。或人舉根，亦必根之氣象有似乎剛，其所謂慾有難識者，故夫子辨之，若粗淺嗜慾，或人豈冒昧至此？故程子下「悻悻自好，此即爲慾」，亦此意也。慾之非剛，是就根而論，未可以盡剛之理，盡夫子未見之意，然要之大義亦不外是，得或人一舉，界限已自分明耳。

子貢曰我不欲人之加諸我也章

無加之爲仁，子貢不知而言之，非知其爲仁而故矜之也。注中「仁者之事，不待勉强」，乃發明所以「非爾所及」意耳。

子貢理本無差，但其語氣太自然容易處，便是仁者之事，惟其不知爲仁，便見他不曾下手實體來，故夫子抑之。

子貢語近自然，可見他工夫欠處，夫子當下痛棒在此。「非爾所及」，是斷詞，不是疑詞，至期勉他及，又是言外意思。

仁恕之義發于程子，朱子以「勿」字「無」字發明，更無遺藴。

子貢曰夫子之文章章

文章即性道，固是油口禪，若謂文章性道截然不相關，又是瞌睡漢。子貢得聞性道，原從文章得力，文章性道可知是一線事，只是火候不同耳。得聞文章，然後可言性道，文章之可聞，亦是子貢分上如此，未必人人得聞也。有不知有文章者，有止于文章者，有由文章而上之者，有既得聞性道而用功仍在文章者，此中節次等第，正自不一。

文章可聞處，煞有工夫。不曾聞得文章，性天定落魔外，不到聞性與天道，連文章也不是極至。朱子德性問學之言，是自謙以勉學者，後來竟摘此作公案，横分朱陸宗旨，不知尊德性道問學如何分得？朱子原未嘗離德性而只道問學，若陸子静之所尊，只尊他之所謂德性耳，原未嘗尊得德性也。

看得世間有文章之學，有性天之學，他人偏主，而孔子能全之，此似是而非也。世間之文章，非夫子之文章，其性天亦非夫子之言性與天道。猶之説朱子道問學，象山尊德性，象山之所尊原非德性，而朱子之道問學原是尊德性，朱子未嘗闕一邊，象山未嘗有一件是也。

文章性道，本是一串事，但人之火候有淺深，故聖人之教有次第，若將文章看得太粗，性道看得太玄，則兩件都不是也。又説性道自無容，言聖人有顯有隱，則兩件之聞不聞，都是聖人權術所致也。

「教不躐等」，專解「不可得聞」句，謂聖人非其人、非其侯不輕與言，故不可得聞耳，非言之而人自不悟，如不聞也。

既曰「言性與天道」，如何又「不可得聞」？因有謂至言不作言會，真聞不以聞聞，一派狐禪得而混入矣。説者以「教不躐等」正之，解者又誤執聖人秘不肯言，又似有所隱者，此又程子所謂扶醉漢也。即如一貫之言，夫子呼參而言，門人未嘗不聞也，及曾子唯而門人問，則曾子得聞而門人不可言得聞也，聖人豈隱門人而私示曾子哉？第此言夫子原爲曾子而發，此所謂「教不躐等」也；曾子能唯而門人不能，此「教不躐等」之故，原在學者自己之得聞與否也。

有聞有不聞，便是教不躐等，然其可得不可得之故自在學人，此卻是所以教不躐等之故。聖人初無機權作用于其間，只是因物付物，自有陶冶變化之妙，則又教不躐等之神也。須知教不躐等，不是聖人有甚印板齋規功課，只爲時雨化之者難得，然直至不屑教誨，而聖人全副精神原在，後人看得「教不躐等」四字呆淺，即之、離之，都無意味，總屬心粗，不去理會所以然耳。

說來止得「教不躐等」一句，「不道」四字中有多少人頭不齊在；有多少火候不同在；由文章到性天，有多少工夫層級在，此所謂等也。纔說箇「等」字，便不止是兩種門品、兩法接機、兩節修爲矣，子貢只提箇上下大關耳。又須知「等」字在文章界上多，在性天界上少。「不可得聞」，正是聞後無盡語。

子路有聞章

都是記者空中設撰形容，非子路實事也。子路實不曾有未能行時，即在有聞中事勢次第處，便覺得未能行，正見他一聞即行，一種火忙火急之象如在目前。

不是子路果有未行，亦不是子路絕無未行，只在聞之後，行未盡之前，此間自然有趕不完、來不迭時候，皆是子路視爲未能行時候。

未行，正是行時。

「惟恐有聞」，只是「未之能行」中猛著鞭耳，非真恐後聞也。

子貢問曰孔文子章

文子實不足以當文，即所稱學問，亦非能君子學問之道，特此二者亦人所難能，故節取以當勤學好問之例耳。

子謂子產章

古人謂諸葛孔明有儒者氣象，以其本領好也；今人看孔明只是一箇大有才具人，而孔明自言則曰「先帝知臣謹慎」，又云「南陽有八百桑」，此孔明本領也。惟夫子之論子產亦然，恭敬惠義，方是子產真面目。

子產之惠義，因養使而分，其實精神作用盡在義一邊，而其義行處純是惠，故夫子他日曰：「惠人也。」惠中原有義，義中亦有惠，方是子產之惠義。

子產未能盡是君子之道，故曰有四，即子產之恭敬惠義，未即能君子體用全備之恭敬惠義也。

子曰晏平仲善與人交章

「善與人交」，稱晏子也，「久而敬之」，著其善交之道也。顧麟士謂「惟善與人交，故久而敬之」，則久敬反爲善交贊語矣。其意以善交中有圓通作用，而久敬落宋人理路也。余每見人稱楊顧説書合傳注，甚不然之。

一箇「人」字中，君子小人庸衆都在，惟敬則無所不宜，晏子所以處，崔慶陳鮑亦在其中耳。若專就奸惡説，則其爲敬也，純是機權作用，而君子敬以善交之，正義反隱矣。「敬」字兼内外，然其本在内，故曰敬以直内。聖人從無兩箇敬字，若將敬字在作用上看，爲周旋世故之具，此看壞了敬字也。

子曰臧文仲居蔡章

因文仲有知名，夫子即此事以辨其知，非以不知譏此事也，故不云不知，而云「何如其知」，猶曰人之稱其知也，其謂之何爾。

季文子三思而後行章

曰「子聞之」，則魯人之稱頌以爲美談可知，然足以誤人之思，故夫子正之，是論思，不是論文子，而文子之得失亦在其中，與前後各章論人答問之例自別。

曰「再，斯可」，則三之不可可知，私意起而反惑，正發明夫子再斯可之意，非朱子補義也。乃有謂夫子未嘗明譏三思之不可，則將文子之三思，夫子之再思，可以並行而兩是耶？此種議論，最誤後學，不可不辨。

子曰甯武子章

「愚」字只是乖巧人所不爲者，非大智若愚之愚也。即其不避艱險處，便是不可及，非必謂其能成功而後爲不可及也。即使當時功不能成也，須還他愚不可及，惟其措置得宜，不失其正，而又能濟君免患，所以尤不可及耳。

「愚」字從旁人比較而見，武子固不自命爲愚，亦非武子正面全身斷語也，只在智巧者一對照便見其愚，即其愚處，便是不可及。若以其免難成功見愚之不可及，即是功利作用，此吴下人之所謂詐呆，非武子之愚也。要使衛侯終不復國，武子卒及于難，其愚豈可及耶！

人多于愚中講作用狡獪，乃深也、黠也，非愚也，然愚却不是冥頑儒闇之愚，亦不是迂疎窒滯之愚，其用自在意外。

「愚」字只與乖巧字對，從來萬死一生之事，世之打乖者便不肯爲，二氏之學講到極精處，亦只是此理，此武子所以不可及也。成公之終復，特幸而濟耳，至于成敗利鈍，非臣之所能逆睹也，亦武侯之愚也。故小人喻於利皆智也，君子喻於義皆愚也，以此思愚，愚可知矣。

甲乙間失足諸公，只被一箇「乖」字害事。

論到極處，豈惟避難降臣自以爲智巧，而不知其身爲狗彘，即死難中亦有智愚之不同，亦惟愚者爲不可及也。

子曰伯夷叔齊章

畸人之清，便有絶物自爲之私，看得天下人無一是，看得天下人之不是無一可容，而其爲不是者亘古不可化。要之此便不是聖人胸次，遑問聖之清！若説聖人本性介刻，而于處人情處獨寬和，這又成兩截作用。聖人本體原和平正大，特夷齊于是非較分明，不可犯滓，此爲聖之清耳。當下一「清」字時，不念舊惡已具，非于清之外又有此酌劑之妙也。

有謂受惡之貫盈，夷齊既避之矣，及其濱于危亡，又爲之叩馬，此便是不念處。先生曰：「不念舊惡者，指一人之私，受之惡，天下之公，非夷齊之所得而不念也。叩馬亦不爲受，爲天下古今君臣之義耳。」

顔淵季路侍章

朱子云：「當時只因子路偶然如此説出，故顔子孔子各就上面説去，使子路若別説出一般事，則顔孔又就他那一般事上説，然意思却只如此。」此條最講得高而盡。雖程子皆歸之仁，然在「仁」字中，也只説得一宗，就一宗上一路説去，有多少層級在，各人工夫見地，到遮裏火候氣象，自不可强，到得盡處，原無别事。

聖賢所志，不離一箇「仁」字，但其分量不同，故其氣象自别。子路較粗淺，顔子較有痕迹，故朱子謂子路收斂細密，可到顔子地位；顔子純熟展拓，可到孔子地位。此中分寸鑿然，不是輕易掂斤播兩。

看圈外程子總論三條，則三段規模有小大，要皆在與人及物之仁上看。謂子路「亞于浴沂」，顔子大而有意，須與體會著他是甚樣氣象，若將子路止説做箇貧俠意氣，顔子止得箇謙虚長厚胸次，真覿面千里矣。要識二賢氣象，先須識得「仁」字。

兩「無」字，乃顔子克己之功，是用力字，不是自然字。于此可見求善求勞，其志甚深，顔子所願無者，伐與施耳，若云不存善勞，即二氏之秘藏耳。或曰，此正巧于講無伐施意。曰：正爲這巧處有病在。

「老者安之，朋友信之，少者懷之」，看聖人三語，渾純一箇「仁」字。當時只説得切至平寔，未嘗有自然付物意思，而由其言窺之，則天地堯舜，功用氣象如是，此所謂聖人之言也。

較老安、友信、少懷，但略小樣耳。

聖人不得志，堯舜氣象自在。

聖人所爲如化工付物，豈待設施哉？「與點」一節，便是堯舜氣象，但用處有盡與不盡，要其本分，不損毫末也。

盡天下之老、友、少而安、信、懷之，此其盡也。然必「老吾老以及人之老，幼吾幼以及人之幼」，其中親疎貴賤，有多少等級，便有多少安信懷法施在；無此，也安信懷不成，這便是一篇西銘道理。

呂晚村先生四書講義卷之九

論語六　雍也篇

子曰雍也可使南面章

有謂仲弓知得夫子許己南面是以其簡，故以子桑伯子爲問。曰：首節中安得便有簡字意？仲弓安得便有他心通法，知夫子之許可因簡而以伯子當之哉？此正秀才粘皮帶骨不通處。

「可也簡」，夫子就其問而節取之詞，未嘗以簡而取伯子也。使仲弓别問一人，夫子亦以簡論耶？

不但居敬居簡不同，即居敬之行簡，與居簡之行簡亦大别。居敬之行簡，精明有條理；居簡之行簡，則一切苟省任率而已。

居敬之簡，不是省事，得其大小輕重先後之序耳。「然」字與上「可」字相照，「然」字中有兩重公案，要見仲弓未喻「可」字一層，所言之理默契一層，一以印證仲弓，一以完語句滲漏。

第二節注云「以許己南面，故問伯子如何」，是辨伯子之簡，正勘驗自己，則然其言，仍是證明其可使也，故朱子謂亦見可使南面之基。朱子曰：「此段若不得仲弓下面更問一問，人只道『可也簡』便道了也是利害，故夫子復之曰：『雍之言然。』這亦見仲弓地步煞高處，是有可使南面之基，亦見得他深沉詳密處。」

程子居敬則其行自簡，理本一串，雖然如是，語太高太直捷，恐學者依之有病，故朱子列之圈外，而本節注中用「如是而行簡」，頓出「而」字一折，謂天下原有能敬而未能行簡一流人也。

子華使於齊章

有謂與粟辭粟，二子原未嘗不是，夫子特廣其意耳。先生曰：「滿肚皮奈何不下這一部史記憤懣肝腸，看得一班俠客畸人，爲世間絕頂人物，不難將孔夫子説話當假道學常談看，此種趣識，誤學人不小。」

只一「毋」字，已説盡不當辭禄之義，下句又曲爲廉者設法也。

子謂仲弓曰犂牛之子章

論仲弓耳，非與仲弓言，如子謂韶之類。

俗講謂聖人必無稱其子而駡其父之理，此是村俗世情鄙見，聖人引喻論人，有何忌諱周旋？以牛爲駡，亦後世習俗，當時用牛爲名號者多，如唐宋人稱「龜」字，直至近年爲惡名耳。騂角與犂毛色之美惡，豈即駡耶？喻其寔耳。

子曰回也其心三月不違仁章

「違」字，只略斷一斷。

顔子亦正有違，故云「三月」，三月雖違，亦只少斷耳。

顔子未達一間處在此。

不特三月與日月久暫不同，即不違與至，其爲主客亦不同。不違與至，皆有工夫，只是下工夫處不同，其中有同原處，有天懸地隔處。

季康子問仲由可使從政也與章

康子看得政大于才，夫子看得才餘于政，「何有」不是大言聲價，亦不是蔑視事功，實見得三子恢恢游刃處。

冉求曰非不説子之道章

今日學者，只是被箇「畫」字不好。有開步時便畫住者；亦有進得一步，上一步却又畫住者。自己便道，我何必若彼，只消如此，將第一等人讓與人做，這便是畫。然究而言之，只是不曾悦耳。冉求欲將「悦」字藏身，夫子正要點破他這字。

子謂子夏曰女爲君子儒章

君子小人，尚是籠統之名，自程子下「爲己」「爲人」注脚，而聖人之旨愈見分明，然非程子于中自建綱宗也。此君子小人原非籠統名目，緊就「儒」字説，是辨儒，非泛論君子小人也。道箇儒，便自有形狀、有術業，而真僞出焉，爲己則真，爲人則僞，自是不易之義。爲己是正解，圈外「遠大」意已隔一層，然謝氏所謂遠大，亦指義利公私説，非指勳業功效言也。爲儒而從勳業功效起脚，即犯爲人功利之病，正不免于小人儒之歸矣。讀書人心粗，見説君民家國天下，便説是遠大，便説是合注，不知其墮入旁門小家，正背注意者也。

子游爲武城宰章

楊氏之意，言子游精于知人，雖二事之小，而見正大之情，則其平生之無不正大可知，非謂節取其善，而不求其終身之全也。

子曰孟之反不伐章

有謂嘉孟之反所以罪孟孺子也。孟孺子洩帥右師，右師奔，孟孺子語人曰：我不如顔羽而賢于邴洩。是且以奔伐也，故美孟之反之不伐以譏之。先生曰：「凡論語所載，皆關切學者。若論人論事，而别有言外之旨，除非答人之問，則見聖人語默微顯之妙，亦所以爲教也。若特舉其人而稱説之，則聖人之言平易正直，必無許多隱謎蹺蹊。此章只是美之反之不伐，見居功去矜之難，可以爲法，聖人提起與人看，使人知所自克，此意儘有發明，未暇旁敷史案也。看程門吕、楊、謝、蔡、侯、尹諸子，亦只在本文議論，然龜山推稱其功，朱子即以爲失本旨，獨取上蔡説，謂于學者事甚緊切，猶嫌其太講得道理高，於本文未密，故列之圈外，而總論以爲本無異説，諸家横出他意以沮之，夫于本文議論過當，尚以爲他意横汩，况闌入閑議論耶？閑議論尚可，其害必輕略本義。」

子曰誰能出不由户章

此與「人莫不飲食」節同。出必由户，亦即是道，但小事粗節耳，舉以警人，最親切有味。若作譬喻説，則由户在道外矣。人即不由道，無時不在道中，天下事物總無一件不在道中，隨處提起便見。

道故不曾離人，人自不由也。

因由而有道名，道即在由處見，故訓道曰路。

子曰質勝文則野章

聖人當下道箇「彬彬」，已是箇成德氣體，只是如何會彬彬，况云「然後君子」，則未及彬彬時，固學者事也。故朱子加入學者當損補以成其彬彬，則彬彬方有下落，而「然後」句亦分明。

人謂「君子」二字不可作贊語，翫「然後」語意，是上四字正有損有餘補不足工夫，不指現成説。注中「學者」云云，正解「文質彬彬」，「成德」云云，正解「君子」，然則君子何嘗不可作贊語？但不可以「文質彬彬」四字，作君子贊語看耳。

門人問注中「損有餘，補不足」，似文可補，質不可損；忠信可學禮，忠信豈可損耶？曰：此文質在人氣象體段上説，過於朴僿與過于修飾，其不能彬彬一也，與忠信學禮意又别。故楊氏之説列之圈外。若謂忠信不可損，則忠信勝禮，豈可謂之野乎？

子曰人之生也直章

「生」字，指有生終始全理。自穉至老，爲彭爲殤，無非生也。只現在此刻直則是生，罔即幸免，蓋生之道理本合如是耳。此程子所謂「生理本直」也，讀者錯認本字，遂將「生」字看做生初之生，要追原反始，以「直」字當父母未生前本來面目看，害道不小矣！其病總坐不與下句相照應。若將「直」字對「罔」字，「人之生」對「幸而免」，反覆思議，自無此病。

「人之生也直」，此句當緊照下句講，有此直乃有此生，人之所以爲人者此也。罔則生之理已絶，雖生亦幸免爾。後人誤解程子「生理本直」句，將「本」字作自然無爲看，于是講章遂有即生是直之說，是重生字，不重直字，下句如何振合？其病亦從生之謂性與良知之説來。

「人之生也直」，此句須緊照下句説。惟生理本直，不直即失所以生之理。直非任真自然之謂，帝王之政教，聖賢之學問，皆所以完此生理也。有謂任真自然是直，而無待政教學問，且反爲直之害。其説甚謬！如謂任真自然即直也，則安有罔之生乎？將罔之生也亦直乎？抑政教學問反所以爲罔乎？吾不知之矣！

有云，受中以生，而養以致福，不俟維挽也，況維挽之而人心終不古乎！先生曰：「後世維挽，非刑名功利，即二氏禍福之説，便是幸免之法，非聖人本直之維挽，故人心不古耳。」

先有此直而後有生，纔有此生便付此直，人必還其爲直，方完得所以生之理。「直」字謂寔也，順也，即中庸之「誠」，孟子之「利意」，非纂直之義能寔而順，則經權動静，無非直也。

忠孝至性中曲折正是直。

子曰知之者章

三「之」字，明指聖人之道，離却「道」字，即貪財好色，亦何所不可附此四句耶？「之」字不的，則「知」、「好」、「樂」三字説來皆詫異，蓋知、好、樂真境，原倚「之」字爲旋轉。如「之」字指財，則知、好、樂皆財上情事；「之」字指色，則知、好、樂皆色上情事；若看「之」字是西來大意，則知、好、樂皆宗門境界，非聖道之知、好、樂也。

朱子謂當求所知好樂爲何物，外道便只説得心耳。

聖學工夫只有知行兩端，「知」字中工夫最多，到得箇「知之」者，火候已是一半。好與樂總是行中火候，若不曾知得，也無從好樂；即有所好樂，如金溪姚江之學，亦能使人鼓舞顛狂，卻只是差異，不可謂之好樂，總只謂之不曾知也。

爲學于知好煞好用工，到樂底地位，程子所謂「功夫尤難，直是峻絶，又大段著力不得」者，濂溪之尋孔顔樂處，延平之融釋脱落，皆此意也。

子曰中人以上章

此章只在材質上論，語當其時，即中人以上亦有機候因緣。中人亦有用困勉之功造到可語者，却又别是一話，非此章本義也。

樊遲問知章

敬與遠固是一串道理，又須分别能敬者必遠，遠者必敬；亦有敬而不遠，遠而不必敬者。然觀作虛器，祀爰居，仲尼譏其不智，則知此句專爲不能遠者發。

知鬼神之當敬當遠，只合如此，必通于死生晝夜之故矣。知其説者之於天下，其如示諸斯乎？彼諂事鬼，與蠻作無鬼論者，其愚則一，皆不免于爲鬼所揶揄者也。

聖人所謂鬼神，指天神地祇人鬼也。所謂人鬼，只祖宗與百辟卿士之在祭典者耳。若佛爲遠裔邪鬼，及鄉俗誕妄之淫祠，左道亂政，生心害事，聖人所必誅，但當遠而不當敬，又不在鬼神之例者也。騃豎每援此句，以爲佞佛事魔之助，造中立不闢之説，其惑誤更酷矣！學者不可不知。

智無定體，附義禮以見，此中庸「知人」「知天」兩「知」字即智也。

天下本無不難而獲之事，亦無先難而究無所獲之理，但仁者之心，只專于所難，而無欲速見利之私，即此心便是仁者渾然一理無私之本體。

難，只在日用尋常處。

有謂「難」字不即粘爲仁説，不知所難箇甚！天下豈有仁外之事理日用乎？是説仁者之心如此，猶云有事勿正，仁者地步愈高，其心亦只如此。若謂得道必于遲暮，即是癡人圓夢；若謂此事原無可得，又落魔外邪淫矣。

「知者」之事，「仁者」之心，兩「者」字，是從現成指示，與「其言也訒」「不憂不懼」一例。惟其是知仁，故事與心如此，不説如此去做知仁也。

務義兩事，若不足爲智，正是智處。由事而指智，故不先下「智者」字。事可指而心難形，故就現成「仁者」，指出他處心積慮樣子，與「仁者其言也訒」相似。先下「仁者」字正有意在。

此言未足以盡知仁，是指點樊子做知仁工夫處，而知仁之理體原未嘗不備，注中「因遲之失而告之」，正謂此也。

子曰知者樂水章

此節知仁雖指兩種人，是就其資禀現成處説，不論工夫，亦不論全體也。三截節節自爲形容，無淺深之義，亦無聯貫之情。

就兩種人資性大段而言，故有此分别，與「好仁惡不仁」章相似。若説知仁道理工夫，兩者原分不得。

三股隨意舉似，説箇大段意理，固無貫串之義，亦無重動静而以上下發明中段之説，予論此章正不喜如是。

子曰齊一變章

兩國之治，原都是周道，因祖宗功德有偏重，其流弊漸遠耳。

史記伯禽三年報政，太公三月報政云云，先儒亦多不信其説。朱子謂：「略有此意，但傳者過耳。」程子謂：「齊由桓公之霸，太公之遺法變易盡矣！」則齊之難即至道，壞于管仲，不壞于太公也。齊初亦本周道，正與程子言合，第朱子云「太公治齊時，便有些小功利氣象，尚未見得，被管仲以功利駁雜其心，大段壞了」，然則管仲之變，亦太公原頭有以致之。王半山、蘇東坡皆不識「道」字，而好講變法，其足以禍世一也。半山用而東坡黜，乃轉言新法之不便耳；使東坡得志，其作聰明以爲更張，豈在半山下乎？讀蘇氏父子全書自見也，故儒者須先識「道」字。

宰我問曰仁者雖告之曰章

「可逝不可陷」就當下説，「可欺不可罔」從平素説，平素明於理，當時審於勢，惟智乃所以成仁也。

惟智乃足以成仁，故君子不可陷罔，救人必先愛身，便落隔壁話矣。

道理止論當下，從井必不能救人，當下便無此理，不是惜此身爲天下不爲一人也。從井之不可，只是救法差，不是不當救，亦不講仁者所救有多寡大小也。

義不當，不可以成仁，智不明，亦不可以取義。宜死而死爲仁，不宜死而死爲不仁，毫釐千里，錯看不得。喪元或怙終，倒戈乃徙義，不明此理，有自以爲盡節，而適足以害仁者矣。

金正希云：直捷明爽，不用一毫擬議商量，才是我輩本性。若從仁不仁上商量出箇救不救來，紛然失心矣！學道人細參。先生曰：「聖門論仁，正要從仁不仁、救不救處商量出道理耳，若謂不用擬議商量，才是本性，不知蹉過多少了也。有人舉禪家問路曰『驀直去』，予謂只爲拽開步，多不是路，他道『與麽則不去也』，卻與聖門之仁不相涉。看正希先生致命時，許多周折，不但從之，直是推人落水，此正是不用擬議商量，白撰出箇救不救來，不覺紛然耳。可知大病只在少商量也。」

子曰君子博學於文章

博文約禮，功有兩層，事只一件，「之」字即指上句。

子貢曰如有博施於民章

先儒謂「仁」字最難訓，以其不著事爲，不論地位也。如博施濟衆豈不是仁者之事？

然夫子卻以爲聖而不止於仁。仁譬之水，聖譬之海，謂海非水固不可，然非必海而後水也，則水自另有件物在。惟欲立立人，欲達達人，乃仁之體；能近取譬，乃爲仁之方，只此便是夫子善訓「仁」字。

人己有次序，有渾合，理一分殊，總在「而」字裏許。

天地聖人亦必先自盡而後能盡物。自盡者，天地之心，聖人之情也。至于盡物，則普萬物而無心，順萬事而無情矣。

有心便有事，不論事只論心，則心亦易詭而遁矣。夫子之意，非謂博施濟衆專求諸事而不是心，亦非謂立人達人專求諸心而更無事也。但心從近推，事即從近做，不如博施濟衆之求諸遠且難耳。

論其事則堯舜猶病，而立達則正堯舜之心，非堯舜不可學而別尋仁者也。

「欲立」二句，直指仁者之心，而于此即可以觀仁之體，有兩義在。

「夫仁者」三字，就仁者之心指示仁之體，不是空空言理，亦不是凡爲人心能如是也。凡爲人心固應如是！天命本來，誰曾闕少？然氣拘欲蔽，誰易完全？所以夫子又説「能近取譬，可爲仁之方」，故「立達」節須從「仁者」二字體會，不得單提「心」字。

「夫仁者」節，指仁體如此，凡人之心無不同具此體，然而氣拘欲蔽，不可得而見也，故下「仁者」二字，是現成仁者之心，不是凡人之心皆然也。故末節示以求仁之方，正是下手處，正有實事在，混過不得，輕略不得。時解動云取之一心而已足，是八荒吾闥，佛性遍滿法界也。

「仁者」節與末節强別安勉非是。「仁者」節，是説仁體；末節是求仁工夫，所謂「近取」，推己所欲以及人，即上節「立達」中用工夫耳。

呂晚村先生四書講義卷之十

論語七　述而篇

子曰述而不作章

述作本無低昂，述而不作，正爲理不當作耳。

「信而好古」，正是「述」字中賓際，不分兩層，不作實見得道理如是，不止是謙辭。如後人妄立宗旨，皆是無忌憚敢作，其病只是不好古，不好由于不信，不信由于不知，故曰「述者之謂明」，又曰「蓋有不知而作之者」。

人多輕看了「述」字，便似聖人虛爲退遜之語，不知「述」字正難承當在，惟孔子能述堯舜禹湯文武周公，惟孟子能述孔子，惟程朱能述孔孟，其道同也。後人不能述程朱，便敢紛紛亂道，其病先從不信起。

道釋者流得一經一法，便實信仙佛可成，秀才讀聖賢書，却只爲胡亂做文字，騙科名計，毫不信聖賢可做。聖賢之言，切己不謬也，不信如何得好？不好如何能述？秀才中無人物，其病正坐自不信聖人耳。「信」字又要從天理出來，但憑心説信，便入邪異。傳習録云：「學貴得之心，求之于心而非也。雖其言之出孔子，不敢以爲是。」然則陽明心中之是非，又在孔子心中是非上矣。其無忌憚敢亂道至此！孔子且不信，況其他乎？然近日亦有説程説朱者，又多是依傍時尚，爲標榜結納號召謀耳，敢道他原不曾信得及在。

有友人游返，以遐方講學所著圖書曆數之辨見示，其説最淺陋可笑，而讕詆古昔，狎侮聖言。蠻村駭鄙，敢於無知妄作如此，皆世道人心之憂，無論其粗疎謬劣，即一開口落筆，已知其不曾讀過此節書來，可歎可哀！

今人好談經學，著作紛紛，蘄駕勝於傳注，其實于四書白文全然不懂，徒欲以欺世之無目者，共相稱歎，使聖人見之，其爲兩觀之誅何逃也。

六經大旨，今已無晦，而爲經説者，必欲起而晦亂之，真可恨也！

子曰默而識之章

三者原非聖人之極至，觀「不厭倦」二句，夫子嘗以自謂可知，此所謂謙而又謙也。時解定將三者説向高玄，乃求深反淺耳。

「默識」注云「不言而存諸心」，祇是沉潛體會、服膺勿失意，非不學而知之謂，故不言心解一説，朱子已明削之。至謂語言文字之先有見，則直墮異學窠窟矣。總因要説得三者過高，便有此病。或云學不厭即智，教不倦即仁，仁智即聖，不必泥注中「非聖人極至」之説。曰：不厭倦之爲智仁，是子貢因夫子自謙中推進一步語，看「若聖與仁」章自分明。若此二句是智仁極至，夫子豈遽自任乎？則可謂云爾已矣，其非聖人之極至可知。越平實越自歛，然若不及，越見得聖人意思好。聖人分量不賴此處擡高，要擡高正是自己見識低，不會聖意耳。

三句看來，默識似「知止至善」，學不厭似「明明德」，教不倦似「新民」，只默與不厭倦，見聖人渾然本分如此。看三句氣象如何！問，注云「三者已非聖人之極至」，恐不須如此恢張。曰：固是。然于此亦須見箇聖人意中所見底模樣定不小小。

子之燕居章

凡形容氣象語最難。如所謂容舒色愉，自大賢以下凡爲天姿和緩之人，未嘗無此光景，然非聖人之申申夭夭也，其間高下等級正多。所謂各家門前自有景致，憑各人舉看，只説得自家説話耳，須胸眼中實見一箇聖人全影始得。

子曰志於道章

「志」字内有知止義在，知之則志有定向。

艾千子曰：張子韶詠「依於仁」句云：「試看迷途一瞽矇，若還無相豈能通。力行未到安身處，且可依他人箇中。」然畢竟不合。謂其看「依」字淺也，莫若從注爲是。唐宋諸儒説經，未經朱子採取者，猶夏商周之書，爲夫子删去者，終不可傳耳。先生曰：「此論已分明，然謂子韶看『依』字淺，却不當其罪。他看得『仁』字不好耳，故云『無相豈能通』，他只將仁當箇瞽者之相，則所謂安身處者非仁矣。湛若水教人隨處體認天理，亦近似好話，然其所指之天理，乃子静之黑腰子也。今欲破諸邪説，須先認取『仁』字端的。」

道德仁次第，秩然定理，至于藝，輕視之，則初學之末節，若序在道德仁之後，則似反重矣。不知藝與道德仁較，則本末輕重固然，然本末自不相離，志據依之時，原脱藝不得，故藝與道德仁相爲終始。在初學肄習，則藝自粗淺，非藝粗淺，爲藝工夫粗淺也。至大成游養之藝，則又爲精微，非藝精微，爲藝工夫精微也。假如洒埽應對進退，子游以爲小子之末，然到聖人動容周旋中禮，不過原是此末事，豈可以聖人之末同于子夏門人之末乎？工夫到聖處，本原大段已定，這上面神妙，却正在末處。中庸所謂聖人有所不知不能者，不知不能不礙其爲聖人，更知更能，不又加神妙乎？故游藝序在道德仁後，正自不輕。惟邪學一切以爲支離務外，故將藝看壞，他正不曉得游字境界儘高也。

朱子云：「藝是小學工夫。論先後，則藝爲先，三者爲後；論本末，則三者爲本，藝爲末。習藝之功固在先，而游者從容潛玩之意，又當在後。文中子謂：『志道據德依仁而後藝可游也』，此説自好。」玩此一條，則游藝輕重先後之理盡矣，故上三句可次第遞説，而「游藝」句不可坐煞在依仁後，與依仁相比屬，亦不可將此句另側重，似反精妙于上三句也。

内外交養，自金溪以來，總不曾明得此義，講章看得末句輕淺，亦坐此弊。

子曰自行束脩以上章

「自行束脩以上」，極言有來學者無不教之耳，非謂必待束脩也。

子謂顔淵曰用之則行章

「用之則行」兩句，須連讀合看，乃見聖人所謂「有是」之理。若謂聖賢總以濟世爲心，意重行一邊，不見聖賢全身，要大翻成小樣矣。

首節之要在兩「則」字，行藏非聖賢所重，重所以行藏者。子路病處行藏皆有，非能行而不能藏也。

曾點「莫春」數句，亦是用則行、舍則藏，但點只猝乍見得，不如顔子實有諸己耳。

「必也」、「者也」四字最活，如此人方可行軍，能懼能謀，見大本領，不泥定行軍説。「臨事而懼」，則無喜功輕事之心；「好謀而成」，則無粗疎潰裂之患。兩句本平説，都是子路對症之劑。「懼」字對「成」字，不對「謀」字，兩「而」字語勢注重，分明懼在幾先，成周事後，闕一不可。懼爲成謀之本，此又推論之説。

謀時能審斷決中固是成，謀後果毅周到至事成萬全正是成。單講箇「懼」字，是聖賢主敬本領，此懼字卻大，不是此處本分。此處懼字，貼定臨事説，單講不得。要之源頭固自大，懼字生來，見得此意，本分道理又高一格耳。

人云兵行詭道，純乎功利權詐，用得效時便是道，故當以逆億術數爲主。此不知兵之言也。逆億術數，中處少，不中害事處多，也只是先覺無不勝，道德無不服耳。懼而好謀，原是先覺道德中事，非功利權詐之術也。

子曰富而可求也章

「而」字及「如」字，不是游移兩可之辭，大注蘇氏謂：「爲此語者，特以明其決不可求爾。」

「如不可求」，主命説爲是，若謂義不可求，「如」字口氣欠的，聖人言語每下一步以就人，正是決其不可意。

子在齊聞韶章

季札聞韶，曰：「觀止矣。」夫子聞韶，曰：「不圖爲樂之至於斯也。」兩者贊歎雖同，而境界自别，蓋季札是驟見崖岸，驚喜之語；夫子是學習既久，深歎之辭，固不可同日語也。

冉有曰夫子爲衛君乎章

助輒之誤，賢者不免，當時亦皆看錯國君社稷之重，此義之似是而非者，故子貢須問。初問問其義，再問問其心，正子貢善問處，若止是争讓相較，子貢何須問得？唐之靈武，宋之臨安，何嘗非國君社稷爲重之義耶？「怨乎」一問，直將從來借義名而助弑逆議論心事都誅盡。

「怨乎」，是直究隱微，乃子貢善問處，蓋於此際不能無少遺憾，則天理尚未得其正，人心尚未得其安，而當日衛事猶未可援以爲斷例也。

夷齊當下只是自盡，使得乎天理之正，人心之安而已。若夷去管齊，齊又管夷，夷齊又管中子，則粘帶回顧，私意起而怨從此生矣。

「不爲」，子貢本不待問而決，所以問者，欲求此理之極處，至幾微無憾耳。至印證明徹，更釋然無疑。

上文之問，子貢自質疑端；此句直斷夫子之意，所問非所斷，所斷非所問，正見子貢善問善斷處。

後世俗儒，胸中只奈何這得失利害成敗不下，只在這上面計較裝扮，故聖人之道，終不可行。看聖人此章，直提出箇「仁」字，則要知于極難處置處，定有箇處置之道，只在求仁上體會自得，那得失利害成敗之計較裝扮，自無由發端也。

論語載此章微旨，正在下一節問答義理精妙，其所關已不止衛國一事、父子一倫也，而所以定衛案者，已自明盡。

子曰飯疏食章

「亦在其中」，與「不改其樂」，境界自殊，所樂則一。曰「不改」，則非樂陋巷簞瓢也。曰「亦在」，則非樂疏水曲肱也。

若謂聖人處貧而樂，以富貴不如貧賤，故無所慕乎外，則聖門如原憲亦可以共有此樂矣，何必孔顔哉？只爲後世談道者，自己胸次俗下，不知至道，只與世間貪穢垢濁一流比較高低，稍勝於彼，便自謂迥越；又將聖人放低來湊自己，謂聖人不過如是。不知聖人分際，煞是不可窺躋，孔顔所樂，千古少人到手。故欲反照此章之義，須從原憲之介，巢許之逸，老莊之放，都不是此樂，襯出正面；又從「不改其樂」，與「樂亦在其中」，同是此樂，襯出聖人更上一層，方得真實了義。若將富貴貧賤較量彼此，以一班流俗腥膻肺肝，與聖人比並是非高下，直是不識好惡也！

朱子云「此樂與貧富自不相干」，故謂樂貧者直頭不是。其次云「樂道近似矣」，然程子云：「使顔子以道爲樂，則非顔子矣。」朱子解之，謂「道與我非二物，但熟後便自樂也」。其次又以貧窶不累其心爲樂者，此却是倒説。朱子云：「胸中自有樂，故貧窶不累其心，不是將那不累其心底做樂。」玩此數條，則「樂」字可會。

程子謂「不是樂道」，又云「所以樂者仁而已」。或疑道與仁何辨？朱子曰：「不是樂仁，惟仁故能樂爾」。明此意，可知樂道樂仁，未嘗害理，却是樂在道與仁外，惟道與我一，故「樂」心與仁一，故樂到得自有其樂時，已不知其爲道爲仁也。故「樂」字注脚，莫如孟子「所性」二節極分明，到「根心生色，不言而喻」處，是何胸次！學者試嘗思此氣象來。

或以聖人爲樂天，也隔在，有其樂而樂天。

翫「如浮雲」三字，不是夷然處之而不驚，亦不是介然逃避而力拒，須想聖人當此時處置當如何，纔見得箇「如浮雲」真相。

聖人未嘗惡富貴而樂貧，所浮雲者，不義之富貴耳。

子曰加我數年章

一部易象，都從「過」處生來，觀象玩占，而知過所以然之理，即「可以無大過」之道也，亦惟聖人能深明其故耳。

有謂明于天之道，則于人有餘察，故不可易言。曰：不是天道便難，人事便易，人事即天道也。

子所雅言章

此言聖人尋常言語之間，引据辨説，大約不出此耳，不是日提此三經爲課程也。

首喝一句，末又複繳一句，中間列數一句，純是記者會通從前語言，從中指點綱宗出來，與學者做思議。

聖人初不曾立箇綱宗，謂言必軌於此，在聞言者亦隨人隨時各受教而退，未嘗總聚同參，如後來語録公案也。記者日久熟會得如此，筆之于書，令後人領會聖人教人全身，其意無窮。

不是聖人以此立教，亦不是偶然道及，須看記者熟之平日，參之同人，悟得聖言大都不離近是，「雅」字情景義旨乃得。

子曰我非生而知之者章

此章「我」字與「多學而識」章「予」字同例，最重兩「者」字緊與「我」字相應，「也」字緊與「非」字相應。

人因兩「者」字，遂將兩句作兩項人，然細思「生而知之」，固有此一等名號，若「好古，敏以求之」，乃夫子自述其平生，與學而知之等不同，不可作大家名號看。

此是夫子自辨其向來得力，從見成地位説，不講以後工夫。

或謂下句不宜説做求知，亦不須如此説，看注首句云「不待學而知」，則下句「爲學而知」，于理亦無害。「我」字、兩「之」字自相應，大段與「子貢一貫」章「予」字、「之」字相似，都在聖人所得學問言，原主「知」一邊耳。

「求之」不當竟作求知，恐添礙語氣，是也。然所謂求之，正云我之所以知者，乃好古敏求而得之者耳。知有生知，有學知、困知，聖人辭「生」字而居「好敏」耳，未嘗辭「知」而居「求」也。爲避求知而反添出不居知，同爲添礙，然求知之礙在語句，不居知之礙在道理矣。聖門工夫最重知，如何不居？

謂夫子自己放低一步引人，是聖人打誑語也。謂夫子寔止好古敏求，又是矮漢觀劇之論。如夫子之好古敏求，乃其所以爲生知，猶爲誨不厭倦之正唯聖仁也。實是生知，實是好古敏求，此聖人全體也，只恐人推委生知，不肯去好古敏求，此聖人至教也。

夫子實自不以爲生知，若異端論學，多不知不覺説人生知去，大約喜直捷簡易，畏義理之艱，便致如此。如朱子謂「陸子静學知以下，一切都廢」是也。

論正面，原是聖人自明以勉人，尹氏又從勉人推轉聖人本分説，故列在圈外。

子曰三人行章

聖賢學問，仰有掇，俯有拾，隨處皆有所取益。今世謹愿之士，深居支斤，不肯見一箇不好人，不知接遇不善，亦儘有鍛鍊處；講聖賢道理，尚有掩却一半，必不肯看一部不好書，不知辨析群言，亦儘有受益處！凡此只緣有箇我在，正要兩邊辨别完全耳。其善者，即就三人中彼兩人分别，必有彼善於此者，故「善」字極活，非全體至善之謂也。

子曰天生德於予章

天生此德於予，自無死桓魋之理，只在生德上看，非謂天生德後，又必保護此德也。既生後，天更無保護處，但雖不保護，必無此死法，夫子亦只在德上信得真耳。

子曰二三子以我爲隱乎章

二三子疑團，從過求高遠來；過求高遠，從實地少工夫來。

子以四教章

此與「雅言」章，皆門人習久共悟而舉其大要如此，亦門人身心所得，耳目所有，聖人固未嘗立此條規課程也。

此與「雅言」章，皆要放下一步看聖人，越見得聖人無行不與，下學上達之妙。四者，于衆人看，則有材質科分之不同；于一人看，則有時候次第之不一。

戴曾伯講義云：著書滿家，發言成霆，談于僚友者，難以質于臧獲；號于鄉閭者，難以合于閨門。古人沿其一而可通其四，今人一不成而四有餘喪，以視近之俗學僞學，不更可憫痛乎！

子曰聖人吾不得而見之矣章

「亡而爲有」一流人，儼然自附于聖人而不疑，君子善人，皆非所屑居也。後世講學者，動以聖人自處，且以生知第一等事教人，蓋聖人早憂之矣。

子釣而不綱章

仁者，天地之心，若無聖人之道主張其間，天地之仁亦行不去，故曰與天地參，揆文教，奮武衛弧矢之利，皆仁也。放蛇蟲，飼虎豹，不仁之甚者！釣弋固仁術也，綱與射宿，則太過而爲不仁，故聖人無是耳。

子曰蓋有不知而作之者章

是夫子示人以學知之法，不但辭闢妄作一流，并謝却生知一位。

「識」字中具有分寸，不是强記也。

子曰仁遠乎哉章

此節爲放而不求反以爲遠者言，當下指點他轉來反求耳，不是求仁無工夫，未說到工夫處也。

通節大旨爲「遠」字辨論，只在反求當下指示，不論前後際，不論工夫，不論火候到不到，查滓净不净。

若謂此心纔提即在，此只説得心，未可言仁也。上蔡以知覺訓仁，病亦坐此。後來學術毫釐之差，皆始於此。仁者心之德，心只是虚靈不昧，故能藏仁，非虚靈不昧即仁也。惟其虚靈不昧，爲最活之物，故有人心道心之分。仁者，道心也，欲仁即道心之動處，故曰欲仁仁至。

此「欲」字是虚字，只訓「要」字耳，人每混入「理欲」「欲」字，不特理謬，直文不通矣。

陳司敗問昭公知禮乎章

「黨」字，只指議論扶同狥私而言。

子與人歌而善章

此章須從聖人全體想像其妙，古人謂鄉黨一篇，正是聖人樣子，亦是此意。只此一細事，而聖人成己成物、德性問學之美，有不可勝求者。會得此意，即在歌中已見全體大用。

子曰文莫吾猶人也章

「文」即「言」也。

文行相須，原無偏廢之理，夫子正只患奪志耳。

文原只是講所以躬行之理，只爲學文，人便將來但作説話説了，程子所以譏其玩物喪志，也爲如此。若子以四教，卻是文作第一件，弟子行有餘力則以學文。朱子謂「不學文，則所失不止于固陋而已」，又何嘗不重文也？近世學者，恐文章之士易走作，遂至以學文爲禁，而所取率皆鄙瑣不尴不尬之物；即有一二拘謹之士，下梢亦無展拓。只爲此章書看得不融貫，將文行打作兩橛，便生出多少病痛耳。

後儒易惑於異學，也只爲他説來頗似聖言大略。如聖人説文行緩急，他便道文字支離，知行合一，亦似重行之義。不知他輕文，便欲不立語言文字，非聖人輕文本意；他重行，只要行他所見，非聖人所重之行也。看聖人「躬行」下急著箇「君子」，便有箇篤信好學，聖賢準則在。他卻説效先覺之所爲，亦是專求諸外，直敢道求之吾心而非，雖言之出于孔子，不敢信以爲是，然則其所重之行，决與聖賢異矣。故離君子而説躬行，「行」字便没著落，以此知聖人之言，字字切實，不可易也。

後來異端立説，亦似輕文重行，然所行實非君子之道，朱子謂「他只要踐履他的説耳」。「躬行君子」四字囫圇不拆，固不可講做君子躬行，亦不是躬行之君子，蓋「君子」二字是指君子之道，非美其人而予之名也。

「君子」二字，是言所行之則，作實理看，非稱美之號也。故謝氏謂「猶言君子道者三，我無能焉」，朱子謂「與『君子之道四，丘未能一焉』之意同」，當作躬行君子之道講。

子曰若聖與仁章

夫子雖不居聖仁之名，然觀其所言，正已得聖仁之寔。此是公西華意中語，若謂夫子自己維度，辭其名而居其寔，則是聖人假謙虚、打誑語矣。

或謂爲誨不宜根定聖仁，不知阿誰不通學究敢如此亂道！注中明白説：「爲之，謂爲仁聖之道〔一〕；誨人，亦謂以此教人。」總是正學不明，皆務爲圓通而惡切實，故其弊至此。

「弟子不能」，正指不厭倦而言，若爲誨，則大家日用分内，孔門弟子舍此更有何事？如何不能耶？

不厭倦，正是夫子之聖仁處，公西所以説不能學。

子疾病子路請禱章

丘之禱久矣，即此見禱之有理，即此見禱之無益，即此見聖人之敬天持身，且明不失。

其辭氣之間，如春水方至，百川灌河，絶澗枯渠，無不充溢。古人云，學者最要識得聖賢氣象，試從理會來。

子曰奢則不孫章

「儉」字尚從禮中出來，儉非即固也，儉則固耳。其間有漸積，有流弊，如晏子一狐裘三十年，可謂之儉，然君子作法於儉，其失則固，故禮不可不慎也。今有家累巨萬，而慢薄行乎骨肉，苛刻及乎里閭，作法于鄙，無所不至矣，那得援此三字以自文乎！

子曰君子坦蕩蕩章

注中「循理」二字，是坦蕩蕩真本領，即所謂本天者也。若只向心上尋坦蕩蕩氣象，到得晉人説老莊止矣。

「坦蕩蕩」三字，直下言坦然無適而不寬廣也，故「坦」字只在「蕩蕩」二字上看。有以平寬相對，則坦與蕩蕩分兩義矣，下「長戚戚」又作何解？故知「坦」字當與「長」字相照會也。

有謂以坦蕩蕩者而當長戚戚者，君子必敗，小人必勝。先生曰：「君子神明通達，變化不居，而其體自平曠。今曰君子必敗，不敵小人，則是以坦蕩蕩爲大呆子也，豈其然乎？」

子溫而厲章

下半句只完上一字，不是兩件德美。

「厲」與「不猛」與「安」，正是形容「溫」「威」「恭」圓相，「而」字是併合語，非轉換語。

【校記】

〔一〕仁聖　原作「聖仁」，據四書章句集注乙。

呂晚村先生四書講義卷之十一

論語八　泰伯篇

子曰泰伯其可謂至德也已矣章

論文王至德，便譏武王非聖人；論泰伯至德，便要周旋太王不曾翦商，連此章注語，亦老大不以爲然，此正後儒滿肚皮後世私心，不可與論聖人也。三代以前，原無謀取天下之事，無論聖人如太王、武王，即當時庸衆諸侯，曾有謀取天下不成，而事敗伏誅者乎？固不必以此疑太王也。翦商二字，是就周家功德人材與太王作爲規模而言。三代聖人，皆以天命人心爲重，有天下爲輕，行一不義，殺一不辜，而得天下，皆所不爲，太王、武王同也。得百里之地，皆足以朝諸侯、有天下，泰伯之所同，而泰伯不爲，此泰伯之所以爲至德也。故太王翦商，武王伐紂，與後世取天下心腸，天懸地隔。暨儒先看得翦商伐紂，與後世取天下無異，故朱子與陳同甫論漢唐之君，不可以接三代，寧可千年架漏，正爲此也。若謂太王遷岐在小乙之世，高宗復興者六十年，不可謂衰！此皆後世取天下議論也。殷之衰也，始于雍己，而興于太戊；至仲丁、外壬復衰，而再興于祖乙；至南庚復衰，而三興于盤庚；小辛復衰，而四興于武丁；至祖庚、祖甲一衰，不可復矣！此商家興衰始末也。然則太王遷岐之時，商已四衰矣。武丁雖賢，僅足以支六十年；周家積功累仁，其興勃焉天命人心之際，聖如太王，有不知之者乎？且古之興衰，論德不論勢，德盛而歸之者多則爲興，德失而歸之者少則爲衰。文王三分有二，原是紂之天下，未嘗割據而有也，然則太王德盛而人歸，其爲翦商何疑？善乎朱子之言曰：泰伯之心即夷齊之心，天地之常經也。太王之心，即武王之心，古今之通義也。聖人未嘗説一邊不是，須見得二者並行而不相悖乃善。此義非特今之庸儒不知，其誤實始于元儒金仁山，仁山又得之王魯齋。魯齋求其説而不得，則曰，朱子用古注，未及改也。及語録與注脗合，則仁山又曰，語録出門人所記，恐不足以證集注。嗚呼！朱子之學之失傳，豈待今日哉！仁山金氏曰：「按詩太王『實始翦商』，不過謂周家翦商之業，自太王始基之耳。且太王遷岐在小乙之世，至丁巳而高宗立〔一〕，殷道中興者六十年，歷祖庚祖乙祖甲二十八祀而生文王。其時商未衰也，太王亦安得有翦商之志哉？況太王前日，猶能奔國于狄人侵豳之時，而今日乃欲取天下于商家未亂之日，太王之心，决不若此其悖也。」

君臣之義，原爲天下而有，太王爲天下而翦商，武王爲天下而伐紂，泰伯爲天下而讓位，王季爲天下而受命，其義一也。故詩曰：「帝作邦作對，自泰伯王季，維此王季，因心則友。則友其兄，則篤其慶，載錫之光。受禄無喪，奄有四方。」「作邦作對」而曰自泰伯，則泰伯之宜有天下可知；稱王季則曰友兄錫光受禄，言承泰伯之意，能篤周之慶，而受天命，以彰其知人之明，爲讓德之光，則翦商亦泰伯所遺也。泰伯自不欲爲，且見王季之足以有爲，故三讓以自全耳。故泰伯去之不爲狷，王季受之不爲貪。朱子謂：「太王欲立賢子聖孫，爲其道足以濟天下，非有愛憎利欲之私也。」又云：「論其志，則文王固高于武王，而泰伯所處又高于文王；論其事則泰伯王季文武皆處聖人之不得已，而泰伯尤表裏無憾。」又云：「二者須見得道並行而不相悖乃善。」合此數條觀之，足以見集注之無疑，金仁山不明此義，自以其人欲之心胸，妄疑古聖人之大義，與後世取天下並論，不知此中正相反。太王翦商，子孫以此頌其祖而不爲嫌，豈數百年中聖君賢相、名卿學士，無一人知修飾訂正之，而待今日爲之斡旋洗刷乎？蓋事出天理，本無可諱避也。若莽操之篡奪，必以功德禪讓自文，今欲爲太王去翦商之名，是以莽操見識看太王也，乃反議集注未改。此以庸夫之腹度聖人耳，豈足與讀集注哉！

有謂遷岐時文王未生。曰：此是金仁山説。要之未有文，看太王王季氣局，也定翦商矣。

伯夷叩馬，武王伐商，俱是聖人天理極至中事。太王原非陰謀，只是辭不得；泰伯原非謂商不可翦，只是自不欲承當，兩者本自合轍，説壞一邊固非，周旋兩邊亦非也。孟子謂「伯夷伊尹孔子得百里之地而君之，皆能朝諸侯、有天下」，如俗儒言，則凡聖人得百里而君，即非朝廷之福，即非至德，不則孟子之言誖矣！王魯齋、金仁山皆不識此理。

泰伯于古今之通義，天地之常經，寔見得並行而不相悖，但這邊事自有人承當，自己斟酌却須如是乃安，而行之又極盡其善，所以爲至德。若泰伯原只見得一邊道理，又何須云「以天下讓」耶？

三讓則讓之誠，以天下則讓之大，而又隱晦其迹，非有爲名之累，所以爲至。逃父文身，本非正理，必須行權，乃爲得中，故曰「處君臣父子之變」，此「變」字言禮之變，非變故之變也。

聖人之德之至，皆是從變處看出，蓋人之處變每易有不盡分處，而能變而不失其權，此聖人之所以爲至德也。太王之翦商，固古今之通義，而泰伯之不從，又天地之常經，所謂即夷齊叩馬之心，而難處有甚焉者。時解只道得泰伯曲意彌縫，僅存注中「泯其迹」三字，不見此義，則其與許務臧札相去幾何？

父子君臣，其義一也，惟泰伯不能兩全，所以爲難。

「無得而稱」，不是民之不能稱泰伯，亦不是泰伯不使民稱，只是其行甚高，所謂知我其天也，其迹又泯，所謂蕩蕩無名也，民雖欲舉一端以頌之，不可得耳。

泰伯在武丁时，即早知天命去留，此其所以無得而稱，而德極其至也。

子曰恭而無禮則勞章

此言四者皆德行之美，而無禮以節之，則有是弊耳，非言由禮而生恭慎勇直也。且「恭」字義猶近之，下三句又如何例說得去！

有謂有禮則簡故不勞。先生曰：「禮自有繁者，繁亦不勞，勞非繁難之謂，恭而有禮，亦非簡之謂。大禮必簡，言禮之大者多簡耳，非禮主于簡也。」

曾子有疾孟敬子問之章

三者修身之要，爲爲政之本，動正出，正有工夫，斯遠斯近，乃得其所止耳。未動正出之前，有居敬涵養，臨動正出之際，有慎獨省察，此修身之本于誠正也。

「斯」字合下，便須如此，所以可貴，其根本全在存養精熟，乃能得此。

朱子曰：「『斯』字來得甚緊。」斯遠暴慢，猶云便遠暴慢。又云：「道之所以可貴，惟是動容貌自然便會遠暴慢，正顔色自然便會近於信，出辭氣自然便會遠鄙倍，所以貴乎道者此也。」蓋所以能一動正出而自然便會者，皆操存省察，無造次顛沛之違所致也。曾子舉箇現成樣子，謂君子必須如此，「所貴」二字，即勉敬子以此三者操存省察。

「斯」「矣」二字，正見可貴，須知有半部大學，格致誠正修平，日用力工夫在。

「辭氣」之「氣」，即指言語之聲音神韻，若云辭本于氣，此「氣」字則養氣之氣，有大小本末之不同。况此兩字並聯，亦不得横生出側重「氣」字之説。

曾子曰以能問於不能章

純乎無我，聖人也。尚有人我一間在，顔子也。「以能問于不能」二句，就學問上説；「有若無」二句，就器量上説。顔子之不校，渾然無非天理；晉人情恕理遣，總是私心；唐人唾面自乾，一發世情狡猾矣。

曾子曰可以託六尺之孤章

兩「可以」在平時看。君百里易，寄百里之命，則上下左右，事事有所嫌疑，周召尚有不相信處，可見難。自萬曆以前，宰輔以相傾軋爲一局；萬曆末年以後，以調停私傳衣鉢護持爲一局；至啟禎間，則兼此二惡爲一局，總以奪人爲巧，而己亦易奪，然其所奪者不過禄位耳，何大節之有？

曾子曰士可以不弘毅章

弘毅所以爲仁也，而弘毅之體即仁也，不仁不能爲弘毅也。

弘毅原從仁出，不弘毅正是仁虧欠處。

四方上下曰宇，往古來今曰宙，宇宙在吾分内，仁也。宇宙不是兩件事，故「弘毅」二字一滚説，拆開不得。第二句「而」字是側串，非平對也。

秀才先不識「仁」字，枉讀四書；識得「仁」字，則士者仁之具也，弘毅仁之用也，任仁之事也，道仁之運也，七穿八洞，何處不見此理。

子曰興於詩章

此三「於」字與「志道」章「於」字相似而實不同。彼「於」字是著力字，粘上一字讀；此「於」字是指點字，粘下一字讀。蓋彼在工夫言，此在功效言，但將「興」「立」「成」三字逗斷，思之便見。

古者教人，從小便以歌詩習禮樂爲事，直至老死不輟，故能使人志意得廣，筋骸强固，耳目聰明，血氣和平，移風易俗，天下皆寧。此是甚氣象！甚功用！其爲興立成皆不知其然而然，此其所以妙也。

詩禮樂，是古者教人躬行日習之事，非如後世士失其教，無其事而但從書本記誦也。看程子「古成材易，今成材難」一段，可見三代以後，人材之卑在此，三代之終不可復，亦在此。如徒以經而已，則今日詩禮樂之經，何嘗不存乎？故此章説經學經教便錯。

有問，胡雲峰云，無程子之説，後世不知成材之難，無真氏之説，真以人材爲難矣。詩禮樂皆非吾心外物也，其説如何？曰：程子之説，見處極高，功用極大，三代以上聖人之道也。西山之説是就三代不可復以下，設箇無聊方便法門耳，然充其義，則必至無詩禮樂亦得矣。不知能得詩禮樂之本，即無詩禮樂亦能興立成，此必大賢以上幾之，豈可概之中人以下哉？三代聖人教人必内外交養，本末全備。其爲道也，自聖人至中人以下皆不可廢，故其時人材，及治平氣象，與後世人材氣象天懸地隔，此有詩禮樂之興立成，與無詩禮樂而强爲興立成原自迥乎不同也。繇程子之言，使後有王者必將講求三代教人之法，庶幾聖人之道得行；若雲峰之言，則吾心自有詩禮樂，不必外求，使王者何以陶鑄人材，興起教化哉？要其弊，不出異端俗學二種。凡以此章爲經學者，俗學之見也，彼看詩禮樂固自輕淺；以爲心學者，異端之見也，彼亦看得詩禮樂輕淺。然俗學之輕淺，猶不敢畔道；若異端之輕淺，則敢于無忌憚矣。蓋詩禮樂本天，興立成本心，必心本于天，乃能成材合道，若謂吾心自有興立成，吾心自有詩禮樂，即以心爲天矣。

西山真氏曰：「自周衰，禮樂崩壞，然禮書猶有存者，制度文爲尚可考尋，樂書則盡缺不存。後之爲禮者，既不合先王之制，而樂尤甚焉。今世所行，大抵鄭衛之音，雜以夷狄之聲而已，適足以蕩人心，壞風俗，何能有補乎？然禮樂之制雖亡，而禮樂之理則在，故樂記謂：制禮以治身〔二〕，致樂以治心，外貌斯須不莊不敬，而慢易之心入之矣；中心斯須不和不樂，而鄙詐之心入之矣。莊敬者，禮之本也；和樂者，樂之本也。學者誠能以莊敬治其身，和樂養其心，則于禮樂之本得之矣，亦足以立身而成德也。三百篇之詩雖云難曉，今諸老先生發明其義，了然可知，如能反復涵詠，真可以感發興起，則所謂興於詩亦未嘗不存也。」雲峰胡氏曰：「無程子之説，後世不知所以成材之難；無真氏之説，後世遂真以成材爲難矣。況詩自性情中流出，非吾心外物，天高地下，合同而化。天地間自然之禮樂，禮是敬，樂是和，亦非吾心外物也。」

子曰民可使由之章

民者，對士大夫以上而言，但將「民」字位分畫清，則可不可之故瞭然矣。先王教民只重行，教士大夫以上却重知，同在庠序學校中，而由者爲民，能知者即士大夫以上。民之分量只得如此，其中稍有聰明者，先王即舉而用之矣。

可使不可使，有只在民資質上説者，有只在聖王設教上説者，然惟民之資質如此，故聖王之設教亦然，偏靠一邊不得。

「由」與「知」有兩事，兩「之」字原只一理。

兩「之」字只是一理，「知」即是「由」中所以然之故，若看做兩件，便是有所隱謾也。

「使由」處，聖人正用全副精神，所知之理已盡，在其中固非別有欺瞞，亦非斷然不許明白也。

「可」字訓「能」字，此是民自天生如此，非聖人有意于其間。纔有意便是使，纔使知便害事，强不知以爲知，究竟無知者，正是不能使知也。

子曰好勇疾貧章

「好勇疾貧」，兩者有其一皆足以造亂，缺其一不足以速亂。

勇與貧非亂也，好之疾之乃亂耳。然勇自生好，貧自生疾，則仍是兩者爲之，季代之失天下，多乃如之人爲之也。嗚呼！是誰之咎與？

史記一書，好勇疾貧之書也，其流爲蘇氏父子，降至羅貫中演義而極。近代亂原皆出于此，學者不可以不辨。

子曰如有周公之才之美章

此章大意，甚言驕吝之不可耳，不關才事。若謂有才者不可驕吝，豈無才者不妨驕吝乎？蓋緣天下驕吝之病，大約生于小有才者，故夫子以才立説，云即使才美，即使才美如周公，若一驕吝，則其本已壞，其才直餘事，何足觀哉？況乎才未必美，美未必如周公，何以驕吝爲也？

金正希云：驕吝非由才，乃其所以無才，故雖如周公，不足觀也。聖人豈以一二行掩天下之真才哉！又云：驕吝者無周公之全才，而竊周公之餘才以自美者也。全才不驕不吝，餘才自驕自吝，餘才曷足觀也哉？先生曰：「聖人本義，是極言驕吝之不可耳，未嘗主才説。正爲天下人重視才而輕驕吝，故儘其極，至于周公尚不足觀，則才之輕于驕吝可知矣。正希意中只見得才之用大，而驕吝之害小，卻正與聖義相背。即謂不驕吝乃成其才美，此亦是言後申明之說，非本節語也。如云全才自不驕吝，則周公之美，豈餘才哉？聖人此言亦欠商量矣。要之禪學以作用爲性，如婆羅提所言『八出現』者，徧該法界，故舉其體爲無善無惡，則其用但有知覺運動。陸子静得之，專重精神魄力，故其教極護短才字。凡爲其學者，説内則至于至無，説外則但有極粗之作用耳。惟其于體中打去善字，則用處善從何生？不得已爲世法周旋善字，終成假合。故重才而輕驕吝，正爲驕吝之不可，亦是事理兩障上知解也。王伯安謂蘇、張是聖人之資，窺見良知妙用；李卓吾稱曹操、馮道爲聖賢活佛，皆是此旨。」

驕吝生于才，無才則何驕吝之有？韓子所云「傲雖凶德，必有恃而後行」，謝上蔡所謂「去箇『矜』字不得」者也。然世間驕吝之人，儘有不必有才者，但當責其驕吝，不當醜其無才，假令有才而即可以寬假驕吝之罪，則于周公之才之美，當何如耶？

子曰三年學章

「不至」非必不得穀也，無暇分心及此耳；「不易得」非必無其人也，此世界中難得耳。科舉種子不好，朱子已歎之矣。或云「古人學慮志穀，今人以學求穀」，予謂直是無學耳。時文非學也，今且連時文都弄做不尷尬東西，那得有學耶？

子曰篤信好學章

首二句，平分四件，錯綜互看，更相爲用。

逢太平盛世，誰不彈冠思奮者？ 此不足當「則見」二字也。「則」字之前極重難，本領有毫釐不足，見不得「見」字之際極輕快；本領向來蓄積無疑，到此更不消推敲打點，若有毫釐未足也，則不得。

子曰不在其位章

不在不謀，合下理當如此，而利害在其中。啟禎間以山人而横議疆場，處士而遥持朝政，門户互相掎滅，而敗亡隨之，出位之謀，其禍烈如此。

子曰學如不及章

兩語相生，兩意相足，下句只就上句中鞭緊一步耳。惟其精勤是生恐懼，惟其恐懼愈加精勤，一時如此，終身如此，非有前後際也。講章妄分未得已得，真痴人惡夢矣！

兩句總言學當如是耳。玩注中「既」字「又」字，則上句指進取之猛，下句又加儆策持守之嚴，微分次第，無内外之殊也，注恐人作兩節工夫看，故下「其心」字耳。「如不及」亦就其心説，「猶恐失」固是心即有不失之功。在講章分上句屬功，下句屬心，已落支離；又有變而盡歸之心，尤爲混帳！

子曰巍巍乎舜禹之有天下也章

古來帝王，皆不以天下動心，非獨舜禹也。以匹夫而有天下，自舜禹始，卻無幾微沾帶，此所以爲舜禹耳。

有天下而不與，非輕天下之謂也。程子云：「今人于醉後或更加矜持者，是亦爲酒所動也。」當知此義。

心有與處，纔有不與處，舜禹須不是一齊放下，毫無罣礙也。看透不與真源，則憂勤胼胝，無非不與之意。

古之天子爲天下憂勤，有勞苦而無佚樂，許務之流，畏憂苦而辭天下，是即與之心也。舜禹有天下極其憂勤勞苦，而仍是不與，此其所以巍巍也。

所謂與者，以有天下爲樂，此後世帝王之私心，無一不然者也。人要説得高，并將事功都入不與中，不知聖人惟其爲天下憂勤，所以不與。

不與不是輕視天下也，漢武聞不死之術，曰：「嗟乎！吾視棄妻子如敝屣耳。」此亦算有天下不與否？固無論戰争吞併，純是私意。看巢務薄四海，畸人胸中，正多一層沾滯耳。

只見得妙明圓浄，本體如如不動，便是超出三界，此和尚之不與，與聖人毫無干涉。和尚反面，止與庸妄貪癡沉溺者争較聖凡，不知此正與庸妄同胎共命處。聖人反面，卻正與英雄畸士及和尚等見識争較是非耳。蓋聖人之不與，天也，道也，故其不與皆敬畏；異此而言不與，皆心也，止是心不與，卻是無忌憚，其不與正看得天下極重。

子曰大哉堯之爲君也章

德有存主者，有潛布者。

「德」字兼内外説，如所過者化，所存者神，是也。粗者説被暨，細者只説心，原扶一邊倒一邊矣。

「則」字是準則，非法則意。

「無能名」，不是相忘不言。

無能名若説做淡忘冥漠，便墮黄老家言，是無名，非無能名也。

上節言其德，故曰「民無能名」；下節指其勳業，正謂可得而名者此耳。仍要牽合無名則天，不分德業，一派混話，皆講章不通之説。

德不可名，可見者此爾，是功業文章，乃民能名者也。仍歸一無名，是老生常談。

舜有臣五人而天下治章

古語「才難」，是泛言，如「末世無人物，衰朝無遇合」，此通行議論；聖人所歎，卻從舜武多才際會極盛時，尚且不易得如此，「難」字意又進一層。

聖人心胸大，所歎在古今運會衰隆，世道升降，純是天理上事。後人所見，卻止得後世英雄豪傑失路不得志心事，淋漓悲壯，只成自己功利，皆意氣之私。看得聖人一生棲棲，亦止是這箇念頭，發爲感慨，卻是絶不相比附處。

先列舜武兩案，後斷周才之盛幾于唐虞盡矣，忽稱周之至德，若不相蒙，若有不言之隱，後世遂有疑武王非聖人者。不知有二服事，雖文王之事，而亦武王之心；弔民伐罪，雖武王之事，而亦文王之道，時有不得不然者耳。故不曰文王之德，而曰周之德，此「周」字兼武王，對唐虞而言，言不獨周之才可以繼唐虞，周之德亦未始遜于唐虞也。

武王順天應人，不得已而爲之，聖人之德也。文王可爲而不爲，聖人之至德也。武王牧野以前，亦同文之至德，後乃迫于時耳。不曰文而曰周，未嘗除武王也。

不曰文之德而曰周之德，原從武王得天下追論至未有天下時，以見周才皆受命于德，此所以足繼唐虞，非謂武專用才取天下，而文以至德不用才也。武王之九人多用于文王時，武王十三年亦以服事殷，只是大業以文王始盛，而服事之德亦以文王爲至耳。

或曰三分以下自爲一章，而集注仍舊，蓋一并合説，正足以見文武皆聖德，而服事之德爲至德，兩義並行不悖。

有謂湯有慚德，仲虺作誥以釋之，乃知革命之事，其君不能無愧于心，而其臣不然也。先生曰：「虺與湯皆爲天理至道，欲明其義，正恐後世如公等誤看，故慚之釋之，非後世謀篡之私惡也。」

有謂周臣久欲代商，文王弗許耳。先生曰：「管仲狐偃霸詐之才，尚知勸其君以尊王，况周之十亂，皆文王所簡鍊陶鑄，而武王周公繼用之，以道德相輔，豈可以後世功名之士佐逆造亂之所爲，揣測三代賢臣耶？此朱子所以極辨史學之害，以其中在心術也。」

子曰禹吾無間然矣章

禹與堯舜之聖同，堯舜較大，禹較精嚴，其分際正在此耳。「無間」只是事事恰好，注所謂「各適其宜」，正見其心法之密，動容周旋中禮，非盛德之至者，不能纖微都到也。禹只是箇禹，不曾爲有間處修籬補漏，其無間亦不在此零星件繫也。聖人極意形容其心法之密，到此盡處，都見全身耳。

人主渾純闕失，其大者尚推勘不得，何暇及間？求至于間，則全體已無可議，只在細微盡頭處，或猶有毫髮之憾乎？而其無間如是，乃見其至。

「間」字是吹毛求疵意。

「間」是搜求罅隙之謂，故曰「吾無間然」，不是禹無間然也。「無間然」者，言一無可議也，與「連得間矣」之「間」同，正在事端上説，不指心也。心之有間無間，如何見得？惟其事端之顯易細微處，無一可議，則其全體大用之精密可知。歸本心原是推進一層語，只好在末句中説，非首句開端意也。「間然」若説向心體上，則是疑禹非聖人而可也，但是事爲之末，四面八方比較將來，有絲毫不鬬筍縫處，雖無傷于聖人全體，然已得間矣。如此看，方是求聖人之間然。首末二句文法雖一，意卻不同。首句從全體大段説，末句從三段推勘極致而深歎之，非複衍也。

【校記】

〔一〕立　原作「之」，據論孟集注考證改。

〔二〕治身　原作「治身」，據禮記改，下句「治心」同此。

呂晚村先生四書講義卷之十二

論語九　子罕篇

子罕言章

「罕言」與不語無言不同，不語無言有箇教旨在，罕言只是記者旁觀，見得此數者夫子言之甚少，便類記之，不是夫子有箇教旨與人猜也。故三件類記而不倫，同一罕而所以罕之故正自不同。若欲求合一之説，則穿鑿傅會，害道不小矣。

陳臥子云：遺事功而論心性，此儒者之流也，其弊也使人多僞，故罕言仁。又云：言仁極于宋氏之講學。先生曰：「如此則論語中與弟子辨仁者皆非耶？其病只陰服老釋功利之談，顯畔程朱精微之教，直以秀才出身不得已從事文字云云耳，要其薄儒者不足爲也深矣。」

達巷黨人曰大哉孔子章

「謂門弟子」數語，若云以此微諷黨人，無此深隱之孔子；若謂左其詞，無此滑稽之孔子；若謂黨人之説將爲學者流弊，無此含糊弄機鋒之孔子。况黨人又不覿面，果有害理處自可明白與門弟子論説，聖人何所避忌而不言，反留此不尷尬話頭貽誤後學哉？故終當以聞人譽己，承之以謙之爲的，當不易也。

陸稼書云：此章解者有五病。首節美其學之博而惜其不成一藝之名，一美一惜，總在「大」字内。惜無成名，不是惜夫子之不能成名，乃是惜人之不能名夫子，總是贊辭，故注總謂之「譽」，與「蕩蕩民無能名」一例。但彼之無名説得深微，此只就「博學」上看出，説得粗淺耳。蒙引存疑以「大哉」「博學」爲美，「無所成名」爲惜，則惜在「大」外，而與注中「譽」字不合矣。此蓋本圈外尹氏注、及大全新安陳氏，而非圈内正意，此病一也。既將「無所成名」看在「大」字外，遂有謂黨人欲夫子有所執以成名，下節是夫子冷語以破「成名」二字，言道本無可執，名則必須執，一有所執，便落于技藝之末，與圈内「承之以謙」意相去萬里矣！不知夫子不居博而居執，猶不居聖仁而居爲誨也，絶無破名之意，亦絶無道無可執之意。蓋黨人原未嘗欲夫子之執，安得謂夫子反言以見道無可執？黨人原未嘗欲夫子成一藝之名，安得謂夫子反言以破名？此二病也。注中「聞人譽己，承之以謙」，此是正意，若學原不貴博，此是旁意。道無不在，故可博亦可執，不可以一善名，亦不必不以一善名，此又是旁人就黨人夫子之言看出，而黨人夫子並未嘗有此意，人每將此等議論夾入正意，此三病也。此章之「謙」與他處微不同，蓋博學無名，本極粗淺，與「太宰」章之「多能」一例。但聖人謙讓之衷，不但聖仁天縱有不敢居，即博學多能亦不敢遽當，故後章則托之「少賤」，此章則欲自商所執，若不能爲博，僅能爲執者然，乃謙而又謙之辭，泛言謙抑，與他處無分別，此四病也。「博學」二字緊對技藝説，認作學問學道之學者固謬，近則多以知能貼之，此雖本大全，然知能亦須緊貼技藝，若離卻技藝空説，知能則與他處學字亦無分別，此五病也。先生曰：「看書甚確，但第一病可不泥。看第二節注云『欲使我何所執以成名乎？』則惜其不以一藝成名，固無礙其爲譽也，但不是惜夫子之不能成名耳。」

子曰麻冕禮也章

禮者，天理之節文，聖人于禮，渾然天理，惟求一是而已，固無是古非今之成見，亦無因時隨俗之曲説也。今人講首節意注重下節，若聖人不得已于流俗中强擇其輕可者，爲引誘興起之説，以禮柴栅人，如此則禮之可否，皆憑聖人私斷，此莊周屈折摘僻之譏，與叔孫雜就希世之作，同出于詭玩不恭，而不知禮之本乎天理，非聖人所得而輕重也。

禮者，天也，故克己復禮爲仁。中庸以等殺屬知天，非聖人所得而造作取舍也。但禮時爲大，雖先王未有，可以義起，惟其時，故聖人有因革損益。惟時必取之義，故因革損益仍歸一定之理，乃所謂權也。權者一定之至精，人不能定，而惟聖人能定之，聖人本天也，釋老之學本心，視天下無一定之理，惟我心所造，故看得禮亦是聖人憑心撰出，可以意爲輕重耳。麻冕何以爲禮？前聖人亦從人情酌得其義當然，至今時爲純，聖人又看得有儉之義可從，則當從之，若謂近情不戾俗，與聖人予奪中見作用，皆以私心看聖人，非本天之道也。

子絶四章

聖人難形容，記者尋出反托之法，如畫雪者染空地，畫月者渲旁天，皆是無中生有，不但聖人不知有四件，并不曾有絶四件事也。四件是極粗名目，如何形容得聖人？形容全在「無」字，「無」字中精粗等次亦多，必推到極盡處，方是孔子之無。

有謂苟有所存，皆有所滯，無善惡之殊。先生曰：「祖陸九淵『善亦能害心』之説，即陽明『無善無惡心之體』宗旨，此聖學之賊也。」

四者是私累，是心病，故聖人所毋，豈道理執著，不落色相之謂哉？

太宰問於子貢曰夫子聖者與章

太宰看得「多能」太高，便道即此是「聖」，子貢將「聖」字另提起説。古來聖人中只周公孔子直是别，周公之多材多藝，孔子之多能，皆衆聖人所無，雖不以此損衆人之聖，然周孔分外不可及實如此，知此方見子貢知聖已到至處。

孔子不特多能異乎群聖，看「天縱」二字，則聖處已自不同。孟子所謂「集大成」、「生民未有」可見，即所謂多能，若是尋常伎藝，「聖」字中孰不統攝？惟周孔之藝能，皆足經緯天地，利用萬物，故多能又與聖字分説也。

朱子謂：「聖人不直謂太宰不足以知我，只説太宰也知我，待人恁地温厚。」由此觀之，首句正是辭子貢，而居太宰之多能，繼則并多能不欲居而委之少賤，卒乃又爲學者指出不必多之故以絶流弊，曲折甚多。時説首句竟謂知我多能之故乎？則全節神理盡失。或又看煞末句，將多能劈頭説壞，則上半曲折神理，亦盡失矣。

不得辭多能，并不敢當多能之譽，故又加「鄙事」二字，又推之少賤，以見多能之不足云，皆極謙之辭。

子曰吾有知乎哉章

説「無知」，便見其求知；説告人無不盡，便見其求知無不盡。聖人成己成物，仁智並到，「無知」二句，固非玄妙説法，亦非謬執謙退也。

「有知」即是生知上知之謂，人以夫子誨人無所不知而稱之，故夫子遜謝以爲無知，只告之不敢不盡耳，非謂毫無所知也。即辭生知而居敏求，辭聖仁而居爲誨之意。

此節要通主誨人説，蓋謙言己無知識，正對人而爲言，不是自責自勵語氣。注中「但其告人」一轉，專重「雖至愚，不敢不盡」意，不重從己轉到人也。

以知爲事理障，無知方是虚空粉碎，本來無物，鄙夫之空空，正是機鋒相契；覓心不得，已安心竟，兩端之竭，即四路把截，前後際斷。以此解書，不但援正入邪，于理不通，即夫子自贊其浄名圓妙，亦于文不通矣。

萬曆間講「無知」竟入禪障，謂無知正是無上宗旨，而鄙夫之空空，正是本來面目，其爲道害不辨易明。震川先生實講謙言無知，而謂本原之未了悟，深微之未融化，聖人無知，乃天下真知，卻早已墮落禪家坑塹而不知，此秀才不知禪而自以爲闢禪之通病也。先生晚年與人書，尋五燈會元，云：「近來偏嗜内典，古人年至多如此，莫怪也。」可知其于儒者之學，亦止作文章用耳。自古文人無當于道，大略如是。正不知後死者，誰能一洗此弊也。

顔淵喟然歎曰仰之彌高章

通章總只贊夫子之道，夫子之教即其道也。末節顔子之學，正以見其道之不可幾及，非顏子自序入道功候也。然顏子入道功候源流，已盡于此。

此章是顏子自敘入道始末，與「夫子志學」章同例，顏子平生用功得力處，俱在此中勘驗。第二節是其下手實地。第三節是其功候實證。「欲罷」二句中，煞有工夫，有所「立卓」，只是實事，故程子謂「孟子難學，學顏子有準的」，正指此也。後來錯看顏子做陸象山、王陽明一流，懸空解悟，皆爲此章書理不明耳。

第一節只贊歎聖人之道之高妙不測，次節言聖人之教親切可循，末節自言其用功得力幾微難至，益見聖道之難，以見喟然神理，意甚分明。不知後來何故差去，或前後都落恍惚空界，或又分爲前迷而後悟，似高而實謬。

大概向來講此章者，重在喟歎機神，而輕教學實際，要形容聖道高妙，與顏子悟境超微，不得更詳功力，此一謬也。近來亦有知下兩節當實講，而又疑首節之近于虚，自己融會不攏，反誣顏子誤用工夫，强分迷悟，此又一謬也。前謬出于禪宗，後謬出于講説，雖有異學俗學之别，其不知聖道，爲害則一也。

或謂「喟然」固屬悟境，然悟乃在「卓爾」時，非「仰鑽」時也。仰鑽方是從前迷境耳，何得遽謂之深悟耶？且仰鑽瞻忽，只是比體，乃追悔從前求道無方，非從贊道。以仰鑽瞻忽無定者爲道耶，則後之卓爾有定者非道矣。以卓爾有定者爲道耶，則向之仰鑽瞻忽無定者非道矣。雖注原有「深知道之無窮無方而嘆之」数語，然曰「深知而歎之」，正指喟然悟時，非謂仰鑽瞻便深知之也。至「無窮無方」，乃爲「高堅前後」下四字之注脚，非爲「仰鑽瞻忽」上四字之注脚，四語原重上四字，不重下四字，重追悔求道無方上，不重贊道上，其曰「不可及」、「不可入」、「不可爲象」，即求道無方之意也。而末始繳之曰，「此顔子深知道之無窮無方而歎之」，則第謂于喟歎悟時追悔前非，而略帶贊道之意。注意自宜善融，若偏泥贊道，非獨睽本旨，且將使人視道一爲杳邈之物，將文禮卑邇實功輕卻，等諸敲門棄磚，而好畸者并欲從「末由」真境，仍等高堅前後之無據，相率而入玄禪一路矣！此不可不辨也。大抵此節書義，解者多入玄禪，其弊皆由看深之過。試平心將通章首尾相照，就顔子迷時説，比喻淺處説，便覺明實，書固有淺看而反深者，此類是也。仰鑽瞻忽空求諸心，博約求諸實功，是已。葛屺瞻遂謂仰鑽瞻忽是參提實功，博約是資助權法。初用參提，不得轉用資助引入，究竟資助用不得，仍用參提，欲罷不能，乃頂仰鑽瞻忽，非頂博約。王龍谿謂仰鑽瞻忽，是猶欲爲之也，欲從末由，方知道本無窮盡無方體，乃真實之見，非未達一間之謂，是則末由仍即高堅前後之説，引釋解儒，皆首節贊道之説啟之。嗚呼！復所卓吾，怪僻亂常，爲程朱罪人；毋怪陽明龍谿，理學名儒也，而其言猶不無過高偏無之弊；屺瞻講學，又矯古説而過焉，作俑流瘴，功不揜罪；此外之嘵嘵置喙者，益無暇縷辨。

予懼家程户朱之後，必有厭故常而歆之者也，故預爲摘出，以明正學。先生曰：「此論似是而非，亦有意闢禪悟，而欲卑之無高論以避之，此見道不的也。首節只歎聖道之高妙，次節言聖教之有序，第三節自言其功候所至，節次甚分明。看次節注云『夫子道雖高妙』，則首節之但贊聖道可知，原重在『高堅前後』，不重『仰鑽瞻忽』上。程朱之言具在，從無以首節爲顔子追悔從前迷境之説。看注中『不可及』、『不可入』、『不可爲象』、『無窮盡無方體』數語，都只指聖道，未嘗言顔子用力之誤。如所謂仰鑽瞻忽，空求諸心，即是俗説杜撰，顔子平生未嘗有此一段公案也。只緣禪悟者流，將高堅前後與『如有所立卓爾』混做箇話頭，援儒入釋，致此紛紛。不知高堅前後，只譬喻箇『中庸不可能』意。此一節是統體，説聖人之道如此，第三節纔是顔子自言繇夫子之教做工夫，到此方覺所謂高堅前後者，自己見得確定親切。朱子謂『不是離高堅前後之外别有所謂卓爾，故以卓爾末由爲仍即高堅前後』者，固落邪禪，即謂卓爾是悟境而高堅前後是迷境，亦正是禪家機法。顔子之學，前後有親疎淺深，無迷悟也。至龍谿所謂真實之見，屺瞻所分參提資助，彼皆看得高堅前後與卓爾别有一物事，正是禪悟的傳，不但高堅前後卓爾不是聖賢之道，即所謂博約竭才工夫，一齊認錯。如或問陸子静亦講踐履，朱子曰：『他只要踐履他之説耳。』明此義，則首節即不贊聖道，亦無解于禪悟之誤。陽明、龍谿、卓吾、復所，一宗相承，其誤正在本領耳。

如存疑淺説講論，亦遵傳注，及末路爲學，則又投拜姚江。凡從講章訓詁出身者，其見道原不的，其視聖道也，但見其卑淺，則一折而終歸於異端者，亦勢所必然也。」

首節看煞在顔子身上，謂其誤下工夫，重在仰鑽瞻忽，其説之離注杜撰，不足論已；即空贊道體本然，亦爲未的。要之，首節贊歎，原是贊歎夫子，在夫子身上看來，其道之高妙如此，令人做來做去，只是做不到，却賴夫子之教人有序，依他做去精進不已，纔覺得所見夫子之道親切有得於己，如此看來，則前後血脈自貫。今于首節先離卻夫子，單説道體，其意欲留夫子作次節轉折，此空虚恍惚之説，與顔子迷悟之説，紛紛惑亂所由生也。

問：「首節即贊夫子，與次節如何分？」曰：「首節説夫子之道，次節説夫子之教，有何難分？」「然則首節中有顔子做工夫在否？」曰：「無顔子則所謂仰鑽瞻忽又誰喻耶？説箇道，便指夫子，説箇夫子之道無窮盡方體，便有顔子做工夫在内。只是此節止重説夫子之道。」「然則首節中顔子工夫自已别用耶？」曰：「顔子若不曾見夫子，如何自見得高堅前若即是博文約禮耶？如何以前不能見道？則必有不是處。如所謂迷誤，亦未必無之。後？若既見夫子，則聖門教人只有博文約禮兩事，諸弟子皆從事于此，不是爲顔子迷誤特立此法也。若謂别做工夫，豈夫子於顔子故隱其教，待其迷誤而後授之乎？抑顔子初不從夫子之教，及迷誤而後從之乎？此皆不可通也。蓋博約之教，徹始徹終，其中次第淺深，正自無窮，如子貢所云『文章性道』之『可聞』『不可聞』，曾子之『真積力久』而『語一貫』，可知有多少功候在，乃所謂善誘也。顔子初時從夫子之教，見得夫子之道難及如此，夫子卻只用此兩事逐步引掖上去，故曰循循善誘。要使顔子不死，達卻一間，也不離博約，故是徹始徹終事。顔子向來原不曾做錯工夫，只是所見有疎密淺深耳，故不但下兩節是實得，即首節亦是實得。」

首節只是贊夫子，不講自己迷悟，夫子自夫子，顔子自顔子。便到了欲從末由處，顔子自進詣，夫子之高堅前後，不曾移動也。

或謂首節即説做道不可幾，無所用力，恐與末節無分。予謂原不須分，此節只贊聖人之道，統前後而言。須知顔子至此興歎，原先有末節而下此節，但此節自言其難處，却在聖人身上説，末節説聖道終不可及處，却在自己身上説，則無分而有分矣。

高堅前後與卓爾，原無兩事，只是功夫到卓爾，纔得親切耳。説做仍舊惝恍固落狐窟，而强分兩樣者，又説得首節是顔子走錯路頭，黑風吹入羅刹鬼國相似。不知顔子從來不曾做差工夫。看注云：「此顔淵深知夫子之道無窮盡無方體而歎之。」則首節是贊詞，非悔詞也。

次節只説夫子之教，下節纔是顔子學之所至，然卻是立在下節地界，追感到此節，故夫子之教都在自己學之得力處體出。

首句「人」字，人都混下「我」字，首句是説聖人教人大概，下兩句纔是顏子自家體貼得如此，方見文禮工夫。聖人一向教人之事，不是因顏子而立此法也。

聖人教人只有此博約二事，不止爲顏子而設。即顏子身上也一向如此，不是因顏子錯了路頭，方設此補救法門也。顏子以身體之，從得力後追思，覺得爲我而設，兩「我」字十分親切，正是他用功真實處。

聖人成物之智，即其成己之仁，故其教不倦之仁，又都是他學不厭之智，此一節中便見聖人仁智體用一原之妙。如俗説夫子見顏子走錯路頭，設此方便法門，又看得博文約禮還不是向上一著，只當箇話頭作用，一派魔禪，總不曾向聖人心坎中體會出來也。

不曰以文博我，以禮約我，可知我先有箇該博該約底緣故節候在，而以文禮博之約之，正見循循善誘之妙，此「我」字在「博」「約」字下之義也。

博我約我，是顏子身體聖教而言，看「我」字下又著箇「以」字，可見文禮明指夫子教人之事。人輒云文禮本我自有，并云有我不必更有文禮，其語愈高而愈謬。若謂文禮雖夫子之教，其實不曾有加于我之外，此又别一話頭，非顏子此節語意也。

以文以禮，纔見博約有實據，不是機權照用。故程子謂：「孟子才高難學，學者須是學顔子有準的。」自後人論之，定謂顔子高如孟子，較難學耳。爲甚反如此道？只爲此等處，顔子却做得精密，説得平實，乃所謂準的也。

或謂博約在悟後，合一在當時，則尚是兩項，當先分後合，不可作一串説。不知博文約禮，聖門教人只此兩事。若論其理，未悟時未嘗不一；若論其事，雖悟後亦到底有兩件在。蓋博文是分處，約禮便是合一。若謂悟後并博約化之，是于合一之上更求合一，即異端所云「無無法」，亦無非聖學也。

「卓爾」下，語勢自有一頓，下二句方有神理，蓋工夫到此，又是一層境界。程子所謂「直是峻絶，大段著力不得」，到此地位，功夫尤難，又在卓爾上轉出。不頓住則此意不分明，下二句亦無收煞，看注中「所見益親」下著「而又」字作轉語自見。

「末由」正有進境。

子貢曰有美玉於斯章

通章在玉上説，正意在言外。子貢意中雖疑夫子韞匵，口中原平説藏沽兩端，即偏重沽一邊講者非也。「求」字固有病，然其意只在沽不沽，以探聖人行藏，未嘗獨重在求，欲夫子枉道以求仕也。故初讀其問語時，亦不覺其非，及讀至夫子「待賈」語，始覺「求」字之淺耳。

理則當沽，而意不求沽，「待」字正救正「求」字之非。

惟其當沽，所以必待賈耳。

「待」字正對子貢「求」字，然聖人語氣渾然，不必指破，而「求」字之病自見。

聖人之玉之美，較尋常美玉難識，便識得，無至德以契之，大力量以用之，如齊景、魯季桓、楚子西，雖識猶不識也。

自古聖賢無不欲沽，而終不得賈者。孔、孟、程、朱，其玉更美，則賈更高，非衰世之所能沽也。然聖人未嘗有歉于玉，只能盡待賈之道，雖不沽猶沽耳。「待」不是守株傲物，孔孟皇皇汲汲，而未嘗枉道苟合，是之謂待。若後儒屢聘而出，碌碌無所建白，又以官小辭歸，退而高譚異端之道，此爲邀求，非待賈也。緣他本是碔砆，閶門諺謂「燒料玉簪價還透」，反賣不得耳。

果是美玉，未有不當沽者；果是沽美玉，未有不待賈者。世必無不待賈而沽之美玉，而千古媒衒之子，用此藉口，不知惟其待賈，玉是以美，一求之後，豈復有玉乎？今日與人商量，不必問沽不沽、求不求，只要問是美玉不是美玉耳。

友人北游見別云：夙昔箴規，謂莫以珠彈鵲，今自顧不成珠，且試一彈耳。余謂：莫道不是珠，且恐不得鵲。是珠不是珠，但向彈不彈辨取耳。既彈之後，豈復有珠哉？有志之士，不可不猛省也。

子曰吾自衛反魯章

樂兼聲音文物，言雅頌者，樂之文也，故此章重樂，不重詩上説。樂正者，舉其全，雅頌得所，就樂正中舉其大者言耳。樂之不正，雖不止文義，然文義之失爲大。如三家歌雍，他止欲僭其聲容儀物之備美，夫子提出「天子」「諸侯」二句文義來，三家自然用雍徹不得。此非雅頌得所，即樂正之驗乎？故兩句是一綱一目，分兩件講不得。

詩與樂相聯切，故説箇樂正，便説箇雅頌得所，兩件一時同停當，不是以樂訂雅頌，亦非以雅頌得所而後樂正也。

有謂孔子之先，雅頌未嘗亂也，樂亂耳。季札觀樂于魯，聞雅頌而嘆，距孔子自衛反魯六十餘載耳，豈有遽亂之理？孔子反魯之後，只是樂正而雅頌自得所耳，故有正樂之功，而無删詩之事，删詩者，漢儒之説也。先生曰：「詩與樂有同用，有各用，原是兩件。聖人修詩書禮樂，亦是各事，謂雅頌得所而後樂正固非，謂樂正而雅頌自得所亦非，其病總看得詩、樂分界不清楚，要混而爲一，以逞其立説之高耳。『樂正，雅頌各得其所』『正』字與『各得其所』義相對，語氣分明，不是正樂然後雅頌得所也。若以季札觀樂證雅頌之未嘗亂，則其時舞象箾、南籥、大武、韶濩、大夏、韶箾，各代之樂具在，六十餘載中，又有何人突起而淆亂之，而重煩孔子釐正耶？然則不但疑無删詩之事，將并疑無正樂之功矣。漢儒之言，固多不足信，然後人没奈何，也只得憑其言而推考之，以其猶近于古，必有所本，若并廢此而杜撰夢揣，其淆亂更無底止矣。然則朱子何以不信詩序，曰『傳聞可因也，附會假託不可不辨也；記載相合可信也，穿鑿牽合，考之經傳，皆無據而難通，不可不辨也。詩序本衛敬仲雜撰，而托之先賢，核其説，與詩多不合，故當正其妄耳。』朱子立説必本先儒，即辨序亦以後漢儒林傳爲據，未嘗臆度懸斷也。」

看從樂正説來，固不但爲詩失序也，止舉雅頌，正爲與樂相關，其用最大者言耳。注中「殘闕失次」，亦兼詩、樂言。聖人正詩、樂，有義有數，講章執殺音節篇章，是有數而無義，非聖人正之之志與功用矣。

有謂上古因詩而有樂，後世因樂而有詩。先生曰：「此是源流通變，然工鼓匏吹，與謳謡同發于自然，未必因詩而有樂。」

子曰出則事公卿章

「出則事公卿，入則事父兄」，玩兩「則」字，有無處非當盡之道意。

子在川上曰逝者如斯夫章

夫子之旨在不舍，不在逝者，著眼在逝者，非不靈曠警悚，然止是佛老見處。謂言川不言道，是執相也；謂言道不言川，是觸礙也；謂以川而言道，是離二也；謂川道都不著，是幻遁也。其弊總不解川流「與道爲體」四字耳。伊川、明道謂：「自漢以來，儒者不識此章義」，「純亦不已，天德也，其要只在慎獨」。伊川曰：「言道之體如此，這裏須自見得。」張思叔曰：「此便是無窮。」伊川曰：「固是，然怎生一箇無窮便了得他？」又謂：「先儒以静爲見天地之心，非也。下面一畫便是動。」合此數條思之，便見此章之旨。

此章人必不肯及「道」字，皆袁黄、葛寅亮諸邪妄講章害之，後遂奉爲不刊之典，如「知之者」章亦禁「道」字，「譬如爲山」章禁「學」字，「子使漆雕」章禁「此理」之類。其説不過竊取禪家不犯正位，及觸背十成之例，不知禪家要打脱事理語言文字之迹，故有此法；聖道正於事理語言文字見精微，初無此法也。自不知聖道而剽襲異説以爲高，徒見其鄙倍而已矣。有正之者，謂「説水與天運物生心體，皆道也。充其説，皆可以立教，然莫如『道』字渾全」，猶鶻突在。又有謂「如斯，斯字即水也，聖人分明謂道體不息若斯水也」，則已成兩件。蓋聖人所指只説川流，川流便是道，但道之一端耳。若天運物生，則程子又就水旁推看，而心體則又就道在人身上推看，不可與水與道混説也。若謂道體若水，則水在道外矣；若謂言水不必言道，則水非道也。能將程子「與道爲體」四字反覆參究而得其妙，則諸説之障盡破矣。

明明言道，卻云不可鑿破，此即一句合頭，萬劫驢橛也。明明就川言道，卻云不可著川，此即莫將境示人也。此等説數盛行，書理漆闇矣！正朱子所謂：「如猜啞謎，又不可説破，自有箇黑腰子」者。愚竊謂陽明之傳，至龍溪而發露殆盡，至李贄則又加猖矣。一點無忌憚心傳，呵佛駡祖，靡所不至，究其學，則一黑腰子之學也。隆萬以後，學士大夫無人理會正道，只從此處討生活，下梢學究秀才越没巴鼻，弄成不尷尬東西，更不像模樣。朱子云：「不是説秀才做文字不好，此事大有關係在。」其言千古不爽也。嗚呼！是誰之過與！

子曰譬如爲山章

開口便著「譬如」二字，則爲學之義已在言先。

子曰苗而不秀者有矣夫章

苗而不秀，秀而不實，在人以爲必無此理，惟老農知之，纔知其有，便自不得不愈加奮勵。

子曰三軍可奪帥也章

匹夫苟守其志，不可得而奪，甚矣志不可不立也！

子曰衣敝緼袍章

「終身誦之」，不是自喜自誇，是以此爲至、守而勿遷，四字從他意思中形容出來。

子曰歲寒章

爲松柏者與知松柏者各有本分事，若松柏意中有一點悲憤怨尤，便是木槿蒲柳心腸，決非松柏矣。松柏自不求知，世上不知松柏，誤多少大事，然於松柏無加損也。松柏本不易知，不易知乃成其爲松柏。

有匹夫匹婦之後凋，有離物絶俗之後凋，有畸節獨行之後凋，有賢智忠孝之後凋，有聖神之後凋，只一箇「後凋」中，品位正自不同，見識到得一種，纔做得一種出。

陳龍川云：如木出於嵌嵒嶔崎間，奇蹇艱澁，人力又從而掩蓋磨滅之，欲透復縮，讀之令人悲然，故是豪士負氣耳。赤梢鯉魚，終被甕虀浸殺，聖賢正於此處自修神龍飛潛本事，不徒作嘮噪一餉也。

子曰智者不惑章

體用無二理，釋氏明心見性，而不可以治國平天下，人謂用處不同，不知其體原非也。功利作用家以漢唐亦幾治平，曹操馮道亦足以濟時，謂所少者體耳，不知其用處原非也。故果真知仁勇，自然不惑懼憂，必到不惑懼憂，此方成其爲知仁勇。

子曰可與共學章

「可與共學」，只是起脚處路頭要端正。江西頓悟，永康事功，眉山權術，未嘗不援據六經，依傍孔孟，君子必辭而闢之，以學非其學，故共不可共也。今人于是非邪正，略不求辨，安得志氣之起，識見之真？既無志氣識見，而隨人附和，輒相與講道論文，標榜聲氣，其爲學已非矣，安可與共？安望其適道立權乎？

「權」字是學問盡頭處，到大而化，聖而不可知，也只是權之妙無窮，遮上面再無去處。自「立」以上，皆可學而至，故「可與」。權之妙雖未始不可學，然到此有非人力之能爲者，一間未達，幾非在我，聖人亦只虚懸此一層地位以待人之自至，故以「未可與」終焉。

權是秤鎚，輕重在物，分量在星數，其進退以取平者，權也。變事須權，常事亦須權，然則非義精仁熟，未易見得做得，故曰「未可」耳。漢儒不識權，遂以反經合道爲權，然則權術權詐皆得謂之權矣，害道殊甚！

「權」即是「止至善」之意，學者必須到此，乃爲至處。然學力未至，而妄及此，必成差誤耳。如漢儒所云，則學者便亦可不必到權，與守經者各成一是矣。孔子説箇「未可與權」，是必須到權乃得，與經正是一條路上事，但有至有未至也。

漢儒謂反經合道爲權，説成經自經，權自權，竟兩件相對，而有權變權術之説，則竟離乎經矣。故程子辨之。而程子「權只是經」一語，又太高渾，無分别，恐學者鶻突去，故朱子又詳論之。蓋權寔不離乎經，而精微曲折則有非經之所能盡，必見理精熟，乃能權衡輕重而悉合于義，是所謂權也。故曰：「經爲已定之權，權是未定之經。」故權與經須看得是二，又實是一，乃得。

或以可權在無私意，亦看得粗淺了。無私亦未能權，須於義理精微至盡，乃見得行得耳。

腐儒所執愈堅，遇些小事便亂者多矣，也只是窮理上欠耳。

唐棣之華章

人心神明不測，其用止一思耳。思中境界，古今開闢不盡，却正是理之境界開闢不盡也。言思便是言理，豈索照而離燈乎？論者必以理爲腐，而粘住思人説，此正拘腐之至，猶之「三百篇無淫詩」之論，總不明一「理」字，便處處拘腐不通耳。

夫子惜詩言而反之，就思人教思理，離脱詩人固非，膠定思人亦非也。或云「宋儒必曰思理，與説詩之旨不合」；又云，「宋人抹卻情字」，此亦爲郝敬詩解所惑也。惟宋人能知情字，敬等固未之知耳。夫子一言蔽三百，曰「思無邪」，蘇氏謂「爲詩者未必知此，夫子斷章云爾」。夫駉詩義在思馬，説詩豈必泥思馬乎？是求廓而反窒矣。

思與情不同，情無窮則泆，思無窮乃精。

有謂詩三百篇，聖人未嘗不責其一言之無當，而鄭衛之不廢何歟？先儒固以爲秦火之後漢人取而足之也。先生曰：「此説本之陽明，以己之淺識，反疑古人輕于立説，如此則秦以後無書可信矣。按王制：『天子巡狩，太師陳詩以觀民風，市納賈以觀好惡，志淫好辟。』此見先王採詩，未嘗存貞而去淫也。孟子謂『王迹息而詩亡』，正指此制之廢；『詩亡然後春秋作』，春秋與詩甚麼相干？正謂善惡是非之不可揜，不相假處。即天子之事，三代之直道而行，詩與春秋一耳。若孔子删詩，但存貞而去淫，則其作春秋，亦當揚善而隱惡矣，姜氏如齊野會，尤本國之醜，何爲炳然書之策耶？不特詩與春秋然也，陽明以易爲包犧氏之史，與五經事同道同，然則易尤非記實事之比，儘可削惡事以杜奸，何爲『老婦』『士夫』之可醜，『見金夫不有躬』之無行，皆曲著其象耶？其意總欲叛攻朱子之詩傳而不顧其自悖于聖人六經之旨，惑亂後學，深可痛也！」

呂晚村先生四書講義卷之十三

論語十　鄉黨篇

第一節

鄉黨宗朝廷，兩者分記，是聖人之中禮；兩者類記，又是聖人之不測，合兩節看，乃見聖人全體。

在朝言朝，聖人必無閒言語、私講究也，時解只作相對酬談，失其義矣。〔一〕

第二節

「侃侃」「誾誾」，此中正有不同在。若從利害起見，即屬權詐，所不必言；再進而講究儀注，亦是容悦者流；更進而動循禮義，賢矣！或敬而欠和，易而少介，或不能免于擇蹈之迹，亦非動容周旋中禮之侃侃誾誾也。

「踧踖」、「與與」皆敬也，若是敬外又別有與與之容，便是知和而和矣。與與從踧踖中看出，此即是聖人從容中道處。張子三十年學一恭而安不成，程子謂「可知有多少病痛在」，又云「學者最要識得聖人氣象」，氣象之所以難識，正謂是耳。

第五節

「上如揖，下如授」，兩句一併讀，以形容手容之平耳。是記者度量高卑之數，非夫子有時而上，有時而下也。

第六節

裼裘之制，謂聖人畢竟異人。此三者有甚奇，謂聖人猶人耳。則服此三者皆聖人乎？三者不是聖人制造起，却不是聖人隨俗任運，絶無意於其間。由是觀之，大而君臣父子，小而日用細微，道理充牣世間，一經聖人提出，便爲法於天下，可傳於後世者，何也？所謂天也，性也，理也。聖人純乎天與性與理而已矣，若信心自是，千奇百怪，何所不可。

在物爲理，處物爲義，聖人因物付物，裁成輔相，道理總在物上，非窮理盡性不能。異學必舍物而求之，心却是自私而用智矣。

第七節

「齊必有明衣」，「必有寢衣」，「必有」二字，見聖人誠意精思。

第八節

不説不厭粗，妙矣，却又不説厭粗；不説要精要細，而云「不厭精」、「不厭細」，正是記者妙于形容聖人處。喫飯著衣，聖人亦如常人耳。一著推求，便爲人欲，厭精厭細，總與厭粗念頭無别。愚者不知味，貪夫講究，畸人矯俗，皆反中庸也，此正聖人、常人分界處。

饐餲之不食，即食不厭精之意也。

調劑烹飪之宜，妙有至義，却被狗口腹人不知埋没多少道理耳。向使聖人爲之，亦復精絶，豈杜簣易牙所能髣髴毫末者耶？

第十二節

人馬輕重，人人知之，特異者廄焚而不問馬耳。

「不」字下得直截，若换作「未」字，則是常情如此，惟用「不」字，乃顯得聖人意思出來，此記者之善記也。

第十四節

即「友饋」一節，見聖人知天一本之道。若但以饋看，則車馬極重，祭肉極微，而聖人于拜有專敬，從朋友之親起義，則朋友一倫，雖在親親之外，而引而近之，一本之理則同。于此用敬極重，則下面等殺纔有可盡，而不至于倒施，此等殺起處，所謂本天者也。下面饋之厚薄，與敬之輕重，亦各有宜，然不止車馬一種，車馬舉其極重者言耳。

第十五節

「有盛饌必變色而作，迅雷風烈必變」，須知聖人之變，與常人不同，方見鄉黨一卷，瑣瑣碎碎，分明畫出聖人樣子。

第十六節

升車之容，在曲禮，則凡人當如是；在鄉黨，則聖人自然如是。道理則一，本分不同。

第十七節

有云，聖人一龍一蠖，終其身不遇禍災者，時爲之也，故變文以況之曰：「色斯舉矣，翔而後集。」先生曰：「聖人固無非時，若以此况聖之時，却看得『時』字小樣。」

有云，聖人繫易而首潛龍，爲夫不潛者之不足以藏身也。先生曰：「潛止就初九言耳，六爻無非時，無非聖人藏身處。」

周秦之際，殺機橫發，開後世權詐傾嶮學術。其時高手，就上面推出一種順運先機，不消犯手，成火燄生蓮水面滚球作用，陰符素書，子房得之以興漢，文景因之爲清浄之治，後世以爲至道，迥異殘殺，不知由申韓管商而溯歸黄老，本是一家眷屬，但有淺深高下之别耳，于聖人修身治天下大道毫無干涉。此朱子所謂：「千五百年間，不無小康，而二帝、三王、周孔之道，未嘗一日得行于天地之間，漢唐賢君，不曾有分毫氣力扶助得他者也。」

【校記】

〔一〕「在朝言朝」句　原列於「第二節」，據四書章句集注乙。

呂晚村先生四書講義卷之十四

論語十一　先進篇

子曰先進於禮樂章

上節述人言，下節自斷，故講上節未可便下斷論。然看注云，「文質得宜，今反謂之質樸」，「文過其質，今反謂之彬彬」，則上節中未嘗不分是非。蓋先後二句，原屬夫子指陳「野人」「君子」四字，乃時人之言耳。下節「從先進」，則不從後進可知，若聖人立言必要句句道盡，則聖人亦良苦矣。論者輒謂上節不贊先進、不貶後進，下節不補不從後進爲妙，欲周旋時人，反與孔子作頭抵，不亦異乎？朱子云：「東晉之末，其文一切含糊，是非都没理會，秀才文字如此最可憂，其病止是鶻突不通，而其流至於悖理非聖，皆此種議論成之也。」

前輩後輩，止説今昔耳，故曰「於禮樂」，若謂禮樂分先後進，則是禮樂之先進後進矣。」

夫子從先進，從其文質得中耳，若主反質，便是老莊家言，非聖人意也。

文質得宜，正指周初禮樂，先後進只在周朝盛衰論。聖人從先進，正從文武周公之禮樂也。後來都將三代以前看先進，因有反質之説，誤矣！聖人論禮樂，一向只主從周，實歎其美善，遵王猶次義也。

風俗日敝，劫灰發於人心，奢淫勢利，儇巧浮薄，皆殺機也。縉紳富室不知儉德爲避，轉相效慕，争倡優市井之豪，嫉禮義廉恥之説，憂將安底耶？向見龍江文雅社約，歎我生之初，世變已亟，不謂今之日甚。嘗欲與同志講行於鄉里間，而未之能也，可爲太息。

子曰回也非助我者也章

顔子所見已到至處，默識心通，非經説義解也，然卻只在無行不與處實地勘驗，見其不違，足發如時雨化之妙。

子曰孝哉閔子騫章

父母昆弟稱在前，人信之在後，此自内及外必然之理。看「父母昆第之言」，「言」字緊貼父母昆弟，非人能知其隱而自有言也，但皆信之無異論耳。

俗傳閔子故事，不知其有無，其情事語句俱鄙俚，必非春秋時記載，學者固不得據此以論閔子之孝，然此中卻足發人倫情理之變。世間後母之不慈固多，然極惡不可感化者亦無幾，只是爲子者未必能盡其道耳。嘗記温寶忠母夫人家訓一條云：「中年喪偶事小，正爲續娶費處。前邊兒女，先將古來許多晚娘惡件，填在胸坎；這邊新婦父母保婢唆教，自立馬頭出來；兩邊閒雜人，占風望氣，弄去搬來，外邊無干人聽得一句兩句，只信歹不信好，真是清官判斷不開。然則如之何？只要做家主的立身端正，用心周到。」觀此一條，責備爲人夫、爲人子者甚切，凡有晚妻後母者，俱當三復於斯。

季路問事鬼神章

那一邊道理就在這一邊，待他「能事人」、「知生」後問如何，卻已「能事鬼」、「知死」竟。事鬼之道，即在事人之中，此聖人教學者，用力只在日用平實處，而其道無所不達也。若泥定在事鬼中講出事人之理，以求其合一，則雖謂「未能事鬼，焉能事人」亦可矣，此似是而非也。

有謂幽明之理，又所以爲死生之理。先生曰：「此義不的，莫墮入天竺國去也。」

有謂聖人知命，無所不通，學者但當守其可爲可知者。先生曰：「聖人知命，也只在可爲可知處，莫作兩橛看。」

魯人爲長府章

有德者必有言，言必有中，只是明於人情物理耳。當情合理，片言即解，固不在多言也。王荆公極負氣，見明道便不得不平心，正爲此也。今見有質重人，終日寡言，發言或不能當理；又見或爲人理一小事，絮聒商量，終日不決，此只緣不明人情物理，無他。

夫子、閔子，皆是魯國一介老生耳，然閔子議論，夫子贊歎，而長府之役終寢。莫道老生便無事權，坐自頹廢，古之人君重一嚬一笑，豈知老生嚬笑亦著實可重耶？善自珍惜！

子曰由之瑟章

因聲音而知其所得之未深，故警之，警其學也。因警而生不敬，不敬其學也。因不敬而發揚子路之造詣，始終爲學，非爲聲音也，若泥定聲音講，不免膠柱鼓瑟矣。

子貢問師與商也孰賢章

道貴得中是此章骨子，「過」、「不及」三字，纔有著落。顧麟士謂首節「中」字不說破，方有下文，已是掩耳偷鈴見識；時說並欲將才高意廣諸語，亦不說破，又夢中話夢矣。子貢是合看比說，夫子只是平分說，「師愈」一轉，子貢未嘗不知「中」字，但謂過中與不及中者較，似過中者差勝，故「愈」字與「賢」字不同，夫子又云其失一般，子貢到底合比說，夫子到底平分説也。俗解不説破，含含糊糊，不知過不及箇恁！子貢謂「師愈」，只是無箇準的在，便扯長看；夫子謂「過猶不及」，只是有箇準的在，便兩折看，所争在此。

隨問隨答，但言二子皆失「中」，而「道以中庸爲至」意自見。即抑太過引不及，尚未有此意，第可於言後推論及之，況並教子貢，又賓中之賓矣。

近世儒者深懲象山陽明之禍，便不敢接引才高之人，而深取謹厚之士，以爲差不走作，然意思稍著偏陂，則所取者率多乖角猥瑣之病，此亦矯枉過正也。且世謂爲象山陽明之學者必多高明，亦非也。象山陽明之學無是非，易頹廢，往往便于庸人，又是過不及參半耳。以聖人之中道律之，只有一不是，並不入過不及帳算，又安得高明哉！

季氏富於周公章

有云，冉求之聚斂，是陽爲季用，而離季於民，使其勢稍殺，黨稍弱，而謀不得成，不是爲季傾魯也。先生曰：「冉有政事之材，長於理財，爲季氏宰，則竭其知能爲之謀富足，以爲盡其職分，不道此卻是聚斂附益也。聚斂附益，不特冉有無此四字在意中，即外人亦未必以此相稱，是記者因聖人之意而勘斷之。故上面先提『季氏富於周公』句，見若季氏不富，冉有所爲未到此重罪也。故冉有之罪，從不知大義、呆老實做官得來。若説他爲季氏傾魯，則失入，『弑父與君亦不從也』，可知必無此事！若説他陽爲季用，陰敗其謀，則更失出，看其解説伐顓臾，不救旅泰山，豈有圖季之心者？夫子向評之爲「具臣」，此不過具臣之爲，而不自知其罪之重耳。至所謂陽爲用而陰圖之，是戰國奸詭傾險之術，聖道之罪人，孔門必無此作用！如蘇子瞻論賈誼當先交絳、灌而徐去之等論，皆心術不正，其根從國策來。」

柴也愚章

四字好處病處都有，聖人造就人材於此亦可見，非徒作索瘢求纇語也。然數子終於此病，而曾子竟以「魯」得之，可見人不能無氣質之偏，顧其變化之何如耳。彼自聖人論定，且不足以限人，而何有於後世之標題月旦也？

陳臥子譏濂雒門人，皆稱質性甚美，聞道甚正，豈孔門皆下材，而濂雒之教過孔子，故無病耶？此臥子不屑觀濂雒關閩之書故云云耳。程子針砭諸門人之病，不一而足，未嘗盡以爲賢，而以聞道許之也。傳習録謂其門人于中：「『爾胸中原是聖人。』于中不敢當。曰：『此爾自有之，如何要謙？謙亦不得。』于中乃笑受。」不知此於孔門之教更何如者？而卧子又獨宗信之耶？蓋卧子於陽明之書，亦未深究也。

子曰回也其庶乎章

有云，回之所以近道者，以其愚也。先生曰：「並無此説，乃老莊之見耳。」有云，天命回以愚而回受之。先生曰：「天命中安有愚之理？大智若愚，異端之説也。」

子張問善人之道章

聖賢之道，天下古今之所共由，一而已矣。善人之道，不過問善人之名義云何耳，非善人自有一道，與聖賢之道分大小也。説善人便是説善人之道，非善人者其姓名而别有其道也。老講章謂須論善人之道，不是論善人，最惑亂不通，不足從也。

「不入室」，即在「不踐迹」上見。

子張只問善人一種究竟，故夫子云云。「不入室」，是終於不入，故曰善人，若謂不可限量，則不得僅名之善人矣。總是篤學，雖愚柔不可限量；不志於學，雖奇才異質皆可限量。善人不踐迹，便終無入室之理，如其改行嗜學，則必由踐迹而入室，此則凡人皆不可限量矣，何必善人乎！

將踐迹看做鄉愿一輩固非，將不踐迹説做狂者一輩亦自粗在。看注「自不爲惡」四字，善人行徑略見，非曾點漆雕開已見大意之比也。所謂「不踐迹」，似所云不煩繩削而自合者，故注云「不必」，亦非脱落放曠，鄙夷不屑之謂。

善人之不踐迹，與異端之去事理，邪説之惡格物窮理不同。善人只是不守成法，而自不爲惡，此生質之美也。若異端邪説，則以去迹爲教，以無善爲宗，不知其道之已入於至惡，正與聖人之室迹相悖，又何善之有哉！

子路問聞斯行諸章

人看得「退」字礙眼，每增出翻頭，以爲教學只有進，又曲爲斡旋，曰退正所以進，徒多支離。此進退，只粘定「退」與「兼人」説，進者進其退，退者退其兼人，皆治病之藥，與進道之進不同。

昔程子見謝上蔡，謂「此秀才展拓得開」，大都人只坐展拓不開，則頭童齒豁，仍守故步耳。夫子此節是爲由求各更展一步也。若謂損由之多以益求，增求之少以擬由，則是斷鶴脛續鳧脚，將使二子共成一樣不尷尬東西而後已耶？此聖人所以痛絶夫鄉愿也。

季子然問仲由冉求章

道只是一道，行道處有不同，即道之時中，易傳謂「有正而不中，無中而不正」，非二道也。若隨地爲變，則馮道、劉穆之皆可以爲合道乎？只爲後世錯看一「權」字，如曹操之篡弑，馮道之喪心從逆，李贄皆以爲活佛聖人矣。

「道」字精微廣大，無所不舉，後世止向功用上看，未嘗不是道，卻全體本領不是，即功用亦不能到伊周界分。

「以」字合窮達説，能「以道」者，即未嘗大任，亦所謂大臣。

有「不可則止」句，纔見「以道事君」之嚴正。纔説箇道，便有不可之理在，便有則止之義在矣。

「不可則止」，「以道」固不止此，然正在此處見得分明，看孔孟程朱事君皆如是，而天下以爲不必然者也；由求具臣，正爲無此一句力量，如伐顓臾、旅泰山之對可見也，還賴與聞聖人之道，故弑逆不從，猶存斯意耳。

子路使子羔爲費宰章

「何必讀書，然後爲學」兩句，活處只在「何必」「然後」四字，此是子路不著邊際語，無可攻擊處。他人一著死句，便罅漏百出，當被夫子一語駁翻，亦烏得爲「佞」乎？陸子静、王伯安排詆讀書窮理爲務外，其説至今足以惑人，亦惟其「佞」也。

「佞」雖口給禦人，然其禦給得來處，亦自有一番奪理之辨，此陸子静、王伯安之説亦足致人信從也。夫子不責子路之語非是，而直責其佞，誅心之法嚴矣。

理屈詞窮，而禦人口給，其病又比看道理不明深一層，故夫子特斥其佞，而不辨其説之非。二罪並發，從重論，非援輕例以曲出之也。

自家笠子不端正，輒敢道治國平天下，此石塘之所以見譏也。秀才自忖度所讀何書，讀書欲何爲，未讀時何等人，今讀後又是何等人，須不受此譏始得。纔苟且失脚，便是不曾讀書，如石塘越端正，越不端正耳，莫概道子路説錯。

子路曾晳冉有公西華侍坐章

聖人引三子言志，以觀其設施底裏。「居則曰不我知也」，此句是揣發其情，不是譏其躁妄。下二句是激令其傾吐，不是笑其無具。諸賢皆不群之才，聖人遯世無悶，固未能至；下士奔競憤悻俗腸，斷不至此。聖人所發，固是通人境地，看低不得。

「點爾何如」一節書最難看，不知不覺容易蹉過蔥嶺去。其下者，硬填天地堯舜大帽子話頭，只成學究講章，與書理何與？須知此理有本分自然處，有聖賢功用處，若只見一邊道理，便蹉去。又須知同是此理，點有點見處，夫子有夫子見處，兩邊也拈一放一不得。

看曾點一番動止氣象，正是他胸中本領流露處，記者細細詳載，煞有深意。上半節緊與第四節「子路率爾而對」句相照，「夫子哂之」緊與「喟然嘆曰」句相照，爲下面曾點問答張本，下面數節提出「禮」字，只是發明此理。此章記載，便是史記敘事法，故朱子謂：「記者多少仔細，不可作閒話説過。」程子謂：「子路若達，便是這氣象。」皆此義也。

曾皙之狂，非晉人之狂也。晉人之狂，從老莊來，故以粗疎脱略爲事，此無忌憚而反中庸者也。曾皙之狂，原從聖人源頭直下，但見太高而行不掩耳。看曾皙言動之際，何等細密，「暮春者」一段説話，已涌喉舌間，卻趦趄退讓，從容和婉，不敢自是，又不爲曲隱，又不傲睨三子，只看此一句閒言語，有如許氣象！下面出而後，又細問三子，印證夫子取捨之旨，都見他精詳處，此豈老莊門下所能乎？

有謂點言是山川優游、土苴經世。先生曰：「禪子看得心體精，世法粗，故將明心與度世打做兩截事，學禪人便將出仕與隱居，亦分爲兩截，不知吾儒只作一事。耕莘之樂，與納溝之憂，不是兩心，故莫春游詠，與堯舜事業，不是兩境。後人於聖學欠分明，便看得此章書只是度世上事，則曾點之清閒自在，反不如三子之慈悲普救矣。要之看得世法粗處，卻正是心體粗也。」又曰：「此正不是清恬自樂，故與憂世之心不是兩件。」

有謂君子建大功立大業於天下者，亦不過隨寓而安耳。先生曰：「只道得外面事，卻怕差了裏面。此語似大而實小樣，曾點所見不止是。」

曾皙三問，總爲「與點」句印證箇真消息耳，夫子答之，亦在言外開示。三節總是一理一意，末二節若呆對哂由，作轉疑論辨，失其意矣。

末兩節問意答意，皆在言外，故最難體會。所謂在言外者，點自己印證，非推敲三子也。

末兩節問答之旨，對與點看不對哂由看。夫子所許，皆實許其爲邦之才，第與點大意，三子總不達耳，非許求、赤之謙足爲國也。

呂晚村先生四書講義卷之十五

論語十二　顏淵篇

顏淵問仁章

此章之要，在「克己復禮」四字。己禮之界，貴明；克復之功，貴健，是指點顏子索性淨盡意。下節「非」字正要察幾，「勿」字正要致決，無二義也。此見朱子總注之精。克復，是指幾微一間處，索性與他淨盡，到顏子地頭，方可用著此語。只第一句已了，下面反覆以決此一句，第二節指點隨處是此句，不是另生枝節也。

朱子謂「發動時固用克，未發時須致其精明始得」，蓋未發之精明，知居多；而發時之勇決，行居多。顏子有不善未嘗不知，知之未嘗復行，此其所以不遠復也。紅爐點雪，雪消處是行，所以爲紅爐是如何？

「克己便是復禮」，程子説也。朱子恐學者過看直捷，生出即心即佛之病，故云「勝私欲而復於禮」，言「克己又須復禮」，更加精密矣。

程子謂：「克己則禮自復，重在克己，克得一分己，即復得一分禮。」其説本至精，第克己外更無復禮工夫，語太直捷，便有病，故朱子補出「克己又須復禮」之義，謂「天下原有雖克己而于禮尚有未復一種病痛，故必克己復禮爲仁」，其理始圓足無弊。要之，朱子正補足程子之説，其大段原以克己爲事，未嘗翻案也。蓋自大賢以下，即不能無私欲之累，故必須從克己下手，到己私克勝，而天則尚有未合，則須於復禮著力，然至此境者甚少，而其功亦至精，不似克己工夫艱重，無人不當由此道也。

朱子謂：「克己是精底工夫，到節文欠闕，便是粗者未盡，然克己只去私意，未能細密入他規矩，則復禮乃是精處。」愚按：此説最精。動容周旋中禮，盛德之至，到得粗處皆盡，方是工夫到至精處，非有兩義。

克己又要復禮，與克己便能復禮，語殊而理一，正爲天下自有克己而禮未能復者，必禮復而後爲克己之盡。譬之治亂，克己只是戡亂之功，雖寇賊略平，然瘡痍未起，禮樂未興，未可謂已治已安也，必至太平熙洽，然後兵革不試耳。

克復只是爲仁之功，到克復盡頭便是仁。己與禮原自仁中分出，到得克復了，只有一仁，也不是克復外別見箇仁，只是到此時纔見得所克復底便是。

禮方而仁圓，只是一物。

「克己復禮」，索性做箇盡！「一日克己復禮」，是果然到盡頭處，「天下歸仁焉」，到此自有神速實驗，都是顏子分上說話，所謂雷厲風行，紅爐點雪，乾道也。

天下歸仁，人每說入心性中，以爲必無一日乍克復而天下即共許與其仁之事，不知夫子與顏子所言之一日，乃極至之一日，非偶試乍改之一日也。蓋顏子工夫已到至處，第尚有渣滓未浄，天理未純一之間，故夫子令其索性把這些子了當去。其所云克己，是極微之己；復禮，亦極精之禮，與初學克復功候迥別，故先儒謂之「乾道」。今將庸妄暴棄之人看，以爲一日克復，即天下歸仁，自然信此說不及，反以注爲非矣！

或疑一日克復，如何天下便許其仁？此其所以信不及也。曰：此等處總皆未盡古先之說，而遽伸己論，只坐一箇心粗耳。先須知此章對顏子說，顏子「三月不違」，工夫到此，已是大段了當，其所謂己與非禮，亦止是些子未盡處，夫子教他索性打埽箇盡，「一日克己復禮」，是指盡頭說，不是下手也。故程子曰：「克己復禮，則事事皆仁。」朱子曰：「惟其事事皆仁，故天下歸仁。」又曰：「天下以仁稱之，非是一日便能如此，只是有此理。」「人稱不稱，固非我之所急，但言其效必至如此。」又問一日之間，如何得事事皆仁？曰：「一日克復了，雖無一事亦不害其爲事事皆仁，雖不見一人，亦不害其爲天下歸仁。」合此數條觀之，可知「一日克復」，原不是猝乍到得底事。故朱子於注又補「日日克之，不以爲難」五句，此方是學者克復下手也。今以滿腔子人欲心腸，思量偶然克復，便要見天下歸仁景象，萬古必無之理，思量不通，則反以傳注爲非，吾見其終於不通而已。

最粗者，以歸爲歸往之歸；其自以爲細者，不出「龜山在吾度内，藍田八荒吾闥」之意；中間一條正説，偏不解信從，至今講師邪説，猶以「同歸一體，相忘於大化之中」爲言，取古人已棄之芻狗，而文繡之以爲神，不知其粗又有甚焉也。聖人教人，字字著實，從無此虚空影響之言，如仲弓之「無怨」，樊遲之「不可棄」，子張之「不侮得衆」等語，都説外邊應處，工夫到這裏方是盡，如何此句獨要説向内邊去？

人總看得仁字精、天下粗，克復玄微、天下淺近，兩者通不去，於是將天下納入仁中，遂有「八荒吾闥」之説，是欲講得天下精微，而不知仁與克復先謬矣。

無非内也，合外内之道也，彼將「歸仁」説入内，正坐不知外之即内耳。

或云，歸字朱子訓作與字，蓋有己間隔，便不能歸天下爲一己，既克己復禮，則盡天下俱是此禮，故與字作「與祭」與字看，此説如何？曰：寧可説朱子注得不合，尚可兩存以求定論。朱子以與訓歸，説本程子「稱其仁」一句，與字是許與之與，若作「與祭」與字解，仍攙入朱子所闢「在吾度内」之説去，不但誣本文，並誣朱子矣！今人講經學理學，大約用此狡獪，如晚年定論、程門微旨等書，皆牽鑿先儒以傅會其邪説，謂程朱亦爾，其惑亂更不可窮詰矣！

有將「己」字與「天下」對看，云有己斯無禮，斯無天下，仁者，以天下爲己在，故克復而天下歸仁。先生曰：「爲此説者，自以爲得仁字，不道此己字卻誤訓。克己復禮，原未嘗爲天下起見，而去物我諸相也。以此爲仁，止是佛法慈悲廣大耳，與聖門所言仁毫没交涉。」「天下歸仁」，與「仲弓」之「邦家無怨」大段各别，一邊是逐漸滲潤，一邊是頃刻注滿。己生於視聽言動，克其非禮者，斯復矣。禮生於仁，視聽言動皆禮，斯無不仁矣。

顔子工夫原只在克己上著力，所謂「索性克去」者也。

到顔子地位，尚有甚非禮處！故朱子謂：「如邪色淫聲之非禮卻易，視遠惟明，聽德惟聰，纔不遠便不明，非德便不聰，但有些子不循道理處，便是非禮，此卻難。」由是言之，顔子所克之己較精細，故説箇「非禮」，便與「己」字不同。朱子云「克己便能復禮」，又云「克己而不復禮，則墮於空寂」，「跛倚倨傲，未必盡是私意，亦有性坦率者，伊川謂『雖無邪心，苟不合正理，乃妄也』，亦須克去」，是也。愚謂己禮二者，如陰陽消長，此進即彼退。克復原非兩層，但學者爲功自有分限，在人欲勝者，其身尚立陰界，則以克爲主，克一分即復一分。在天理勝者，其身已在陽界，則以復爲主，復之盡即克之盡也。後人輕看復禮，即不能知性知天，流入于本心之學，故惟朱子之言爲萬世無弊也。

不曰視聽言動必於禮，而曰「非禮」勿視聽言動，方見精微，於天理人欲界限，不爽毫髮。陽明謂視聽言動處便是，只緣怕説「非禮」二字，便錯入禪去。

四「勿」字用力全在未發之前，如烈火精明，直是犯他不得，若燄衰欠猛，陰翳消爍不净矣。

非禮之根在中，而視聽言動在外，勿視聽言動於外，而禮復于中，程子「由、應、制、養」四字，弊病工夫體用都在。

視聽言動皆身，而「勿」在心。

工夫在視聽言動，正程子所謂學顔子有準的，非心齋坐忘也。

人將顔子克己看做心齋坐忘工夫，四句只做箇話頭，卻似視聽言動也是，不視聽言動也是。不知顔子請目、請事，煞是從四件上札定硬寨做工夫。莊周以孔顔寓言，揶揄無忌，如優人扮聖賢爲則劇耳，不可爲典據也。

「勿」是只要勿他非禮耳，視聽言動固不可無也。

總注「至明」「至健」二句，似於仁外添出智勇意，不知原是本文所有，非添出也。説箇「非」字，便是智，非至明何以知其非？說箇「勿」字，便是勇，非至健何以能爲勿？故知非智勇安能成仁。聖人言語，本是徹上徹下，得注中提出，分外分明耳。

仁非智勇不全，不大智則「非」字之精細不能極，不大勇則「勿」字之迅埽不能盡，朱子「至明」「至健」二義，正實闡「非」「勿」二字下手處，不是斡補闕文也。

仲弓問仁章

人心中只有一仁，何處著敬恕名目？只爲私欲所間隔，則此心放失而不存，便與仁體日遠耳。敬恕所以去私欲以存心，心存而後可以復仁體。

敬恕是所以存心，存心亦未即是仁，但存到熟處盡處，更無私間斯仁耳。

只是一敬，要無時無處無事不然，則「心存而理得」二句，前後際有全身在。「出門」「使民」，於全身中隨地提示箇下手景象耳。

出門使民，與「不睹不聞」，「立在輿」，「終食造次顛沛」等語同例，言無時無事不然也，從囫圇中抽出一段節來説耳。

顔子本原不動，但微有感湊未浄，只須決去便無事；仲弓病痛似輕，而本原不足，虚邪深痼，故必當峻補，四語是仲弓峻補方也。

「邦家」二句，與上章「歸仁」相似而實不同。上章極言其效之速而大，以克復都在盡頭處説，所謂乾道也。此章邦家無怨，是在敬恕用力充積上説，必到此，纔見敬恕之量足，所謂坤道也。

仲弓之坤道，節節要從不足處填補正氣，以逐客邪，正講到分量充滿，則本體流行，無少闕欠，非後世斷港絶流之謂也。

司馬牛問仁章

曰「仁者其言也訒」，則不在言上究竟可知。曰「其言也訒」，則不是訒言可知。曰「仁者其言也訒」，則是仁者自訒，非訒言即仁可知。

「心常存」在「爲」前一層。

「心常存」是朱子於兩句中體會得之。

司馬牛問君子章

「不憂不懼」與上章「其言也訒」同，是現成體象，到「内省不疚」，乃推出功夫致此之所以然。

此「憂」「懼」二字，專指禍患雖有可憂懼之事，而自省平生無愧，則自無憂懼之心。若但言存心處，見憂患恐懼，皆君子操修所有，豈得打破此二字哉？

司馬「多言而躁」，夫子與言每留箇不盡意理，使之深思。即「爲之難」二句，與此「内省不疚」二句，皆未嘗説盡也，故朱子于上章「爲之難」前補出「心常存」，此章「内省」前補出「平日所爲」，皆從語意中探本窮源，越顯得聖言神味無盡。時講乃謂注中「故能」二字未免多一層，直是無知之論！蓋此章隱對司馬心事而言，道箇「内省」，便對著外患説。内省者，内省其平日所爲也。不疚在平日，内省在臨時，如何將内省併得向平日去？

二氏之放達，非君子之不憂懼。

晉人情恕理遣，亦是强排遣，與君子學問天懸。

司馬牛憂曰人皆有兄弟章

爲憂懣人開釋，易落曠達家言，則「死生有命」二語，已走入二氏解脱法門矣。看子夏急下「君子敬而無失」二句，方見「死生」二句，不是付之數命者，此所謂知命立命也。

吾有老友善悲，有感，輒痛哭不能自止，因之病甚。相知以曠達解之不得，余爲語曰：「嵇阮之放誕，正憤嫉之極也，祇益悲，安得解？解公悲，正當以聖賢相責耳。古來可悲至餓死甚矣，餓死未嘗無聖賢，只愁不稱此一餓耳。求仁得仁，又何怨？纔怨，便知所求非仁也。今尚未肯以極處相待，已自不願擔當耶？休矣！公何悲！」一時爽然稱善。

「無失」「有禮」，方是聖賢之敬恭。子夏此語頗臻至處，語病在下二句耳。東坡之打破「敬」字，岸叟之「何如無心」，其見地淺深不同，然皆不知「無失」「有禮」之妙者也。

子夏此節道理原推開説，以廣司馬之意，故下文「四海」云云，注以爲「不得已之辭」，不應仍粘煞兄弟講。

子張問明章

子張止問「明」，夫子添出「遠」字，而詞繁不殺，正爲務外好高者，其求明每在遠處，不知反蔽於近。夫子舉此二端，最是極近而易蔽者，於此能察，便不第爲明，而爲明之遠，正指點子張反求於近耳。

自來受蔽於女子小人者，皆自以爲明者也。其所以不明者，正唯用明之不遠耳，豈知用明之遠者，即在最近之處，不自以爲明而其明乃遠乎？

遠只是明之盡量處，非明之外别有遠也。

子貢問政章

答子貢止是「足食」「足兵」兩項實政，「民信」句即上句所致，推帶説出，猶之「菽粟富而民仁」意。故「足食足兵」不可作食足兵足，緣有政事在也；「民信之矣」，不可作信民，文法自明，不可作三項説也。直至子貢以三項問難，夫子方以三項輕重答之，要之此節説話時，原未有三項事意。

民信不當先做三項説固矣，或又因本是兩項之語，將民信講入兵食内，若謂民信其足者則又非也。信只是誠意孚結，無欺詐離叛之心，原是兵食上邊事，不粘煞兵食，故後面子貢可分爲三耳。看注補「教化行」三字，固知教民信自有事在，但此節止説兵食足而後信可孚，不及教信之道，正如菽粟水火之仁，不是更無教仁之事也。

兩「足」字在食兵上，便是説政。「之矣」字在信下，且曰「民信」而不曰信民，則夫子「民信」句原根食兵説，故注用「然後」作轉，見此節止重兩「足」字，不遽平分三項也。但單是食兵足而民便信，秦、隋之世，已不可行，可見民信原有教化一項工夫，但必待食兵足時，則教化自行，而民不離叛也。

細味聖人語氣，原不曾平分三項，到「民信」一項，又特變文法也。注云「倉廩實而武備修，然後教化行而民信於我，不離叛」，則「民信」句原從上二句順帶説下，到子貢纔分作三項問，聖人又因其問而答之如此。要之，重信之義，在子貢設難後發明出來，在上節卻重在兵食，故朱子謂：「以人情言，則兵食足而後吾之信可孚於民，此指上節本義也；以民德言，則信本固有非兵食所得而先，指下兩節之義也。」

按，「民信之矣」，「信」字聖人原説得較輕，只是民信服於上耳，未指忠信誠信固有之良也，到子貢分三項來問，聖人方講到心德上去。

子貢議「去」，只要在三者分出輕重耳，意不在去也。

「去兵」，正就「足食」「民信」講，是所論在去，所重在留也。

兵之所以可去者，以食與信在耳，總之無食與信，則無兵固害，有兵尤害；有食與信，則有兵固好，無兵亦好。此是聖人樸實頭計策，未嘗稍涉權數也。

子貢策妙用只在臨時，夫子操根本只在平日，故去兵去食而無不可，非束手待斃法也。

是聖賢打穿後壁商量，子貢直窮到極奇變處，看聖人用處如何？聖人應奇變，卻越庸常，方見得庸常中，聖人已無奇不盡，無變不通。若粘死句下，則聖賢竟是腐頭巾說大呆話矣。

此是聖賢直窮到底，打穿後壁商量，以分決事理之輕重耳。去兵在三者中計較，去食則二者相較，三者原闕一不得。「必不得已」，即指三者勢已盡去，必不能全，就其中撩掉那一件，且專料理這兩件，故曰「何先」。到第二問，一發必亡之理！食豈能去乎？然聖人曰寧可去食，以見信之必不可輕。故又找下二句，以見去食不是挽回必得之策，但道理只有此耳，正見聖賢於義利界上分明淨盡如是。故程子謂：「非子貢不能問，非聖人不能答也。」

棘子成曰君子質而已矣章

子成之説，不下聃、周，可謂高矣，自子貢辨之，而其弊始見。至子貢語病，人不易知也。立言之難，自非聖人，孰能無所偏倚，而常適其平？惟聖知聖，此等處，須知朱子之言已造至處。

以子成之論，視文勝之俗，則高甚矣，而不知其言有病也，得子貢之辨，正文質不可偏廢，而子成之病乃見。子貢更高甚矣，而不知其猶有語病也，得朱子本末輕重之説，而子貢之病又見。義理無窮，精析乃出，後人心不細，見理多粗疎鶻突，可彼可此，遂有謂子貢之論，與夫子野史君子之義相符，不必補注中之説。不知聖賢講道理必求其盡，不似後人妄立議論，便成門户，不許人辨駁也。

有謂上下之有辨，賢否之不亂，以文在也。執車旗服物之等以相繩，而僭者無所辭；置琴瑟射禦之旁以爲驗，而詐者無所匿。故學者取子貢之説以治天下，則綢繆繁飾，固周禮之舊坊；取子成之説以治一身，則儉陋深思，亦唐魏之遺意。斯兩得之矣。先生曰：「文質二者原不可相離，然必質立而文麗。但天地間氣勢，自然文易流而質易薄，故聖賢多救過以反中，每重本而輕末。子成之論，亦自重本生來，然卻説得太偏，故子貢以並重之理正之。然本末不分，則語病亦不小，蓋文畢竟不可與質同重也。今竟重文説，則病又甚於子貢矣！不知此非重文，乃輕文也。子貢雖失本末輕重之差，然看文質，尚是同原一體上事，若如所云，則文祇是妝飾點綴之具，與告子義外相似，但爲分别等差不可少，故可以治天下而不可治一身，此即佛老之見，與子成似反而實合者。近代良知家言正如此，他窺見佛老之藴，以文爲外假，非本體所有；卻又窺見佛老之説不可以治天下，故又將刑名度數禮樂事功，另講出一番施設，道是良知中作用，以自别於佛老，不道内外打成兩橛，原非聖道之體用也。其病只看得文是外面事，則説重轉輕矣。」

良知家居喪不哭，門人疑之，曰：「吾惡人於父母面上亦用僞也。」嗚呼！此其爲質耶？其虎豹之鞟耶？抑犬羊之鞟也？哭踊有節以爲僞，飲酒嘔血以爲真，食稻衣錦安即良知，非披髮野祭之風乎？嵇阮以老莊淪晉，金溪以狂禪陷宋，至良知而三矣，流禍一揆，非細故也。

哀公問於有若曰年饑章

同一憂歲語，心事迥别，則情形亦迥别。自賢君起念，便爲百姓不足，爲百姓不足，便是欲蠲租減税賑濟也。庸君起念，便爲用不足，爲用不足，便是欲加賦開利也。

哀公所問在用，而意在取，故有若直答取法，而意卻在用，此正針鋒相敵處。行徹必先節用，不則有若之言，非腐即戲，斷不可行矣。注中「節用厚民」，正見此旨，荀子「以禮節用之」、「以無禮節用之」後發明禮稱，亦此意也。

宣公税畝，只是加税於餘畝，徹法未嘗廢，故注下「專行」二字，是公田民田不曾亂。豪强兼并，自是孟子時事。

「吾」字與下節「百姓」字針鋒相對，哀公但知爲吾計，忘卻百姓，有若謂若果爲吾計，正當足百姓，故「吾」字是哀公語中病根。

哀公與有若商量，只爲著國用，兩下錯綹處，只是行徹不行徹，原不曾論到百姓，只爲哀公「如之何其徹也」，便是不曉得徹法上下關通處，道是利百姓而不利君，故有若直下「百姓」句。百姓足即是行徹，百姓不足即是不行徹，而加賦語脈最緊，有若也原爲用不足起見，非老生迂闊而遠事情也。

足不足語原從「吾猶不足」句來，哀公憂二猶不足，豈可行徹？有子答行徹正所以爲足以破解之，都重在足君一邊，「百姓足」句，不過是行徹中轉語，蓋哀公看得徹行止利百姓，故有子告以利百姓正是利君國之用。

民富則君不至獨貧，只如此言，「孰與」二字極完切，所謂君民一體也。後來多將與字作取與之與，曰君之足民與之，仍從取法中講利害，失有子之意矣。

「孰與」，語詞，與乃相與之與也，後來刻畫作取與之與，論非不新，失本意矣。

後世謂井田必不可行，其説大約有二：謂豪强之田不可復取，與夫司農歲入不足以供所出耳。然田制之法，又有均田、限田之法以通之，至度支經費之不足，則千古未有善爲之畫者，是則有子兩言，至今猶看不透、信不及，何怪乎哀公之鰓鰓過計也。

問：或云，唐中宗令李嶠蘇瓌子各對尚書，蘇引「木從繩」二句，李引「斮朝涉」二句[一]，中宗云：「蘇瓌有子，李嶠無兒。」可徵應制最忌傷時。張江陵進講，至「放勳徂落」，曰：「時蓋已百歲矣。」同列深服之，故做此節文，以重上輕下爲得大體，此説如何？曰：「此説壞人心術人品。看詩書所載，古聖賢告君，皆憂危震動之言居多。李文靖爲相，日取四方水旱、盜賊、不孝、惡逆之事奏之，真宗慘然變色，同列皆以爲不美。劉元城論名相，舉此事以爲惟李沆得大臣體。夫告君尚以危言爲得體，豈行文反以阿諛爲得體耶？成弘以前，未嘗有此，即題目亦未嘗避忌。自嘉靖中重符瑞禱祀，始以忌諱爲戒。流至末年，習成諂媚之俗，闈中專取吉祥，偶有句字之觸，雖首拔必黜。士子從未仕時，即學爲諛佞，安得復有品行事功哉？程子在經筵講書，有容字，中人以黄覆之，曰：『上嫌名也。』程子曰：『臣下尊君過甚，則驕心生，皆近習輩養成之，請自今勿避。』爲相當法文靖，經筵當法程子，若中宗庸主之言，居正佞臣之術，何足法哉？有志于人心世道者，當力破之。」

齊景公問政於孔子章

「君君，臣臣，父父，子子」，須將八箇字一氣念來，便有箇萬物得所，各正性命氣象，便見得一篇西銘道理、一部周禮制度在内，根本卻只在自盡。

子曰片言可以折獄者章

「片言可折」，是夫子憑空許與，並無實事，故記者又繫「無宿諾」句，以揣證夫子「可以」之意，此須於兩節交接頭領會。

「片言可以折獄」，此是贊片言，不是論折獄；是贊片言之本於明斷，不是論折獄之貴乎片言。纔説片言，便有下節在句裏，折獄只極其用耳。

子張問政章

此「居」「行」皆指政説，兩「之」字不得略過，與子桑伯子節不同，彼是統論心法，此只在政上講。時解於「行之」説政，而「居」單説心者，非也。

子張所少只在一「誠」字，倦與不忠皆從此生出，蓋夫子之所以答之者，立誠之目也。何以見得子張少仁？其病只在過高，纔過高，便鶩外而少實心。且如東坡半山之權謀，伯恭同甫之功利，未嘗不説濟世安民，然議論越高，本心越錯。聽他説話，但有愚弄天下之意，全無誠實愛民之心，只此一點意思，早已將仁字剗卻。

子曰君子成人之美章

磁鐵相引，冰炭相違，誠也。章中兩「人之」字最著眼，人之美、人之惡，亦何與己事耶？而一爲之欣，一爲之戚，此不可解也。惟其不可解，可知是從心苗中出來。

君子小人立心，好惡本自不同，儔類相與，邂逅因緣，布衣委巷，無不如是，不但有權力，然後能成不成也。

季康子患盜章

不從君民起念，只爲自己利害，康子患處便是盜心。做官不爲地方計，只爲自己考成，縱諱與捕逐，亦總是盜術。故經濟事功，聖賢都從心上做起。

上多欲則下行竊，此感應自然之理，若必説因欲而民貧爲盜，是則有此事，然多卻轉折，與語意不相肖。蓋上導之以欲，則下雖温飽皆有盜心，不必使貧而後爲盜也。苟子不欲，雖餓死亦不竊，不必富而後不竊也。如此看，語意更分明緊切。

只欲便誨盜，不欲便感化不竊。

季康子問政於孔子曰如殺無道章

此「德」字指君子小人之位各有分誼耳，非性分之德也。性分之德，君子小人所同，分位之德，君子小人各異。此節以「善」字對「殺」，不以「德」字對「殺」，「草上之風必偃」，只言其理勢如此，要知率民以善固偃，率民以惡亦偃，草不分和風狂風，皆必偃也。

「子欲善而民善」，上已説明，下三句，只説上下感應之勢之順速易效耳。

子張問士章

「質直而好義，察言而觀色，慮以下人」，雖爲問達而言，然此三句要只合鞭辟向裏，務自修之實，須照定注中「不求人知」四字講，與下二句作反勢，直到下二句，方跌出「達」字意，故注用「然」字轉也。

此爲己内修之學，一步收斂一步，極其至，便是無聲無臭，退藏於密境界。

有謂守己之道，必失世之宜，厭人之情，或喪我所執，惟參以相用，而物莫窺其際。先生曰：「謂直道難行，必參和權術，體用各别，内外分行，純乎詐妄矣。深之則爲老莊，刻之則爲申韓，彌巧彌近，則爲鄉愿，豈復有君子之道哉？將好義、察言、觀色、慮下人，皆講向外面作用去，不特此四者説壞，已先將『質直』剗斷了也。此比子張之聞，同一向外，而更加狡黠矣。」

「不疑」，非真不疑也，只在人前「居之不疑」耳。正與上「察言」二句對照，分出向裏向外之别。

樊遲從游於舞雩之下章

「先事」，是從事之事，非事物事理之事也，混看不得。

只先後處便是崇，不是如是而後乃底於崇也。崇是功夫，不是成效。

樊遲問仁章

此章疑辨處都在知，然其所重者都在仁。疑知，疑其礙仁也。辨知，辨其正爲仁也。知原從仁生，而其用乃所以成仁，若不知即不能仁，知不盡亦仁有不全，其不得不知者，乃其所以仁也。

遲之疑在知，子解之亦只指知，故下文問子夏與子夏答，都只在知中推論。或問，因樊遲下文錯認説知，故此節須含糊留下。不知夫子原只説知，而仁之理在其中，理本如此，非故留疑端，令樊遲遍參也。

智以成仁，其妙只在一「使」字見得。使者，智使之也。能使枉者直，已仁矣。所以不明能使之故者，只是將二句打作兩截耳。惟打作兩截，而以爲皆知者事，則愈不解，乃知蔽有兩層，病根只一。

「何謂也」，只是問其所以然，不是辨其未必然。

樊遲只説問智，子夏就夫子言下見得箇功用廣大處，不必説出「仁」字而仁之氣象在目，借舜湯做箇影子，指點活潑潑地。

「舉」「錯」雖兩件，然舉即是錯，故「枉」上加箇「諸」字，即此節「衆」字也。諸枉如何盡錯得？但舉直而枉皆錯矣。於諸枉中只舉得一二直，非大知不能，仁人放流，以惡爲愛，義以成仁也。以舉爲錯，知以成仁也。義逆而知順，故此重在舉邊。

曾子曰君子以文會友章〔二〕

「以文會友」，是講學致知事；「以友輔仁」，是取善誠身事，兩者原是一致。要之，朋友之益，只有講辨切磋，餘無可用力，則輔仁亦即文會内見也。

聖人四教必先文，文章可得而聞，後起者得與斯文，約禮必由博文。文字是甚事，若僅如後世之所謂文，所謂會，一班社友名公、講師游客，煽誘權勢，攫竊利貲，滿胸坎皆惡根蟠錮，仁字之本已斬絶矣，何輔之有！

【校記】

〔一〕斳　原作「腊」，據尚書、唐語林改。

〔二〕曾　原缺，據論語補。

呂晚村先生四書講義卷之十六

論語十三　子路篇

子路問政章

爲君上是極苦事，後世看君上是極樂事。惟以爲樂，則自然不肯先勞，即先勞亦易倦；惟以此爲苦，我爲君上，便合該承當，則不先勞無倦不得，必先勞無倦而後快然極樂耳。若説不先勞無倦，便有多大利害，此仍在人欲極樂上講，須直見得天理所以必先勞無倦，方是天德王道之至。

無倦不在先勞外也。不定是先勞久了纔講無倦，只先勞便要無倦，無倦是徹始徹終事。

此與「修己以敬」章相似，下半節道理，原包攝在上節中，賴他再問，又見得一番道理，不然，也無此分明。然須知縱不再問，道理原不曾虧欠，只爲他一問，即見他病根在此。纔問「如斯而已乎」便知他敬修不盡，故以安人安百姓盡之；纔「請益」便知他先勞必倦，故以「無倦」勉之，原不曾别增道理也。

聖人説理，定是上下俱徹。「先」指行，「勞」指事，「無倦」指先勞，似乎平實淺易，故叛注者喜作空論以恣其高譚，不知由其平實淺易者求之，雖聖人不能盡也。

仲弓爲季氏宰章

「舉爾所知」，不必是訪求幽遠，即我現前耳目所及者，知無不用，用無不盡其才，則以人用人，而人之所知皆我知，故著力都在「舉」字。舉不是一選取便了，亦不是舉一二人便了，只是現前人，辨才器使，無不用不盡之蔽，乃得。

所知不必賢才到十分，只在目前晉接間，短中取長，舉得不錯，則必以類應，此枯骨所以致千里也。

體大則其用大，聖人只平實説舉知之理，然可以見渾然天地大公之體，便有盡性曲成神明變化之作用。程子謂「人各親其親，然後不獨親其親」，讀者須實見得此意。

後世防制舉賢之弊，嚴於盜賊，故每有賢者在位，而不能進一良友，此法之過也。然及其可爲，則又多樹黨植援，自爲禄位計，其心甚于盜賊，安得不用防制之法乎？必上下先去其私忌之心，而後得舉知之用耳。

五倫中，君臣、朋友二倫從「義」字生來，故信友則獲上，不是兩節事，惟其義也。後世君臣、朋友，只成一「利」字，是利便難信，不但君臣難信，朋友先難信，故每釁生於朋友，而禍烈於君臣。門户之争，害及國家，往事可痛也！欲救此病，須先講義利，徒從法求之，雖嚴科場，公銓選，坐薦主，總只在利上經營，以弊禁弊，反爲此曹增多少利窟耳，何益之有？故子謂「舉賢才」，一字不停當，竟滅卻世間兩大倫。

子路曰衛君待子而爲政章

聖人得政，處分衛事，不知其作用如何，但觀正名之論，則蒯輒之難乎爲正也明矣。胡氏之説，雖未必聖人之果出乎此，然其義自正大，後人譏其迂而難行，只是委曲就時勢立説，不是講究天理。聖賢只在天理上斷定，如「去兵」「去食」，食豈可去乎？亦是行不通事，然理卻如此。

有云，兇殘之人，處心積慮，不可易矣，而又好引當世之君子而與之計，惟以至正之言告之，則彼雖不從，而我可以無患。先生曰：「『正名』只論理當如此，看『必也』二字便見，非此不可，更無委曲調停、陰陽作用也。其所以正之事法不知如何，固不可强爲區畫，然不可因自己淺暗無知，而并謂聖人亦必不能正而姑爲正論以自免也。如傳習録布置輒迎聵致國，聵不受，群臣百姓請輒，輒請天子，聵亦表輒，輒乃尊奉如上皇故事，紛紛做作，如弋陽戲場，徒見其滿腹詐僞鄙俚耳。」又曰：「衛又不曾當真待子爲政，子路設問其理當如何，夫子亦只就理斷，豈計及己身哉？」

聖人道箇「正名」，言理必當爾，非謂我自有妙用，能使其名之必正也。度能正名，則爲衛政不能正，只有我不爲政，故子貢曰「夫子不爲也」。聖人於魯，未能感化定公、季桓子不受女樂，安能必使輒痛哭奔迎其父而致國，又能使蒯聵感化於子而不受，又使群臣百姓必欲輒爲君而表請於天子方伯，如陽明之曲説哉？陽明又云：「豈有人致敬盡禮，待我爲政，我就先去廢他，豈人情天理？」如其言，是聖人都只狥私世法，不過於這上面裝點周旋，然則赴弗擾，必當全魯盜，應佛肸，必將護晉賊乎？胡傳立郢之説，亦屬臆揣，未必聖意如何。要之輒之必不可君衛，乃所謂人情天理也，聖人正名之説，正不爲衛君之旨，非爲衛君而委曲爲之正名也。子路設問以觀聖意，夫子直斷其不可耳。

「事不成則禮樂不興」，此禮樂指平時日用者言，興只是禮樂之理行天下，無一事無禮樂。事得其序，物得其和，即禮樂興，非治定功成而後制作之謂也。不興不中，總使民無所措手足，「禮樂刑罰」雖層遞下，總在「事不成」説下。

荒穢悖亂之朝，未嘗無禮樂刑罰，而不可謂之興與中也。

末節正繳上兩節，名必可言，故無不正不順之患；言必可行，故無不順不成之患。禮樂刑罰之興中，包在事成中，「可行」即指事成以下諸句，總結於其言不苟，便是正名，不是重言字也。

言不可苟，即是名之必正，聖人正爲言之重大如此，關係成事禮樂刑罰，可知正名便須有實事，正須大正之，故曰不可苟。有謂不能大正，而僅以言小正之，使足以有辭，是於不正之事，委曲調停，乃所謂苟道也，其謬本于王伯安云：「豈有一人致敬盡禮，待我爲政，我就先去廢他，豈人情天理？」如其言，將孔子赴弗擾之召，必須爲他謀固費；赴佛肸之召，必須爲他定中牟乎？爲亂臣賊子委曲調停，使足有辭以安位，後世篡弒佐命之人，皆用此策，其病只一苟而已矣，豈聖人而出此乎？此等議論，澌滅天理，誤萬世不淺，而猶講良知，吾知其知之不良矣。

樊遲請學稼章

「上」字即「君子」字，兼天子、諸侯、卿大夫、士說，與「小人」二字對。「上好禮」六句，只重上半截，言學者自有所挾持之具，與天下感通，其理甚大耳，不重功效說；下面三句，纔是說功效。

「信」字「禮」「義」二字亦然。體用表裏，甚精廣，不止在章程刑賞約質上事，曰「好信」，則上之誠實相孚者深矣，故民莫敢不用其誠實。

子曰誦詩三百章

窮經不能致用，其窮經時工夫先用錯，則日用皆面墻矣。授政使命，亦指其大者而言耳。有謂六經之爲道，使人高可以至於命，而其次亦不失爲人用，達政專對，聖人姑取其用耳。先生曰：「經以明道，聖人之道，自灑埽進退，至堯舜事業，自喜怒哀樂未發，至聲音笑貌之微，其理一也，故曰體用一源，顯微無間。若謂性命本體爲經學之至，而政事言語爲其次之用，即分體用内外爲二，非聖人之道，亦非聖人欲人窮經之旨也。以此爲學，縱極講得高妙，吾知其必不能達政，不能專對矣。蓋後世講經學之弊，不出乎此。」

子適衛章

「庶矣哉」三字，聖人仁天下之心全體流露，而先王遺澤，與三代斯民之道，無不並到。撫舊德而思振興，關隴滎河，遺黎故老，得不動渭南後村之涕詠乎？

「庶哉」一句中，有美有刺，有望有悲，聖心甚長，無所不至。及冉有問「何加」，而曰「富之」；更問「加」而曰「教之」，此理固「庶哉」中已備然，卻因問而逐漸生出。兩「既」字「加」字雖同，而義自不同。上「既」字是現成實象，故「加」字從自然説入；下「既」字是商量法制上虛景，故「加」字從王道次第説盡。

此番議論，亦是偶感而發耳，不是夫子、冉有鎮日相對，立箇題目，講説經濟也。今見朋友家好講經濟者，類是一籌莫展之人，纔講經濟時，便已不是經濟也。吕伯恭陳同甫之徒，尚不免此病，而況後孏之益不若耶？

問如何富之？曰：「行井田。」問如何教之？曰：「興學校。」此心是實心，此政是實政，舍此雖聖人亦無他具也。三代以下無善治，然此理自在，不可以其不行而遂謂終不可行也。方遜志已見及此，而本領未足，遇非其時，故不能有爲，然不可謂非聖人之志也。秀才好言權變，動云古法不可施於今，只是心體眼孔俱低小耳。

子曰善人爲邦百年章

「善人爲邦百年，亦可以勝殘去殺矣」，是殘殺極甚時思慕之語。從來赤子在慈母之懷，朝顧夕復，不知其樂，搔摩不至，反脣誶語者相向也，一旦非族異心，猲竿雜處，恣其攫噬而莫之敢較，而後追思向昔之一日而不可得，此其聲情，能不更切！是從殘殺之世，而思望至治而不可得，不得已而思及此。「誠哉」句，神味不盡，猶聞太息之聲。

葉公問政章

「近者悦，遠者來」，懸空著此二語，醖蓄無窮，惜葉公夯伯，不能再問以發之耳。

子夏爲莒父宰章

「欲速」者，正爲小見識，無遠大之圖，早上種竹，晚要乘涼，迫窄躁陋，不可以有爲耳。與下「見小利」一例，非妄謀大事，而失之太急之謂。事機之或速或遲，必當其時，時當先發，雖聖人亦未嘗必主退後之理，但爲政自有次第，不可急遽無序耳。聖人不是教子夏遲緩作用，後起者勝，以退爲進之説也。

看注云「見小者之爲利，則所就者小，而所失者大」，小大皆在事理上説，若從利字上計較大小，則是見小利則大利不得，聖人教人於利上求其大者矣。此便是學術義利之分，不可不辨，亦即朱子與龍川力闢之旨也。

葉公語孔子曰吾黨有直躬者章

葉公此論，不是庸昧無知，即二氏「任真無我」、「冤親平等」之見，夫子不直斥其非，但舉天倫至理以動之，其言冷而嚴，婉而正。

父子相隱，一定不易之至理，非義本當證，而又曲取相隱以全之也。證父正坐本心喪失，相隱正得本心之安，若云義本當證，而名教王法有所不可，則相隱乃外飾，而證攘爲本真，是不直在其中矣。此亦爲反經行權之説所誤，須微析之。

君與父不同，父子從仁中來，故不講是非；君臣從義中來，故專論是非，但以義合，不合則止，豈可與父子相隱之道通混哉？

攘羊，親之過小者也，故當隱，若名之幽厲，則孝子慈孫，百世不能改，堯豈隱丹朱，禹豈隱鯀者哉？

樊遲問仁子曰居處恭章

「恭」「敬」「忠」名目，隨地而换，會通處只是一件。

「忠」字兼恕義。

子貢問曰何如斯可謂之士矣章

惟士之己，任重道遠，無所不備，所以越要收束精嚴，振作刻厲，方挑得這大擔子起耳。今士人靡所不爲，寡廉鮮恥，輒曰成大事者不顧小節，已放倒架子，爲無忌憚小人矣，又何大事之有？及其本末一無足觀，骫骳洟涊以苟生，則又取行己在清濁間語以自掩，士品之日流汙下，鮮不由此。

此章隨問隨答，各不相蒙，夫子無他心通法，預知其必問而先備之也。「行己有恥」一句中，安有包括通章之理？村學究造講説，每章要尋出一章旨，要以此句貫下三節，剜肉作瘡，皆庸人自擾耳。

子曰不得中行而與之章

不是贊賞狂狷，見聖人望人任道之切，而所以爲道意亦寓其中。狂狷固是生質，然人能學爲進取，有所不爲，亦即聖人之所與也。與狂狷中，聖人更有裁成陶鑄之妙，不是狂狷便得。四顧無人，茫茫安屬？禪子尚云「尋取一箇半箇，勿令斷絶去」，「半箇」之説亦復如是。

玩「必也」二字，聖人意中已有許多鄉原流俗必不可者在，狂狷雖與中行異，而可以爲中行者惟此。

子曰君子和而不同章

不同正所以圓足君子之和，分開有正面反面，合之只成一件，非和之外另有箇不同，亦非外和而内不同，亦非常居時和而論辨時不同。看成兩件，便有弊病。

和自是不同，不同正是和處，此「而」字直下意也。然和自有和之義，不同自有不同義，此「而」字分辨意也。

和自是不同，不同正其所以和；有不同處見其和，有和處見其不同。

或云，「同」字不可抹煞，易曰：「同聲相應，同氣相求」，自是聖賢參贊種子，特爲比匪苟合一輩下針，不得不如此棒喝耳。先生曰：「易所云同聲同氣，是泛論世間品類道理如此耳，豈君子與人之心哉？下句明説小人同而不和，若不要抹煞『同』字，是不肯抹煞小人也。此等議論最害事！」

後世朋黨之目，固是小人以之害君子，然亦是君子欲主張一説，喜人之同而惡人之異，但知相敵之小人，肆其攻擊之爲害，而不知依附之小人，又借君子以行私之害更甚也。卒之兵連禍結而不可解，則君子反爲依附之小人所用，小人與小人本無和理，而君子之患有不可言者矣！故欲爲君子，先須從自己立心處，打埽箇乾浄，纔一點爲我用彼之意，則我必先爲彼用，只此一點，相爲我用之意，便是戈鋋箭鏃，尖鋒相對，豈復有和字根苗哉？後之反覆傾軋，固是我立心處自召之耳。

啟禎間，門户之禍最烈，其時小人之黨無論已，即所稱君子者，亦皆樹私人而忘朝廷，争標榜而無實行，正同而不和之類也，其有被錮斥顯戮者亦宜矣。而至今門户之流，猶私相稱訟不置，雖賢者不免，何其悖耶！

子貢問曰鄉人皆好之章

今世之士皆喜圓而惡方，做一件事必要處處周旋，有一人不道好，便嫌其術之未工。其間更有稜角峭厲者，則又主「一家非之不顧，一國非之不顧」之論，於是在家必怨，在邦必怨，此又所謂乖角，不可謂之方也。須知從來只有此兩種人，即有此兩種議論，纔經夫子折衷，方覺立言無病痛耳。

此是就子貢鄉人好惡之論上作轉語，「不如」二字是隨文改義，非謂觀人之法，定取必於鄉人好惡也。

好惡以善不善爲斷，是活法，是定法。不憑著善不善取人，便如扶醉漢，救得一邊，又倒了一邊也。崇禎間，用黨人不好，互用相制又不好，用黨外人又不好，正坐此弊。

子曰君子易事而難説也章

此章是就與人接物上看。君子小人心術之不同，達而有位，困而家食，皆有使人人事之理，時講貪大帽子，必要帖在大臣上説，於是本義拋荒，詫異百出矣。「難説」是心之公，「易事」是心之恕，兩邊難易相反，故用「而」字紐對，其理兩平無側重意也。故下接「説之不以道」，應「難説」，「及其使人也」，應「易事」，又如此回互講，正爲事説是兩件説話，欹傾一邊不得耳。

「説之不以道，不説也」，此句正見君子之心公。説之者窮工極巧，而總不能動，乃見其公，然須知君子之公，卻不是因説之者來，而打點應付，其平日致知誠意，清心寡欲，原無可説之根在裏。「不説」二字，是君子自己工夫到這裏，若有一點打點應付作用，即可就此作用上取説矣。

「及其使人也，器之」，君子心術自如此，便盛世才多時亦然，不因季世人少而然，亦不因需人急而然。

有謂君子神明不測，亦復孤高自貴。先生曰：「看注中『公而恕』三字，君子何等正大平易，安得有神明不測，孤高自貴之意！」

子曰君子泰而不驕章

君子生成便泰，越學問越泰；小人生成便驕，越講究越驕。「泰」「驕」二字，聖人從君子小人心術氣象摹畫而得名，非有泰之一術，而君子用之，小人希慕之也。君子自不知其爲泰，小人那肯希慕遵效，肯希慕遵效，不驕矣。

子路問曰何如斯可謂之士矣章

「切切、偲偲、怡怡如也」，只形容箇氣象如此，須知這氣象從何來，不是裏面有實得積之厚養之純，如何裝演得出？須於「如」字中體會微意。

疊下雙聲六箇，總一「如」字，從來無此文法，夫子造來，囫圇畫出一箇氣象與子路看，其中德性之尊，禮樂之文，克治涵養之功，積中發外之效，無不具足。

有云兄弟朋友推義充類，非蛇足也，性情中和之至，何所不宜？聖人之言，約而旨遠。又有云，「切切、偲偲、怡怡」六字，拆開不得，「朋友」二句，言約旨遠。先生曰：「六字拆開不得，也只好説第一句耳。到『朋友』二句，聖人明已拆開説，如何反忌分疏耶？本意謂朋友宜切切偲偲，兄弟宜怡怡，蓋正因上六字渾然不分，聖人恐其儱侗失宜，故特示以施應條例耳。推類其用不盡於朋友兄弟則可，謂性情中和，無所不宜，又欲從而混之，則以聖言爲有滲漏矣。切切偲偲配朋友，怡怡配兄弟，聖人正各有精義，故分别如此，若中和無所不宜，只渾會大意，則朋友何嘗無怡怡，兄弟何嘗無切切偲偲耶？惟各有所宜，故混不得也。」又曰：「『須知六字拆開不得』，此句便不是，若拆開不得，聖人亦必不鑿然下此六字矣。或曰六字下總一『如』字，故拆不得，然則『申申如』，『夭夭如』，只一聖人耳，又可曰兩『如』字必須拆耶？此等論頭，皆袁黄葛寅亮諸人講書胡説。」

子曰善人教民七年章

人言武治足以速强，而不知善教七年，亦可以即戎。「亦可以」是急辭，非緩辭也。若説善人意中先有即戎意在，即是勾踐之生聚教訓，吴起之吮癰舐痔，皆殘忍之所爲；若説善人全無即戎意，則又徐偃宋襄之致亡也。兩邊打破，方見「亦可」道理。

吕晚村先生四書講義卷之十七

論語十四　憲問篇

憲問恥章

邦有道之穀，固有以益原子，即無道時，但知潔身之爲非穀，而不知行義救世之非穀，即乘田委吏亦非穀也。但存詭時不恭之心，以行其安身自利之術，則大小皆穀矣。

克伐怨欲不行焉章

有謂聖門之學，求仁爲宗。先生曰：「仁難言，故問者多，聖人未嘗以之立旨也。」

有克伐怨欲而不行，與渾然天理而自無克伐怨欲之可行，其境界自是天地懸隔，不必説不行到底有行，即終身制使不行，愈見其難，於「仁」字究竟懸隔。譬之禪子謂坐亡立化，即不無，若説先師意旨，猶未夢見在也。

「人欲浄盡，天理流行」八字，是「仁」字全象，然必人欲浄盡，而後天理流行，未有人欲不浄不盡而天理得復者。天理本吾心固有，故可曰流行；人欲本非所宜有，故必曰浄盡。今於四者但曰不行而已，則其根荄隱伏於中，而天理反强制于外。伏於中者爲主，制於外者爲客，以客壓主，其用力甚難，若謂將以久勝之，亦必至使四者内消浄盡，無可行者，而後可言仁，斯亦難信之事矣，豈得謂不行爲爲仁之道盡是哉？聖人不許不行爲仁，止争浄盡與不浄盡，不是安勉之分，安勉之分，已是流行上事，非浄盡上事也。誤認不行是勉强工夫，粗甚矣！

不行只是外邊阻遏，不是拔本塞源，究竟根株在耳，與剗盡方得私欲浄而天理行，渣滓消而本體見，非安勉天人之分也。

時講動云仁是自然，不行是勉强，所以不許。此説謬也。不行只是不盡，克盡則勉强亦仁，所争在留根與不留根耳，與自然勉强無涉。「吾不知」是切實語，是鞭策語，不是鶻突語，不是截斷語，要之從不行處合下埽去便是，故曰「可以爲難」。先難後獲，正好從此用力。

克己者内盡，不行者外韃，正相反。説箇「不行」，便有根在，旋剗旋生，東没西出，故未許其爲仁，正欲其斬盡根株耳，非欲其脱韁解索也。

原子正爲求仁務克去己私，故以此爲問，克伐怨欲皆心之害，非心之用也，其功夫未嘗不是，但「不行」二字有病痛，故夫子許其難而不許其仁。然不行四者固未得爲仁，而四者尚行，其爲不仁可知也。有將原子横派入絶情滅性一流，失之遠矣。然道不著原子，其病猶小，竟認克伐怨欲爲世情不可少事，而謂仁者必以用世通達爲是，不必屑屑於去累絶慾，乃病之大者矣。

子曰有德者必有言章

曰「必有」，則無言勇之非真德仁可知；曰「不必有」，則言勇亦非定無德仁可知。其理本自明白，卻被講作用者，要周旋言勇，反將德仁看似或亦不必有言勇者，則謬甚矣！

南宫适問於孔子曰羿善射章

夫子、南宫适同一見解，然夫子自有夫子見解，南宫适自有南宫适見解。釋氏以虚無之説，網羅高一層人，以果報之説，網羅低一層人，若此節書看得不好，則二病俱有。羿奡不得其死，禹稷有天下，若講得銖計寸量，更如功過格感應篇相似。孝順父母，也算幾功，螺蚌放生，也記一善，這箇意思熟落，則舉念便是惡，善根纔絶也。於是聰明人即從此中翻出一種意思來，悉舉善惡禍福之説而歸之於無有，莊子所云「知其無可奈何而安之若命」，是人事可不修矣。若不答、适出之意，看得如一重公案相似，便差入那裏去也。

佛氏喜言報果，以其説易窮也，遁而爲輪迴，無對會破敗，可謂巧矣。然禪宗已心知其非，轉而曰不落不昧，脱離生死，直至無言可説，愈巧而愈窮，只是奈何他不下耳。莊子曰「知其無可奈何而安之若命」，此卻是不安命，不知命也。於此稍有疑，將夫子不答，南宫适出，亦落公案矣。

大似禪家公案，著一句注脚不得。然禪家只要截斷思議路頭，連他默然良久休去，也隨做隨埽，留不得影子。聖賢只是道理到至處，更多著言語不得，卻正要人思議，邢和叔謂「無可説」，程子曰「無可説，便不得不説」，此卻是儒門公案。

世教衰，人心壞，只是一箇没是非，其害最大，看得孔、孟、老、佛、程、朱、陸、王，都一般並存，全不干我事，善善惡惡之心，至此斬絶，正爲他不尚德無君子之志也。纔欲爲君子，知尚德，定須討箇分明，如何含糊和會得去！

子曰愛之能勿勞乎章

以理論之，愛則必勞，忠則必誨；但以人心言之，則容有不勞不誨，然其心未始不自以爲忠且愛也。總之人不患無忠愛之心，特患不學無術，誤認以不勞爲愛，不誨爲忠，不知壞卻多少事！夫子所以發明此義，欲使人去其私心之蔽，得其天理之公，因忠之愛之之心，以講求所以勞之誨之之術，纔是有關世教議論。若云愛則自勞，忠則自誨，則是合下如此，更何煩聖人之灌灌乎！

天下酌中將就之説，皆至性之薄。

伊川之諫折柳，紫陽之誠，正直是聖人之忠。

子曰爲命章

春秋時，辭命原重，然只是爲國之一節，在鄭則全賴此以立國，夫子所以特取之也。

或問子產章

不是惠之道理，必須嚴猛爲用，子產之惠，卻必須嚴猛做成。

有謂觀子產而知名法家之於人，亦非無恩者也。先生曰：「此卻不然。名法家直是無恩，即有亦是機詐。」

「奪伯氏駢邑三百，飯疏食，没齒無怨言」，夫子特舉此事，是表微之意。

陳卧子云：「古來人臣有大功，而厚自奉養，然終其身無患者，惟敬仲與汾陽耳。武侯執政任怨，不下管仲，然田數頃，桑八百株，與三歸駢邑異矣。後世情日險而勢日危，人臣惟飭身清素，而後可以任怨，如管仲者，英雄之盛遇，不可法也。若夫内實貪污，外矯廉潔，而無纖毫之功，有丘山之惡，猥云不怨者，吾不知其所終也。」先生曰：「飭身清潔，自是人臣分誼當然，敬仲三歸旅樹反坫，夫子固斥之矣，豈英雄當在倫理秩序之外哉？汾陽自是武臣，其奢侈畢竟不足法，若謂後世情險勢危，故當用清素，則似奢侈其本然，而清素乃世法不得已矣。且汾陽時危險已甚，何又獨可耶？當時執政以小廉邀主眷，以排擊清流，而聲氣中又多豪奢不簡之才，諸賢方倚爲用，先生所云，亦有爲言之耳。」

子曰貧而無怨難章

無怨中境界正不一，有天性恬淡之無怨，有血氣激烈之無怨，有學者刻厲之無怨，有聖賢樂天安命之無怨。

子曰孟公綽爲趙魏老則優章

公綽優爲處，即是其不可爲處。

人皆以「廉静」貼「優爲」，「短於才」貼「不可爲」（分貼亦是），吾謂短於才亦是優爲趙魏老，廉静亦是不可爲大夫。

公綽非不賢也，特爲大夫則不可耳。如孔圉王孫賈豈反賢於公綽哉？然而卻可，如此看，意思方活。

看注云「然則公綽蓋廉静寡欲，而短於才者」，是因聖論而知公綽之爲人，一也；因知家國之任異宜，一也；因知用人者得其宜，則中材成功，違其長，則豪傑失職，一也。此皆言内之義也。

子路問成人章

文字中有分有合，各成其爲知、廉、勇、藝，分之説也；渾化其爲知、廉、勇、藝，合之説也。

禮樂原自德性中來。

負約之人，不待久而變也，方其言時，本非實心，則響未寂而中已忘矣，久要不忘，只在此心上勘驗。

兩箇「亦可以爲」，是遞降語。

至聖人方可爲成人，雖程子推原説，然卻是第一節「亦可」二字意思。

注於上節「亦可以」句，謂「非其至者，就子路之可及而語之」，則次節之爲子路所已及可知。曰「今之成人者何必然」，自是薄之之詞，要之聖人何故又作此每況愈下語？此中便有抑折子路得意處，有激奮子路進取處。

子曰晉文公譎而不正章

譎者，不正而似正也。

桓公之正，猶是王道之未泯。

子路曰桓公殺公子糾章

有謂分均以年，年均以德，小白當國者也，管仲、召忽爲先君社稷宗廟慮，當擇其可者而立之，不當輔糾以争國，差處在此；到子糾死時，管、召死與不死，各行其意，無一定之是非矣。先生曰：「春秋時，凡公子皆各有傅，有變難，則其傅與臣僕奉之出亡，例也。亡公子在外，各求納，其傅與臣僕竭忠爲之謀入，亦例也。管、召爲子糾之傳，非齊之家相，僖襄之執政大臣，其義但當奉糾出奔，安得責之以爲先君社稷，謀擇其可者，定策援立，惟我所興廢哉？況鮑叔牙先奉小白奔莒矣，故管、召但有從亡之義，無主議廢立之義，不當於此時責其非也。況謂之傅，則必先君命之矣，豈可逃乎？晉荀息不食其言，春秋義之，卓子亦非當爲君者也。夫子許管仲之功，別有大義，若仲無此功，即罪莫大矣。子路、子貢之論，未嘗非正，以此觀之，安得謂子糾死時無一定之是非哉？其意總欲出脱管仲可以不死耳，不知如此説，既失身於前，又失節於後，徒增管仲一非耳。」

子路、子貢兩章發問，皆責其失節，而夫子兩答，皆只稱許其功，而未嘗出脱其不死之罪，以其罪原無可解也，若有可解，夫子必早辨之，不留待後儒發明矣。總坐不懂夫子大旨，其意終疑立功不足以贖失節之罪，故曲爲之説，不知管仲之功，非古今功臣之功所能比也，看下章自分明。

九合諸侯，桓公之志事，然桓公只解兵車以合之耳，不以兵車而合諸侯，此方是管仲之妙用，仁者之功也。

子貢曰管仲非仁者與章

此章孔門論出處事功節義之道，甚精甚大。子貢以君臣之義言，已到至處，無可置辨，夫子謂義更有大於此者，此春秋之旨，聖賢皆以天道辨斷，不是夫子寬恕論人，曲爲出脱也。後世苟且失節之徒，反欲援此以求免，可謂不識死活矣。無論若輩，即王魏事功，安得據管仲之例乎！

聖人此章，義旨甚大。君臣之義，域中第一事，人倫之至大，此節一失，雖有勳業作爲，無足以贖其罪者。若謂能救時成功，即可不論君臣之節，則是計功謀利，可不必正誼明道，開此方便法門，亂臣賊子，接迹於後世，誰不以救時成功爲言者，將萬世君臣之禍，自聖人此章始矣。看「微管仲」句，一部春秋大義，尤有大於君臣之倫，爲域中第一事者，故管仲可以不死耳，原是論節義之大小，不是重功名也。惟誤看此義，故温公以篡弑之魏當正統，亦謂曹操有救時之功，遂以荀彧比管仲〔一〕、蘇氏又以馮道儗之，此義不明，大亂之道矣。

管仲之功，非猶夫霸佐之功也；齊桓之霸，非猶夫各盟主之霸也。故余謂注中「尊周室」二句，只作一句看，方與白文意合，若將尊王另分在僭竊上説，此功不足贖忘君事讐之義也。

聖人論管仲，只許其功，並未嘗有一言及于糾白之是非也，故程子曰：「管仲不死，觀其九合諸侯，不以兵車，乃知其仁。若無此，則貪生惜死，雖匹夫匹婦之諒亦無也。」朱子曰：「仲之意未必不出於求生，然其時義尚有可生之道，未至於害仁耳。」又曰：「召忽之功無足稱，而其死不爲過，仲之不死亦未嘗害義，而其功有足褒耳，固非予仲之生而貶忽之死也。」此三條最分明。所謂匹夫匹婦之諒，亦以其後之功較之，則此一死直小諒耳，故下箇「豈若」字，謂其不死又過於死也，非指當時原不可死，死即匹夫匹婦之諒也。論者於此旨未徹，多欲曲爲不死出脱，即程子兄弟之説，愚猶以爲多此一節，然其義猶正大；今有云，「爲傅從亡，與委贄之臣不同」，又云，「是僖公公家之臣，非公子之臣，故原可不死」，則尤爲害理！如此，則王珪、魏徵，高祖尚在，亦君臣未定，高祖改命太宗爲太子，即王魏知有唐而已，又何以有罪律之乎？

公叔文子之臣大夫僎章

萊公被薦而不知，師德及門而終抑，宰相須具此器識，記同升而不記其薦賢，正見文子大臣作用，大臣風度。

「可以爲文矣」，是美文子之事，不是辨文子之謚。

即此一事，已不愧文子之謚，夫子表微，別有義理，不爲衛人改定謚議也。

此非翻前謚文子之不足當文，亦非謂修班制交鄰不辱之可議，只是就文子生平，舉其義之重者莫如此事，足以寔其謚耳，不是辨文字，辨所以爲文者，辨文子之所以爲文者也。

「可」如制可之可，下來是活動，卻是一定之斷。孰可之？孔子可之也。孔子如何得可之？從天理可之也。此便是春秋天子之事。

子言衛靈公之無道也章

靈既無道，三臣又非仁賢，即謂靈明於用人，其明幾何？謂三臣盡其才，其爲才幾何？然而可不喪者，各當其才故也。

有謂儒者之説，以修身飭行爲主，而人主所急在用人，亂國用君子未必救亂，用三臣，正是靈公善用人處。先生曰：「此只就衛靈之不喪，而推論及其能用才尚有此一著，足以不亡耳，非謂人君所重在用才，而不妨無道也。衛多君子，靈公若能用之，豈止不喪哉！僅能用不賢之才，而不能用君子，正坐不能修身飭行以知人耳。由是言之，即謂人主以用才爲急，尤不可不修身飭行明矣，豈可訶儒者之論爲迂闊乎？此論有害世道不小，亟辨之！」

子曰其言之不怍章

不待其爲，只在言時已知其必難，理固如是，然此是對面人説話，在其人身上講，原自有踐不怍之言之難處，若也只在言時説竟，道理便有不足也。

陳成子弑簡公章

弑君，人倫之大變，法所必討，魯之于齊，尤親近當討。夫子嘗爲司寇，雖告老，分當告君以討，雖微三家，義必告也。警强臣無君之心，兼及之意耳，若謂夫子專爲三家而發，小看了聖人此告矣。

子路問事君章

事君有犯無隱，犯非人臣所諱也，但以欺而犯則不可耳。子路勇於義犯，非其所少，正恐犯之中恃其義勇，有不盡合理竭誠，雖不失愛君，而不覺其入於欺也，意原重「欺」一邊。

「欺」字不用説到奸邪佞倖，即立言太過，强争必勝中便有欺在。

子曰君子上達章

「上達」有「日新」意，不是一上便了。不上即下，不君子即小人，並無中立之地，故凡説中立者，必下達，必小人也。盡古今九域之人，生死即在此人倫日用事物之內。譬之一條山嶺大路，上者在此上，下者亦即在此下，上者忽欲下，下者忽欲上，亦即在此路上變動不居，更不能跳出别處去。然行此路者只有上下兩項人，發心在上者，步步高去，發心在下者，步步蹋落，更無中間立住，不上不下之人。要之山嶺畢竟上者喫力，而下者勢順，故下多而上少，其有中立住脚者，乃掙挫不上之人，巧爲變下之計，纔不上必趨下，蓋其心其勢已入於下，到底山嶺中間無棲泊處也。

子曰古之學者爲己章

爲己爲人，總在用心處看，不在事爲上看。同爲是事，而兩者判然，只是此心針鋒向裏向外，須在發端幾微處辨取。

爲人者欲見知於人，則爲人即希世鶩名之謂，非經世利物之謂也。經世利物，亦是爲己中事，故程子曰，「其終至於成物」，人誤解此句，連下「爲人」亦説好，卻大謬。若以經世利物爲爲人，是仍舊在事爲上分别矣，只看世間講理學，争氣節，謀高隱，此數者豈非爲己之事爲乎？然請清夜思之，畢竟何所爲也，可以悟矣。

蘧伯玉使人於孔子章

「寡過未能」，不要從功力中見缺陷，正要從缺陷中見功力。

曾子曰君子思不出其位章

此是曾子省身思誠之學，於艮象有會，故舉來做箇話頭，以自警策。

「位」字有主職業者，有主心體者。講職業雖易入粗淺，然卻於理不背；説入心體，則竟流禪宗矣。聖賢之言，不離事理，萬事各有其所，思之無過不及，是爲「不出位」，讀大學釋「止至善」傳，此理燎然，又何内外之分乎？

「不出位」，不是欲其省思，知思不當出位，則位中之思正苦研窮不到，何暇出位思之？出位正爲不知位中至善之所在，以用其思耳。有以多思解出位，非也。更謂思而當亦不可多，悖甚矣！

有謂多思則事多，事多則力分。先生曰：「出位不是多思，出位之病，只在思上自見，思出位，則位中之思不盡矣，不必論到事與力。」

位無思則失官，思出位則無物，不出位者，正位中無不盡也，當然有理，隨時有義，舍此盡是浮游謬妄。楞嚴之「七徵」，成唯識之「八識」，圓覺之「修多羅」，無位正無非出位也。

位者，所處之分，萬事各有其所，艮象所謂「時止則止，時行則行，動静不失其時」，原都在事物上看，就身所處而言，非謂思自有位也。

「位」字實指身之所處與所遇之事而言，「不出位」，是止而不越之謂。或云思之當然處即位，若思外有位，即分兩層，即爲出位。其語似好聽，而不知其入於「即心即境，從心生滅」之説也。又有援程子「心要在腔子裏」，以腔子釋位字，不知程子是説存養心體，非説思也。思爲動物，易越其所，故必止其位。

有云，艮之二陰，思之體也，虚而能靈也，亦思之途也，虚而可經也，然一陽横而亘其上，則一陽亘横而塞其隧，故其德名之爲止，思善游，當以極重之力止之。先生曰：「二陰非思體也，思自是動，陽動而上，至極而上，與外卦不相往來，不出位之義也。一陽不是位，『艮止』與『畜止』不同，『畜止』爲力制，『艮止』則安其所也。」又曰：「此是曾子嘗稱此言以警省善思之道，已離卻『兼山』講矣。若復糾葛一陽二陰之説，此解易，非論語『曾子曰』三字下文義也。」

子曰君子道者三章

不憂惑懼，正講仁知勇之至，非一齊放下都無事，亦非養仁知勇之法，亦非推仁知勇之效，受用快活也。到聖人地頭，看憂惑懼愈精微難盡，正是仁知勇極際。「我無能」句，煞見體象，故子貢云云。

三者爲君子之道，正爲可學而至者，故云云，以自責勉人耳。若生安非學問所强，又説他做甚！

人於末句多不肯依注講，所以不依注者，皆爲「自道」作謙詞，則粗淺無意味也，不知此只坐自己見識粗淺耳。謙詞正是聖詣高深處，不覺流露出來，非自知其爲謙而謙之者也。

「自道」之爲謙詞，即「文王望道未見」之意，非虚詞遜謝之謂也。人不識「謙」字之義，若夫子自知其聖而謬爲之詞者，於是改爲自道其事，自道其心，並謂夫子真實無能，皆求深得淺矣。

子曰不逆詐章

程子謂「人情各有所蔽」，大率患自私而用智，自私則不能以有爲爲應迹，用智則不能以明覺爲自然，此節「億」「逆」，即自私用智之病。君子之學，擴然而大公，物來而順應，乃所謂先覺之賢也。先覺只是理明，明理必由學問，固人皆可爲者，非必聖神不可知而後能也。兩「不」字，與「抑亦」雖若有停折，卻只一氣直下，更須體會。

以語勢言之，則以不逆不億卻又先覺也；以道理論之，惟其不逆不億，所以先覺也。

「逆」「億」正爲不先覺而生。

「覺」字與「逆」「億」殊，覺則未有不先者也。

有謂先覺是定其心而不以物勝，先生曰：「此釋氏之覺，非先覺也。」先覺止以心爲極，則極處尚有未盡，問：覺原何不是心？曰：所以覺者，非心之故。

或曰以德報怨章

莫道或人此論是些小弊病，釋老之學亦是如此。老氏只講以退爲進，逍遥齊物，也是此意；至於釋氏，則竟看得父母兄弟，原與昆蟲草木一般，愛無差等，亦何異於此耶？總之異端只是私心，聖賢只是天理，私心之論，縱裝束得極好，被天理一駁便粉碎。蓋所謂天理者，正如秤之星，如尺之寸，一毫那移走趲不得，纔得箇四平八穩耳。

聖人應事接物，如匠之斲室，四方上下，俱鬭筍接縫乃可，或人之論，只是一處好看，不知他處不合者多，則此一處原未的當也。儒者之道，親親而仁民，仁民而愛物，釋氏作平等觀，寃親俱泯，便是倒行逆施，有以愛禽獸，無以愛父母矣！他只要抹倒等殺，不知等殺之爲天也，無等殺即無天矣，故曰釋氏本心，聖學本天。

子曰莫我知也夫章

不怨尤，便是下學上達處。

朱子謂：「不是下學外別有箇上達，又不是下學中便有上達，須是下學，方能上達。」真説得此理四平八穩。後人講學，其弊總不出此，不是離下學尋上達，即是硬差排箇上達倒放入下學中，豈聖學乎？

下學、上達，只是一件。

「上」字如何？知「天」字則知「上」字矣。

子曰賢者辟世章

有謂辟世是詼諧黄屋之旁，戲弄王公之側。先生曰：「此大隱朝市之説，乃玩世，非辟世矣。」又曰：「東方曼倩，詎足當賢者？」

到聖人分上，便不論氣運，不論事功，論氣運事功者，聖人以下之事，與後世論聖人之言也。

子路宿於石門章

子張曰書云高宗諒陰章

有謂諒陰之禮，必有其人，如商之尹、陟，周之旦、奭，而後可以行此，否則，禍亂又由之以起矣。先生曰：「三年之喪，達乎天子，古之制禮，準天理人情之至，義有不得不然者，非爲有其人而後可以行禮也。假令時無其人，將禮遂不行乎？且商之尹、陟，周之旦、奭，亦安能代有其人，而謂古之人皆然也？看滕文公因孟子之言，便能毅然行之，滕豈有賢大臣耶？何未之聞也？孟子曰：『親喪固所自盡，不可以他求』，故文公居廬，未有命戒，而父兄百官，四方皆悦服，可知君誠仁孝能行禮，則大臣安有不足恃者？君苟不仁孝好禮，雖不行諒陰之禮，又豈無臣民之變哉？」

子曰上好禮章

禮，履也，履以辨上下定民志，相動以天也。若謂王者因使民而設禮以制之，則禮爲人謀，而非天秩，此老莊剖斗折衡之見耳。

子路問君子章

人者己之對，百姓者人之盡，安人安百姓，理體只一，卻是分量不同，不是人與百姓不同，只修己處有淺深厚薄，則所及有遠近廣狹也。然則己有異與只爲修之量有足不足，故己之體象亦有大不大，工夫只在「修己以敬」内，這裏面地分儘闊遠在。

安人安百姓，其修己工夫充積，步步不同，只是一「敬」字中境界，再做不盡，直到「堯舜猶病」，用力更無他塗。

安人安百姓，在修己外推擴固不是，謂一敬即了，更無次第亦不是。貫上下、包遠近而無不統者敬之理，自下上、由近遠而有差及者敬之功候，功候到安百姓敬之理纔盡，故曰「堯舜猶病」。

他處感應語，是愈推愈遠，根本處不分層次；此是愈推愈深，外面遠一步，正根本處深一步，此中層次無窮，不是説一「修己」便了。

有謂安人不是隨身所值，隨人得力，盡有益於天地，盡無愧於此衷，若如此，是亦求可求成，苟且之念也。先生曰：「一篇西銘道理，正在隨分自盡處，即萬物各得其所耳。若普度一切而成佛，卻是求可求成，此義惜未究竟在。」

【校記】

〔一〕彧　原作「或」，據文意改。

呂晚村先生四書講義卷之十八

論語十五　衛靈公篇

子曰賜也女以予爲多學而識之者與章

下學上達，博文約禮，夫子平生爲誨次第如此，子貢平時多學而識，非錯做工夫也，到此須知「一貫」，則從前學識，方有箇一本會通處，正約禮上達之序也。注中「積學功至」，與「曾子」章「真積力久」，皆聖人鐵樁定法，不可移易。或謂學識非而一貫是，或作一貫先而學識後，皆陽儒陰釋之説。

道理自少生多，工夫必由多返一。

「然」字銜口而出，是子貢種根深；「非」字接口即來，是子貢轉頭快。未轉念時，斬釘截鐵，既轉念時，都無是處。

「一以貫之」「之」字，正指所學所識，就這上見箇總統關通處，不是於學識之上之先，別有一件東西也。正惟異端别有一件東西，看得世間瑣碎繁重，皆成外物，卻要憑此件東西，起滅有無，不道打成兩橛，畢竟湊合不上，於世間一切有爲法顛倒錯亂，廢棄潰裂。説者謂其知一而不知貫，不知其一原不是，故不可貫也。聖人之一即在多學而識處，舍卻學識，貫箇甚麽！朱子之言真聖人精髓，凡爲先一貫而後學識之論者，即爲邪禪所陷溺，入德之賊也。

曰「以貫之」，則正在學識中指示箇貫通要約耳，非令其空諸所有也。若不曾學識來，「一貫」從何處説起？故凡以讀書窮理爲支離務外者，正是他貫不通處，其所以貫不通者，其所謂「一」非也。

將「一」看成另外一物，要得此把柄到手，多與不多皆妙，一立學識先，一入學識中，正是禪悟，非儒理也。儒理先須分别義理，「曾子」章「一貫」話頭，攙入此章不得。或曰，既云一貫，豈兩章有二致乎？曰：公此見便是和尚，且耐心看細注去。

一貫多識不是兩件對著，又不是將這一貫去多識。方未見得一貫時，只有多識；及既見得後，只有一以貫之耳，卻不是多識外又增一件也。此意惟夫子以之接引子貢，程子以之接引上蔡，冉閔游尹之徒，非不善學，而不得及此者，固知非口説濟事，亦非静坐得來。謝顯道博舉史書，程子謂其玩物喪志，謝聞竦然，及看明道讀史，卻又逐行看過，不蹉一字，謝初不服，後來省悟，卻將此事做話頭，接引博學之士。須知夫子此箇話頭，正從寔地接引耳，如以學識爲敲門之磚，以一貫爲密室之帕，皆狐禪矣。若問曰：一以貫之如何？應對曰：多學而識之可也。

夫子生知，尚自謂「好古敏求」；其教人也，則以「博文約禮」，又曰「下學而上達」。自金溪只空理會「一貫」，以爲先立其大者，江門師弟，遠宗其道，至姚江而其説更熾，初則以一貫廢學識，繼則遁詞，以先尋一貫而後學識，則是先上達而後下學，先約禮而後博文，節節顛倒，恐無此聖學也。朱子謂：「只主生知安行，而學知以下，一切都廢卻，貫箇甚麽！談空浩瀚，引得一輩士人都顛狂，嗟乎！誰生厲階，至今爲梗，可悲可痛也！」

有講一貫爲初學入德事，而朱子所云「真積力久，一旦豁然貫通」，乃是禪學者。夫生人之事，一坐一立，孰不由學，故云有物必有則，若劈頭便講一貫，一是一箇甚！貫又是貫箇甚也！充其説，必以爲運水搬柴，頭頭是道，不至於猖狂恣肆，破樊決籬不止，至於「真積力久，忽然貫通」，正聖賢窮理之學，物格知至，下學上達，工夫到處，不期而然，乃反目以爲禪家頓悟之學，不幾盜憎主人之甚乎？總之近來講學，無非套竊禪門緒餘，借儒家言語做箇話頭，爲文章翻案之法，原不曾識得儒家言語在。此之所謂一貫者，只是本天，彼之所謂一貫者，只是本心。本天則有一定之工夫，一定之火候；本心只一了萬了，更何工夫火候之有耶？故同舉箇「一貫」字，其實如冰炭之不同，不可不明辨也。

子曰無爲而治者章

此章當重紹堯得人説，不是不重無爲之德，德已協帝更不消説，而舜又適當上下際會之極盛，故尤其無爲也。要之能紹堯，能得人處，正是德；説際會，便是説德盛。

人都不要拈時遇説，謂將舜看做安享福命逍遥天子不得，此最是學究粗論頭，紹堯得人，豈是逍遥天子所能耶？

舜非無爲之主，但舜前半節所爲，皆是放勳任内事，受終以後，得人而已，此其所以無爲也。

堯豈易紹？禹皋諸人豈易得？能紹能得，此便是聖德淵微。説時遇正是説德也，堯亦同此德而前無可承，禹亦同此德而後來難並，惟舜適當極盛，更難得，故夫子嘆之。玩「其舜也與」語氣，是更無他人可及意；玩「何哉」「而已矣」語氣，是只消得如此意，若止説聖德重恭己，則都説不去矣。注語體貼極精，方見聖人言語，真是四平八穩，乃謂紫陽偶然如此解，不特道理不仔細，並文義俱未明在。若云帝王皆以敬德爲本，此又別一話頭，非此章之旨也。此章只重無爲，「恭己」句，乃極寫無爲之狀耳。

「恭己正南面」，是夫子極意形容無爲之象耳，非追原無爲之本也。玩「夫何」二句虚字，語氣自得，故注下一「容」字，又云「既無所爲，則人之所見如此而已」。俗論乃云「恭己」正無爲之主宰，則「而已矣」三字如何説得恁輕？癡人前真不得話夢也。

「恭己正南面」五字，止作一「容」字看，故注云「人之所見如此」。有謂恭己即無爲，又有謂恭己所以無爲，皆將「恭己」二字誤看做精微，夫既爲精微，豈人所能見乎？且與上句「夫何爲哉」，本句「而已矣」語氣不合，此所謂求深得淺也。

子張問行章

「立，則見其參於前也；在輿，則見其倚於衡也」，兩「其」字指忠信篤敬，「夫然後行」，仍在言行上驗取。蓋上節指所以行之本，此節指所以豫立此本純熟工夫，時解離忠信篤敬，只説箇心字行字，若便縱横由我，盡落禪窟矣。

兩「其」字指忠信篤敬，兩「見」字指其存注用功，兩「則」字「也」字「夫然後」字指其工夫到極熟處。或將「其」字看做心字，或看做言行字，便與狐禪參話頭相似，全理悖謬矣。

子曰可與言而不與之言章

失人、失言，原自兩平，謂「亦」字側重，非也。但兩句總爲言而發，欲其語默皆當，則「亦」字是急連上句併説。

子貢問爲仁章

上「器」字對下大夫士，上「利」字對下賢仁，子貢結駟連騎，所少非大夫士也，未必事賢友仁耳，故夫子進之。

子貢非不能事友者也，正爲其才情作用，有牢籠宇宙之概，則自尊貴而悦不若己，最是爲仁之害，故夫子以此藥之。重在賢、仁，兩「之」字極著力，其事都在外邊，其理都説裏面。

無地不求嚴憚切磋之益，只此嚴憚切磋之心，便是爲仁處。

聖人言語，定是徹上徹下，事賢友仁，固是先資之具，然嚴憚切磋，收攝得此心不走作處，便是甚事，故事友與爲仁，「爲仁」與「仁」字有層次，無内外也。

朱子謂「安鄉村裏坐，不覺壞了人」，即事賢友仁之義。

事賢須果賢者始得，今日游客講師，逢迎醜態，固共成一箇不仁耳。

好名徼逐，先將「仁」字根荄剗卻。

世上大僚巧宦，借其聲勢，煽動籠絡，傳授衣鉢，私營羽翼，壞卻後生多少材質。

近世奔逐聯結之徒，其起脚便差路，此中豈有人物，徒誘壞少年耳，其名曰「入夥」，非求友也。

事大夫友士，誰不爾者？ 大夫求其賢，士求其仁，亦事之友之之意所必至，未有好不賢不仁以爲事友者也。 第自己所以去事友緣因，或以名，或以利，或以門户世法，則雖日親賢大夫，近仁士，徒以佐成其不仁，亦復何益！ 況以不賢不仁者爲賢仁乎？ 夫子爲子貢問爲仁，所求者爲己向裏之事，故夫子廣之以此，非教之世故也。 吾輩一舉一動，與人接事，便須自簡點此心爲何而發，只看是向裏向外，爲己爲人，此正是善惡義利分界處也。

顔淵問爲邦章

此與「克復」章正好參看。與顔子言天德，則曰非禮勿視、聽、言、動，與之言王道，則曰「行夏之時，乘殷之輅，服周之冕，樂則韶舞」，都是説到盡頭處，不是説主要入手處。要之非本領盛大，用他不著，也不暇説至此。

有謂此四句有二義，一則斟酌前代，舉一以概其餘，非止夏時殷輅周冕也；一則本一人之心建中和之極，不獨法制禮樂等也。先生曰：「總看得四句粗淺，要於上面别見箇精微廣大之道，不知夫子語顔子與他人不同，猶之教門人小子，則『灑埽應對進退』，造之可至聖人，到聖人，則『動容周旋中禮』者，盛德之至，同是外面道理。一邊講下手，則處處要見根本；一邊講盡頭，則隨處是此理，更不消如此説也。故所云二義，其舉一概餘一則，猶近是，若本一人之心，不獨法制禮樂一則，直與聖賢當時問答不合，欲於言外求深，適見其於所言淺也。程子曰：『問政多矣，惟顔子告之以此。』正謂即此是精微廣大盡處耳。若僅以法制禮樂觀，誰不可語，而反以之告顔子耶？」

夫子志從周，而此兼四代，蓋周文監古，此並監周，聖人爲萬世立法，心公理宏，未嘗於從周之志有背也。

「春王正月」，謂夏時冠周月，畢竟不確當，朱子斷以：「建子稱春，夫子正是爲他不順，故欲改從建寅耳。」一語直破紛紜。

春秋，魯史之文也。所以告顔淵者，夫子之志也。若硬牽「春王正月」爲此句作注脚，則是古今第一癡漢矣。

韶舞，韶樂之統詞，非專重舞也。左傳札聘觀樂，而歎舞韶箾之至，豈專美舞耶？

鄭聲、佞人兩件事，是一箇病根，古來未有不相爲表裏，以敗人家國事。然不得並作一件説者，蓋以人主嗜欲各異，其得而中之者又復不同，所以古人防微杜漸，於彼於此，無不補塞。

上四句鋪敘制度，是横説；此二句精究治法，是竪説。上四句如尚書陳六府三事，此二句如勸之以九歌俾勿壞之意，莫草草溷作六事看過。

子曰人無遠慮章

「無遠慮」，不是不能慮遠，只不去慮耳。

子曰臧文仲其竊位者與章

惠之賢，衆人未易知也，惟仲知惠，亦惟夫子知仲之知惠。仲正要以不知自諉耳，不知被他瞞過多少人，到此没處躲閃。

有謂此是苛責賢者。先生曰：「就人論人，就事論事，就言論言，聖人下勘語，如權衡尺度，絲毫不可走趲，是以爲聖人，必無苛于君子、寬于小人之理，若謂賢者宜回護，不宜深求，此便是私心，更難與言聖人之道矣。文仲竊位，聖人但就知柳下不與立一事而言，初不以此蓋其平生也。近代議宋儒譏摘昔賢，幾無完人，以此爲罪，則疑孔子也亦宜。」

子曰躬自厚而薄責於人章

「躬自厚而薄責於人」，纔是至公。蓋在我者此心，所以不得不厚；期於人者只此事，所以不得不薄。若云以聖賢自待，而以不肖待人，則是不責，非薄責，終是物我看作兩件，亦偏陂之論也。今人纔見以禮法律人，動云何必如此，或云責之太過，充此説也，必將使天下盡爲禽獸而後可，蓋其先由不能自律其身，所以爲此倒角模稜之説。

子曰群居終日章

此等人治亂皆不可行，故曰「難」。王夷甫一輩，猶有高致，然已足陸沉中原，若後世門户之徒，標榜梯媒，乃逐利鄙夫耳，又王夷甫輩之末代奴隸也。

子曰君子義以爲質章

在物爲理，處物爲義，此節以處事言，合下便有箇「義」字。義者，宜也，只是該如此，不該如此耳。禪家劈頭便將此字抹煞，所以靡所不爲，無所不可，譬如一件物，先已無骨子了，更從何把捏耶？

此「義」字在制事上見，若君子心學自有仁在，存心之學有主敬在，正不得單主義字也。精義之學在事前爲質，卻只在事上見。

朱子謂，「義有剛決意思」，亦是從下三句看出，惟其剛決，故慮其徑直無「從容貞固」，亦未成全德，故有下三句。

蒙引謂「義」是指初頭未行，「行之」「出之」「成之」，皆指其事。吾則以爲四句總成一事，義爲質，則貫徹始終，下三句所以全此質者也。若離義而言，則已打成兩截。行、出、成，不關義可乎？若三「之」字專指事，則四件並列無分，且云遜以出事，更説不去矣，固不若都指第一句爲得也。

問三「之」字，或指事，或指義，當如何？曰：全節總説制事，「事」字白文本無，然義以方外，舍事講義，便落空，而質行出成俱無著矣，故注首提「制事」二字。其實本文以首一句爲主，下三句完全此一句，文法自别，今若將三「之」字指事説，亦無甚礙，然將四句平看矣。看注中「而」字一折，自然平看不得，畢竟指首句爲是。

三「之」字指上一句固已，又須知不但四者不平列，即三「之」字亦不是截然平列。義爲質，必「禮以行之」，此「之」字指義質，「孫以出之」「之」字便指禮行之義，「信以成之」「之」字又指禮行孫出之義，逐句併包説下，有兼意，有遞意。

以上句爲三「之」字指名，而下三句層次圓滿之，是不易正解，然三句又自不同，禮行、孫出，二者相去甚微，故朱子有答門人分别一條；信成卻貫始終，故朱子又有非孫出後方信成之辨，其理甚精。問「君子義以爲質」一章，朱子曰：「義只是合宜。義有剛決意思，然不可直撞去。禮有節文度數，故用『禮以行之，孫以出之』，是用和爲貴，義不和，用禮以行之，已自和。然禮又嚴，故孫以出之，使從容不迫，信是樸實頭做，無信則義禮孫皆是僞耳。」

朱子謂：「『信以成之』，是終始誠實，以成此一事，卻非是『孫以出之』後，方信以成之也。」此言「信以成之」句雖舉在末，乃貫徹始終，道理與上兩句有别，然信以成，卻須到成終乃見。

信成，言徹始徹終必以信，「成」字粘定「信」上説，即中庸所謂「誠者物之終始，不誠無物」，易所謂「貞固足以幹事」也。

看注云「以爲質幹，行之必有節文，出之必以退遜，成之必在誠實」，曰「以爲」，曰「必有」，曰「必以」、「必在」，皆指示用力之詞，故曰君子之道，非頌美生安之君子也。「禮行」「孫出」二句，與「問達」章「察言觀色」相似，正是爲己，若誤説入世情利害處，便是鄉愿學術。

子曰君子求諸己章

只是用心處向裏向外之别，纔求己便是君子用心，纔求人便是小人用心，不待求己、求人成就時，纔分兩種也。

子曰君子矜而不争章

矜群争黨，毫芒之差只争此，秦越之異亦在此。蓋以事迹言之，則矜群略過便是争黨；若以心術言之，則方其矜群，渾是一團天理，纔過争黨一分，便是私心也。「而」字一折，此間須壁立千仞始得，然君子而不仁者有矣，故如李杜高顧諸人，正當與之勘辨此處耳。若後之朝士分朋、秀才結社，合下便是争黨，從何處更著而來？

「而」字一轉，正辨矜群之真僞。

不争黨，只完得矜群。

争黨之禍，原於心術，而寔氣運成之。如京察要典、東林璫亂，皆朝廷適生此事，而門户借以行其攻擊報復之私，夏彝仲謂「天生此輩，致朝野紛紛，皆國運所關」，自是至論。至争黨激烈，兩不可恃，萬曆中之不斷是非，聽其自爲勝負；崇禎間之迭用互制，更求兩黨外人，而敗壞日甚！蓋調停中立，又小人之巧妙極至者也。君子立心，自當挽回氣運；挽回氣運，必先自勉其爲矜群耳。

子曰君子不以言舉人章

兩句自是平説，有兩項事理，有各種人物，側併做一箇人、一串事便非。「言」字是好言，「人」字是不好人，言好底不是不舉，只不以言舉耳；人不好底斷然要廢，然不並廢其言也。

「不以」不是條例，君子自如是耳。

有謂心譎而口正者，小人之有智略者也；任拙而議工者，君子之無實用者也。不舉之足矣，奈何並廢其言？先生曰：「小人以智略舉，亦自可用，但不以言舉耳。君子而議工，安得不舉？舉以議論之官，豈不當乎？此等説數俱乖角。」

子貢問曰有一言而可以終身行之者乎章

子貢之問，只求指示一箇要語爲做工夫地。「行之」，行此一言，非爲人情世務多礙，向聖門求圓通法也。

「行」字緊帖「一言」説，謂行此言耳，子貢問一言，非問行也。或將「行」字離卻「一言」意，錯作「子張問行」之行，大謬！

「恕」字中實事無窮，擴充不盡，直至堯舜猶病，止是「恕」字極頭田地。

恕之本來與恕之盡頭即仁也，當與「我不欲」章參看。

時解「恕」字，動云求之一心而已，不知心字如何切貼恕字？寬泛不切，猶其小者也，不知此説正墮釋氏本心之教，憑他説仁、説敬，説忠、説恕，我只以心字了之，黄梅云：「憑他非心非佛，我只是即心即佛。」其病中讀書人學問心術間，爲害不小，故凡以心學爲聖學者，即禪學也。

子曰吾之於人也章

直道而行，指三代所行於民者，非謂民之自直也。

「三代」二字即天理也。

善善惡惡，天理本如是，三代直道，亦正因民立政耳，若三代作法以行，便是私曲矣。

生民本直，是三代直道所以然。

朱子謂：「『所以』字本虛，然意味乃在此。」黄勉齋親見朱子改訂此注，直至徹曉，蓋領會意味之難也。

子曰吾猶及史之闕文也章

今昔之感，聖人胸中幾許大事，豈僅此二細故哉？ 然即此細故，而世風益降，言外寄託，正自無窮。

子曰衆惡之章

可疑只在一「衆」字耳。 一箇人如何使得人皆惡他，人皆好他？ 此正煞有可疑處，況所謂好之惡之者特衆耳，其可以無察乎？ 所謂察者，也只是推究其所以致惡致好之由，此正聖賢從人情物理中勘驗學問處，不是觸處懷疑自用，講機警權術，立翻案之説也。兩「必」字固是理當如此，又見好惡之公，有不容自己者，此所謂惟仁者能也。

子曰人能弘道章

人與道本不可離，得則俱得，失則俱失，但欲舉而弘之，其責卻在人耳。「弘」字中地步亦不同，由賢至聖，由聖至化神，人做得一步，道弘了一步，非人道又何從見此境界乎？人，氣也；道，理也。氣能循理，則理與氣合，而道顯矣；氣不循理，則氣自氣，理自理，而道虚懸而不著矣。氣大則理大，氣小則理小。道爲人所同具，然必聖人出而大道彰，此「人能弘道」也；無人不賦此道，而天下之衆，百年之遠，無一聞道之人焉，此「非道弘人」也。理與氣固非二物，人與道原非兩端，無爲者即在有覺之中，但無爲隨有覺，爲存亡盛衰耳。

若論道之本來，原無待於人之弘。纔説弘，便是發明恢廓之義，已見非人不可。然但云「人能弘道」，則人猶或希冀道之亦有功於人，惟復加「非道弘人」一句，令人當下便有警惺覺悟，正是聖人重加一鞭策也。

道無所不有，無時不在，固不因人爲存亡，然人所以能與天地參者，但於其中能辨别去取，制行補救耳。爲異端之學者，喜言自然簡易，不待安排，其不至無人不止矣，彼自以爲所見者大，而不知其自小之已極也。「人」字甚大，異端平等觀，自以爲大，不知其小甚矣。楊無君，墨無父，禪學直欲無人。

子曰過而不改章

有謂聖人廣遷善之門，若曰必過而不改，乃謂之過，此恕辭也。先生曰：「是教人改過語，不是寬容有過語。過而不改，是真過，責望之詞也；必過而不改乃謂之過，則回護之詞矣。望人改過使至無過，此爲聖人之心，若回護有過，使其得此説皆長傲遂非，乃鄉愿權術作用，足以害世，不可謂之忠厚也。」

子曰吾嘗終日不食章

或謂少年不幸學禪，不知埋没幾許豪傑。吾謂果是豪傑，必不爲彼所埋没也。夫子終日不食，終夜不寢，以思，便悟其無益，不如學。朱子始參昭昭靈靈禪，後見延平，便悟其妄，此真世間絶頂聰明豪傑也。故吾謂學陽明之學者，必皆世之不聰明人，惟其不聰明，故乍見崖略，便沾沾自喜，以爲道在是矣。若真聰明人，則必要討箇下落，更一步，便知上面更有一步在，那得爲彼所注誤困苦也！

子曰君子謀道不謀食章

有一毫謀食之念，即是不謀道，不謀食正所以謀道也。

謀道不謀食，兩項闕一不得。雖不至皇皇謀食，亦未嘗有志於道，此種人正不少，欲自附君子，其實非也。

凡言「在中」者，皆不必其在中而在中者也。此意在旁人看，君子只有箇謀道耳，飯糗茹草可終身，玉食袗衣若固有，此正是在中，正是不憂。

朱子謂：「恐人錯認此意，似教人謀道以謀食，故又繳一句。」則中二句下之轉折，正解也，但須在論君子意中看出始得，若君子自作商量，又同夢話矣。

學非所以求禄，而禄自在其中，則謂學不得禄者既非，而謂學必得禄者又非也。夫子所以又下末句，朱子注中亦著意在此一轉。

子曰知及之章

莊涖禮動雖似末節小疵，然是仁守後之不莊不以禮，其失甚微，與常人之不莊不以禮不同，乃是工夫圓滿盡頭處，正自不輕。人於此説得淺忽，是粗看仁守爲主之語，而失其意者也。莊涖是裏面工夫足，纔充得到此，雖似輕於知仁，然火候不到此，便有弊病。動之以禮，在知及仁守莊涖後講，則禮雖節文之微，而動之之道卻精。

動之於禮，此是極盡完備處，不是説治道要德又要禮，如「道齊」章所云也。

子曰君子不可小知章

注云：「此言觀人之法」，看「知」「受」二字已不是閉户先生事矣，特所以可不可處，原在君子耳。

「知」字從觀者見，「受」字從君子見，其「不可小知」處，正爲有「大受」在。不可不可在君子身上看，止是道不行不盡其用，在觀人者推論，則可不可關係極大，不止是一人分上事也。

「大受」，不必定建功立業，窮達常變皆有之。「小知」，止是以一長細事觀君子耳，或作小利近功説，非本義也。

「不可小知」，只是不得以一長一技求君子耳。若謂君子不屑庶務，不事功名，王夷甫之高寄，馮可道之癡頑，亦可言大受耶？

子曰民之於仁也章

此節文法，是步步追出仁之無以尚意。水火於生人最急切，仁亦猶然，不但猶然，其急切更甚於水火，是就利益上看；到下文蹈而死，又見水火尚有害患，而仁更無害患，又向利益急切外加一義。

子曰君子貞而不諒章

此與别章句例不同，無諒而不貞反對，蓋諒尚近君子邊事，非小人之所有也。

正是其理正，而固有精審實體毅守意，合看乃得「貞」字之真。

子曰事君敬其事而後其食章

後世事君，原只有一食耳。方其上學識字時，只爲此一字，及至服官，忽要他忠清起來，種根已深，如何洗滌？即有一二勤慎乃職，亦止是善保禄位，就「食」字上加「敬」字粉飾耳，其本心全箇不是也。故義利之辨，須從上學識字時講究起乃得。

天秩、天禄，皆是天理上事，因事詔食，君臣之大義，有何誤人處？看原憲辭粟，聖人不許，則矯廉亦非合義。但如後世事君，其初應舉時，原爲門户温飽起見，一片美田宅，長子孫，無窮嗜欲之私，先據其中，而後講如何事君，便講到敬事，也只成一種固寵患失學問，此便是先其食。先其食，則敬皆不敬也，故聖人下箇「後」字。

子曰辭達而已矣章

文章之病，只是「不能達」，與「求多於達之外」二者，「而已矣」三字，兼括二義，然看來求多於達外，即不知達之妙，即爲不能達，其實一病而已。如近日時文，只恨不能達，何嘗求多於達外？然偏有許多隔壁閑文，排場鬼話，豈非不能達者必求多於外乎？

惟其能達，故自已矣，其不已矣者，正爲不能達也。不能達越不肯已矣，不已矣，辭益不達，此古今文章之通弊也。

言之不文，行之不遠，聖人非欲省文，正爲文章家指出自古真訣耳。作文必先有義理，有意思議論，而後以章法句法字法達之。今人不復知本，作古文但講規模，作詩但講聲調，作時文但講圓熟活套，其言不文，先不可謂之辭；即有成辭者，亦止可謂之辭，不可謂之達；即有能達者，亦止可謂之達辭，不可謂辭達；辭達有所達者在也，今所達者何耶？古今文字之妙，聖人以一字括盡，後人發明此一字，卻又失聖人之旨，如退之、子厚、永叔、子固、子瞻論文，皆近似斯言，然實不得其本，何況時文流輩也。須知達是達箇甚，所以能達不能達又爲箇甚，如此然後見達之妙。

要知達是達甚麽，如何便能達？學者於此當入思議，不可徒向辭求達也。

後世講學，書愈多而學愈不達，只是妄自著書耳。

師冕見章

道無時無地不在，聖人只還他自然耳，然須知非聖人不能恰恰處處還他自然也。有人道當然，有天道自然，有人物不知其然而然，第於聖人裁成輔相，充極細微，推達鴻廓無不恰盡，其所以然處，更須領會。此一層不到，下面數層都落空去，走入漆園瞿曇兩家門下而不知矣。

論語中瑣瑣屑屑記載細事，都是聖人全身，所謂「動容周旋中禮者，盛德之至也」。

呂晚村先生四書講義卷之十九

論語十六　季氏篇

季氏將伐顓臾章

既曰「夫子欲之，吾二臣不欲」，又曰「今不取，後世必爲子孫憂」，然則非止夫子欲之矣，只據招下判，真情畢露，「欲之」直坐冉求，方見其言語反覆掩詛之罪。「舍曰」「爲辭」四字，是定冉求勘語，與季氏又分一案矣。

「丘也聞有國有家者」一節，大意直對「今夫顓臾」一節説，正破冉求所憂之非。自此至末，皆一意直到「季孫之憂，不在顓臾」一句結出，「邦分崩離析」，正不「均」「和」「安」之患也。

「遠人」不專指四裔，凡遠方之國皆是，看下文即指顓臾説便見。

有云忠信不立，則鄉社之禮不能以致刑措；仁義不施，則韶濩之樂不能以降天神，文德之先，自有壯國勢、維人心者，非空言禮樂以修文德也。先生曰：「『文德』二字，緊對下『謀動干戈』而言，謂即有不服，亦止修德教，不事威武耳。文德即忠信仁義，即所以壯國勢、維人心者，原非空言禮樂也。」

若未得上節道理，也無處講文德。

子曰天下有道章

從來講此章者，重權勢上説，愚見甚不以爲然，其病起於誤解總注「此章通論天下之勢」句。所謂天下之勢者，謂古今天下有道時如此，無道時如彼，其氣象世數大段如是，此之謂勢，非謂天下之有道無道在乎勢也。權勢隨道轉，道不隨權勢轉，自天子出之禮樂征伐，與自諸侯大夫出之禮樂征伐，固自不同，亦隨道爲邪正盛衰，蓋禮樂征伐者，道之用，非即道在是也。天下之生，一治一亂，然有天理之治亂，有氣化之治亂。三代以上，其治亂皆天理爲主；三代以下，其治亂皆氣化爲主。聖人所論有道無道，正指天理之治亂。如講章所云，則陳同父之論爲不刊矣，要之皆坐不曾識得「道」字耳。

首節推論大勢所至，已到極衰颯處，下兩節忽又重提有道，新安陳氏謂「有挽今返古之意」，看來亦非無謂。終之以「庶人不議」，煞有深旨，諸侯大夫之僭竊，可以禮樂征伐之、權正之，庶人之議不議，豈能以權相箝制哉？到庶人不議，方是有道盡頭，故知禮樂征伐之權，惟恃道之有無。章意所重在「有道」，「有道」而後有禮樂征伐，故連連提揭此句，不是能操禮樂征伐之權，乃謂「有道」也。

無道只説諸侯，下面大夫陪臣，都包在裏。

「天下無道」，止説「自諸侯出」，接下三句，併及大夫陪臣，可知自大夫出自陪臣出，總是諸侯之罪，則可知自諸侯出，天子亦不得辭其失馭之責矣。吴氏謂「下章戒竊權，此章戒失權」，正此意也。

「政」字與禮樂征伐不同，諸侯亦有禮樂征伐，而出必自天子；侯國之政，則不必出自天子。凡爲君者，必有政，天子諸侯皆君也，故不可曰政不在諸侯。

諸侯代有天下，三代之常理，但以德不以力耳。蓋天子與諸侯皆君也，猶宗子之與支庶相代，猶天理也，自大夫以下至於庶人皆臣也，其至於取天下，皆篡也，而皆自秦廢封建始，封建廢，天下有不可言者矣。自古無不亡之天下，有封建固亡，無封建亦亡，吾未見廢封建之利過於夏后殷周也，而其亡之慘烈，亦復可睹矣。

子曰益者三友章

有謂必自明而後能知人，必知人而後能取友。先生曰：「慎友貴知人，知人貴明善，是推窮本原，然須知明善之先已當取友也。」

子曰益者三樂章

三樂原自內出，不是向外强合。

禮樂三件，原是吾心本源固有，故樂在此，直是意味無窮，若謂將此三件以制吾樂，其樂不可久矣。此亦爭內外之別。

兩者之樂如冰炭，須互看。

子曰君子有三畏章

通章重「知天命」句，「知」字是「畏」字根苗，「天命」是「大人」「聖言」主腦。「畏聖言」，便有篤信力行在，不則非真畏也。

知天知人，知其理也。程子發明主敬之學，曰：「天理二字，自家體貼出來。」蘇子瞻要打破程子敬字，正所謂不知天命而不畏也。

看讀書居業二録，以後講學者，便無敬畏意思，不免犯此節條款矣。

子曰君子有九思章

君子九思，固不是源頭上攏統一思，件件都了；亦不是無事時，全然瞢瞳，直到臨時，方件件思量也。蓋當其無事，既有講明涵養之功，及其事至，又有辨析詳審之力，此聖賢之學所以千萬無弊也。

事物未接時，正要件件思得，即所謂「凡事豫則立」也。

九思若平昔不熟，臨時亦來不及，用不著；若當幾不提醒加謹，則向來工夫亦落空泛，不見有得力處。兩者交養並進，是用九思功候要訣。

此九者，君子平日無時不以此爲思，使義理純熟，則臨幾自然中道，然臨幾時，又須以此省察，兩者工夫，闕一不得，看程子「九思各專其一」，此意自分明。或曰：臨崖勒馬，恐迫促不及事，生騎驢覓驢、剜肉作瘡之病。曰：此正近世良知家惑誤之説。聖學定有此兩節工夫：未事前，是統體工夫，猶戒慎恐懼之無時不然也。臨事時，是專一工夫，即慎獨之審幾省察也。平時涵養純熟，臨幾又省察精明，這道理纔能實得諸己而不走作。良知家務直捷簡易，必欲併而爲一，反以此爲支離兩截，不知境候固有兩節工夫，無時不然，而於發動處尤加察耳，非別换一樣心思，則原自簡易直捷，未嘗支離兩截也。

在視聽未交物，當體會明聰本然之理；及視聽方交，又當精察其蔽引之端，「九思」皆然。

尋常語默間便是「言」，行住坐卧處無非「事」，「思忠」「思敬」，只在當下，非爲將有所用也。

九者次第，饒雙峰以視、聽、色、貌、言就自身説，事、疑、忿、得就事上説；又云，言與事對，得又就事上説。其説頗支離，不若上六件是内出之順而正者，下三件是外至之逆而危者，如此分看，便的確。

子曰見善如不及章

兩「見」字補出真知意，方見兩「如」字直遂無疑之妙，所謂「誠生於明」也，此等處人都略過。

「志」「道」二字甚大，不沾沾爲功名也。看孟子「廣土衆民」章，其藴自見。伊尹處畎畝，樂堯舜之道，所謂求志也，使終不遇湯，其志豈有歉哉？聖賢固甚欲行道，然出處輕重一般，大行窮居並無加損。此章下節「隱居」「行義」二句平説，無側重「行義」句意。

或曰，「行義」即對上「隱居」，猶云出仕耳，「義」字不重。予謂隱居只是箇隱居，雖君子不能異其稱，若出仕則小人亦同，惟君子之仕卻只爲行君臣之義耳，故「義」字自重。「義」指去就言，「道」指德業言。

後世仕宦，先從「行義」便差起。

齊景公有馬千駟章

此章大意爲以異不以富説，故以齊景對夷齊，若爲論夷齊之節，則齊景之擬非其倫矣。「餓於首陽」，只對「有馬千駟」言，極言其貧富相去耳。齊景之無稱，不爲有千駟，夷齊之至今稱，亦不爲餓於首陽，故此處夷齊之餓，不專論死節也。夷齊平生大節，固不出讓國死義，然此「餓」字卻不爲此，若論其節義，則必及其死，不止云餓矣。後人固誤看此書，遂有謂夷齊無死節之事，不過窮餓首陽耳，此又癡人前不得説夢也。凡書各章有本義，故其下語輕重各有，故不可一概總説到盡，類如此。

有謂曰「民稱之」，則雖賢人，雖學士大夫，於今亦未必有稱之者矣。先生曰：「説壞了周家數百年間名卿賢大夫。看文文山黄冠歸鄉，與方遜志叩頭乞哀之謗，史策未能改正，而稗野頗多表白〔一〕，其論未爲不有。然要之此皆後世諂媚小人之過，漢唐即未必然，況周賢乎！」

陳亢問於伯魚曰子亦有異聞乎章

陳亢以愛厚其子，爲天理人情之必然，聖人亦猶人耳。不說異聞是私心，反説異聞是公道；不説異聞極詭秘，反説異聞極光明，所以開口便問，意極宛轉而辭無支離。若今人於己所不曉，不肯老實問人，一味偷餂秘訣，自負得計，似巧實拙，此又陳亢之所耻也。

【校　記】

〔一〕稗　原作「裨」，據文意改。

吕晚村先生四書講義卷之二十

論語十七　陽貨篇

陽貨欲見孔子章

是解若不解，似許實不許，隨問隨答，神味雪淡中見光明正大，不惡而嚴之妙。

子曰性相近也章

此章論「性」「習」，是從人切近易明處言之，蓋與孟子「性善」之説相表裏也。「遠」「近」二字，原從品類不齊處生出，故曰「相近」、「相遠」。所以不齊者，氣質故也，若不論氣質，則非遠近之可言矣。程、張、朱子發明氣質之性，正從此得之。

氣質之説，始於張、程，發明於朱子，於此章近遠之義至徹，以之看虞書、湯誥、易傳、中庸、孟子，無不脗合無間矣！後學不深究其理，惑於異端，反謂朱子分理氣爲二，不知論性不論氣不備，論氣不論性不明，二之則不是，原未嘗二也。須是兩邊説，理方明備耳。主張異端者，謂氣質即是性，此即告子「生之謂性」，釋氏「作用是性」，陽明「能視聽言動底便是性」之説，大要以無善無惡爲本體，先已腹誹孟子矣，況程朱乎？最狂悖者，如盧格、許誥，然誥之言曰：「人性皆同，如人形皆同；人性不同，如人形不齊」，即其言論之，已有不齊之形，有皆同之形，非二形乎？夫形何以有不齊？氣質故也。格之言曰：「孟子『性善』，理之本體也；孔子『相近』，理之盈虧也。」即其言論之，已分本體盈虧，非二理乎？夫理何以有盈虧？氣質故也。總之異學所最畏最惡者，只一「理」字耳，如盜之憎主，如諸侯之去害己，「理」字不滅，則觸處皆礙，故其所主者離理之氣也，本心之學也；聖學所主者，統氣之理也，本天之學也。此邪正是非之分，讀書人於此等處須明辨之，不可兩邊混過。

書意本指近遠之故，重性不重習。習兼善惡，故曰「相遠」。皆習於善，則反於天地之性矣，又豈止相近而已！勉人習善，是言外意。

習於善，則善習固有好者，然「相遠」云云，實爲習於惡者而言，蓋習於善之習原與性一，不必言遠近，惟習惡者遠於善耳。孔子之言，欲其終相近耶？欲其終相遠耶？既曰「相」，則習善習惡，皆在習，能復性只説得一半，豈得混尊「習」字，將習惡之習亦可復性耶？然良知家必强辨曰，「習亦是無善無惡的」，則吾不知之矣。

習非教之謂也，天有運氣，地有方隅，物有異用，事有殊因，人習於善則善，習於惡則惡，而至於相遠，然後聖人立之教，教所以化其習，使復還於相近也。若以詩、書、禮、樂化教勸率爲習，則聖人之教，豈使人相遠者哉？

有謂自然者獨禽獸耳，人則必有己事，不聽天地。先生曰：「禽獸亦有習相遠處。」

子之武城章

子游疑夫子笑其迂闊，故述夫子平日訓言以相質，見天下無不當教以禮樂之人，豈武城獨不必然耶？君子小人，猶大學「自天子以至於庶人」，盡人言耳，非以君子自任，以小人指武城人，亦不指煞武城之有君子小人也。

君子小人都指受教人説，不是主教之君子，言一國一邑之中，必有君子焉，有小人焉，皆不可不學道耳。君子凡爲縉紳士大夫皆是，不必專邑宰，亦不必坐定現在有位，不然竟是子游自命矣。

「君子小人，以位言之」，是恐人誤以德分君子小人，於理説不去，故注此八字，非指現在之位而言。蓋一國之人，後來非君子即小人，皆不可不教以禮樂，方其學道時，未嘗分君子小人也。然其理君子得之則愛人，小人得之則易使矣。

兩句須急連讀，合總看，要見得無人不當學道，無處不當以學道治之，以對「牛刀」之説，謂割雞亦當用牛刀耳。在夫子當時之理在分處，在子游此時引據意在併處。

「道」字所該固廣，然此只是教民成俗上説，則以禮樂爲大，絃歌之聲，禮樂之教也，故學道只指禮樂爲是。

禮樂是道之大者，因絃歌而發，故直指禮樂。要之禮樂便是徹上徹下事，有體有用，大無外，小無間。俗儒先看得禮樂二字粗，止將禮樂貼絃歌講，連集注受謗矣！

後世事功之卑，只緣分了「道學」、「儒林」、「名臣」、「循吏」等傳耳。

凡謂三代不可復，即是不仁，其不仁也，由於不知道。

凡人之言，一番陳述，一番精明，一番舉示，一番闡發，雖字句不更，而意思自別，窐隩愈出。或謂上節俱屬夫子之言，固未嘗有偃言也，然則古之賦詩贈答，又何嘗增減片辭，可得謂非當時一番説話耶？蓋兩句固是夫子之言，而偃舉述來，謂武城亦不可不以學道治之，此所謂偃之言也。

公山弗擾以費畔章

使夫子果往，必有一番設施，直繼文武之業，必不是半間不界，小結果下場也。「其乎」口氣是決辭，不是疑辭，朱子云與「吴其爲沼乎」語氣相類。

子張問仁於孔子章

五者所以存心之道，心存理得，則仁矣。

非是夫子説不出「心存理得」四字，也只爲「心存」兩字極難説，纔有一事一處之不然，便是心之不存，心不存則理又何從而得乎？所以説「五者」，只是言事事行，非即指五者爲仁也；説「於天下」，只是言處處行，非以遍及天下爲仁也。且不云行五者於天下爲仁矣，而曰「能行五者於天下爲仁矣」者，正見處處勘驗，事事用意也。

心存理得，凡從事於仁者皆然，不獨此節。此節「五者」，乃子張所以存心對病藥方，「於天下」及「不侮」五句，乃其服法火候也。

「五者」只是存心之目，雖皆出於仁，而不可謂之即仁，又不可指之爲心，乃心與仁交接處，故「心」「理」二字都下不得。「於天下」注謂「無適不然」，只是能行到純熟無間處，所謂心存也。俗解强分五者爲内，天下爲外，更屬粗疎。「五者」，就子張所不足而言，所謂「爲仁矣」，亦自有分寸，如告樊遲、司馬牛皆從端倪指其極地，與全體須有别。

下五句纔是能行盡頭工夫，到此自有此應，爲仁須於此試驗火候，與「天下歸仁，邦家無怨」一例，正鞭辟入裏，不是鋪張「於天下」局面也。

「信」自「人任」，「敏」自「有功」，能行到此方足，非爲人任有功而爲信敏也。信之人任，敏之有功，亦隨地可驗，自天子至庶人，自日用飲食至平成天地皆然，不必説到任天下、功天下也。

子曰小子何莫學夫詩章

「興、觀、群、怨」，是人心，「可以」，是詩之理，須作兩層看。

「邇之事父，遠之事君」二句，就倫理中舉其大者而言，「邇」「遠」二字，隱括甚富。「邇」「遠」二字内，倫類無所不包，兩「之」字指點甚活，不拈煞君父。

子謂伯魚曰女爲周南召南矣乎章〔一〕

「面牆」，言面前一步行不去也，爲二南便行得去，爲其切於身家日用也。

子曰禮云禮云章

玉帛鐘鼓，總指禮樂之末節，所該者廣，非專指此四物也。

自袁黄、葛寅亮等倡不通講説，以爲不可增出「敬」「和」二字，始而含糊影響，繼則索性以狐禪悖聖學矣。萬曆末年至天啟文字之謬亂，皆由此種説數開之，一時俱以注中字樣爲戒。敢直提二字講，自千子與大士諸先生始，其功不可没也，近時此種説數，又駸駸行矣。

子曰道聽而塗説章

「道聽塗説」，不但病其口快，爲他只當一場説話説過，全不去存蓄體會，使實有於心而行於身耳。然其所聽所説，原是正經道理，故曰「德之棄也」；若今之講師，承襲邪學，更且道聽塗説，此又不當引「棄」字律，當引上章「賊」字律矣！要其輕狂躁妄之狀，則賊棄如一。

子曰鄙夫可與事君也與哉章

國家當覆亡之運〔三〕，不必生奇奸大惡，但所用無非鄙夫，便足令神州陸沉，群生塗炭。一時爲君子者，受鄙夫之牢籠，或取其幹才，或信其小節，或因依門第世胄，遂不惜爲之援引。此輩得志，但知爲身家禄位，其黠者兼爲交游，則譽望尤重，不知其爲交游，正爲其身家禄位久遠計，未嘗一念及君國天下也。只看一箇「與」字，便具千古朋黨傳論在内。

鄙夫必到甘爲弑逆，亦是事勢不得不然，其原只消一箇「鄙」字。

吾生所見士大夫傳授做官秘訣，與門户聲氣作用，大都被此章包括。

子曰惡紫之奪朱也章

並存雜奏，便奪，故可惡之甚！

天地間陰陽人獸，善惡邪正事物，本自並生，此天地之道也。然陰必賊陽，獸必害人，惡與邪必傷善與正，若無聖人裁成扶抑於其間，則天地亦息矣，此所以曰三才。如謂天地本一視，聖人生殺好惡，多事擾亂，是有天地而無人，亦且胥人類而歸於禽獸也。二氏之説，總不出此，故最怕分別，喜自然，學者反以其説爲高，則人理幾滅矣。

子曰予欲無言章

此與「無隱」章最易錯解入異端去。聖人因學者徒以言語求此理，而不直體之身心，故發此以警之，非謂道本虛無，有不可説者在也。

「無言」下一「欲」字，則夫子非無言也，正要人實得其所以言耳。若作擎拳豎拂觀，真野狐精矣。

末節即是「無行不與」注脚耳，一時一物，無非天理，則一動一静，無非聖道，若作四時百物以行生述天，便是錯鑄。

另有箇天在，卻又無處非天，聖人只要於此識得耳。

極可笑者，以「天何言」二句夫子自比，而以「四時」「百物」比小子之述，不知天有天之行生，夫子有夫子之行生，小子有小子之行生，都不待言也，若必待言説，則行生非天乎？

時行物生，是天之日用平常現前可見處，一動一静，是道之日用平常現前可見處，直指箇實在道理如此，以時物儗小子固非，即謂表暴自家亦非也。

此節是聖人脱口説出，纔知聖人實落與天一般，時行物生，學者正要就此體認至理，不是聖人即舉天而言也。若徒作當下指點語，便攙入木犀香裏去矣。

首末二句，人皆看做一樣話頭，不知首句從不言何述轉出，止説天固無言，末句緊承時物二句説，正見其所以無言也。

此節最易近禪，程子所謂「彌近理而愈失真」者在此，只寫得天理流行，活潑潑地，不知已攙入那裏去也。要知禪家指點，只要觸處識得此心，聖人舉示，正見隨在是此實理，只在辭氣輕重抑揚之間，便易差去，故是極難。

注云與前「無隱」章相發，則所謂天理流行之實，只在無行不與處，此是夫子言前言後、言内言外、欲言欲無言、不欲無言大宗旨也。

程子語上蔡：「爾等在此，只是學某言語，故心口不相應，盍行之？」問「如何」？曰：「且静坐。」便是此旨。無行不與，聖人只要人實下手反身自得耳，若謂言則有盡，無言則無窮，是反引向高處，不是指向實處，聖學高處正在實處也，此一針錯走不得。行焉生焉，緊與「何言哉」相應，惟其行生，所以無言，全是指示實地，非更無可說也。無可説便不得不説，程子破邪七語歷然矣。

宰我問三年之喪章

子生三年，然後免於父母之懷，只爲宰予吝惜此三年，故即以三年立説耳。昊天罔極，豈有年之可計耶？即用子矛刺子盾，子即善辭，能無驚塞？

子曰惟女子與小人爲難養也章

此只説女子小人難養處，而主者養之之道即在言下，可知近之遠之有許多病痛在，有許多義理在。

女子小人，非獨其性質難化也，彼實有學問傳頭，作用派頭，使人主出他手不得。漢唐之未足以觀矣，讀酌中志[三]，更有甚焉者，獨怪時皆英君，身受嬖妾之害，而即位也，復以嬖妾自戕；親定宦寺之難，而其後也，仍用宦寺致亂，豈非難養之明驗與！

女子小人之禍，至魏客爲烈矣。讀酌中志，略見内庭立法，原有未盡善處，後來並舊制盡蔑悖之，天下事安得不壞！歷朝宰執，無不爲司禮監私人，相公拜太監，外佯執侍生帖，到門即易門生帖進矣。至朋黨排訐，各争其所私内監，堂堂士大夫，反爲女子小人所養，且爲女子小人所歎以爲難養也，豈不可恥之甚哉！

【校記】

〔一〕謂伯魚　原缺，據論語原文補。

〔二〕亡　原作「忘」，據文意改。

〔三〕酌　原作「灼」，據文意改，後文同此。

吕晚村先生四書講義卷之二十一

論語十八　微子篇

微子去之章

有謂微子謀於父師少師乃去，使父師曰：「我其行遯。」少師曰：「我不受敗。」則微子不去矣。先生曰：「此未必然。三仁各自心安理得，微子合下便該去，豈得因人行止耶？」

有謂微子之去，去殷耳，非奔周也，若奔周是以國外市矣。先生曰：「即奔周，亦非市國，周之代殷，亦仁也，以仁歸仁，何市國之有？」

須知武王之事亦仁也，而三仁爲殷宗，其仁卻合如此，故曰「殷有三仁」。三仁非仇武王者也，後世以詐利取天下，則不止宗親之當仇也，凡攀附與苟免，皆不仁也。殷不得不亡，周不得不王，三仁又更無别法可做，與武王心事光明如一，此即伯夷、叔齊與太公、武王並行不悖之理，皆仁也。

三臣之事，可曰忠、曰義，何以名之曰仁？子文之忠，文子之清，子路之可使治賦，冉求之可使爲宰，公西華之可使與賓客言，夫子皆不輕以仁字許之，何於三人而即稱之曰仁？此中煞有至論。

齊景公待孔子曰若季氏章

以季、孟間待孔子，尊隆之至矣，豈昏眊之主所能乎？只此語固知其全無心肝，但作一番好看説話耳。

齊人歸女樂章

女樂歸定公，則受之者定公也，而特書季桓子，孔子之得政也以桓子，其去也以桓子，魯之不足以有爲，桓子之不足以有爲也。

長沮桀溺耦而耕章

「天下有道，丘不與易也」，此二句緊對「滔滔者天下皆是，而誰與易之」二句作轉駁，言易者正欲以道易無道耳，天下有道，更易箇甚！非謂天下有道，則我可不任其事而高隱也。聖人遇有道天下，正大有爲，但無須變易耳。

聖人易天下之心，即天心也。直立在用，舍行藏之外，不在時勢，不在一身出處，亦不在做得成做不成上發意。當時沮、溺一流，總不見得此理，不能有得此心，遂成一種議論，流爲後世二氏心腸學術，聖人此言正所以破沮、溺見識之差。後惟孔明不逆睹成敗利鈍，而以漢賊不兩立，王業不偏安，必盡死爲之，猶得洙泗心傳，程子所以稱「有儒者氣象」也。

逸民章

泰伯何以不稱逸民，則知虞仲之逸，初不以遜國也，玩下「隱居放言」一段自見。

有謂出世入世，不爲世縛則逸。先生曰：「世豈有出入？亦是和尚語。和尚亦終不能出，涅槃圓寂，只在世間耳。」

有謂夷齊出世，柳下籠世。先生曰：「夷齊不降辱爲義，非出世也；柳下亦無籠世意。」

周公謂魯公曰君子不施其親章

親自不當施，不施適得「親親」之宜，後世制治，純是計較利害，故封建之道廢，而親親之本亡，一部宗藩典禮事例，皆賊仁傷恩之術耳。

魯公受命分封，與開創得天下者不同，其所謂故舊，即親賢之世好者耳，若主功臣立説，是後世情事，非當時本義也。

自漢以後，開國者必有殺戮功臣之禍，緣他都以詐力得天下，當在草昧，君臣未定，未嘗不欲爲，所爲但以材力相屈耳；既得天下，平生詐力底裏，可以欺天下而不可以欺故人，其中固杌桯，而爲功臣者，又輒恃其故，眦睚怨望，後生新進，更以諂阿相形激，以利害動人主，此殺戮之所必至也。欲銷此禍，須王者知義理，王者安從知？必須儒者開導。儒者胸中皆自私自利之心，又安能開導王者哉？閲洪武間功臣諸案，未嘗不歎惜朱楓林之早死，而潛溪伯温諸公不深明聖人之道也。

「求備一人」與「器使」有别。「器使」，言人無不可用，「無求備」，言用人當盡其長而舍其短，不得混看。

呂晚村先生四書講義卷之二十二

論語十九　子張篇

子張曰執德不弘章

「執德」在體道有得上看，「信道」在尊聞上看。

子夏之門人問交於子張章

二説皆原於聖人，只從意見生偏耳。

子張只不然子夏之拒，不不然子夏之與，故「尊賢容衆」，「嘉善矜不能」雖平説，而意重「容衆」「矜不能」一邊。

「如之何」之義有三：受拒不暇，無暇拒人，一也；人自遠我，無勞我拒，二也；即令拒人，亦不恨，三也。今之立品非真，而好讀絶交論者，亦曾於此一參看否？

子夏曰雖小道章

「小道」，只指農圃醫卜、百家衆技之屬，故曰「必有可觀，君子不爲」，因是君子所志之道大，一務於此，則精神分而識趣陿，是以「致遠恐泥」。「不爲」只是君子自己不爲，非絶之使人皆不爲也，故朱子謂：「小道皆用於世而不可無者，其始固皆聖人之作，各有一事一物之理焉，是以必有可觀。有將小道盡情抹摋，謂君子絶之使不興於世，是説做邪道左道，非小道也。」或問黄勉齋云：小道安知非指楊、墨、佛、老之類？曰：「『小道』合聖人之道而小者也，『異端』違聖人之道而異者也，小者可施於近，異端不可以頃刻施，彼之無父無君，又何待致遠而後不通哉？」觀此條則知是説之謬矣。

有謂道術分而有大道，又有小道。先生曰：「小道是自古來所必有必需者，非因道術分而有也。」

「致遠」只講帝王治道，亦坐小見識，孔孟終身不行道，豈所致不遠耶？

子夏曰日知其所亡章

時説多以「知」「能」分上下界，非也。「知」字與「無忘」對，「所無」與「所能」對，未有者爲所無，既有者爲所能，所無中亦有知有能，所能中亦兼知兼能，朱子云：「知與無忘，檢校之謂。」故「知」字非知行之知，「能」字亦非知能分説之能也。

「知」字與「無忘」對，非知能之知也，故朱子謂「知與無忘，檢校之謂」，只是覺得未有底多，則其好可知，若謂日日知得幾何，便與「能」字對矣。

「知」字與「無忘」字對，不與「能」字對，朱子謂「知與無忘，檢校之謂」，如此看，方形容得「好」字出。「日新」、「不失」意包裹言下，故列之圈外，書理本自如此，初無難解，然嘗舉以語人，都笑不信也。

子夏曰博學而篤志章

四件缺一不得。

四件只説「致知」之事，而「仁在其中」，注中「心不外馳」二句，是講出所以在中之義，非子夏語中所有，若云治心求心，是要存心而如是，非如是而心存，於理顛倒矣。蓋心字是四件與仁交接過渡處，説在一邊不得，謂四件是存心既謬，謂心存即仁亦非也。

「心不外馳」與「所存自熟」有兩義在，人但以心存混過，雖有存字，脱卻下一句矣，不知心存非所存也。

「未及力行爲仁」，言爲仁尚欠一半工夫，非此四件絶然與仁無干，子夏忽然摸著鼻孔也。

知及之，仁能守之，原是一事。不能守，雖得必失，然不知及又守箇甚！知是此心之明，仁是心之純熟處，道理合一，故致知而仁在其中。未及力行而爲仁，但謂工夫尚少一半耳，非謂致知屬外而仁向内也，致知正是内裏事。惟異説將致知看成騖外，故於「致知」二字中差排入一「良」字，以便割去外面一切，卻正是分内外爲二，不知離外之内非真内也，故謂知行之理一則可，若知行工夫畢竟有二，畢竟知先行後，但知乃所以行，行處又生知，此所謂雙輪並進耳。

子夏曰百工居肆以成其事章

注中二説，一重在「學」字，一重在「道」字，玩白文「以致」二字，用力只在「學」字，故尹氏説次後。

注中「二説相須」，一重居肆爲學，一重成事致道，輕重讀來自見。講説有云「成」字、「致」字内便包得後説，不煩蛇足，此不知二五之爲十耳，重講成致，即是後説，何云包也？前説是用功之事，後説是志道之盡，但聖賢教人於用功處較多，故前説爲急耳。

問學如何「以致其道」？曰：學只是一，一故專，專故能至也。且如坐如尸，立如齋，只有一箇尸、一箇齋，專而事之，道安往矣！今有多讀書而益背道者，讀「踞轉鼓琴」，則吾踞轉亦可矣，「跛倚臨祭」，則吾跛倚亦可矣，是則讀書反生紛雜，學適以背道耳，然究言之，則終不是學也。故注雖云「二義相須」，而終是患在不學之意多。

若要摒當一切，非學不可得。

子夏曰君子有三變章

聖人豈常有變哉？然必如此作意，剖析看來，活畫出一箇聖人全相。如孟子分别「性」「命」，朱子分别「理」「氣」，正惟拆得清楚，故合得渾成耳。

「動容周旋中禮，盛德之至」，張子十年學箇恭而安不成，正爲此也。然其徹上徹下工夫，只在一部小學，今人都不講此，一坐一立，便已不是，慢易之心生於中，怠惰之容現於外，又安望其能中禮也？幼時不曾做得筋骸肌膚，廢委日久，長來雖有意爲之，更覺費力，故朱子又有「以敬補小學」之説。纔能主敬，則此心在腔子裏，動止語默，必有可觀，但主敬到純熟時，便是恭而安境界也。

子夏曰君子信而後勞其民章

此言君子信於上下爲亟，非爲勞諫避厲謗之術也。當其未見信，而事勢所至，君子亦必須勞諫，但君子始終以誠意感孚爲主，勞諫其從之者耳。

「信」謂上下相孚，不專指上以信動下也。「信而後勞」，謂平日交孚，而後可以使之，非謂勞之以信也。

有謂不敢輕勞其民，所以善勞其民。先生曰：「不用如此説，纔如此説，便有病，竟入權術作用矣。」

子游曰子夏之門人小子章

有謂小子之灑埽應對進退，大人之齊治平，皆是務本之學。先生曰：「『末』指小學儀節，『本』指正心誠意，亦以儀文事物，對道理德性而言，非謂小子之事大人之事皆本也。在小子則灑埽應對進退原是末，而精義入神，貫通所以然，便是本；在大人則齊治平皆是末，而正心誠意以修身乃是本，故注但引誠正而不及齊治平。今以小子之灑埽應對進退亦算本，而大人則以齊治平爲本，則皆反末爲本矣。其謬從『務本』二字生來，不知務本之本，對旁流外騖而言；此本末，即就事理精粗形上形下者言，不可混也。」

「君子之道」九句，曲折最多，極難理會，朱子自謂於同安寓次無事體貼出來。本注最宜玩味，略加轉側不得，上三句只是體用一致、教不可缺意，序不可紊是下六句意。

注中明指「本末」，則兩「孰」字即言本末，是急應上「抑末」二句語，紛紛向君子之心受教人立説者，皆誤也。

兩「孰」字即指「本末」言，錯會向人身上，語意便易混難明，遂將「道」字看作「心」字，甚謬！

有謂有始有卒，即下學上達。先生曰：「下學上達，又别是話頭，非有始有卒之謂。」「本末」二字從木得名，本即根也，末即枝也，根之與枝確然有分，但只是一木，不可竟作兩物。看程子後四條意只如此，非本末不可分也，故朱子於注後特辨「末即是本，學末而本便在此」之非，正恐人誤解，失程子語意耳。

有謂子游大要，以爲禮法繁多，道存簡易，子夏非子游爲清虚冥悟之學。先生曰：「聖人之道，本末不相離，子游譏子夏，末則盡矣，尚未窮其本。子夏謂本末並貫，除是聖人能然，學者須是先後有序，子游未嘗譏子夏之末爲非，而欲其專務本體，子夏亦未嘗謂子游之本入虚空，而必以末爲教也。蓋兩家之所謂本末，固同是聖人之道，若將本末看成兩樣道理，則其所謂本，即異學也，其所謂末，即俗學也，異學、俗學，都與聖學没交涉，彼根源差謬，非從聖門之本末流散而成也。」又曰：「聖人没，遭戰國之亂，暴秦之災，至教已無存者，止子夏、子貢、子張之門人，流傳經説餘緒，然多假託傅會，不可考矣；至宋程、朱諸子出，而聖道復明，本末具在，直接不傳之微言，非子夏等之所得與也。子游當時無所傳，亦無門人著述，豈得以清虛冥悟之學誣之哉？」

子夏曰仕而優則學章

「仕」與「學」原非兩件，然理則一理，事有二事，但盡分則主一，而兩者交爲用矣。當時原有仕而不學一流，有學而不肯仕一流，子夏此論，爲救正而發。兩句文法雖同，須分別看乃佳。下句「而」字重，「則」字緩，與上句正相反；兩「優」字亦別，上「優」易，下「優」難，如此方見聖賢内重外輕，窮達一致之理。有云人不求聞達於世，正使曠然不學，亦復無傷於人。先生曰：「無不傷人之理！和尚道士，自肆山庵；金溪姚江，私傳書院，然已生心害政，豈必得時在位而後禍世哉！」如今人開蒙上學，頭一日立心便錯，讀書不過作好官耳，此錯直錯到老死曠劫，不但無人品事功，直無讀書種矣！無惑乎異端以讀書爲事理障也。

曾子曰吾聞諸夫子人未有自致者也章

「致」字即孟子「自盡」「盡」字，孟子句原本此，非推與及人之謂致也。自者，本心之真；致者，天理之極，二字分開不得。然自字猶易，致字爲難，聖賢教人卻重在致字，只看「親喪」，非大逆不道人，誰不哀其親者，此自字猶易也，至盡親喪之禮而致其哀，這卻是致之難，蓋自字本心，致字本天也。喪致乎哀而止，然哀之分數不同，哀戚屬以至路人萬物皆哀也，然不是哀之盡處，故曰「必也親喪」。若側重自字，則乍見孺子入井，又何嘗有因有爲，然卻不可以此當自致也。

此句不是歎人情之薄僞，要之人理本如是，到「親喪」纔是盡，以下親親仁民愛物，從此一路推去，沒一件不是自心，卻都靠這盡處起分數，便是一篇西銘道理。

曾子曰吾聞諸夫子孟莊子之孝也章

非獻子之賢，則不改正有可商，非謂凡執政子孫必當不改，熙、豐紹述天子且不可，曹丕、司馬昭、蔡攸諸臣，豈得以不改爲孝乎？

「其他可能」「能」字，指傍人後人之比傚莊子者，非謂莊子之能。且「其他」與「不改」，莊子並不分重輕取舍，夫子論渠孝行之中，以此爲最，人所尤難及耳，非謂莊子不以他能事親，而但專志於不改也。

孟氏使陽膚爲士師章

道箇「上失其道」四字，曾子胸中早有一副王者作爲、救民要道在，無處設施，説來没用，只好對士師講士師，對此時季氏士師講此時季氏士師話耳。要之，道雖不行，此一點心卻是隆汚不易。

「上失其道」，則雖情真罪當，要非民之過也，上使之不得不然耳。今既不能復上之道，而又不得不盡民之情，思及此，則哀矜勿喜，有惻然心痛者矣。

殺人多者爲忠，平反多者爲罪，俗吏視禄位重，則人命自輕，求免一家哭，不得不使一路哭，豈必周興嗣、來俊臣方爲屠伯乎？于公之高大門閭，王公之使相官職，自信得過處，只不爲俗吏耳。詐忠巧宦，俗吏之甚者，可不三復於斯？

子貢曰君子之過也章

「過」字須先看得好，日月不得不食，可知君子之過原與常人不同，故可見可仰，蓋其本心先迥然也。

以交食比君子之過極精，日月自行常度，本無差失，但所遇入交度而爲食，不得不然耳。所謂更，亦食過即復圓，非更改其本體行度也。君子之過，其本體光明無疵，亦如日月，第爲所遇事勢之難，或有不合常度者，君子亦不得不然，然又不自諱其過，故人皆見之；及其更也，君子亦非於心體有悔厲變易也，但處之得宜，中權合道，故人皆仰之。

顏子「有不善未嘗不知，知之未嘗復行」，可見改過由於知過，彼貳過文過，皆不知者也，而不知又由於不爲己克己，爲己克己，則惟恐不聞其過矣！君子之過易改，緣其立心處便不同，故其爲過原微，而反求又極虛明，故見幾更早。

衛公孫朝問於子貢曰仲尼焉學章

人謂公孫即太宰、黨人之見，非也，太宰、黨人驚其博耳。公孫是尋問其從授，「焉學」謂何所師學，故子貢答以「焉不學」，又斷以「何常師」，則公孫正問常師也。

須知此「學」字非力學之學，乃從學之學，即「師」字也。「焉學」是問何所師，文武云云，正子貢妙於立説，極言其無師耳。「焉學」、「焉不學」，轉語甚巧，「何常師」句，乃直答之也。

子貢正意衹是天下無足當聖人之師且學耳，文武云云，正是立説之妙。如人謂此章不宜重「道」字，宜重「學」字，似也；乃其所謂學者，謂夫子實是無所不學，如太宰、黨人所稱者，如其言，則「道」字如何不宜重乎？只爲此章「學」字是從學之學，非爲學之學，但看一箇「焉」字自明，「焉學」問何所師，「焉不學」言無非師，「焉學」即常師，故答言那有常師耳。「學」即「師」也，非夫子之學也，故「道」字不重者，只爲此「道」字指昭代典故，若云除非此等，孔子也須問人耳，若「學」字看煞孔子身上，則「道」字亦相連而重矣。

公孫問仲尼何所師學，子貢答以無所師學，本義也；答無所師學，而及無非師學，旁義也；學者因此言，「可以見聖人之生知而無所不學如此」，又餘義也。

或曰，看煞在「學」字，也是示聖人敏求，疑亦無惡於理。曰：此章是評論聖人，須見得聖人全體，全體見，則敏求意未嘗不在。自此章至陳亢，皆論者低看了孔子，而子貢辨之，是極推尊語。公孫問仲尼何師，子貢以爲夫子有師，則天下有高於孔子者矣，堯舜以來相承之道，非大小賢不賢之可分，孔子自得之無師也，若夫文武之謨訓功烈，禮樂文章，則人人皆其師矣，又豈得謂之師哉？此是子貢反跌文法，無師正意在言外。朱子特地將「道」字注出，正爲「焉不學」之學，非聖人全體之學，故文武之道，亦非聖人全體之道也。若將「學」字説煞聖人本事，則「道」字之注反説不去；欲就注看低「道」字，則聖人之學止説做博聞廣記，收羅纂輯一家，其低又出公孫所問下矣。故余以謂「文武之道」以下七句，宜虚看，不宜實講；「學」字宜就「師」字看，不宜作聖學實講。

惟「道」字粘定文武，故曰「謨訓功烈，禮樂文章」，惟文武粘定此「道」字，故與堯舜禹湯無涉，饒雙峰、陳定宇不識朱子之指，支離誤人，故余謂看大全須分别，其法只以本注爲主。

遵傳注莫患乎知其當然，而不知其所以然，終於可遵可畔，無一定不易之理，此異端與訓詁，同歸於無得也。如此章「道」字，獨注作「謨訓功烈，禮樂文章」，人皆知之矣，然試問堯舜以來相傳之道，夫子獨不學乎？論道體不容分大小賢不賢矣。然道兼精粗上下，獨不可以之分大小賢不賢乎？文武之道，即堯舜之道，列聖道統傳文武，文武道統傳孔子，豈堯舜列聖之道，皆止於「謨烈禮文」，而孔子之得統專在斯乎？抑列聖之道更有別傳乎？此陋儒定以爲疑者也。然則「道」之注爲「謨烈禮文」，亦朱子之見如此，而非不可易也，生薑樹上生〔一〕，也只得依他説耳。以此爲遵，畔乎？不畔乎？蓋此章「文武之道」四字，全要低看，公孫問仲尼何師而爲仲尼，子貢謂仲尼無須師、無可師，列聖大道，天縱之所固有也；若仲尼要由師而得者，除非是典故名物之類，如文武之道，亦須問人，然則人人可爲仲尼之師，究竟何常師之有！文武之道，猶云國朝「典故名物」，四字拆開不得，如此看便分明，愈見朱注之不可易矣！

大小總只在禮樂功烈典謨文章上説，賢不賢總只在職司傳守師承記誌上説，不可以大爲道德性命。以大爲道德性命，則賢不賢懸絶矣。

叔孫武叔語大夫於朝曰子貢賢於仲尼章

牆之高卑，只以喻難見易見，非以牆之高卑較聖賢分量也；宗廟之美，百官之富，與室家之好，都在宫裏分别，不關牆事。人講此二節，無不以牆之尺寸争聖賢分量，皆誤也。惟其宫有不同，故牆有高卑之殊耳。誤在宫、牆二字混看，須提出「宫」字與「牆」字拆説，其理始明。

「數仞」非止説牆高也，只説遮卻裏面耳，正如裏面如此，所以外面如此。

陳子禽謂子貢曰子爲恭也章

「不可及」、「不可升」，不止爲庸人，至賢智便到一間之顔子，同聖之夷、惠、尹，皆在仰觀之列。

【校記】

〔一〕蘁　原作「姜」，據文意改。

吕晚村先生四書講義卷之二十三

論語二十　堯曰篇

堯曰咨爾舜章

此章原無以「中」字統貫之義，自不通講章造之，後遂著爲不刊之典，故講章之毒爲最烈！

有謂周之未入商也，豈無善人？但未能發帑以爲恩，至是而後以商財富之。先生曰：「周未入商，則自富有二之善人〔一〕，入商則富天下之善人，豈以商財私周人哉？」又曰：「湯武之有天下，公也；後世之取天下，私也。以私視，則周爲周物，商爲商物；以公視，則此非商物，乃堯舜禹湯相傳之物，並非堯舜禹湯乃所謂天禄之天物也。」

有謂此時商即散財發粟，亦未必能挽回。先生曰：「後世取天下者以詐力，守天下者亦以詐力，故兵臨城下，而講收拾人心之術，每無濟於事，以其力竭也。然尚有挽回者，若湯武之征誅，以德不以力，紂果能散財任賢，未有不可挽回之理，非如後世詐力相敵，便有不可中止之勢也。但紂必不能爲，亦自古必無之事耳。」

「四方」句，謂四方之政，由是無不次第舉行，是就上三句推廣言之，不是三者正而政自然奉行也。

四方政行，固不但行上三項，然亦就上項推廣至盡耳。蓋商失其政，雖政在四方，而廢阻不行者多矣，武王謹之、審之、修之，於是四方廢阻不行之政，皆一一無所不舉行焉。「行」字原指四方之政，非謂四方服從而奉事武王也。

「權量」三事，固即四方之政，然四方之政，卻三事括不盡，故上三句舉其大凡，下一句包羅一切，猶云如此等類皆舉行也。若俗解將政行另講做奉行順化者固非，然泥定四方之政只行此三事，遂將末句略過，亦未爲得也。

使武王生於商室，其行政亦須如此，豈必開國有此規模耶？余最不喜「新天子」及「收拾人心」之說。

講此節者，不是誣罔武王於鼎革之際，用收拾人心權術，即是侈張奉行新政之速，以頌其勳業之盛大，失論語載以終篇之旨。須知武王兢兢於四方之政，是帝王相傳以來道統心法。

興滅國，繼絶世，舉逸民，武王只知理合如此而爲之，天下之民亦只爲其理合如此而歸之，其相感通，皆天理也；若武王爲要天下歸心，又惟恐其不歸，而曲體以要結之，便都是私心權術，不可語帝王之道矣。

極可鄙者，專主改革立論，謂惟恐天下懷舊，而以此收拾人心，如莽操之徵聘封爵作用，純是篡賊肺腸，豈聖王心事乎！

此節最患以後世取天下私心，揣摩三代聖人情事，自行篡逼，而曰「舜禹之事，吾知之矣」。後世讀書談道者，大約在這肺腸上裝飾耳，遂敢於誣謗聖人而不顧，蓋其本心先失也。

帝王經營處置天下，未嘗不在人情物理之内，此古今之所同也，只是起念原頭一公一私處，三代與後世迥然不同，故聖人相傳一「中」字，魯論結以寬信敏公，自堯舜至湯武一也。或曰，謂武王無利天下之心，吾終不信，不知此一點信不及之心，正是三代後隱微深痼之疾，中根已久，故自難拔，無怪其然。要識三代帝王處置天下原頭，只看一篇西銘自得。

讀此章可知從來正統之説，朱子所謂「不妨架漏千年」者是也。綱目凡例，所以發明有統無統、大書細書、或予或奪之義，已盡之矣，但自綱目以後，又自有一番變局，當自有一番變例，惜朱子不及論此耳。然能精熟綱目之文，執凡例之義，權之衡之，量之度之，其義亦可知也。

子張問於孔子曰何如斯可以從政矣章

後世人主無非自私自利心腸，即有限田、勸農、輕賦、節用者，也只是喻於自利，未嘗真實爲民起念，此便是漢唐與三代判然必不可合處，便是三代之道漢唐以後必不能行處。故「因民之所利而利之」，若先從「因」字著想，在「民」字前一層講作用，便落漢唐甲裏，即使黄金與土同價，要非三代之所謂利也；須先將「民之所利」四字看得親切，直向盤古鴻荒看到三代聖人心事一片，「因而利之」四字，方是天開地闢功用。

若説君子自然無爲，不是闒茸，便是黄老清净家法矣，幾忘卻章首「有政」字在，「因」字「利之」字，正見君子經略處。

「擇」，只是於可勞之事删之又删，至於不可删者，乃真可勞之事也。

「因」字，是有一分之利便不失卻一分；「擇」字，是省得一箇人便不多遣一箇人。郡守縣令，終日坐衙，而東作西成，全然不曉，更説甚「所利利之」！差一隸人，勾當一事，便擾害不中窽，更説甚「可勞勞之」也！

有謂「欲仁而得仁」，指取民説，朱子「治己治人一理」之説，亦自見到。先生曰：「朱子謂：『仁是我所固有，而我得之，何貪之有？若是外物，欲之則爲貪。』門人問：『於問政及之，何也？』曰：『治己治人，其理一也。』正因門人之問淺陋，將人與政分作精粗内外看，故云耳，豈謂治人便是取民哉？帝王仁，天下從，精一執中，至時雍咸若，皆仁也。漢武帝云『吾欲云云』，汲黯曰：『陛下内多欲而外施仁義，奈何欲效唐虞三代之治乎？』此即所謂欲而貪也。只爲他内多欲，故雖欲效唐虞三代之治，都成其爲貪，不算欲仁也。帝王仁政，教養漸摩，禮樂刑政，何一非仁，豈止取民貨財爲政乎？若止以取民講欲，正朱子所謂欲外物矣，其根本已爲貪，何仁之有哉？不自知其不通，而胡説叛道學者，當深以爲戒也。」

無敢慢而後衆寡大小之分各正，非抹煞衆寡大小也。

正衣冠，尊瞻視，不徒在形色上求。

子曰不知命章

我之當爲君子，命之固然也；爲君子而有死生禍福之不同，亦命之適然，不可辭也。信命不及，則氣有不直，力有不足，而道有不盡者矣，故無以爲君子。

知命故能立命。

天即理也，命即天理之當然也。知理之當然，一切生死禍福，成敗利鈍，一齊放下，面前只有我所當爲之事在，更有何商量夾帶？故可以爲君子。佛氏以因果報應勸人，袁黄竊其旨造爲「功過格」，謂足以改命，乃所謂不知命也。

「命」字，深求者多入莊周瞿曇邪路，淺見則又落三命通會、星平會海，及袁黄「功過感應」等鄙魔，世人説知命，大約不出此境。

【校記】

〔一〕二　疑當作「周」。

吕晚村先生四書講義卷之二十四

中庸一　第一章至第十一章

第一章

群言淆亂，總不知天，因疑及聖教，知天則下面都不錯。人生而知覺運動，與氣質萬變，原未嘗不是性，但聖人謂此未是性之最上同然處，惟就這上面看出健順五常之至善，乃天命同然之本，故曰「天命之謂性」，與孔子「繼之者善，成之者性」，孟子「道性善」，皆一綫印合之理，非有所輕重立説也。氣質未嘗不是性，然非性之主也，孟子「口之於味」章，與程張朱子發明理氣之説詳矣。此非孟程張朱之言，孔子子思之言也，今總一概不信，只信「生之謂性，作用是性，能視聽言動的這箇便是性」三句是真宗旨，所謂「本領不是，一齊差卻」，下面縱有一句半句湊合近似，總與這邊道理不相入也。

有云天者自然之謂也，然專言自然，而不言不已，則勢必專以氣質爲性。先生曰：「即『自然』二字便有正義，有邪說。謂性之善，本固有自然，非由外鑠，此正義也；若謂一切動止，無非自然，即邪說矣。至『不已』二字又是一義，與此處無涉。即『不已』亦須分看，指此理之不已，則正義也；但空說不已，亦可扯入邪說去。」

有謂仁義是性，凶邪亦莫非性，先生曰：「此是程子『惡亦不可不謂之性』意，然程子之云，謂性有過不及而爲惡，從惡逆推上去，未嘗不自性來耳。」

「率」字只在理上說，不在人物用力上說。

「率性之謂道」，只說箇道理本然如是，不是生安自然，生安自然，亦是下句中注脚。「率性」，是指理上事，而氣在其中，所謂自然者，謂「率」字不說工夫耳。人欲講得「自然」二字微妙，遂說入化機自動，不知其然處，不知此只得氣上事，乃二氏之自然，非聖人所言之自然也。

率四體之性，便有聰明恭重之道，非謂視聽持行之安便爲道也。

日用當行之路，即有不行，路未嘗不在，不行者不過在上面過不及耳，故曰可離非道也，不可離者率性故也。

一部中庸，只明一「道」字，故下節即接「道」字説去。性者，推道之原，教者，明道之事，三句總以言道也。首句從天説來，末句從聖人看出，中間率性又人與物共，要之此道爲吾之所固有，只在吾身一看，則天與聖人人物總在這裏，中庸拆開説有此層次耳，天與聖人即吾身是，性命與教即吾身之道是。

上兩句一滚出來。纔有天，便不得不生人物；纔生人物，便有此性；纔有此性，便有此當然之道，一有百有，中間更無停待安排處。故不但「命」字自然，「率」字亦自然，命與率皆天之不已，有不得不然之妙，到聖人之教，似出人爲，然必如此，乃還天命之本來，此聖人之不已，有不得不然者，亦即天之不得不然也，然此間卻有一折。

只爲氣質有偏勝闕欠，便不能完此理之固有，故聖人爲之品節而裁成之，不則，天命或幾乎息，而道不行於天地之間。此是聖人不得不然者，不是人欲有功於天，而爲此多事也。

人生品質各異，非過即不及，不能中道，所以有聖人之品節，乃所謂修也。

惟聖人窮理盡性至命，故能立天下之極，天下人物細微，無一不備聖人性道中，聖人原只在自己分上設施，未嘗外假也。

教雖聖人所爲，而因吾性道之固有，則亦同是自然之理，三句一串説下，中間只多氣質過不及一轉，聖人之教與天命之性，原無二理也。

性道本不可分，但性上着不得「修」字耳，實則修道而性復其中。看注云「性道雖同，氣禀或異」，則上二句一併注下此句，全部中庸只完得修道之教也。

「修道之謂教」一句，是子思全部總敘，上二句是此句楔子，此以下至終篇，皆所以修之法也，故此句須直承第一句説。禮樂刑政，即是天命之性。告子、陸子静、王伯安以能視聽言動爲性，只爲脱卻第一句看。仁義禮智，都是聖人强名設教，初非性中固有，即老莊「剖斗折衡」之旨，不知正因能視聽言動之性，非天性本然，率循不得，故煩聖教耳。彼所謂性道，乃聖人之所欲修去者也。若單承第二句，便墮此義。

異説分裂，都在「教」上起。彼亦一是非，此亦一是非，反以聖人之道爲外鑠，故子思立説以辨明聖教，看上兩箇「之謂」，正爲第三箇「之謂」而設。

程子謂：「自天命至於教，我無加損焉。」蓋道在天地間，人自不行耳，無存亡也。剥於上，復於下，桀紂所不能止息也，道如是，教即如是，聖人之旨，亦至今巋然也。害道者曰「三教」，教豈有三乎？則又從而甚之曰「三教合一」，嗚呼！其所謂三者，釋也，道也，秀才也，而無聖教也！其所謂合一者，釋釋也，道釋也，秀才亦釋也，而無聖教也！聖教遂亡乎？天地自若也，日月自若也，山川自若也，無存亡也。

自天子至庶人，同此道也。孔孟之後有「儒」名，則天下自外於儒矣；程朱出而有「道學」名，則天下之儒又自外於道學矣。郝伯常謂：「道學之名立，異日禍天下必有甚於宋者。」理不爽也。今人譏詆腐陋者曰道學，而村夫子、點講師亦公然自命曰道學，則胥天下而外於道矣！不知堯舜禹湯文武周公皆老儒也，道學先生也，則何儒與道學之有？

作君作師，教無異官，官失其職而有孔孟耳。禮樂刑政，教無異事，事失其治而有講述耳。

以道學立傳，古未有也，自脫脫作宋史而名立，道學於是乎亂。

道不可離，因爲從性命中與生俱來，非由外爍我，雖不明不行，道卻未嘗頃刻離我。離道者至桀紂而止，然道終未嘗離桀紂也。此雖承上注下轉接語，卻是中庸絕大關捩，下十二章至二十章，皆發明此句之義。

「戒慎」二句，是君子統體操存心法，就盡頭形容其全身，不覩不聞而戒慎恐懼，則無時不然矣。

「不覩不聞」，是舉常存敬畏之盡處而言，見於此亦「戒慎恐懼」，則無時無地不然可知，看注中「雖」「亦」二字語脈可悟。自禪學亂儒，以不覩聞爲真體，遂謂君子專於此用工夫，聖學日湮矣！必從覩聞説到不覩聞，斯理方圓，實吾道精微處，異端心粗，自不能入耳。

「隱」爲暗處，「微」爲細事，皆指境候言，言此時此地，似人所難見，然幾既已動，自家先見得，分明難掩，已是「莫見」「莫顯」矣。

「隱」言暗處，「微」言細事，俱在機候上看，注中的確分明。人多將隱微説入心境秘密處，此即「獨」字下加一「體」字，以爲宗旨之謬妄也，故其語意又似誠意，又似致知，自指劃一番道理，於「中庸」本義，不知説甚！

「莫見」「莫顯」，只在當下獨知中言，非指隱微之必至於顯見也。此節與大學「十目所視」節，人每説錯。

誠無爲，幾善惡，人生而静，但有至善感於物而動，然後善惡形焉。惡之生也，其在動之微乎，故君子慎獨審其幾也。此二句即十目十手其嚴之意，見幽獨之可畏如此。「莫見」「莫顯」，正指「隱」「微」，非對待推極也。

慎獨只在動静之交接處，又加謹耳，蓋此是惡初生處，斬根須在此也。獨只是己意已發，而人猶未見，故朱子謂「對衆人時亦是獨」。

上一節工夫是總冒，此節是細分緊關，分明兩節工夫，若作兩對説便不是。「不覩」

「不聞」，乃語言之妙，爲包括睹聞以形容敬畏之盡，非謂專於此做工夫，亦非謂工夫到此乃妙也。「慎獨」節，在交接頭上用力，「獨」就時地上看，非心中另有此件物事也。

工夫鑿然兩節，但上一節是總段工夫，此節是逐處緊要工夫，提省界眼，有此兩節，做時原只是一片，不曾拈一放一也。

戒慎恐懼是兼統動静工夫，此節則自静之動分界之幾也，時講與上節對分動静者非是。

上節是統體處，不專説静；此節是分界頭上，亦不專説動。

問：或云，静存動察，是學者入手兩事，然究極之，善動實本於善静，世之善處静者，只是氣機偶息耳，而亂動之根本未嘗泯。試以晝夜驗之：人心無事時比有事時爲静，而睡則尤静，人心一有掛念躁想，則睡不去。無聞見思慮，寂寂寧機，此静境也，而夢中顛倒昏亂，一點靈性，爲濁氣所掩，渾如死人，則可知日間静時之静，亂動之根本未嘗泯，如龍谿所謂「日間養得清明，夜間夢亦清明，日間攪得昏雜，夜間夢亦昏雜」者，以此静驗彼静，昭然可見。夫人之一心，夢中尚不能自主，矧疾病乎？疾病尚不能自主，矧死時乎？思及此，未有不惝然自失者。學道者試參之，其説何如？曰：「工夫確然兩節，然卻不是動静截然兩對。戒懼是統體，慎獨是細分，於關頭緊要又加謹耳。若截分動静，是所覩聞時反不用戒懼耶？聖學隨動静做工夫，使此心敬謹，凝一無間耳，無惡動求静之理。」曰：周子之主静，程子喜稱人静坐，非與？曰：「此非彼之所謂静也。動静有就理言者，有就氣言者，有就時地言者。周子之主静，以理言也。正恐人錯會，故特下本注云『無欲故静』。程子喜人静坐，喜其人内求不外馳耳，亦非以静爲教也。若龍溪之所謂清明昏雜，卻只就氣上立脚。二氏之徒稍有工夫者，即能於死化疾病睡夢時，了然不昧，他便道是極頭，士人亦以此惑之，不知此只是氣上事，所以他這些子只好在静處玩弄，纔到動處，便擾亂，用他不著，故分動静爲二，而惡動而求静，可知他清明之時，其昏雜之根本未嘗泯，故聖賢勿貴也。若周子之主静，即程子所謂『動亦定，静亦定』，廓然而大公，物來而順應酬酢，萬變而主宰嘗肅，故其静非晝夜昏明之可擬也。學者知此，則彼説之不足參自明矣。」

此章從天命大原一直説下，故慎獨在戒慎恐懼後，若學者下手次第，卻須先從慎獨做起，看末章自見。

「和」易見，「中」難説，故「中」字就「喜怒哀樂」四字而指其未發爲言，借有象以明無象，猶孟子就惻隱羞惡辭讓是非之端，而指仁義禮智之固有。

「喜怒哀樂」借來説性，猶孟子之以「乍見」説仁，都是實有。

健順五常是性，即此性之具於中而未動處謂之中，與太極之無極相似，非性之上另有一件中，猶之太極之上非更有無極也。異學指心爲性，以生謂性，必去理而尊氣，遂認仁義亦屬後面事，而於上面别指其虛活難言者當之，不知此卻是仁義下面東西也，這裏正須明辨。

發而皆中節謂之和，此不指養成性體，亦不説偶然合節，是言人心性情之德其本來道理如此，偶然者豈能皆中？養成者即下「致」字中事，養成乃復得此和，非本然之和也。

艾千子云：未發之中，自戒慎恐懼來，使無戒謹恐懼工夫，則發必不能中節，發不中節，則當其未發非中也。如人之病瘧，當其未發，瘧症嘗具，可以謂之中乎？且未發性也，非時也，如以時，則人有未發之時乎？惟有昏睡耳，然夢中亦有喜愠矣。先生曰：「千子硬主要根戒慎恐懼來，故其言如此，若必待戒慎恐懼而後有『中』，則亦將必待修道後而有天命之性乎？瘧者，病也，不可以喻本來臟腑之中和也。如其言，瘧之病，必待服藥而除，病除然後臟腑有其中和，是已，然則不病瘧之臟腑，也須服瘧藥而後中和乎？其説之謬，不待辨而知也。」

有謂已發處即是未發，已屬牽扯混話，又有謂不得不發，而未發本體不與之動，更不成道理！如此，則性情有兩件作用，而所謂發者，即屬妄緣，所謂中節，亦涉外假矣。

即已發内有未發，是野狐禪亂道，雖發而本體仍寂，是外道打成兩橛話，學者奈何粗淺至此？此説原於陳湛以「慎獨」「獨」字爲心體之妙，皆聖經之蟊螣，學者不可不辨也。

或云：中即性也，和即道也，有謂未戒懼慎獨，止可謂性，可謂道，不可謂中、謂和，説本大全小注，及艾子定待，然似歧。先生曰：「性道是人物各得之總理，中和則人心中自然性情之德，謂中即性、和即道，亦籠統在。未戒懼慎獨止可謂性道，不可謂中和，此直是艾南英亂道，大全亦無此説。惟問朱子者有『心存而寂感，無非性情之德』一條，及陳安卿云『須有戒懼工夫，方存得未發之中；須有慎獨工夫，方有已發之和』數語，皆就學者講，工夫已是『致』字中事，言中和雖固有之德，然不致亦不能有之耳，非解中和本義也。如艾説，則下文『致』字又如何着落？依他道，則應云致性道，不應云致中和矣。」問艾意謂致此中和於天地萬物，是推極其用之意？曰：「然則應云中和致於天地則『位』，致於萬物則『育』耳，亦不應云致中和也，總之亂道，則不特理不通，文亦通不去矣。」

千子解此節，必根戒懼慎獨，最爲不通。渠云：中非戒懼，何以能爲「天下之大本」？不知中果必從戒懼而有，則或有或無，或全或虧，亦何以爲天下之大本哉？蓋渠將「天下」字看作功用，故其謬不可醒耳。

艾千子謂不根慎獨，則不可謂天下之大本達道，只誤看「天下」二字是張皇字，不是切實字耳；乃云若概指心體，則常人皆大本達道矣，未聞常人皆能位育也，則其謬更甚！常人原皆大本達道，原皆能位育，但不能致中和耳。又云，禪宗盛行，乃有不由功夫，直證本體之説。此亦不然。中庸言道體處甚多，非必説工夫也，禪宗亦自説工夫，但自有彼之本體，彼之工夫，非吾之所謂本體工夫也。至謂楞嚴之理甚微，可存作性命别傳，不可强入四書，餘姚以之講學，未嘗作四書講義，然則千子之視異説原可以並存，但不可作時文用耳。是千子不特不知佛與餘姚，原未嘗知章句，不特不知楞嚴良知之學，原未嘗知時文之可以明道。

「致」字功夫上面兩節已説得精盡，只消直接「位」「育」二句，而中庸又特下「喜怒哀樂」一節，正見性情之德具於人心，人人所有，初非異事而極其功，即至位育，其示人之意深切如此。

離第二三節講「致」字者，邪説也。即第二三節是致者，淺説也。注云「自戒懼而約之，以至於至静之中，無少偏倚，而其守不失；自慎獨而精之，以至於應物之處，無少差謬，而無適不然」，可知有多少次第境界在。

中和只是此中和，工夫亦只是戒懼慎獨，於戒懼慎獨中做到積累純熟極盡處，纔叫得「致」，纔有位育效驗。

「致」字從戒懼慎獨推至於中和之極而言，若未到極處，有一分中和，亦必有一分應驗，但要到「位育」則非致極不可耳。俗解似一戒懼慎獨便了，全無實際，安得不以位育二句仍納入性體中胡説乎？不知注中「自戒懼而約之」兩段中，工夫層級正有在，以位育爲盡頭實證耳。

上一句是工夫盡頭，下二句是效驗盡頭，分明在事上説，注中「天地萬物本吾一體」，是在題前提明所以然之故，不是仍歸結天地本原也。時解每云，吾性中之天地位，性中之萬物育，皆墮魔界。但亦有致中和而位育之功不盡者，此又係時位爲之，故朱子曰：「但能致中和於一身，則天下雖亂，而吾身之天地萬物不害爲安泰；其不致者，天下雖治，而吾身之天地萬物不害爲乖錯，其間一家一國，莫不皆然。」曰「吾身之天地萬物」，即實指天地萬物，非懸空語也，然須知此節大旨，是推盡聖神之能事，學問之極功。「位」「育」二字，究以平成咸若爲正，如射者之的，行者之歸，正聖賢接引學者之意，莫淺小看卻也。

位育是實事，不是懸空影響，如二氏寓言，注中「天地萬物本吾一體」六句，乃推論所以相應之故，非即此是正義，一了百了也。時解誤認此意，反以實事爲粗，要將位育到縮入内來，不道求精得粗，只爲忘卻「故其效驗至於如此」八字耳。

位育是實事，此理先信不及，不得不倒説入虚空去。只看末世俶擾汨陳，災沴夭癘，上下咸失其所，不可謂非聖人之咎也，若得箇聖人出來，從頭經緯一番，其氣象又何如？

若謂今日天地萬物未嘗不位育，即是漢唐以後之天下未嘗不三代，不知聖人之所謂位育，不是此境界，所謂三代之天下，亦不是此境界，讀書人胸中須先有此境界始得。

兩「焉」字極有理會，不是如何去位育，亦不是他自然位育，只看日星災變，山川崩竭，人物妖異，天下有道自稀少，到無道時自頻多，天人相與之際，非偶然也。不然，以法推之，何嘗不是一定之數，又何必修省補救乎？

戒懼以致中，慎獨以致和，故位育分屬，此對待之理也。戒懼兼動静，慎獨在動幾，猶敦化之於川流，故萬物統乎天地，天地又統乎天，此一貫之理也。

第二章　仲尼曰

「中庸」所謂時中，乃從戒慎恐懼而得，於君子又進一句説，故加「而」字一轉，所謂「君子而處不得中者有之」也。

「時中」與「無忌憚」正相對。「中」字本天來，不本心來，惟君子無時不戒慎恐懼，故能隨時處中，若但作達權通變作用看，卻正是小人之無忌憚。小人也不是一味狂獗，他也見一種影子，只是憑心起義，不知天命而不畏也，雖倖成事功，已離天則，他何嘗不自以爲時中？所謂「本領不是，一齊差卻」也。

只加一箇「時」字，便藏得箇「庸」字，注云「中無定體，隨時而在，是乃平常之理」，正還「庸」字下落。若只作因時爲變，不討得戒懼源流，即是後世講作用學術，未有不流於無忌憚者。

「時中」注有二意：曰隨時處中，是逐時戒懼，就君子自修説；曰無時不中，是統體戒懼，在現成看君子説。

或云，君子之德，是戒懼致未發之中，隨時處中，是慎獨致已發之和，小人反是，非以「時中」爲戒懼，照下「無忌憚」也，照「無忌憚」，當以「慎獨」對耳。顧麟士云：按注「君子知其在我」三句，是「時中」上一層話，推原其平日也，而「無時不中」一句，方是正説，「小人不知」一句，對「君子知」三句，不戒懼意已在裏面，則「肆欲妄行」二句，對「無時不中」一句，「不可以無忌憚」對「戒慎恐懼」，存疑説是，又爲通之，此解最確。先生曰：「注先下『中無定體，隨時而在』，然後云『君子戒慎恐懼而無時不中』，先解時中之理，而後説君子之所以時中，則戒慎恐懼，正講時中，以對照無忌憚，非推原平日。林次崖、顧麟士之説，皆誤也。蓋時中只在事理上看，即首章第二節注中所謂『日用事物，當行之理，無物不有，無時不然』者也。惟戒慎恐懼，乃能體得此理，於己無時不中，即所謂常存敬畏而不使離於須臾者也。故程子、朱子皆只説戒慎恐懼而不及慎獨，煞有意在，慎獨只説事幾交接頭上，尤要加謹，戒慎恐懼兼動静統終始而言，時中者，無適而不中，亦是統體説，不指交接頭説，故謂君子貼戒慎恐懼，而時中貼慎獨，不可以戒慎恐懼對無忌憚者，皆誤也。」

「小人之中庸」句，明注小人之所以「反中庸」者，有將小人説高一步，不欲增「反」字，便不是。或曰，此是看對面不同，曰對面不同，則正位亦走樣，細體認自見。

第四章　道之不行也

第二節如詩之比體，説飲食，便是説道，罕譬而喻，神味無窮。

飲食與道分不得兩件，然竟説道不得，即就日用中舉出一件以譬全身，言外有結所以不明行意。

雖不知味，究竟飲食，當飲食時，其味自在，何嘗離得？只人自不去領略，便失之耳，程子所謂「飯從脊梁過」也。飲食是日用，味只日用中道理，此等指點最親切，是比喻，卻不是比喻，兩「也」字意味深長，其音未寂，試緩念之，便得明道言詩之妙。

上過不及，乃道之所以不明不行，此不知味，乃人所以過不及之繇。上智愚在知行之知説，此知味在覺察之知説，能覺察然後能知行耳。

「知」字非知行之知，統明行而言，乃提撕省覺意，即孟子所謂「弗思耳矣」也。

第六章 舜其大知也與

此根前章「知者過之」而言，知如舜弗可及已，然其所以大者，則「以其不自用而取諸人」，其知而不過如此，全重過一邊説。然又須知執兩端用其中，非聖人之權度精切不差，何以與此？則無不及不待言矣。

知得一分，行得一分，知有一分不到，則道有一分不行，此行道之必由乎智，而智必求其大也。一人之大有限，合天下之善以爲智，故大不可量，此舜之大足以爲法也。

明道必須知，知必不自用而取諸人，此「中庸」意也。以舜之知，然且不自用而取諸人，所以爲大知，此夫子意也。要之舜之生知而又如此，故成聖人，學者但能博學審問、慎思明辨以求知，亦可以至聖人，其歸一也。看注「非在我之權度精切不差，何以與此」，若説舜止靠此以爲知，又抹去聖人界分矣。

舜本自知，又能合天下之知以爲知，故曰「大」也。「問察」四句，正見其大處，非舜之所以爲知處，看注云「非在我之權度精切不差，何以與此」，便得此意。

舜能不自用而取諸人，所以爲大知，然其所以能如此者，舜固自有其知之本也，而又擇之審如此，此其所以大耳，非全無己知，而恃人以爲知也。看注中「然非在我之權度精切不差，何以與此」二語自明。

其不自用而取諸人處，多有聖人本分在，不是單靠衆人也。其好問好察隱揚執用，不是大智，如何能有此精切不差之權度？但有聖人權度之精，而又必不自用而取諸人如此，此其智之所以尤大也。

兩端都只是善邊事，於此擇取一中，乃所謂至善也。「執」是衡辨之意。

惡者已隱則兩端皆善也，擇其至善者即中矣，非兩端之間別有中，亦非渾化兩端以爲中也。

兩端都是善言，其惡者已隱矣，即善之中而有兩端之不同也，中即就兩端而擇其至善者用之，非調合兩端而爲中也。

此兩端不是兩頭，只兩樣相似，皆善也，於兩樣中審擇其至善之一，即謂之中，非即始暨終，由小推大之謂，混論語「無知」節兩端義不得，彼兩端有中間，此兩端無中間。

聖人所以不自用而取諸人，只爲中無定體，恐有未盡，而求之衆人邇言，正爲中不離庸也。可知道只得中庸，大知乃所以行中庸，此作傳微旨也。

此章是言道所以行之故，即可悟大學「知止」節及孟子「智譬則巧」節之理。

第七章　人皆曰予知

此章重下半段，見明道必須智，然必仁能守，而後見其智之能擇，以起下「拳拳服膺勿失」之義。

知水火不可犯而姑復犯之者，究不知水火也；知烏喙不可食而旋忽食之者，終不知烏喙也。

第八章　回之爲人也

爲上章能擇不能守者指示一箇樣子，與「舜大知」章同例。「得一善」，正見顏子所擇守無非中庸，不是着向一善上説工夫下手也。

第九章　天下國家可均也

道是中庸，卻説「不可能」，則過者止矣；道是不可能，卻只是「中庸」，則不及者跂矣。

第十章　子路問强

「和」與「中立」，與「國有道、無道」例看，不重，重在「不流」「不倚」，下半橛乃是君子之强處。

立言自有淺深，道理初無内外，如此節「和」與「中立」，自與首章「中和」迥然兩義，牽扯附會不得。或云，中和無兩義，此從涉世言耳，漫從粗淺處説起，恐涉末世黨錮時節義餘論，故必須説本體。此種謬論，直是强作人言！既曉從涉世言，則不當從本體説明矣，惟其從粗淺處説，而强之本體，精明醇切，乃見談理之妙，如此，即涉末世餘論何害？若必以説入心性爲内爲精，以事物世故爲外爲粗，則全非聖賢道理，最是不通秀才見識。

第十一章　素隱行怪

告子遺説，至宋而忽猖；子静一宗，至明而大熾。告子子静，當時幸有孟朱闢之力、辨之明，然且後世有述如此，若良知立教，至今曾未有孟朱者出，雖困知記讀書劄記象山學辨閑闢録學蔀通辨諸書，未嘗不指斥其非，然皆如蜀漢之討賊，其號非不正，而力不足以勝之，其流毒惑亂，正未知所届耳。願天下有識有志之士，共肩大擔，明白此事！

「依乎中庸」句，緊對「索隱行怪」，或承「遵道」，或雙承上二節，皆錯也。「中庸」雖兼過不及，然卻只對過一邊説，看注中「而已」語氣自見。「依」字是不離此做工夫，戒懼慎獨，正在裏許。

總結上兩節，注中雙承甚明，「依乎中庸」二句，平分直下，「唯聖」句，總對「弗爲」「弗已」，白文語勢亦甚明，自胡雲峰倡説側重「遯世」句，乃云「依乎中庸，未見其爲難」，將兩句强分難易，他看得「依乎中庸」與「遵道而行」無異，直是心粗，不知聖學大段全在「依乎中庸」内，「遯世不見知而不悔」，正是「依乎中庸」達天自得之妙，兩句離説不得，一分輕重，連遯世不悔亦不切聖人分上矣。

自「仲尼曰君子中庸」章至此，爲一大起結，總以明中庸之義。言過言不及，中庸之所以失也；言知言仁言勇，中庸之所以明而行也；知必如舜，仁如顔淵，勇如子路，分言德之成也；統知仁勇之全者，其惟孔子，故開端以「民鮮能」起，此以惟「聖者能之」結，照應分明。中間「鮮能知味」，起舜之大知；「不能期月守」，起回之爲人；「中庸不可能」，起子路問强，皆一「能」字作線，直至「聖者能之」「能」字總收。以「仲尼曰」起，言中庸爲孔子之教也；以此章結，言必孔子而後謂之能中庸也，故此章純是説孔子，不是泛講過不及兩種人與空贊君子也。上兩節重在「吾弗爲」「吾弗能已」兩句，若三節末句颺開，卻正是孔子全相，收拾上八章過不及知仁勇在内。

呂晚村先生四書講義卷之二十五

中庸二 第十二章至第十六章

第十二章　君子之道費而隱

隱只在費中，故曰「費而隱」，以下數章都只説費而隱之意自見，非有兩片可分也。禪學以隱爲宗，以費爲幻，陳王從而廣之，以隱爲宗，以費爲作用，先約而後博，先一貫而後學識，其説又精於禪，足以惑世誣民，而後世有述。萬曆間高顧諸公，知其放誕橫恣之非，救之以名教禮法，風節謹嚴，足以力砥波蕩，而及其爲性命精微之論，則仍無能出於其上，而直破其非。

「夫婦之愚，可以與知」，不是説夫婦知道，即夫婦之愚，道亦不離耳，「與知」，只是萬分中一分，非道之全也。「夫婦」兩字，只從居室而言，聖賢學問俱從此起，此纔是「夫婦之愚，可以與知」，不是云愚人可以與知也。

聖人所不知，總要看得極輕，不是聖人不求知，不是不能知，卻是必有不及到處，在聖人不曾闕少，然在道卻自不喫聖人知盡，真是費也。

夫婦所知能，與聖人所不知不能，總在粗淺細微處看，若將夫婦所知能看得卑近，而以聖人所不知能當稀奇事，便不明語意。「人猶有憾」，不是小天地，只在天地形氣上說，也便是粗淺細微一例看。

釋氏小天地，小之以無；儒者小天地，小之以有。以天地之有礙其無故小之，此誕妄無忌憚也。以道皆實有，有天地之所不能盡，正見天地之所有不可窮也。

自漢唐以來，二千餘年，二帝三王之道，未嘗一日行於天地之間，此憾之不可釋者也；然其道自在，畢竟殄滅他不得，乃道之費也。陳同父欲以漢唐充當之，則道終亡矣，此非天地之有憾，而人之爲憾於萬世也，故朱子辨之甚力，正以留此憾在，便是道耳。

上面說費在廣大無盡處，儘放得開闊，令人茫洋自失；第三節又就其中變動流露處提出，示人無所不在，無時不然，當下色色可會，所謂「喫緊爲人，活潑潑地」也。上面是橫說，此是竪說；上面包羅全體，此是在交接當機。

從氣機交接生動處，指出道體流形，最活潑親切。禪家所謂權實照用，使虛空粉碎，始露全身；吾門權實照用，卻正在糟魄煨燼，無非至教；後來説悟説修，總入鬼國。

套説即物見道，頭頭上具，物物上明，作圓通解悟語，乃翠竹真如，黄花般若耳，與聖人之道天懸地隔！實理流行，上下充塞，此中有戒懼慎獨根源在。「喫緊爲人，活潑潑地」與「必有事焉」同參，不是兩重公案也。

禪只是處處要見他没有底，此卻處處見得箇實有底，便是天懸地隔。

金正希云：道不可載，不可破，而可察也。下端於夫婦，而上至於天地，可以觀君子察道之妙。又云：不載道，故鳶不必兼躍，魚不必兼飛；不破小，故鳶不知其飛，魚不知其躍，而飛有得於天，躍有得於淵。鳶精於飛，魚精於躍，鳶魚自盡其心力，無所歉於人，而人亦無以傲鳶魚，則鳶魚察也。艾千子云：遠邇高卑，子臣弟友，造端夫婦，中庸教人都從近處入手，若鶩窮大而失其居，非聖人意也。人至堯許，物至鵾鵬斥鴳，莊生皆以爲「逍遥游」，固知鳶魚皆察也。正希之論本此。先生曰：「其見處與逍遥游又微有别。逍遥游以放散去爲察，此卻就上面玩弄精神，要這些子不走作以爲察，所謂彌近理而愈失真者也，總與聖人之道背隔甚遠，正所云窮大失其居，非從近處入手道理也。千子不知禪，反爲所瞞耳。」

中庸特下「夫婦」二字，不是泛然，天地者，造物之大夫婦也，故曰「天地絪縕，萬物化醇，男女搆精，萬物化生」，又曰「有天地然後有萬物，有萬物然後有男女，有男女然後有夫婦，有夫婦然後有父子，有父子然後有君臣，有君臣然後有上下，有上下然後禮義有所錯」，道理次序如此，聖人功用亦如此，宇宙感應變化云爲無不由此，故曰「一陰一陽之謂道」。中庸特於此章提出此意，下章即指子臣弟友，與易傳之理相會，昭然可見也。故注下「居室之間」四字，亦正不泛。然吾舉此説，人多信不及，且有譏笑之者，只緣今人渾身是人欲，而於此尤爲人欲之極，看得曖昧醜褻，不可以口宣而筆書者。不知聖人卻看得此爲天理之極大極微處，戒懼慎獨正於此下手，於此能人欲淨盡，天理流行，則其餘倫物，皆無難盡難通之處矣。

夫婦一倫，人道之始，四倫皆從此生，故聖人於此最重。易首乾坤，詩肇關雎，書載溈汭之試，皆此義也。自人欲横流，於閨門衽席尤甚，無不以此事爲人欲之私，若不可以掛齒者，不知聖人正以此爲天理之正，禮義之從出，而戒懼慎獨之所必謹。

「夫婦」二字，是通章微旨，實在居室上講。一陰一陽，至天地而極，故對舉結。從「夫婦」二字推其極曰天地，此天地只貼夫婦本義講極精。造端乎夫婦，至察乎天地，此舉兩頭而言中間，正無空隙，如鳶飛魚躍之屬，包括在「及其至也」中。

上面都是將道理攤散了説，或指頭，或指尾，或隨手拈舉，到此下一總結，正是包羅貫串，將上面言語不能到處，處處斡補密實，無少缺欠。其著意在「造端」與「及至」，中間連合一串，無非實地。今人開眼，便止見得夫婦天地兩頭，便嫌總結上文，複疊無意味，於是加主責重君子體道工夫，硬與章句作敵，也只是無聊之計。

人所以多説做工夫者，以結上文複衍無意味也。不知上文遠近大小夾雜，零亂指示，至此結出首尾完全次第，而其中推移充實之無窮，無不包舉，原不是空空複衍也。

「鳶魚」節是觸著磕著，頭頭都是，隨手舉似；末節是原始要終，全身盡露，語句體勢固不同，然皆就道體上説，申明不可離意而不離道之功已在言表。「造」字「察」字都非用力字，「造端」對「及其至也」，「察」即與上「察」字同，謂昭著呈露也。故或問辨謝氏「察見天理」，游氏「天地明察」，楊氏「孰能察之」之非，凡將末節説君子工夫者，誤也。或謂上「察」字在「上下」下，此「察」字在「天地」上，故義訓不同。試將「察」字换注語讀之，「上下昭著」，與「昭著於天地」有何分别？若必改「天地察」「天地之察」而後可，豈有此文法耶？

注止「結上文」三字，不是上三節説道，而此節責重君子可知。故作體道者説固非，或於空論首後補出君子意亦非。蓋此章只明道不可離，而不離道之意即在其中看。第二節注云「近自夫婦居室之間」，正指天倫人道之始，則「夫婦」二字已具有事業功夫在，不與佛家善男子善女人同例也。知前節「夫婦」即有「居室之間」四字，則此節「結上文」，自應有戒慎中和之意，又何須分作兩層乎？

或云，申明不可離意，即拈體道説亦無礙。不知其非也，不可離原説道，不説君子，只明道不可離，而君子不離道之功已在言下，此中庸妙於指示處，吾正謂申明不可離，故不可粘體道説耳。

艾千子云：造端猶言下手入門工夫耳，乃君子入道之始事，非謂天地造化之理始於夫婦也。造端夫婦，以見道始於日用彝倫，方是君子行遠自邇，登高自卑，不可斯須離道之意，此「夫婦」字，即此章「與知」「與能」、後章「子臣弟友」「宜室家，樂妻孥」、「父母其順」之旨，非禮始男女，化起陰陽，合生於兩，愛生於欲之謂也。此天地間大道理，與君子入道工夫何涉？先生曰：「此章總説道體，下八章又就此章節節推明，各有本義，無一複疊。如千子言，則下數章皆重出矣！看此節注只『結上文』三字，則『造端』『及至』是就上文兩頭總數包括語，『造端』非下手入門，『及至』『察乎』非成功究竟也。到『不遠人』章，乃漸推出兩頭輕重來，就人身上説；『素位』章，又就身所處之位上説；『遠邇高卑』章，方在推行之序上説。即此三章以至『問政』章，亦只是虚指道理如此，皆以申明道不可離之意，不言君子不離道之功，而不離道之功已在言外。自『鬼神』章開出『誠』字，『問政』章末開出『明誠』

『天道』『人道』，爲下半部中庸張本，方是説君子體道不離之實。上半部只講道之費隱未之及也，至『夫婦』二字的確宜實發，不是泛當人字用，故注中特下『居室之間』四字。『鳶飛魚躍』，皆指陰陽妙合，絪緼化醇之理，此章全主此意，故下章充之『子臣弟友』，至『遠邇高卑』章，又從妻子好合説起，以見自邇自卑之意，脈絡分明可按也。」

或云，聖賢論道便有責成人功意，「造端」二字當以此爲正解。非也。講起道便説君子之道，誰道不責成人功？第説話各有次第，分章各有本旨，不是章章句句要説箇盡也。「君子之道費而隱」，依公等言，君子如何去費之隱之耶？此章本只言道不可離意，而不離道之功自見言下，其下各章言做工夫處，而道之不可離自明，章句各有界分，不可混也。且將「造」字作功力字，則「察乎天地」又如何去察耶？總是不依章句，便不成文字。其名曰不通，不通者，講不去也。

第十三章　道不遠人

自己要做聖賢，謂人只消將就，此緣解「以衆人望人」一句不出，翻入薄道也。夫萬物皆備於我，惟聖人然後可以踐形，固不可以該庸衆，然民可使由之，如爲子之必於孝，爲弟之必於悌，豈可云不至於大不孝、大不悌便已耶？ 正緣此理是人人固有之良，無不可能之事，故人皆可爲堯舜，不是孟子權術誑語。「以衆人望人」，只中庸而已，中庸盡處便是聖人。莊周謂「絡馬首，穿牛鼻，人也」，然牛首必不可絡，馬鼻必不可穿，豈非天乎？「以人治人」之義，只如此看。

萬物皆備於我，我者人之本也。盡人性在能盡其性，然則云「以我治人何不可」者，只爲人人理一，而人人分殊，若以我治人，便有行不通處。譬之言孝，則我與人同該孝者，然其所以孝，則甲之所行不可以施之於乙，故甲乙各盡其事，而同歸於孝，乃所謂「道不遠人」。看一箇「人」字，便見道理是箇公共底，故曰「本天」，可知外面道理，無非我裏邊道理。陽明謂「事父不在父上求箇孝的理，事君不在君上求箇忠的理，都只在此心，心即理也」。不知事君父不於君父上求忠孝之理，則雖有忠孝之心，而其道有所不盡矣。程子謂「在物爲理，處物爲義」，其義極精湛，民澤不知，而改在心爲理，亦即此謬。

通章總爲「道不遠人」四字發明。「以人治人」謂即其人之道還之，非以我之人理治之，所謂「以衆人望人」，即「以人治人」中，此意已足，不必到改而止方説著也。「以人治人，改而止」正要人人各盡其當然，不令其遠人以爲道耳，非是使之至於安逸便利而已。

「以人治人」，言即以其人之道治之耳，不加「道」字，是文法偶爾，非謂必不可以道治之也。即在「人」字中發明全義，不必增出「道」字，此已是萬曆家最陋講究，然猶止在文法言，又有欲提闡不是以道治人，則是異學要去理障，而其所謂以人治人者，亦並非聖人之以人矣。

「以人治人」句，原可兼人己，故語録云：「我自治其身，亦是將我自得底道理，自治我之身而已。」史伯璿以爲因上有「君子」字，則似「人」字對「君子」言，故章句以此爲君子治人之事，其説不盡然也，章句只因「改而止」三字費解，故云爾。

有聖人之忠恕，有學者之忠恕。論語「夫子之道」，聖人之忠恕也；此章「不欲」「勿施」，學者之忠恕也。由學者之忠恕，做到聖人，便與道合矣，故彼曰「夫子之道」，而此曰「違道不遠」也。

「施諸己」二句，似只説得恕而忠行乎其間，蓋修道以仁，求仁以忠恕，忠恕之體用，固忠先而恕後，而兩者推行用力關頭，卻在恕邊見。恕可見忠，忠不可見恕也。

上四段自責「未能」，「庸德之行」半節，是美君子以爲法，故章句於此上用「反之以自責而自修焉」句束住上文，而末句用「君子之言行如此」繳下半節。

饒氏謂夫子責己以勉人，前四語是責己，「庸德」以下是勉人。先生曰：「『庸德』以下總是説君子，而自勉意在其中，既以自勉，則勉人固不必言矣。饒氏之云，徒生支綴。」

第十四章　君子素其位而行

「位」字極有定，卻極無定。君子素位之道，立乎位之上，故能止乎位之中，雖所處只一位，而凡位之理無不備，纔能素位而行，故下文曰「無入不自得」。朝爲耕農，夕爲天子，其素不二也。

「不願乎其外」「不」字須斬釘截鐵始得，纔説得含糊游移，便是秀才胸中皁汙志趣流露周旋耳。且「不」字有兩義，一是不可妄求，一是不可必得，然此猶就下一等人説，惟直窮到義利公私之間，此纔是「不」字真實本領。

無入不自得，不是從世情轉身，隨波逐浪，袒裎而入裸國也。或問謂無不足於吾心，此纔是自得真實詮解，不然，「默而識之」，是「識」箇甚！「無入不自得」，是「得」箇甚！卻不反爲僧總駁倒耶？

第三節專説「不願外」，怨尤病根總在「願」字生來。要不願，先須正己念頭，一鞭辟向裏，則内邊自有汲汲處，外面無非坦坦處，故曰「無怨」。怨尤盡泯，則不願外可知矣。《中庸》於「無怨」下，又加「怨尤」二句，正爲願外者搜根刮骨，將「怨」字萌芗斬盡，「無」字全體光瑩，乃見不願外極頭。

「上」「下」即大學之上下前後左右相似，不止在出處一項說。只重「正己」二字。「不求人」即上文已見。所以能不求者，惟其已在也；所以不得求者，惟正己之爲急也。然正己又正要不求於人，不求於人乃見其正己之盡，工夫鞭辟到一路如此，看「而」字一轉，更覺有味。

聖人絶大本領，止得一箇「反求」，從「人所不見」，「不愧屋漏」，直到「無聲無臭」上事，更無别樣方法，蓋反求則循理，循理則步步著實，處處精細周到，與世間走空鬭捷之學，真是天淵。

第十五章　君子之道辟如行遠

高遠卑邇指兩頭，兩頭都是道，此「費隱」章義也。高遠卻即在卑邇，此「不遠人」章義也。高卑遠邇各有本分所當盡，不得居卑邇而妄騖高遠，此「素位」章義也。以上數章皆在兩頭定處盡處説，此章卻就卑之於高、邇之於遠中間，推行交接上不定不盡處説，著力在首節兩「必自」〔一〕，言道之高遠無窮而爲之有序，只在卑邇上用力，逐步積纍上去，行得一步卑邇，便到一步高遠，卑邇不定，高遠亦不定，卑邇不盡，高遠亦不盡。只看詩言「妻子兄弟」而聖人謂「其道已及父母」，由此推之，可見步步有高遠，步步在卑邇上做，自然高遠。即如到了父母順，又不止於父母順，乃所謂序也。惟其高卑遠邇無定位，亦無盡頭，故不可質言，而引夫子説詩做箇話頭指點，令人自悟，此注中「意」字之妙，然皆指實事實理，非虚弄機鋒也。

自「道不遠人」至此三章，皆近裏就實，指示學者用力處，以發明「費隱」章義，然各章主意不同。「道不遠人」，因上章説道體，恐人求之闊遠，故指向身心上來；「素位」章，是就地位上言；此章是進道推行之序，其義絶不相蒙。時解動云高遠即在卑邇之中，但求之卑邇而自得，説話未嘗不是，然卻是「不遠人」章義，於此全没交涉也（二）。「不遠」章，道只在人身日用，是説兩頭盡處；此章遠邇高卑，是説中間逐節次第處，走得一步卑邇，便得一步高遠，迤邐推去，節節如此，無定位，亦無住處，全在「行」「登」二字上説，著力在「自」字，故引詩及子語，是偶舉一事，做箇影子，令人言外自得。章句下一「意」字，亦是吃緊爲人處，活潑潑地，若但説道在卑邇，又何必於「不遠人」外疊牀架屋乎？

著力在兩「自」字，求道有序，要到彼，必由此，步步由卑邇，步步到高遠矣。故謂高遠自高遠，卑邇自卑邇者固非，謂卑邇即高遠，高遠即卑邇者，亦非也。

詩原只説妻子以及兄弟以及室家，但在下面推説，夫子忽然移到上面，正於不講順父母，而下面工夫足，自然到了上面，此注中所謂「以明行遠自邇，登高自卑之意」也。

和妻子，宜兄弟，而父母順，三代以下，如浦江鄭氏規範，實存得此理，歷宋至今，不特有家者之所無，即有國有天下者未能或之及也。曹月川先生夜行燭，未嘗非孝子之用心，然終有自見得諭親於道意思在。

第十六章　鬼神之爲德

第二節三句纔盡得「虛實」二字。到極虛處，無非至實，故虛實只是一箇；釋家言色即空，空即色，卻看成兩件了也。

問：陳大士云：鬼神者，著於無形而體空，故大空不可遺；著於有形而體萬物，故萬物不可遺，楊子常稱其無形亦體，深於易性理，是否？曰：此正不懂易性理也。世間無空，空處即天也，天即物也。曰體物，則無非是矣，不可謂體空又體物，體有形又體無形，如此，則是有無已判成兩也。故曰大易不言有無，言有無，諸子之陋也。且其看「物」字只作形器之屬，不知事即物也，天地間變化遷流與人事動作云爲，皆物也。此有何形？然無非鬼神之所體也。

有謂有形者必有隕落，有聲者必有消寂，鬼神窮年窮世，而必無壞滅，其有乃實。先生曰：「依他説，物外另有箇鬼神，安得謂之體物哉？他只道依草附木，憑巫降乩者是耳。若謂無形者乃能不壞滅，此方謂鬼神，則諸有形而有隕落消寂者，又是何物？蓋其所見之粗，也不出天堂地獄、輪廻冥報之各有主司，其精者則不出『有物先天地，無形本寂寥，能爲萬象主，不逐四時凋』而已，秀才肚皮，都是這一家道理，充塞其中，聖經賢傳，如何得入？」又曰：「隕落消寂，即是實有，窮年世而無壞滅，以有隕落消寂者故。」

有謂鬼神即在人心，更別無鬼神，此義在上兩節内發，或末節後推論則得。若「使天下之人」兩節，實就祭祀之鬼神，使人畏敬恍惚處，見鬼神之妙，未及歸重人心也。謂鬼神之精靈，即在人心敬畏處見則得，謂人心外更無鬼神則不可。引詩言「不可度，矧可射」，亦正證歎鬼神使人畏敬恍惚之妙，非戒人之詞也。即戒人射猶可，謂戒人度更説不去矣。要之通章原只在理上説，不在心上説，即末節「誠不可揜」「誠」字，亦止謂陰陽合散無非實者，指實理，不指實心也。後此指出人心當實，又是言外義。

鬼神使人盡其誠，鬼神之理誠也；人以誠格鬼神之誠，人心之誠也：兩邊道理缺一邊，便不見下「誠」字全義。祭祀之鬼神，鬼神之一；鬼神之誠，誠之一。

第三節，是祭祀中見鬼神體物處；引詩節，則體物中見其不覩聞之隱；末節，則又轉指出來，反覆説盡費隱。

有云，「誠」字即鬼神之德也，鬼神之德即天地之化也。先生曰：「鬼神之德即説鬼神，不分兩層，故注云『爲德，猶言性情功效』，不云德即誠也。蓋鬼神之德無非實有，其實有者乃誠也。天地之化，只是鬼神，其實有是化者誠也。鬼神之德，只在氣上説。」

就鬼神指出誠，不是説鬼神即誠也。誠是理上事，鬼神是氣上事。

鬼神只氣耳，所以爲鬼神即理也，此中分際不知其二，即不知其一。羅整庵知理一分殊之妙，而於理與氣二物處尚有疑礙，則猶未達此關也。

易曰，「一陰一陽之謂道」；記曰，「一動一静者，天地之間」，陰陽動静之妙，全在四箇「一」字上。看鬼神亦只是此理：全在屈伸至反處，最是天地間靈機妙用，極杳冥恍惚事，卻無非實者，乃所謂誠也。自無之有，是誠自有之，無亦是誠，單説一邊不得。「微之顯」從上文祭祀指出「誠之不可揜」，非謂鬼神之德只在昭著處也。

此字雖承上文來，然「夫微之顯，誠之不可揜」九字，是統言鬼神之理，因祭祀指出，不止説祭祀也。天地間風吹草動，無一非鬼神；人身上動止云爲，無一非鬼神，中庸從祭祀指出鬼神，從鬼神指出「誠」字，其旨甚精，若粘煞祭祀，則受訓詁之蔽矣。章句云「不見不聞，隱也。體物如在，則亦費矣」，費即顯也，隱即微也。

全部「誠」字有二義，在天地爲實理，在人爲實心，此處「誠」字兼二義言。「誠」在天地之間爲實理，在人爲實心，必有此實心，而實理始爲我有。仁孝而饗帝饗親，非禮勿視聽而聰明正直，上蔡所謂「要有便有，要無便無」，鬼神至誠之理，盡此矣。

葉龍泉云：人物明而可見，故先言費而後言隱；鬼神幽而難知，故先言微而後言顯。愚以爲亦無他，都從氣上指理耳。鬼神，氣也，人心亦氣也，天地之氣惟鬼神最奇幻，人之氣惟心最神靈，皆若杳冥恍惚不可測，而其實止一理爲之，誠而已矣。然則天地間孰非誠之爲乎？

天地間至荒忽難信之事，無如鬼神，然皆實理之所爲，實心之所有，則天地間事理無一非此可知。此是中庸第一箇「誠」字，卻從鬼神説起，煞有妙義。

以前都説昭著處，就事物實象言，見天地間無非此理，忽説到鬼神，是恍惚無形之物，而昭著如此，漸引向神明不測，就人心内言，爲下半部「誠」字張本。

異端件件歸虚無，任山河世界，皆爲幻妄。聖學件件歸實有，任靈奇恍惚，皆爲日用。誠者，實也，有也。舉天下事物之實有，皆可信，惟鬼神最渺茫難信，此處看得實有，則天下無事物非此理矣，此中庸言「誠」，發端於鬼神意也。

中庸至此章方露「誠」字，鬼神從上章「高遠」來，蓋高遠莫高遠於鬼神，鬼神亦實理所爲，則無所不實矣。釋氏以三界法象，一切歸之於虚無，吾儒以變幻幽渺之事，無一不本於實有，故人以釋氏爲知鬼神，不知惟吾儒乃知鬼神，釋氏之所知，非鬼神之正也。

此章是兼費隱言，從體説到用，從用指出體，不似他章但言用而體在其中。

前後章俱從費指隱，此章指「微之顯」於合散往來處看，故曰兼費隱。

此下三章皆推庸行之極至，庸行從「子臣弟友」節來，正是人道之費處，其本則在「誠」也，故「哀公問政」章達道九經歸於一誠，亦是包費隱言也。

【校記】

〔一〕自　原作「白」，據中庸改。

〔二〕交　原作「文」，據文意改。

呂晚村先生四書講義卷之二十六

中庸三 第十七章至第十九章

第十七章 舜其大孝也與

章意由庸行之常推之以極其至，舉舜做箇樣子。自古以來，聖人止有帝舜渾純是一孝做成底，觀虞書四岳薦舜升聞陟位，只是一孝，以孝做到聖人，以孝做到天子，以孝做到富有四海，宗廟饗，子孫保，如此説來方合章意。時解輒云以聖人之德孝其親，以尊富饗保孝其親，道理便倒，與章意不合矣！如必尊富饗保而後爲孝，是孝非庸行也，以此即爲孝，則秦漢唐宋諸君皆大孝乎？若云善則歸親，以聖人之德孝其親，則古來聖人皆是，何獨指一舜耶？

俗解謂舜以聖人之德並諸福以成大孝，然則堯禹文武何嘗不是？其所以獨推舜爲大者，自古諸聖人以孝爲其聖中之一德，只有舜一生單就一箇孝便做成聖人，做到有天下，此爲不同耳。「其也與」三字，正要看得非舜不足當此乃得。

大德必受命，通章即此一意推詳反覆，以見庸德之極，其用廣如此。若謂「德爲聖人」以下，是舜以此孝其親，故稱大孝，則與下文自爲矛盾，末節當云必受命者爲大德矣，豈其然乎？此謬實始於陳壽翁許白雲，而後之講説因之，失朱子之意遠矣。

許白雲謂「大孝」句是綱，下五句是孝之目，此句便錯。陳定宇謂「德爲聖人」以下，皆是推極其至，似矣，如何又云舜爲聖人尊富饗保如此，豈不可爲大孝乎？然則定宇之所謂極其至亦是倒看，不知「德爲」五句，即下文禄位名壽受命同，皆所謂極其至也。或曰，如子言，則「德爲聖人」句，應與下四句分出矣。曰：不然。此「德」字與後「德」字異，即下節「必得其名」「名」字之意，言其以孝成聖人之名也。故下文「德」字上加一「大」字，便是「大孝」替身語，與此「德」字分别矣。如此，然後知首句是庸行之常，下五句是極其至，「聖人」句原當平列，提出不得也。

此章由庸行之常推之以極其至，孝，庸行也，舜卻由此庸行造到極至，以此爲聖人，以此爲天子，有四海，宗廟饗，子孫保，惟其孝爲大孝，故必受命如此。「德爲聖人」，言其以孝做到聖人，即下節「必得其名」也。看堯典「有鰥在下」一段，廷臣薦舜之詞，只説得孝行一節，未嘗旁溢他語，即所謂玄德升聞也。至禹謨益贊禹曰「惟德動天」，也止述齋慄允若，以爲至誠感神，可見舜孝德之大，與他聖之孝不同。今説者必云以聖人之德孝其親，且以「德」字爲所該者廣，不止孝之一事，是小看了舜孝，正與由庸行而推極至之意相反矣。

五句只合平看，總是舜之大孝所致。此節只重大孝，即下文「大德」字也。「德爲聖人」句，止取「聖人」二字，「德」字不重。提重「德」字貫下四者固非，即五件平列，不知以孝之德爲聖人，而云以聖人之德孝親，便是孝外别言德，連下文「德」字俱泛，不切庸行之旨矣。

章中四箇「德」字，下面三箇「德」字一例，與受命對看，爲主爲綱者也；首節「德」字又一例，與尊富饗保並列，爲賓爲目者也，直當平舉，不當特提，蓋五句總以孝而致，非以此爲孝也。或謂孝爲聖德之大端，非德止於孝，其説似是而非也。若泛論聖德，自然孝爲大端，而不止於此，中庸此章卻只論孝，故所謂「大德」、「令德」，皆專指孝而言，所以只舉箇舜，不是他聖無孝德也，他聖不似舜單以孝成名有天下而備諸福耳。夫言豈一端而已夫，各有所當也。

有謂舜宗堯，既得堯之天下，遂奉堯之先，則後之人宗舜，亦必遂奉舜之先，堯禪舜，子孫不失爲大國之君，則舜禪禹亦當不失爲大國之君。先生曰：「全以私心説壞聖人！舍其祖宗而認人祖宗，而又冀他人以之爲祖宗，而皆以天下爲餌，豈復成聖人乎？惟和尚法嗣則然，然則和尚皆大孝乎？況舜只受終文祖，無奉堯之先之事也。其論『子孫保之』之義不甚悖，然不失大國之君，以大孝之德耳，豈以禪人爲子孫之保哉？」又曰：「饗保之福，皆舜大孝所致，中庸推極其至，以見大德必受命，舜意計中並無此事也。今謂舜爲饗保計，而宗堯禪禹以圖之，不但誣聖亂道，説得大舜亦太拙甚矣。其説之謬，總由錯認『德爲聖人』以下五句，皆所以爲大孝而不知爲大孝之所致，思必得饗保以孝其親，則不得不宗堯禪禹，陰曲以圖之矣。自好講權用，因謂聖賢亦猶人耳，文人不明書理，憑臆妄論，每有此害！」又曰：「天子天位，乃四海公家之統，非一姓之私。三代以上禪授，其受終宗祖，皆指天位相傳之序，非爲人後之義也。爲人後，從父子倫出，天位傳授從君臣倫出，只因夏殷以後家天下，君臣中又兼父子之義，故其禮制又不同。要之七廟之設，皆三代之禮，與唐虞廟制義自別，不可以後世之法，論古初也。」

第二節緊貼舜講，下文漸説開去。「得名」即指「德爲聖人」，「得壽」固是年多，而宗廟饗、子孫保，亦即其事也。故此節「大德」，專就孝言，名、壽皆歸本於此。

論章意，舜只做一樣子耳，次節已結住，第三節便推開通論矣。許東陽謂次節即泛言理之必然，此則太驟，看注「舜年百有十歲」，則此節正結上起下之詞，熟讀白文數遍自見。乃有謂通章只就舜身上説，不識何據？或曰：由存疑達説等書。吁！此余向欲盡去天下講章也。講章之説不息，孔孟之道不著。

講章一派，起於元儒，盛於正嘉之間，如世俗所稱蒙存淺達之類，拘牽破碎，影響皮毛，於聖道毫無所見，而自附傳注之宗，其去漢唐訓詁已不啻萬里，至若時下坊刻所行説約等書，其鄙倍又過之，此不但道理之賊，亦文字之賊也。

「因材而篤」，兼下兩句説。

「材」字兼「栽」「傾」，不可對「德」字，「栽」乃對「德」也。

有謂引周詩即下章尊頌周德受命之意，此論不然。此章專就舜説，下章專就周家説，總以明庸行之至，以見道之費，虞周都是引證耳，雖大意未嘗不關通，然各自話頭。若謂引詩爲下章針線，則文王之什及周頌中言周家受命語甚多，豈不更明切，而引此泛用之辭耶？詩言「君子」不指文武周公，而引詩者欲借以指文武周公，不太費分疏周折耶？

大德即大孝，大孝即庸德，庸德即大德，初非兩件。孝本庸德，如舜之孝做到盡處，便是大德。凡聖人未有非孝者，然其德之所重不在孝，亦如伯夷非不不念舊惡，然畢竟是聖之清；柳下非不介不可易，然畢竟是聖之和耳，惟舜之孝爲凡聖人所不及，故其德莫大於此。論舜聖人之德固不止於孝，而大德惟孝，即他處論舜德亦不專説孝，而此章大德卻專説孝也。俗説反云德以受命而成孝，不是孝以成德，於中庸之意卻相背。看總注「由庸行之常」，此指孝而言，本也；「推之以極其至」，此指「德爲聖人」以下而言，末也。大德必受命，言凡庸行之常苟能充之至其極，皆可以爲聖人而受天命，此是中庸以「道不遠人」勉人之意。如俗説，則反德爲本，而孝爲末，則必爲聖人而受命乃可以爲庸行之至，非中庸之旨矣。

夫子只就舜孝而極其至，中庸論庸行之至而引夫子之論舜孝，章句云「此由庸行之常，推極其至」，正從前十三章末節「庸德」中來，子臣弟友，皆庸行而孝爲大，故引夫子此言。

此言庸行之常，果能推至其極，如舜之大孝，未有不受命者，乃講德之至而及受命，非講受命之由而及大德也。二帝三王受命得其正，即後之孔孟不受命，漢唐來非大德而受命，亦自有其理，須看得透徹，不然，反與「必」字剌謬矣。

孟子謂天下無道，小弱役强大，亦天也。此是天亦無如之何，然使有大德，天必急命之矣，然則孔孟云何？曰天所以命孔孟者又别。

聖人只盡庸行而天命自屬，德命相與之際，消息甚微，中庸説出必得之理，指示人從庸德用力，以極大道之費。

命即在德内。

氣數之命即在性命中，德有淺深，則命有厚薄，惟人自取耳，程子所謂「如修養之引年，世祚之祈天永命，常人之至於聖賢，皆是也」。

第十八章　無憂者其惟文王乎

此章言文武周公能盡中庸之道以見費之大者。章句云，「此言文王之事」，「此言武王之事」，「此言周公之事」，本自平分，未嘗以文王爲主，而下二節乃言子述也。此皆隆曆間村俗講説，杜撰章旨，强拈「無憂」二字作貫耳。

「無憂」是就境遇上説，若説得太玄妙，則無以處凡聖人，且與下文打成兩橛。

文王非公子封君，靠前后成功者也，其身於中庸之道，固無所不盡而又得作述之盛如此，故曰「無憂者其惟文王」，猶曰「無爲而治者其舜也與」，極德遇之盛，而益見聖人盡道之至也。

下面分列武王周公，各有盡中庸之道之事，此處卻只言武王，蓋周公所爲，總以成文武之德，舉武王則周公在裏矣。

兩「之」字，是指文王而言。

「纘緒」二字，最易説壞，不是武王不子，便是太王王季文王不臣矣。要之，武王亦不願有天下者，直是時至事起，天人交迫，莫之爲而爲，在後人觀之，太王王季文王時，已有有天下之勢，至武王而集其成，則以爲纘緒焉耳。

「纘緒」專指翦商一事不得，然卻脱離不得，肇基王迹兼德功而言，即翦商亦言其理勢自然之道，非圖謀神器也。若欲避翦商之説，而專指周家忠厚積累仁德而言，則其緒直自后稷來，何以獨始於太王哉？總是豎儒眼中，看得翦商是大逆不道事，於是曲爲之説，反將聖人心事裝成枝梧闇昧。不道太王武王所爲，皆天理至道，有何罪過，賴後儒解免耶？使紂不至無道，武王終守侯服，其纘緒未嘗不光大也。此句另講，到「壹戎衣」〔一〕，方説到「有天下」，「有天下」亦不過「纘緒」中一事耳。如此看，方見武王能盡中庸之道。

武王之不同乎文者，時也，非德也。「不失顯名」，非可以權力詐術爲之，曰「天下」，則古今之公理也；曰「身」，則一人之有道也。可見武王非聖人論，直是小人無忌憚耳。

「成文武之德」，是夫子追論語，非周公當時以此立説也。通章言文武周公能盡中庸之道，此節專指周公之事。周公當時只盡其道之所當爲，爲文武之所不及爲，故曰「成文武之德」，若謂周公以之歸功文武，借名免專己之嫌，便是私心作用，豈復成聖人？豈可謂盡中庸之道哉？

太王王季，其功德本自當王，上世禮法簡略，不曾有此義例，周公能盡中庸之道，上體天理，下當人心，而特創立此制，直從道理上生來，爲萬世不易之大法，不是體貼文武孝思，尊崇其私親也，故不入「達孝」章，而於此發之，原不關「孝」字事。蓋周家累世修德，至太王王季文王，其功烈又大，故上節言「纘太王王季文王之緒」，武王「有天下」，皆本此三世之功德。文王則武王已王之，而制度有未暇詳及者，故此言武王「末受命」。周公「成文武之德」，而追王單稱太王王季，以武王已王文王也，太王王季本自宜王，周公歸本天道行事。後世不知此義，以爲天子必尊其親，上尊號，亦附於周公之制，而曹操司馬懿皆得與太王王季並論，豈亦可爲盡中庸之道哉？

有謂始王爲文王，故追王止文王之祖考。先生曰：「在三五世數上講隆殺，此是周公制禮後方有此推論。當周公追王時，是特起之義，安得便拘世數定制？太王王季之當追王，使周公生在康王後，亦須制此禮。所謂『成文武之德』者，推武王王文王之志，本文王之德而云，非謂以文王爲王者，而爲追王之始也。皆因王季下少了『文王』二字，有此支離，其實文王已追王，不待周公也。」

上承「大孝」，下起「達孝」，此章是過脈處，看下章注云「承上章而言」，又云「上章言武王纘太王王季文王之緒以有天下，而周公成文武之德以追崇其先祖，此繼述之大者」云云，則「武王」二節，正下章發源。然此章原平説文王武王周公之事，言其各盡中庸之道，因盡道而推本其孝，非直稱其孝如上下章例也。周公成文武德，其經緯制作甚廣，追王崇祀，乃其大者，以孝爲制作之本也。

第十九章　武王周公其達孝矣乎

「達孝」與「天下歸仁」同例，看得許與稱謂粗淺，故「歸」字「達」字必欲説入高玄去，不知非欲盡理純，不足以當歸仁；非德盛道行，盡倫盡制，不足以當達孝，許與稱謂，原非粗淺事也。

注明云「承上章而言」，看下節注「繼述」亦就上章説，而下三節祭祀之理，指「通於上下者言之」，則達孝實據，自應止就上文發明爲是。所謂「通上下」即上文兩「達」字，亦即此「達」字之所以然，蓋此理本非武周之所獨，自武周實有其道，而天下之言孝者歸焉，猶之仁爲天下所共有，故「一日克復」，則「天下歸仁」，「達」字根源在此。「夫孝者」三字，不粘住武周，正見此理橫天塞地，凡爲孝子，皆當如此，武周特其最耳。如此方見「達」字之義。

章意以道之費之大者而言，指其盡倫盡制，重在制禮一邊。「戎衣」「纘緒」固是繼述中大事，然意不舉此以爲訓也。「達孝」「達」字原指天下此心此理之同，故通稱無異辭。王制之備，萬世由之不能易，此武周之所謂達也，若止就征誅上説，如何盡得「達」字！

善繼述之義，在功業則有功業之繼述，在制作則有制作之繼述。纘緒而有天下，功業之繼述也，然亦修德行仁以爲纘，非先王謀人天位，子孫必成其志，是曹丕司馬炎皆達孝也。「制禮通於上下」及下二節，制作之繼述也，不必又扯「戎衣有天下」來説。盡倫備物，仁至義盡，在諸侯時盡諸侯之禮，在天子時盡天子之禮，此則時勢有不同耳。使武周終身侯服，亦是善繼善述，非必爲天子而後謂之善也。

「春秋」二節，總是舉祭祀之禮大段，而下節推其義以見其孝。第「春秋」節指各廟之制，而太廟亦在其中，「宗廟」節則專指太廟之禮；「春秋」明是四時祀事，「宗廟」節則兼大祫禘祭及四時之祫，大祫陳祧主，時祫不陳也。時講分時祭、祫祭，亦無大謬，但「宗廟」節專主大祫，不無偏漏耳。有謂二節俱屬一時，則時祭時安得群昭群穆咸在耶？

「宗廟之禮」兩句，專指與祭子孫而言。左昭右穆者，廟制也，只明「宗廟」二字。「宗廟之禮」，即指子孫與祭執事奔走拜獻進退儀文，已包下四句在裏。「所以序昭穆」，言凡子孫與祭執事奔走拜獻進退儀文，各以其祖宗之昭穆爲行次也。

禮制明備，仁至義盡，即是繼述之善。當泰誓止稱「文」者，至武成「柴望」後稱「文王」，豈泰誓時猶有歉，而武成後乃爲孝哉？當稱「文考」，泰誓時善繼述也；當稱「文王」，武成時善繼述也。廣平所謂「武王觀政於商時，使紂一日有悛心，武王必與天下共尊之，無牧野之事」。果爾，則西岐廟中，終無敬愛之孝乎？故繼述不當主易侯而王上立説。「其」字指先王，則太王王季之緒俱在内；周公成文武之德，則武王亦在内，其義自圓活。繼志述事，不必坐煞文王之事也。

「孝之至也」一句，總結上三節，正在禮制上説，此「至」字猶云「動容周旋中禮者，盛德之至」「至」字相同。

「郊社之禮，所以事上帝」〔二〕，注中明云「不言后土者，省文也」。自萬曆後，塾師欲速，删注授徒，此句未有不塗抹者，蓋學士家從未之見也。崇禎間尤以不依注爲高，雖見亦必反之，於是曲説横行矣。

五峰以爲無北郊，只社便是祭地，朱子然之，而吴澄獨以爲有北郊，祭於方澤，惟天子得行，故以配郊爲至重之禮。然看下面「禘」「嘗」對舉，「嘗」乃四時之祭，通於諸侯，亦不獨天子行者，恐只是社祭，但天子之禮不同耳。看召誥「用牲于郊，社於新邑」自明。北郊之祭，於尚書春秋無可據者。

有謂：人主祀天，歲一舉，而郊爲尊，置社而有稷，專爲祈報，地之尤卑者也；人主祀先之禮不一，而禘爲尊，嘗祭無樂，專爲飲食，禮之尤卑者也。有事於尊者，得以及卑，而有事於卑者，則不得以及尊，所以明不二其統也，明禮義者明此而已。先生曰：「郊與社對舉，指天地也，非天子不祭天，而諸侯以下皆得祭社。尊父親母之義，然不可謂事母者尤卑也。故先儒謂社即祭地，而有廣狹之不同，置社止其里，侯社及其國，土社遍乎天下，皆祭地也，故謂州里之社尤卑則可，謂凡社即地之尤卑者不可也。禘者，五年之大祭。嘗者，四時之祭之一。禮不王不禘，而嘗則通於上下，非謂嘗以飲食爲義，故尤卑也。祠礿嘗蒸之名，皆因時物生成取義，豈皆飲食之謂？蓋兩者俱各舉其盡，以括義固有大小之分，與天子諸侯等差之不同，而未嘗有分尊卑之意。且謂明禮義者，只明此尊卑，便治國如視掌之易，恐聖人之説，亦不至粗淺如是也。」又曰：「地雖卑於天，然亦極尊，故書稱『告皇天后土』，社亦即是祭地，但諸侯群姓皆得立者，非別有尤卑之示也。嘗祭無樂，因時序陰陽分迎來送往，故嘗無樂耳，經文甚明，何嘗有飲食之説？」

禘與祫確是二禮，其混禘於祫爲一事，致歷代紛紜不定，則自漢賈逵劉歆始也。楊信齋論之極詳，而莫明於朱子「王者有禘、有祫，諸侯只有祫而無禘」二語灼然可無疑矣。禮大傳曰：「禮不王不禘，王者禘其祖之所自出，而以其祖配之。」此言天子有極尊之大祭，天子以下所無也。曰「諸侯及其太祖」，「及」者，牽連以下之詞，與「配」不同，即大祫也，亦諸侯極尊之大祭，諸侯以下所無也。故下曰「大夫有大事，省於其君，干祫及其高祖」，言大夫無祫，有功德而君賜之，乃得祫及高祖。然云「干祫」者，謂非禮之常也。凡尊必兼卑，卑不得僭尊，故天子有禘復有祫，大祫則合毀廟群廟之主，食於太廟；禘則止設所自出之虚位於始祖之廟，而以始祖配享，不合群主、序昭穆也。後人妄謂禘即爲祫，皆合毀廟群廟，所異者但天子多所自出之帝耳。此説非也。大傳明言「以其祖配之，因設位在始祖廟中」，故不復贅曰「始祖」而曰「其祖」耳，非謂始祖而下皆稱祖，故可統指群祖也。且「配之」云者，偶尊之辭，故郊祀正配以后稷，宗祀止配以文王，禘則祀嚳而配以后稷，皆以一位謂之配，未有群然衆列而云配者也。如所言，則禮文當云「王者禘及其祖之所自出」斯得耳。或謂，禘爲大祭，若僅以始祖配而不合群主，似太簡寂，何謂大祭？此又不然。祭各有義，有文有簡，有多有少，各以其義爲貴。禘取尊遠，祫取合祖，豈以廟主之衆寡爲大小乎？如圜丘明堂，后稷與文王且不相兼，一何簡寂，然則郊宗之祭，亦疑不得爲大耶？

或曰，按詩序，長發爲商大禘，雝爲周禘太祖，長發歌玄王相土，武王中葉，雝歌文武，則似禘亦兼群廟之主。曰：朱子固辨之矣。長發既爲商禘，乃但述玄王以下，而上不及於所自出，雝則但稱皇考烈考，而無一詞及於嚳稷，祀所尊而但頌其後，必無此理，若據此爲大禘，豈禘祭並及阿衡、文母耶？義更不可通矣。故朱子以長發爲商大祫之詩，雝則祭文王之徹詩。其以爲禘詩者，毫無可據，蓋詩序之妄也。凡序之不足信，而朱子辨説之精類如此。正惟天子別有禘禮之尊，而魯僭用之，故夫子謂「魯之郊禘非禮也」。若止是祫祭，但有所自出之異，則魯又未嘗僭祀嚳稷，何爲非禮哉？禮制雖散亡難考，然但就禮經參訂之，尚有足據。如大傳王制禮運曾子問、儀禮子夏傳，皆昭然可見，至春秋三傳，止侯國僭禮後之記載，其名實混亂，固有不可以證大禮者，又不足憑矣。

合祭曰祫，祫非祭之名也，故記云祫禘、祫嘗、祫烝。

禮達於治，義藴甚精，當於本原上理會，非可求之名分權術也。在論語「問禘」章尚可兼名分意，蓋爲有魯禘非禮之旨，然亦必以報本追遠，與仁孝誠敬之至爲主，而後微及名分爲得，若此節則全無是義，不得以彼例此也。

聖人制祭祀之禮，義甚精微，到「上帝」「其先」，其義乃盡。中庸因時祭説至此，直從「鬼神盛德」章來，與下章「達道」「九經」歸於「明誠」作樞紐，不僅鋪陳祭祀制度也。

「達孝」意上已了結，此就盡制之極，推廣以見武周盡中庸之道之費也。

注於上節云「結上文兩節，皆繼志述事之意」，解者遂謂不宜復根達孝，然則此節不幾成贅疣乎？蓋上節止結「春秋」二節之義，非通章已盡，而此又另起也。上文就祭祀中見其事事以先王爲心，故曰「孝之至」，此則又從上文推論禮義之精深闊大，所及者遠，以起下章「問政」爲天下國家之意，故此節所重在「明乎」以下，不止在上四句禮制詳備也。況宗廟祀先，上文已盡，安得以複述爲推開乎？

【校記】

〔一〕壹　原作「一」，據中庸改。

〔二〕事　原作「祀」，據中庸改。

呂晚村先生四書講義卷之二十七

中庸四 第二十章

第二十章　哀公問政

全章重在「修身」，下面「達道」「達德」「九經」「明誠」之理，皆從第三節發源，「取人」句不過因上文生來，做過渡引子耳，意不重也，身不專爲取人而修。

下文「達道」「達德」「九經」，「身」之包舉甚大，所及甚廣，「修身」非專爲取人也，語勢從上文急遞，趨注末句，只得如此耳。

「以身」二字當活看，原兼修不修説，人多坐煞修一邊，説做不修之身取人而人不肯來，非也。有商紂之身，所取即廉來，未有無人者也。即修之中亦不同。身而性之，則所取爲禹皋；身而反之，則所取爲伊呂；身而假之，則所取爲管狐；身而詐力，則所取爲鞅斯，此修身所以必以道以仁，而知人又不可不知天也。

修身爲取人之則，則字極活，言其身爲何等身，則所取者何等人耳，非謂人不肯來也。

此節是結上起下，「故」字直貫到底，結上「人存」「政舉」言，「修道以仁」句，開出下文。

「仁者」節，與下節總發明「修道以仁」一句，義從仁中推出，作兩片看；從仁義推出禮，成三件；又從義禮上推出知，成四件；合來祇是一箇仁，不是仁之道理有未全，要此三者輔濟爲用也。

自此至下節，只完得「修道以仁」一句爾，非平添出義禮來也。

「仁者」節，總爲「修道以仁」一句注脚。首二句接上句開章，卻已攝下五句，下五句從此節節遞出，非平列也。

「仁者」節，但虛虛分疏仁義禮之理如此，下節乃講仁義禮之相因，而合義禮智以成仁，故此節仁義不講事，不講用。「仁者人也，義者宜也」，只此兩句訓仁義之理已盡。「親親爲大」，「尊賢爲大」，專爲下三句「等」「殺」爲禮之張本，故下此二句。「爲大」，就仁義中指其所重，以爲下節「事親」「知人」之張本，言仁義之理莫大於此，非先後緩急之云也。

「親親爲大」，非「親親」爲始也，人只講得始義，卻不是此處道理，總之此處道理，是節節推出，不是歸併反約也。

禮之實「節文斯二者而已」，故曰「禮所生也」，「禮」字即是「理」字，其本則天也。異端之學，只要打破理字，其原只是不知天，故告子謂「生之謂性」，釋氏謂「運水搬柴是道」，象山之「尚力行」，陽明之「致良知」，皆是不求事理當然之極則，故曰「本心不本天」，近日無忌憚者，直敢道程朱性即理之非，其蔽悖總不外是。

「仁者」兩節，總完得「修道以仁」一句，上節從「仁」字中推出道理如此，下節從「修」字中推出工夫當如此，其實止一派説話，惟道理節節生來，故工夫須層層完備，必如此方完得箇「仁」字，故曰「此節倒看」，統言只一仁，分而爲二則爲仁義，再分而爲四則有仁義禮智，其中有對待，有相生，有附麗，而合之原只一箇，仁義禮智皆仁也，明此則注中兩「又當」意躍然矣。

何以謂之倒看也？修身是箇大本，不止一事親便了，但修道以仁，而仁以親親爲大，事親又親親之大也。有仁必須有義，不是知人便了卻事親，到知天是親與人盡頭，固不止爲知人而知天，然亦只了得箇「知」字，「修」字工夫正有在。故注中兩「又當」字最宜玩。只爲一箇修身節節推出，又須得如此，又須得如此，故曰倒看也。

此節爲貫串上二節，句法遞下，似注到知天，不知卻是層層伸脚語，頭重末輕，一層歸併一層，謂必須如此，又須如此，而後完得「修道以仁」一句也。

三「不可」不是倒重，故注中用「又當」二字，非以知天爲重也。

大旨是合仁義禮智以修身，四句又正見義禮智只完得一「仁」字，故曰「此節書倒看」也。兩「知」字即伏下「智」字，智只在義禮分明上見，其旨最精細，玩注意自得。

此是合仁義禮智以修身，「不可」不是重上語，不是注下語，故朱子謂此節要倒看，而得力卻在知天。蓋仁義禮之義多在上文，此只總結箇貫合的道理，補出智之意於兩「知」字，爲下文「達德」張本也。

此節是合義禮智以成仁，二「知」字便是智，修身事親只在自己實心用力，若尊賢非知何以辨其品？等殺非知何以盡其分？事親是煞定底，二者是活動底，故智貼在人天上看，貼不得在事親上。到知天則活動底，皆有煞定處，此智之盡矣。

釋氏講見性普度，亦言仁也，惟其本心而不知天，故五倫可顛倒由我，親賢俱平等不分，下梢一路差去，直至大不仁而不知耳。

欲盡親親之仁，必由尊賢之義，須從仁義交關道理上看，則明通開闊，若坐煞「親」「人」二字，於事機上説，説來便多格閡。

上「知人」單指尊賢，此「知人」又併連事親在内，非知人有二，因知天兼親賢等殺，而語勢倒縮急遽，不得不如此也。

君臣、父子、夫婦、昆弟、朋友五者，無論衰亂之時，暴棄之人，必不能離，即匪類異物，無此五者，亦不可以生成，故曰「天下之達道」。嘗與禪子論及此事，謂：汝欲超出三界，故求脱離倫物事理之障，然畢竟脱離不得，奈何？禪者愕然曰：何謂也？曰：善知識高座，僧俗禮拜於下，叢林分職辦務，陞黜賞罰，清規極嚴，此非君臣之道乎？宗派法嗣，即父子也；同門者兄弟；遍參者朋友；所以生育爾僧而至今不斷絶者，夫婦也。無此五者，豈復成道場，豈復有禪宗哉？汝所脱離者真五倫，而别尋假五倫用，究竟假五倫之理，即真五倫之道，故曰脱離不得也。

有謂父子、夫婦、昆弟生化不窮便是達道。先生曰：「如此，則人與禽獸無别，聖人亦無事成能其間，安得謂之達道？纔有父子，便有親；有夫婦，便有别；有昆弟，便有序，故曰道。若只此六件東西是道，則所謂親、别、序，又是聖人加造，以膠漆纆索天下者耶？甚矣！其鄙倍也。」

五倫中夾入朋友，頗覺不屬，然細思之，則四件總關係是一件；且四件或有暫無，而朋友必不能無，君臣亦可爲朋友，父子亦可爲朋友，兄弟亦可爲朋友，夫婦亦可爲朋友，四件不相及之處，又皆此一倫濟之；在五行論，即寄旺四時之義，故其德主信，非迂説也。

世人論古今，每云此有德無才，此有才無德，極爲亂道！德才猶體用，體用豈可分乎？所謂無才，只是智勇虧欠，正是無德也；所謂無德，直是不仁，乃不能盡其才者也。看中庸此句自明白。蓋其説本於陽明，而熾於龍溪海門卓吾，彼意總以廢物曰德，濟惡曰才，非吾之所謂德與才也。

六「或」字，兩「一」也，總爲下兩等人説法。

聖人望人主意，在困知勉行，觀末「愚明柔强」結處便見。蓋平人資稟，不過至愚柔而極，然加功困勉，則知之成功可一，至此直無可推諉處。今天下多聰明好氣質人，只坐無志氣，便都爲流俗所壞，不愚而終於愚，不柔而卒於柔，可哀可惜也！

「生」字，謂氣質清明，稟賦純備，生而異人者。「之」字，謂知此道之全體大用，非良知性生之謂，亦非草野一節獨行合道之可得而與也。

「達德」理所同賦，而氣有不全，承上文學利困勉者設法，謂依此做去，可以望知之成功之一，故曰「近知」「近仁」「近勇」。

三「近」字是逆從困勉到學利而後求上同於生安，不是順從生安與學利分界説，如此方講得好學力行知恥用力猛厲。

上三「知」爲智，三「行」爲仁，此三「近」爲勇之次，勇即在知行上見。

「知斯三者」，「知」字與上文「知之」字别，猶大學「知先後」之知，非「知止致知」之知也。

大匠作室，就壁畫圖，而梁棟椽楹，楣栭居楔，無不備具，顧其間先後次第，更一毫紊序不得，由是攸而爲之，雖建阿房相梁，可以不失尺寸矣。「九經」是夫子絶好一幅畫壁圖也，自有宇宙以來，合下便須如此，非可以私意增損措置於其間，所以不謂之「九政」而謂之「九經」，不然，則是匡時救弊，僅與王文中太平十策等觀耳。

「九經」「經」字，乃經常之經，非經傳之經也。與「五達道」「三達德」同例，皆孔子之言，先自舉成數，而後詳條目，復詳效事，是文法如此，非别有經文而孔子述之也。如謂「九經」有「曰」字，明是成語，則「達道」「達德」節亦有之，經可曰經言，將道亦可曰道言，德亦可曰德言耶？

「賢」與「大臣」不同，乃師友不臣人君就學論道者也，故「不惑」在道理上講，不指事務及人臣之賢否邪正也。

「敬」不止是信任，能敬則君心一而信任專，志清明而邪不入，故臨事不迷眩。

自俊秀以上皆曰士，有服官者，未服官者；大臣以下皆爲群臣，不獨士也，至士而群臣盡矣。士之報禮重，而臣無不重其報者矣。

「天下」二字所該者廣，自方伯連帥、大小諸侯、附庸分邑、都鄙鄉遂、山澤關旅人民，以曁蠻貊要荒、舟車人力、日月霜露所及者皆是。蓋三代天子未嘗獨得天下，只諸侯歸服，便是有天下，看文王三分有二，何嘗盡入版圖？只六州諸侯歸之，便有天下之二，故曰「懷諸侯則天下畏」，天下仍指諸侯不得，專指人民不得。

三分有二，文王懷諸侯之效也，故諸侯亦有懷之責。

「天下」二字所該者廣，不單指人民，凡小國遠方來享來王者皆是，此是推遠到極處，兼包上數經在內看。春秋戰國天下之勢，多是小國歸附併吞，便分强弱，「懷諸侯」雖是天子之道，然方伯盟主能懷，則天下之畏服亦然，其理不止天子用得，正夫子告哀公意。「九經」之序，自内達外，至此已盡。「天下」二字，原無所不包，自弱小附庸屬裔，以及各國臣民皆是也。

「天下」若指民，則「畏」字於理有礙。要天下百姓畏，此是秦以後心事，三代王者必無是意，況聖人舉萬世不易之常經以告其君，而啟其威加百姓之心乎？看上文「柔遠人則四方歸」，「柔」字「歸」字，纔是及「民」字眼，此「畏」字畢竟指小國外國，及各國有采地邑乘之君長爲得。蓋當時勢能抗阻天子之政令不行於海内者，皆此輩不畏之故，故云然也。

「天下畏」固不即指諸侯，然亦不止草竊梟雄也。萑苻奸宄，諸侯自能畏之，若布衣揭竿而取天下，此漢以後廢封建爲郡縣事，三代所未有也。「九經」之序，自近及遠，自内及外，故愚謂「天下」二字，大段指要荒以外而言，舉要荒而域中附庸之長、鄉遂之民，固已包括無遺矣。若單説畏叛亂之民，是後世策略，非三代聖人之常經。即「畏」字亦不是以勢鎮壓，使民不敢叛也，守禮奉法，納於軌物，道德一，風俗同，乃所謂畏也；不懷諸侯，則國異政，家殊俗，而不享不貢不王，斯爲不畏王威耳。

天子諸侯原從天下生來，其事本乎天理而權勢亦即在其中。以上臨下出於仁，以下奉上出於義，上仁則下義，故懷畏相應如此，其實懷中具振肅之用，畏中得忠愛之情，理勢未嘗相離也。惟後世單講作用，則所以爲天子諸侯之本既失，其爲權勢亦純是詐力相制，並非三代之所謂權勢矣。

「九經」各有本分，聖人各還其天理之當然，而天下國家自治，非欲自利天下國家而後爲此九經也。若爲欲利天下國家而設，不但尊親等皆成虛假，即爲天下國家而修身，其修身已僞妄矣，下面所以行之者一歸於明善誠身，又如何説得去？

有謂禄位以仁至戚與才者，若疎屬與不才須同好惡。先生曰：「位禄不過殺降，親親之位禄，原不論才不才。親之至戚而才者，正須同好惡，如何分説得？」

明得王者親親之義，不但後世猜忌殘忍，至削奪禁錮誅夷，爲王者罪人，即黄屋左纛之隆寵，長枕大被之愛眷，至縱恣不法不問，亦止得私情，可以過厚，即可以過薄，非三代聖人本天之常經也。

大臣之功在「不眩」，則自有職業在，庶司之上，必其體優崇，乃得盡其道。「官盛任使」，專主尊敬義，乃大臣使令之官，非内外庶司也。

隨其所使而不問，是爲「任使」。

周禮曰「勞辱之事」，勞則未有不辱，辱者敬之反也。後世治天下者，惟以私意待人，自宰相不自辟掾曹〔一〕，則内無善治；自州郡不自辟僚倅，則外無善治；甚至猜疑避忌，不設丞相，致令閣部無權，政歸宦寺，天下事掣肘無一可爲，此莫是從頭鑄錯耶？何怪乎世之不復古也。

大臣本領在格君心，而其職掌只用人而已，此而不得行其志，更有何事可爲？人主猜忌，爲其專權樹黨耳，不知此意一萌，小人得乘間中之，大臣受權黨之名，而小人已收權黨之實，敗亡往往由此。三代以後，上下相疑，已成故習，然漢唐之間，尚有延攬賓客，自辟僚佐，訶責近侍，得專征伐者，至近代又有不能行者矣。趙普尚能補牘執奏，得大臣之義，人主輒以私意疑其下，此小人得而害君子，而門户之禍從此烈也。

君相皆天所設以爲生民者，三公去天子止一等耳，自秦以後，遂相隔闊遠，而猜忌横生，至君臣不相保，皆尊君卑臣之説害之也。

忠信重禄，是天理上事。命曰天命，禄曰天禄，故不特忠信是天性相接，即重禄亦是天性中合如此，不是人主可以私意顛倒豪傑也。若但從交謫養廉起見，則是下不過爲田園子孫以求仕，上不過以美官多錢誘天下，只流露今日仕大夫心坎中物耳，豈三代君臣之義哉？要之後世人主以猜吝待天下，亦只是大家在人欲中，看透此意，人君爲其所輕耳，然以此而求勸士之效，亦不可得已。

漢唐以後，太平之君，無不自以爲已時已薄，而不知其苛也；亂世之君，又方恨舊制之太時太薄，而不得遂其欲也。只一卷賦役志，已足爲浚生民之具，況聚斂之臣，其所以講究褒益者無窮乎？皆緣漢唐以來人君，視天下如其莊肆然，視百姓如其佃賈然，不過利之所從出耳，所以不敢破制盡取者，亦惟慮繼此之無利耳，原未嘗有一念痛癢關切處也。

中庸下箇「子」字，便包得一篇西銘在。

下節「豫」字正豫此「一」，而注云「凡事指達道達德九經之屬」，原雙承兩「一也」而言，猶大學自修始誠意，而齊家治國平天下亦止推此好惡之實也。前「一也」是修身之一，此「一也」是治人之一，行有兩層，一只此一。

「豫」之爲説，非謂凡事要先圖先慎也，先圖先慎，止講得一事，天下那有事事先圖先慎之理？惟能擇善固執而豫得此一，則天下凡事之理皆本此而行，無不知之明處之當，故曰「先立乎誠」，不是豫其事也。

「凡事指達道達德九經」，謂道德九經行之者皆一，能豫此一，則道德九經無不立耳。若泛講凡百事爲總要豫習豫做，與書義脱離矣。

此句有三層意，道德九經是一層，行之者一是一層，豫又是一層。道德九經必本於誠，而誠必豫乃得，下文「擇善」、「固執」、「學」、「問」、「思」、「辨」、「行」，正豫此誠也。人多泛説「凡事」，既不切貼，即知貼道德九經，也只做得道德九經要豫，已删卻「一」字一層矣。請問「凡事」二字注何以貼道德九經？專爲上文兩箇「所以行之者一」而設也，若脱離「一」字，更豫箇甚！

中庸「前定」，即下文「擇」「執」，禪家如如常住，萬緣流注不動，非聖賢之前定也。聖賢前定在理上，禪學前定在氣上，纔主氣，便忌著理，怕爲理所動也。

「順」者，即底豫允若之謂，有以諭之於道，心與之一而未始有違，孝之至也，非父賢從而賢，父不肖從而不肖之謂順。信乎友，亦不是便於與之交游往還，乃因其大節而信其平生，如郭泰之於茅容，亦是此意。然看石齋先生仿林宗之法，信友而爲杖母者所欺，乃知不誠者之果不足以信友獲上，而信人者，更須先明乎善，乃不爲僞妄所誤。

「誠者天道」，只是一箇囫圇現成道理，合下便如此耳。

「誠者，天之道也；誠之者，人之道也」，此兩句且懸空説，正以不粘煞工夫爲是，工夫在下段也。天人分説兩件，到人身只是一件，誠之者所以誠其天道之本然也。

「誠」只一誠耳，由生初迄成功無或二也，但中間多一番工夫轉折，分出天人耳。

「思」「勉」中得，原是「誠之者」甲裏事，「誠者」直無可形容，借對面反托出來自見耳。

「從容中道」「道」字，與上兩「道」字不同，即「達道」之「道」就宇宙倫理事物上言，人每混看。

「博學」、「審問」、「慎思」、「明辨」、「篤行」，聖人不全靠此五件做成，然聖人用功亦究竟離此五件不得。便降至「困勉」，只就其中加百倍之功，也離此五件不得，故知五者是徹上徹下工夫。

雖是學知利行之事，然看下節，則「困勉」亦只在此五者中加百倍之功耳，非另有節目也。

兩節分處，不是下面另有工夫，能此五者就是學利，未能底，須在此五者中更下苦功，須是「困勉」。

「此道」緊貼「己百」「己千」，就「困勉」一流言，故曰「愚柔」，若籠統指「誠之者」便顢頇矣。

「此道」只指百倍其功，與諸「道」字没交涉，亂拈天道人道者皆誤。

【校記】

〔一〕掾 原作「椽」，據文意改。

呂晚村先生四書講義卷之二十八

中庸五　第二十一章至第二十六章

第二十一章　自誠明

首句指「誠者」言，次句指「誠之者」言，與首章「天命謂性」「修道謂教」不同，彼是統説道理，此是説兩種人道理，而意卻注重「自明誠」。

有謂誠明無分先後，於發之時而分。先生曰：「未發亦誠明，已發亦誠明，明誠之未發已發亦然，『自誠明』者豈必待發而後見耶？彼蓋以誠爲内，明爲外耳，謬甚矣。」

「誠則明矣，明則誠矣」，兩句同一「則」字，上「則」字快，下「則」字遲，上「則」字直，下「則」字曲，世間除卻生安一二人，其餘皆「自明誠」者也。博學、審問、慎思、明辨所以明，篤行所以誠，使謂只去篤行而不必由於學問思辨，則吾不知其所謂行者是行箇甚？篤又是篤箇甚？今之儒者，有懲象山陽明之學過於高明，以爲寧取質魯一路人，其意未始不厚，然遂使村豎白丁，人人曾閔，向使象山陽明見之，不足當其一笑，適以張其軍而助之燄耳。知而故愚之耶，是爲狙公；不知而受其欺耶，是惑厠鬼，兩者均無所可也。故今日學者但有求明一法，無遽求誠。不明而誠，所誠皆錯，悍然自以爲是而不知其非，卑弱者終爲俗學，其高强者必一折而仍入於象山陽明矣，可不慎與！

第二十二章　唯天下至誠爲能盡其性

「盡其性」，人性、物性，各有實事，必知明處當，巨細精粗，無毫髮之不到，此之謂盡，非異端之見性了性也。時解每云一盡其性，人物無不盡在裹許，是彈指出定三界一切惟心造矣。

盡人性、盡物性，都是實象，説做一盡性便了，竟成無相光中世界，埽卻事理兩障，則聖學聖治皆澌滅矣。

誠若人言，一盡性無不盡，中庸何用多此疊句法，自取支離之誚耶？其性中包得人物，是理一；其性中混不得人物，是分殊，兩者闕一邊講便不是。或曰：如公言，逐層實遞，不疑於漸次類人道，非天道之盡性乎？曰：天道人道，在知行有安勉之分，只「天下至誠」，與「其次致曲，曲能有誠」處，便自不同耳。若事物疆界節次，雖聖人亦一抹過去不得。生安如堯舜，亦必克明峻德，以親九族，九族既睦，平章百姓，百姓昭明，協和萬邦，以至於變時雍，上下咸若，其疆界節次分明，未嘗一抹過去也。

聖人知明處當，本領於盡性中具備，而要其所爲盡處，於人於物，又自有各正之理，善推之序。

張子曰：形而後有氣質之性，善反之則天地之性存焉。化育亦是天地氣質上事，纔落氣質，便有過不及，故必賴聖人之贊，非虛論也。惟天地原有氣質之性，故人禀受於天地亦如之，知此足信程朱理氣之説，至精而無可疑。

朱子謂：千五百年來，堯舜三王、周孔之道，未嘗一日得行於天地之間，漢唐賢君，何曾有一分氣力扶助得他？然終久殄滅他不得，可知贊化育是實有其事，即無其事而事之理自在，如此看，「則可以」三字越活動，越著實。

至誠實際到贊化育已盡，末二句只是從此推擬品位之同，不是這上面還有事在也。

參贊不是無分，卻不是贊上又有參一層，贊就功用上説，參就位分上説也。

第二十三章　其次致曲

「其次」對上「至」字，然除卻至誠，其餘通大賢以下皆謂之次，不止説一種人也，但有能致不能致，致足與不致足之異耳。虎狼之父子，蜂蟻之君臣，亦是曲，但彼不能致，故只成蠢蠕。致只是推擴將去，使復吾性所固有之全體而已，故曰「曲能有誠」。

此至次與孟子「養氣」章義不同，近人都説做亞聖一種人，坐不看注耳。

不曰「致曲則誠」，而曰「曲能有誠」，正見得曲誠本非二件。故由曲而致之，即有誠也，致得一分曲，便有一分誠，致得十分曲，便有十分誠。

誠則形，形則著，著則明，人説來似一誠後自然無不至者，疎也。自形而著而明，外面一步顯爍一步，卻是裏面「誠」字一步充拓一步，固不是形著明逐節上做工夫，亦不是底處一誠便了也。

到能化，則誠之體亦足，其用亦全，更無分別處，指其盡頭言也。謂仍指上節至誠，則語成歇後；謂至誠即其次之稱，則名號混亂。

第二十四章　至誠之道可以前知

此節首二句喝起，「國家將興」以下，一氣直貫到「禍福將至」句一住，此六句總在理上説，所謂可以前知之道也。至誠之前知正以其道也，故曰「可以前知」，而不曰「至誠前知」，看「之道」「可以」四字自分明。

道可前知，言理本如是，自蓍龜四體以上，皆指其道而言。「禍福將至」以下，言惟至誠能有其道，而前知如神也。先知如神中，至誠正有審幾之精與修救之妙，豈僅同讖緯術數之學哉？

在天地間有實理，故至誠之道可以前知；在人有實心，則實理在我，故至誠如神也。蓍龜四體之自見自動，無時無事不然，非至誠之見之動之也，而惟至誠乃見其見動之所以然，以其道也。見動，是蓍龜四體之自然，見乎動乎是道，皆公共之理，到即見動而先知善不善，方是至誠之神耳。

看兩「乎」字，則吉凶原不關蓍龜四體事，蓍龜四體固不知其該見動也。然則以爲此爲見，此爲動者，原是至誠耳。至誠如何便知其見動？在天地間皆此實理，惟至誠之心有此實理，故湊著便得。世間無一刻無一物不見動，只是無至誠，空見動，空消滅耳，可見見動原在至誠心眼裏。

曰「動乎」者，即指禍福善不善，非泛言四體之動也。纔有動，此理便顯，不論動之誠與不誠，有意無意也。

善不善，便是禍福將至之兆，猶言吉凶也。

此「善」字在氣機上説，非道理心體之善。禍福將至之先，其機兆分，端不可以禍福言，所謂善不善也。若作本源「善」字看，則兩「之」字先説不去，「不善」句亦有礙，不得不轉入無善無惡去。

幾在事先，理又在幾先，一路追到極平實地頭，卻正是神妙不測之盡處。

善必先知之，不善必先知之。唐荆川謂：幾動於彼，而誠動於此。或議之曰：先知當是靜照耳，若云誠動於此，幾於有意將迎矣，且誠何以動？亦無究竟義在。先生曰：「幾動於彼，事物呈其朕，如禎祥、妖孽、蓍龜、四體之屬。誠動於此，幾至，則感而遂通天下之故，動則俱動，非將迎之謂也。誠何以動，誠之明動也，如目之忽見，耳之忽聞，所見所聞，幾動於彼也。見明聽聰，而心通理得，誠動於此也。靜照者，二氏之説，非聖賢語也。即由其説言之，照即動也。彼意欲其雖動而本體常寂，故曰『靜照』，非有不動之理也。將迎者，幾未至而自私用智，非誠動也。」

有謂人而能物者，則人而能神。先生曰：「兆吉凶妖祥者，非如神也，因其兆而即可知吉凶妖祥者，至誠如神之道也。至誠之道可以前知，非以前知爲至誠也，至誠之知超乎人物，故曰如神。」

通書謂誠神幾曰聖人，其説發原於此章，蓋實處是誠，虚處是神，介乎静動之間者是幾，三字須合作一件講，方是此章全理。

第二十五章　誠者自成也

此章「自成」「自道」分配處，予意頗與時説不合。竊謂首節分説，下二節則言誠而道在其中，未嘗分也。首節「誠者」句，兼人物而言，「而道」句，專就人説，故上句無工夫，而下句有工夫。然注中即找「誠以心言」二句，則誠之在人者原有工夫，故下節不誠無物，注即云「人心一有不實」也。若不誠以下止説自道，則宜云道之爲貴，且末節誠者非自成己，又何説乎？蓋誠在物爲實理，而在人爲實心，人必有此實心，則實理方成，而事理亦得。假如實心爲孝，而後成孝子，此誠以自成也，而定省温清，許多道理已無不行，即此爲自道，若無此實心，則不成孝子，而定省温凊之道亦皆無物矣。故所重專在誠，如時説則所重專在道矣。或曰：「終始」句解「自成」，「不誠」句已是説「自道」。此意本朱子，不知朱子此言，是説「終始」句仍指物，而「不誠」以下乃責之人耳，未嘗分道與誠也。要知自道工夫，全在誠上用功，不在道也。不然，朱子何以又補「而道之在我者無不行」，末節又補「而道亦行於彼」乎？

首兩句只虚疏「誠」與「道」字，到下節誠之爲貴方責重人功，節次分明可見。人要發明兩「自」字，不道竟講了「誠之爲貴」句，非此節本義也。其病總坐不信注，不肯細心體認，若能體認，則不特注中實字分毫移動不得，即虚字語助亦一箇忽略不得。如「誠者物之所以自成，道者人之所當自行」兩句，「物」字「人」字兩實字分下，「所以」「所當」兩虚字不同，皆有至理精意。粗心者以爲兩「自」字總責成在人，如何自成反屬之物，此不通也。這「物」字包攝甚闊，非對人而稱之物，乃兼人而言也。天地間象緯流峙，飛潛動植，凡有形氣者固是物，即人亦物也，人之動作云爲，交接之事，亦物也，故誠者自成，朱子謂：孤立懸空説這句，正爲其包羅廣大，不專指人，而人自在中，不是單屬對人之物也。惟其不專指人，故不可言所當自成，而云所以自成。曰「所以」，則凡物皆非此不成，而責重之意自見矣。或曰：下文又云「誠以心言」，似專指人。曰海概説如彼，就一物上説如此，其義一也。物物必有此實理，而成其爲物；在一物必有此實心，而實理乃成。如物物統體一太極，一物各具一太極之意，蓋天下原多自然成就之物，不待人力安排，然其道必不能自行，故道必責重之人。如牛之任重，馬之行地，亦自其實理自成，然任重行地之道，必須人使之，馬牛固不能也。曰：若説天下有自然之成，則「自」字恐易錯入老莊去。曰：不然。老莊之自然，猶陽明所揭良知之「良」字，不過欲打滅學慮之苦，理義之障耳。游廣平楊龜山以此意解兩「自」字，故朱子辨之。若朱子所指自然，乃萬物所以自成之理，與彼説有空實之别，相去天淵，不得以其説之謬而併廢正義也。

物無不誠，人心之本然亦無不誠，故首句懸空説。物無不誠卻不能道道，人心有不誠而能道道，故道專屬之人，而其工夫只在去其不誠，而物之道亦自人道之，此末節所以成物也。

「自成」句兼人物，「自道」句專在人説，故朱子謂不誠句已指自道説，言指人之行之也。「而道自道」兩「道」字，音義本不同，「而道」之「道」，理也；「自道」之「道」，行也。自成須人自行，故誠道分開不得，説自成則自道在其中。講章以「誠者」句分自成，以下皆主自道，其解最謬！

上句兼人物空説，卻有誠之之人在内；下句專就人言，卻有自成成物在内。

說者多謂上句是天命之性，下句是率性之道，本於大全，盛於講章，其實不然。天地之理至實，聖人之心亦至實，與「性」字無涉。即以性言，亦是實有其性之謂誠，非誠即性也。率性之道，亦兼人物，不專屬人身，此「道」字即誠之事理耳，就「誠」字帶説，故下「而」字。若云靜存動察，以自道其道而爲誠，亦是倒説，仍與率性之説無二矣。蓋誠之乃所以自成，而自道亦在其中，看章句自見。

天道人道「道」字與此章「道」字迥别，亂拈不得。兩「自」字指本然之理，兼責當然之功，非謂本之自己者爲真，而在宇宙事物教學者皆僞也。此皆爲良知之説所誤。

因首節上句兼物，下句指人，故朱子謂不成句已説自道邊，言責重在人耳，即須有人不他始得之意，非分此下屬道也。在物爲誠，在人須誠之，而自道即在此。「不誠」句注中專就人心説，正與首節誠以心言相照。

有將上兩句看做造化萬物外事，爲天道自然，「誠之」句爲君子身上事，是勉然人道所貴，上下都説錯也。「誠者終始」句，即君子之誠已在其中，但統言人物事物之理如是，故曰「懸空説此句」。「不誠」句專就人心説，若將不誠無物看入無始以來，甚爲謬妄！惟其「終始」句連君子在内，故「君子」句一氣直下，非君子有監於外邊物象，而後不得已而誠之也。

仁知見處是德，本即是性，故曰「性之德」。

仁知雖是性，然性不專仁知，故曰「性之德」。

或以此章言人道，遂將擇善貼知，固執貼仁説，謬矣！　此仁知是指成己成物之道理言，不向工夫推論。　即論工夫，亦不可分擇執，蓋成己自有擇，成物亦有執，彼知仁，非此知仁也。

是推論成己所以成物之故，只緣仁智皆吾性之德，誠則實有諸己，其成己即性之仁，其成物即性之知，故成則俱成耳。　乃因成己成物而追本仁知，不是謂求之仁知而後能成己成物也。

言仁知爲吾性之固有，道理不分内外，故能誠之而自得於己，則自然及物，以時措之事爲無所不當耳。　合外内是指自然道理如是，非人不能合而聖人合之。　「道」字非「性道」之道，亦並非「自道」之道。

「性」字實，「道」字虛。　此「道」字非「率性之道」「道」字，亦非「而道自道」「道」字也。「性」字與「合外内」相應，「道」字與「德」字相應，看本文句法自明。　人將性道平對，下句應作道之合外内矣。

「道」字與「德」字相應，不與「性」字相應，只當「理」字相似，「合内外」三字，乃與「性」字相應。

仁知雖爲性德合外内，然不實有諸己，常人豈便能時措皆宜？故注補「既得於己」四字，即節首「誠者」二字也。

第二十六章　故至誠無息

此章分明兩大股一總結，又是一頭，一過文，一尾，自相照應文字。前六節説至誠，後三節説天地，末節收合，此兩股一結也。以「至誠無息」爲頭，「不貳不測」作過文，「純亦不已」煞尾，此三節照應也。其大旨只至誠無息與天地同，然天地之無息可見而誠難見，故第七節專指出不貳。不貳者，誠也。聖人之誠可見而無息難見，故末節專指出不已。不已者，無息也。

悠久、博厚、高明等義，人俱看入心性去，如禪門過去現在未來，六道因果，總只是一刹那間事，謬甚！實説在功效者，又説向後世粗迹事爲，於至誠界分絶不相似，此古人所以有扶醉漢之歎也。

「悠遠」二字只一意，「悠久」二字兼内外，乃有兩義。

第四節言至誠與天地同用。天地之博厚載物，高明覆物，悠久成物，是實事；至誠之博厚載物，高明覆物，悠久成物，亦是實事。「所以」二字，乃其所謂同也，人不能實説，多説向無形影去，又何以謂之用？又何以見其同哉？

此言聖人與天地同用，自宜在功業上説。俗解以爲粗，偏要説入心性去，此禪家問「庭下石在心内」，曰「行脚人著甚來由放塊石在心頭」也。

貞觀之治，唐太宗自以爲行仁義之效，歎曰：「惜不令封德彝見之。」而不知其原非仁義也。問何以非仁義？曰：其體不誠，故其功用亦全不是。文武成康之治，惜不令唐太宗見之耳。此針一錯，直到伯恭同甫皆認賊作子，以至於今未悟也，學者亟當辨取。

第六節是形容所以覆載成之極處，無絲毫不是天地耳，非於覆載成外别有奇事也。

以上言至誠之道配天地，此下三節言天地之道以證至誠，至末節方合併言之而歸重至誠，第七節與上六節分界。

自「無爲而成」以上，專言至誠；自「一言而盡」以下，專言天地；末節乃合言之。言至誠處皆天地之理，然只説至誠，言天地處皆至誠之理，然只説天地，一夾雜，便亂了賓主章法。

天是天，地是地，如何不貳？惟其誠而已。若指其氣之通合爲不貳，則已截然是貳矣。且中庸明云「天地之道可一言盡」，非謂天地可一也。

第八節是第四節對子，注中「誠一」「不貳」是承上節説，本節即「各極其盛」四字耳，作不貳看不得；功用在下節，又作及物處看不得。

博厚、高明、悠久，天地之道，皆指功用，其博厚高明悠久之誠一不貳處，便是至誠。蓋天地之爲誠不可見，從此道上見得其所以然，不是博厚高明悠久即誠，又不可説博厚高明悠久之外别有箇誠。

第九節人單指生物之盛説者，非也。看注云「皆以發明由其不貳不息以致盛大而能生物之意」，則「斯昭昭」「撮土」正昭「不貳不息」意。及其「無窮」以下乃所謂致盛大而生物也，故又補「天地山川，實非由積累而大」以完語病，則「昭昭」「撮土」其指「不貳不息」之本可知。蓋此節正對上文第四節以下説，以明至誠之功用。

「昭昭」即是全體，拆看云然耳。

此節總爲「則其生物不測」句發明，一路説向外去，極言其盛大耳。人每爲映合至誠，偏要倒裝轉誠字，并且夾和至誠，説到治化上去，皆謬見也。

至誠無息與天地合一處，上九節已反覆道盡，末引文王做箇模樣耳。

通章止完「至誠無息」四字。天地之無息可見而誠難見，故指出不貳，不貳即誠也。至誠之誠可信而無息難信，故結出不已，不已即無息也。

天地之無息可見而誠難見，故説天地之道，也只是不貳，不貳即誠也。聖人之誠可信而無息難信，故説文王之純，亦是不已，不已即無息也。如此看，兩邊結束甚明。

純即是至誠，不已即是無息，此亦易曉，然何故作此複衍語？只爲説至誠與天地同，天地之無息可見而其誠不可見，故結天地之説曰「其爲物不貳」，不貳即誠也，純也。至誠之誠可信而其無息不可信，故結至誠之説曰「純亦不已」，不已即無息、無疆也。如此看，則「亦」字側重不已處，意自分明。

呂晚村先生四書講義卷之二十九

中庸六　第二十七章至第三十三章

第二十七章　大哉聖人之道

「大哉聖人之道」，是贊道，不是贊聖人。

看下文一「待」字，可知雖數千五百年無人行，聖人之道長在，此所謂「非道亡，幽厲不由」，而朱子以三代下皆架漏牽補時日，毫無助益於此道也。

「洋洋乎！　發育萬物，峻極于天」，只虛虛説箇道體如此，若説聖人如何去發育峻極，便非書理，且使第四節亦無地步矣。

有謂禮即德也，三千三百非禮之至。　先生曰：「聖人之道之妙，正就三千三百上見，故曰『優優大哉』，但人不能修德，斯道不行耳。『尊德性』節正説修德，故禮與道爲體，不可云禮即是德，而三千三百爲非禮之至也。蓋其所見，止激於僞飾儀文之人，而因疾惡禮法之士，其既也因疾惡禮法之士而並抹撥三千三百爲非至道，設有動容周旋中禮之聖人過其前，必反疑不如嵇阮之真矣。」

「儀」原不粗淺，程子所以闢異端，只在迹上斷定，要知迹從何來，知其非，則知聖人之儀固精矣。

「温」「敦」字，是已精加精意，故章句就已知已能説。

良知良能，自然之理，人人之所同，不可以「故」「厚」名之者也；已知已能，必然之理，人各不同，然無人不有，其所已知已能者，故曰「故」曰「厚」。人爲「故」「厚」要貼「德性」，故每引良知良能，不知凡人之所已知已能，亦皆德性，即如「其次致曲」之「曲」亦德性也。

惟敦厚纔可以崇禮，此即「忠信之人，可以學禮」之説也。然天下有一般人，實是敦篤純樸，然或箕倨不以爲非，故敦厚又不可以不崇禮，如此講來，兩層意思都到，「以」字自有安頓。

非敦厚無以崇禮，而敦厚者又不可以不崇禮，此與上四句每句中都有兩意，自隆萬以後，有側重崇禮者，謂厚者禮之意也，故敦厚即所以崇禮，一順説下，則此句獨即有一意，與上四句異矣。推其病根，皆原於老莊之説，以禮爲忠信之薄，故艾千子直斥之爲「一字不通」，非激論也。

「足以興」者，言其理也。如世間秀才習爲吉利軟美之辭，活脱膚浮之法，雖以此得科名美禄位，然其言足以亡也。

立乎人之本朝而道不行，恥也，故朝廷之上更無默法，但有無道則退耳。默者，卑官處士之爲也。

「明哲」是見得事物道理分明，「保身」是所行必無危殆之道，固非見幾趨避，先占便宜之謂，亦不單就無道默容言也。

第二十八章　子曰愚而好自用

第三節是上節實證，「同軌」「同文」「同倫」，正言不制不考不議，非所以不制不考不議之故也。所以不制考議之故，卻在下文。今天下之所以同軌文倫，從天子來，天子者，即下文注所謂「聖人在天子之位」，蓋指文武周公也。子思自謂當時，乃今天下不制考議之時，不指制考議之天子也。若子思時之天子，正是有位無德，不敢作禮樂之人，亦在爲下不倍義例中，豈議禮制度考文者乎？今天下之所以同軌文倫，而尊如時君，聖如孔子，皆不敢作禮樂，正爲今天下之禮度文皆從文武周公來，所以大同一統如此之盛，雖有當更定者，而時無德位並隆之人，皆當守不倍之義，雖時君不敢以愚而自用，雖孔子不敢以賤而自專也。

或謂此止説時位，不兼德言，非也。饒雙峰謂此章爲在下位者言，故非天子不議禮制度考文，專指賤者，而不及愚者，亦非也。看下文「雖有其位，苟無其德」一段，則此節「同軌」「同文」「同倫」，原從文武之德位來。「今天下」三字，不是誇盛語，謂今天下有位者無德，有德者無位，自天子以至庶人，皆在爲下不倍義中，只合共遵守之，正見都議禮制度考文不得，非謂其可議禮制度考文也。

看下節云無位無德皆不敢作禮樂，則今天下車書行之所以同者，依然文武周公之所作耳，不但孔子不敢，即時王亦不敢也。若止就有位説，則下節之義不全矣。

六書之學，爲之未有不穿鑿傅會者，或是好奇，如石推官之類，其失尚小；或即以解經，又佐其穿鑿傅會之見，如臨川之字説，莊渠之精藴，其病便有不可勝言者。友人中有好此，雖郵札必以蟲鳥見及，某卻不敢如此，以有洪武正韻在也。

第二十九章　王天下有三重焉

首節「有」字中已具本身六事在裏，不是後方增出。

金正希云：君子自無疑惑，豈誠有可以疑惑之者，故必至是而後見君子之自信至此極也。艾千子云：既已「徵諸庶民」矣，則雖鬼神俟王非影響也〔一〕，君子自信固如此耳，若待鬼神俟聖而始無疑惑，則非本身徵民之理矣。先生曰：「若追到極處，只『本諸身』三字自信已足，何必講『徵諸庶民』，況以下四句耶？然此章大指卻不如此。四方上下，往古來今，有一處分毫不合，便是本身處有未是，故後文云『君子未有不如此』，注『指本身以下六事而言』，此正所謂不驕也。若只要自信得盡，則五句都成剩語矣。只爲鬼神俟聖二句無憑據，恐人錯會，師心自是，故特設下節知天知人以明之，而注又特下『知其理』三字，方見二句之實。總之聖學無疑惑在理上，他說無疑惑在心上。信理則從戒慎恐懼明善誠身來，故不驕；信心則自用自專，生今反古，直至無忌憚，正與不驕相反，此毫釐之辨也。」或曰：焉知其所謂自信不指理而言？曰：「纔說得悍然自足，泰然無事處，便是道理走作，孟子所謂知言，亦只在這些上可見。」

第四節只爲上文「鬼神」、「百世聖人」二句，恐人疑其渺茫誇詞，故特解之，見此是實理，天地三王，更不待言矣。

不是質鬼神無疑而知天，俟後聖不惑而知人也，知天而鬼神在其中，知人而百世聖人出其内耳。

如今人崇奉佛老，諂事淫祀，此不知天也；惑於流俗，囿於習見方隅，舉世所非，便立脚不住，此不知人也。豈必欲叛正從邪？只是於自家道理上原鶻突，自信不及，便無所不至耳。故欲闢異端，先須識得自家本等，若妄争虚氣，下梢定一折而入於邪矣。

兩「而」字粘緊行言讀，令行言兩字語輕急，乃得其妙。非輕行言，正説行言到盡處，不必重大致慎。凡有行有言，即世法世則，盛德之至，非功夫純熟，未易語此也。

「世」字只指本朝言，若兼異代，其如無徵不信何。

第三十章　仲尼祖述堯舜

首節注即云「兼内外該本末」，便爲小德大德張本。下節注云「此言天地之道」，以見上文取譬之意，可見「持載」二句即並育並行之大德，「四時」二句即不害不悖之小德。

「道」指日月四時運行度舍，如黄道白道之道，人多混解。

德本無大小，大小即在川流敦化處見，非别有二德，而一爲川流，一爲敦化也。川流即大德之支節，敦化即小德之全體，原只是一件。

不是小德外另分箇大德作對，亦不是小德中各隱箇大德作主，只分看見箇小德，合小德看便見箇大德耳。

敦化不可見，只在川流處見之。天地間燦然可指者，都是川流，其所以往者、過來者、續日出而不窮者，必有敦化者在耳。

大德不在小德外，敦化即從川流上見。人亦欲作是觀，而説來多不透，蓋意中終謂川流者是分體，而欲於小德上面别尋一件籠統不動者爲大德也，不知川流是小德，而其所以不已者即大德。易曰「一陰一陽之謂道」，不是並指陰陽，乃兩箇「一」字之妙也。

「敦」字正在「化」字上見，非化則亦不知其爲敦，非其化之敦則亦無從知其爲大德也。

説天地不必更添仲尼，仲尼即在「所以爲」三字内也。

第三十一章　唯天下至聖

有此耳目心思，便賦此聰明睿知之理，凡人之所同然者也。但氣偏欲蔽，不能完其固有，大賢以下，修以復之，然其爲聰明睿知全於學力者，理雖合一，而其神敏超異之妙，有非人力之所及者，故曰「唯天下至聖爲能」也。「足以有臨」，亦須從此意象中體發，泛贊德高過物，則下面皆至聖之德，何非足臨者，單以此爲足臨，正以此生知之質，包下四段，故不得泛言也。

此言天亶神靈，首出庶物，與下知之德不同。下四德或偏從一德入，或從學得之皆可，惟至聖有此德，則下四德皆備，亦皆高出一層，故此段包攝下四段，如孔子之集大成，惟其始條理不同，故終條理亦異也。足臨，便是無所不包，故無不仰宥其下。

此一段包下四段。此一段即始條理者，知之事也；下四段，即終條理者，聖之事也。故聰明睿知，只作「生知」二字看。

足臨固不待臨而後見，然卻不是空空自命，八荒皆在吾闥，於心性中攝取，爲無憑據之説也。生知流露處，人見之，未有不詘服，此便是足臨，即後世英雄帝王可見其概。以思至聖更自不同，其所謂足，直是實事，非虚尊也。

生知之足以有臨，其光芒氣略，自有籠蓋宇宙之概，此是實事。如漢高之天授非人力，光武之帝王自有真，唐太宗之非常人足以濟世安民，便是證據。數君尚如此，況至聖乎？

謂此一段總冒下四段則是，若謂「臨」字説向外邊大處，「容」「執」「敬」别説入内邊細處，卻是妄論。臨與容執敬别，都在外邊説，其「足以」則内邊事也。五段總一般，並無内外之分。

首節言其生質之備，次節又就上「足」字言其充積之妙。

此章言小德川流，然必説到溥博淵泉者，猶言「恕」便離不得「忠」之意也。

「血氣」二字所該極廣，禽獸草木都在内，方是體信達順之效。

第三十二章　唯天下至誠

錢吉士云：朱子既云「三者皆至誠之功用」，又云「經綸是用，立本是體」，李九我曰「體」「用」二字，只説用中之體用，自立本而出之則爲經綸，自經綸而入之則爲立本，此説得之。先生曰：「此二章總極言聖人天道之盡致。朱子曰：『「至聖」一章，説發見處；「至誠」一章，説存主處。』又曰：『此不是兩人事。上章言聖人德業著見於世其盛大如此，下章是就實理上説。』然則此章初無貼用上説之義，九我安得造爲用中之體用，而吉士從而附和之乎？用中有體用，體中又有體用，支離甚矣！總因誤看『此皆至誠無妄自然之功用』一語，見有箇『用』字，便要與『體』字支對耳。不知『功用』二字，爲『爲能』二字下注脚，非『體用』之『用』也。依九我言，自立本出之爲經綸，即是大用矣，自經綸入之爲立本，即是全體矣，又何用中體用之分乎？抑所爲全體大用者更何等乎？凡講説多自己迷謬，到解不通處，必杜撰穿鑿，至於破碎經傳而不顧，皆此類也。」

或云，在天下爲經者，在至誠則爲道；在天下爲本者，在至誠則爲性；在天地爲化育者，在至誠則爲命。先生曰：「配説道性命，大有語病。饒氏胡氏之言，不過分貼此三句，即首章三句之理耳。猶之下章『潛雖伏矣』二節，即首章『戒懼慎獨』之理相似，正言其合一，若今所言，則反分而爲二矣。況首章道性命原是通論人物道理，此三句專指至誠之能事，今云『在天下爲經，在至誠爲道』云云，尤爲倒説，且似以此節貼首章，不似以首章貼此節也。故凡文法輕重轉側之間，稍不精細，每令賓主易位，不可不知。」雙峰饒氏曰：大經是道，大本是性，性乃大經之本也。天地化育是命，又大經大本之所自來也。雲峰胡氏曰：首章由造化説聖人，故曰「命」曰「性」

曰「道」，由體之隱，達於用之費也。此章言聖人之所以爲造化，則曰「道」曰「性」而後曰「命」，由用之費而原其體之隱也。

天地化育，固具人心，爲甚只至誠知得？必到人欲净盡，天理流行，此心與天體不二，方是默契處。

以世間繁華熱鬧場爲育，而以寂滅消沉打散之爲化，從此悟出本來爲知，而以知其無可奈何而安之若命，爲至誠知化育之妙用，看世間法與從上聖人道德事業，皆無可奈何中應化因緣公案，此顔鈞李贄之涕唾，非孔氏宗傳之道也。

有謂至誠之視一世無有遠近親疏，並無有物我内外，一身焉耳。先生曰：「經綸之仁，正在遠近親疏、物我内外分明耳。此是釋氏平等普度慈悲，非至誠之仁也。」

但看三代以上聖人，制産明倫，以及封建兵刑，許多佈置，雖纖微久遠，無所不盡，都只爲天下後世人類區處箇妥當，不曾有一事一法，從自己富貴及子孫世業上，起一點永遠占定，怕人奪取之心，這便是「肫肫其仁」。自秦漢以後，許多制度，其間亦未嘗無愛民澤物之良法，然其經綸之本心，卻純是一箇自私自利，惟恐失卻此家當，只此一點心，已將仁字根荄剗絶，安得更有經綸？此朱子謂「自漢以來，二千餘年，二帝三王之道，未嘗一日行於天下者」是也。後世儒者議禮，卻只去迎合人主這一點心事，周周折折，妝點成一箇自私自利道理。如所謂封建井田不可復，武王非聖人，堯舜不能殺舜禹，不得已以天下結識之，太王不翦商，種種謬論，皆從他不仁之心，揣擬古聖肫肫之仁，正如丕昭篡弑而悟舜禹之事亦如此耳。中庸於經綸大經，卻説箇「肫肫其仁」，看古聖人心體是何等，此處看得真天德王道一以貫之矣。

只就「淵」字上著想，不過曰「静」曰「深」而已，惟從立天下之大本想出「淵」字來，方見得一篇太極圖説，皆具此句，方不墮入老莊之虚無。今人見識且不見及老莊地位，固宜其麻餬影響，只辨得形容擬議，唱喝淵淵乎數語，了事而已。

人人有此天，時時有此天，只是浩浩歸於至誠，可知有多少品量在。在儒者爲聖之時，與各聖不同，非釋氏諸天之説也。

末節只是極言至誠之妙，不到得此地不能真知，便懸空揣合，也只是影響，不見裏面許多滋味，以下總都信不及矣。「知」字緊貼「固」「達」二字，其旨只在平實處，不在高玄處。

「固」字注止訓「實」字，意所不重，俗説横生别解，是至誠上更有聰明聖智一等人，而聰明聖智上又有能固一等人矣，不可從也。

此是下半部中庸結語。天人誠明之理，反覆詳盡，至是忽結以非其人莫知，卻不是中庸自贊，聖人之道，實有非言語所能窮者，雖日聞至論，到自得處其意味微妙，又自不同。

中庸開此一層境界，喫緊爲人領會，似乎極高，卻又極實，只看「固」字「達」字，逼趲人到盡頭處，真箇老婆心切。

「至聖」章說發見處，自表而觀，其知則易，故凡有血氣，莫不尊親。「至誠」章說存主處，自裏而觀，其知則難，故非「聰明聖知達天德者」弗能知也。只是反覆贊嘆至誠，不是兩人事，學究家將德與道糾纏，殊謬！

天下至誠至聖，前章各有分義，此章言聖人天道之極致，則已兼二義，至聖即在至誠内，所謂非二物也。

第三十三章　衣錦尚絅

爲己爲人針鋒，只争向裏向外之别，然相去千里矣。謝上蔡所謂「蔬食菜羹，便向房裏喫」，如此意思，可鄙可賤，令彼清夜自覺，豈有不頩頳汗下者！「惡」字真如棄荼堇，如避穢惡，方是自己實心，若云恐人測我中藏，則仍是小人掩著之意。

淡簡温，絅之襲於外也；不厭而文且理，錦之美在中也，可見君子自己所求之實，在中之美錦，非求外之襲絅，所以尚絅，不過言其不表襮其美耳。若謂君子所求在淡，故能不厭，則是君子用力於絅而得錦也，倒且謬矣！　況淡簡温與不厭文理，皆形容君子之詞，非君子以此爲功自居也。

總之此是形容君子不求人知，而自彰著，其大段如是耳。　簡與温，貼「闇然」，文與理，貼「日章」，兩邊合勘，「而」字之義方得。　或謂重上截三字，非也，其意不過欲重闇然。　重闇然者，所以貼爲己意，不知「闇然」總是爲己〔二〕，而「日章」尤是爲己之實。　淡簡温，是絅之襲於外，貼「闇然」；不厭文理，是錦之美在中，貼「日章」。　然則論爲己，正當重下截與「日章」耳。　此皆萬曆間講章之誤。

衣錦尚絅，美原在錦，不在絅也。　惡其文著，惡只在著，非惡文也。　簡温，絅也；文理，錦也。　闇然，絅也；日章，錦也。　由是言之，重上截乎？　重下截乎？　但尚絅正所以爲錦，闇然正所以爲章，不可分作兩層，此「而」字合看之理也。

淡而不厭，此是説君子立心爲己，其道如此，不是君子裏邊做造箇不厭道理，外面又做造箇淡來示人也。　「淡」字只與濃艷相對，淺淺在外面看如此，若謂希夷玄漠，乃老氏之淡，與君子之淡無涉。　況彼是説内，而此是説外，雜和其説不得。

淡簡温，外之絅也，人之所見也。　不厭文理，内之錦也，人之所不見也。　因人不見其錦而但見其絅，故以爲淡簡温耳。　君子立心爲己，只向裏用功，越向裏則外面越闇然。　惟其不厭文理，所以淡簡温，原只是一線事，若謂君子裏邊做不厭文理，外邊又做淡簡温，即成兩截，其淡簡温即是權術作用，與掩著「的亡」者同爲小人之歸矣。要之君子不但不知有淡簡温，並不自知有不厭文理，皆是外人看得如此，但淡簡温易看，而不厭文理難看耳。

上面説立心爲己，是得大頭腦，「知遠之近」三句，卻又就其中曉得了下手樞機所在，故曰又知此三者，混在上文甲裏不得，混在入德工夫不得。

上四句正説闇然日章，是爲己立心大段；此三句是下手處，又須識得機要所以然，方能實做工夫。下二節，乃所謂入德也。

此「知」字，只是下學立心之始，見得箇爲己門庭不錯，從此好下工夫耳，故云「可與入德矣」。而下文乃言慎獨戒懼工夫也。

首章從天順説下來，此章從人倒説上去，故入手處更説得分曉。

或云，「知遠之近」三句，朱子云：「三句一句緊一句。」先生曰：「三句也原是平説，語氣急注末句，不得停泊，但細分看其理，一句緊一句耳。」

「風」字就一「身」而言，猶風度風流風采之風也，時解錯認作風俗風化之風，則與「遠近」句複架矣。

第二節言慎獨之事，「人之所不見」五字便是「獨」字注脚。凡意念初動，事爲未著時，人所不見而自己獨見，此時此處謂之獨耳。大學注云「人所不知而己所獨知之地」，「地」字最當玩。人每忽卻「地」字，誤認「知」字，遂將「獨」字硬派入心體上説，將兩節工夫混而爲一，而於工夫次第亦先後倒亂。看中庸首章，從天命説來，則戒懼在前，而慎獨在後，此章從下學入德説起，則慎獨在前，而戒懼在後，節次分明如此，如之何其可紊也？

禪學最怕分析，只要打成一片，本體即工夫，不得分析，況工夫又可分節次耶？故存養省察界分一切抹煞。首章戒懼慎獨，與此兩節，必要做一串説，自白沙陽明以來，講學者皆主此。

首章從天命順説下來，故戒懼在慎獨前，此章從下學轉説到天命，故戒懼在慎獨後。此章從下學逆説到盡頭，故先慎獨而次戒懼者，以慎獨是零碎工夫，戒懼是統體工夫，其實戒懼包得慎獨，慎獨只在界頭更加謹耳，非謂先做慎獨，後做戒懼也。

此言慎獨之事。慎獨從每事每念發端，隱微處省察精明，不使有絲毫夾帶，所謂「内省不疚」也。到事事省察、念念省察，工夫精密，更無愧怍之端，乃所謂「無惡於志」。此兩句自微分省察，到純熟時動静只成一片，於戒慎涵養著力，則下節不動而敬，不言而信，又與「無惡於志」有分。

「相在爾室」節，與首章「戒慎恐懼」節對，是主敬之全體，兼動静而言，不言不動而敬信，則言動之敬信可知，舉盡頭處言也。專指静邊，謂君子只在不言不動處做工夫，此是向來講説之誤。

自第四節以下至末節，總以推極不動而敬不言而信之妙，非爲治道商量化民之術也。「潛雖伏矣」二節，是天德工夫，不言而信不動而敬，是工夫到極處。「奏假無言」二節，是王道功效；「篤恭而天下平」，是功效到極處。

有謂詩只引端，是故後義即稍進，以上諸節類然，即以「維德」貼「篤恭」，「天下平」貼「百辟刑」者，謬也！先生曰：「『百辟其刑』之注云『德愈深而效愈遠』〔三〕，則此句自貼『天下平』爲是。蓋民勸民威，自是國治事；百辟其刑，乃天下平之事也。」

「篤恭」，工夫都在上面，到此只是火候足一分，效驗又闊一分耳。不顯其敬，功夫火候已到盡處，故天下平效驗亦到極處，别有篤恭玄妙者固非，謂與上文全無分次者，亦粗也。門人管天錫涂之淵，問篤恭是兼承謹獨戒懼否？曰：朱子謂「自『尚絅』至此五節，言始學成德疎密淺深之序」，看第三節注云「爲己之功益加密矣」，則「潛雖」節，尚是始學界上事，而自「相在」以下二節，則皆成德事也。「奏假」兩節，雖説效而德在其中，故曰「德愈深而效愈遠」，要之慎獨與戒慎恐懼，功夫有疎密淺深，原不是截然兩節事。慎獨在零星入手説，戒慎恐懼，無時不然，則統體純熟，火候到統體純熟，則慎獨在其中矣。入德以慎獨爲主，一慎獨足以直達篤恭，成德卻以無時不敬爲至，故戒慎恐懼足以括慎獨。

自來講説章旨之不通，莫如此章拈「闇然」二字爲甚。「衣錦尚絅」，是爲己立心，「闇然」是讚尚絅，「日章」是讚衣錦，皆讚君子語，非君子做工夫處，工夫正在下二節。況「闇然」是形容外邊，「日章」是形容在中之美，若以爲章旨，則「篤恭」須貼「日章」，「天下平」貼「闇然」矣，可乎？不知何村師造此不通之説，以誤後人，今日衡文選手，無不守爲科律，此章中無題不拈，不拈者反以爲失旨矣。如云闇然之功之效，自闇然以來，則以「然」字當「實」字名目；又有闇修至闇，攝天下於闇，則又删卻「然」字爲名目，又不通之甚者！嗚呼！正學不明，異説肆出，借經傳以行私，造宗旨以惑世，如江門之主静，新建之致良知，甘泉之格物，見羅之知止，充類盡義，其害有淺深大小之不同，然皆村師之見也。

此與「修己以敬」而安人安百姓相似，即在上文更推一層耳，非壓倒一切也。

此章是全部盡頭，此句是此章盡頭，下節只引詩詠歎此句，故注謂「形容不顯篤恭之妙」，非别有三等也。

「至矣」，是贊德，非贊詩也。

【校　記】

〔一〕俟　原作「後」，據中庸改。本段後兩「俟」字同此。

〔二〕闇然　原作「闇章」，據中庸改。

〔三〕深　原作「盛」，據四書章句集注改。

吕晚村先生四書講義卷之三十

孟子一　梁惠王上

孟子見梁惠王章

孔子多説仁，孟子提出「義」字，正爲戰國功利之説，淪浹人心，與今日講禪悦、講良知、講經濟者相似，推其極，只一自私自利之害，纔説利便不義，不義便不仁，此是古今人獸邪正之關也。

利之根源原從仁中生出，凡貪嗜繫戀之私，皆仁之過惡也。告子以食色爲性，故曰「仁内義外」，釋氏之慈悲普度，生死事大，老氏之長生内外，權術家之事功經濟，皆自以爲仁，而不知有義然後可以成仁，不知義，則其所爲仁皆利也，非仁也。孟子於孔門得「仁」

字之傳，其平生得力在體貼出一「義」字，爲七篇宗旨。此章首尾仁義全提，而中單舉「義」字，正此理也。以「仁」字關利爲從治，以「義」字關利爲正治，此是古今學術關頭。

仁義固自利，然以此立説，則立心原從利起，其爲仁義皆利，做來只成五霸假之，仁義之真源絶矣。故必先除卻言利之邪心，後方轉出仁義本自利來，其説乃無弊。如大學亦必説破外本内末，財散民聚本旨，後方轉出以義爲利，以財發身之理，若從利上計較出仁義之便益，非孟子之道也。

有謂先王之有天下也，知天下利器，不能以一人據也，而又爲争端，是故設爲諸侯、大夫、士庶人，萬乘、千乘、百乘，以至士庶，亦得百畝，皆所以分己之毒，而殺其勢也。先生曰：「謂先王制度爲一人獨據其利不得，而設以此分殺其害，則仁義之教皆成假飾，而利反爲本旨，此正功利之説，與無善惡言性之淵源，如何認賊作子？此等皆大害道之論，不可不知。」

不遺親後君，此是從士庶人看，要到士庶人不遺親後君，須從王始。王曰仁義而已矣，大夫曰仁義而已矣，乃至士庶人曰仁義而已矣，而後見不遺親後君之效。故「仁義」二字一頓，其中煞有次第工夫，次第景象在。

仁義從王至庶人，仁義之效從庶人至王。

上節言利之不利，以應「王何必曰」句，此節言仁義之利，以應「亦有仁義」句，不是泛説感應。「仁義」二字，是言人主躬行實得而無求利之心，不是空説道理。

不遺親後君，見仁義不但利，並能去言利之不利，其利無比。

有謂言仁義，猶愈於言利，孟子知惠王非行仁義者，亦曰「庶幾言之」而已。先生曰：「章中六箇『曰』字極有意。惠王開口便説箇『利』字，其心浸淫於利者深矣，孟子先攻其邪心，非但止其勿言也。仁義之實在政，孟子開口便欲行王政，於齊於梁於滕於宋，無不然者，若僅曰『言之而已』，則言利何害，言仁義何益哉！」

梁惠王曰寡人之於國也章

「王道之始」「始」字，或云：即資生資始意，言王道盡於此也，下節不過廣上意耳。養生送死，一部周禮盡之，如以此節爲始事，下節爲終事，雞豚狗彘，始不當畜耶？此論不然。一部周禮，畢竟豳居允荒時，尚未有此精詳也。雞豚狗彘始固已畜，然看五母雞二母彘，即是文王養老之政，豈文王前不曾畜耶？即五母二母，纖細精詳處，正是王道盡頭，若任人家多畜者侵利，不畜少畜者失養，便不是王道矣。故謂王道之成究不離始事加詳則可，謂王道盡於此則不可。

或謂：三者是民生日用至大至急之事，王道不離乎此，「不違」「不入」，即法制中農政及虞衡之令典，非止法制未備事也。「始」字即「萬物資始」「始」字之義，統貫王道。不知三者雖重，然出天地自然，雖無王者，民生亦自能取給；「不違」「不入」，固亦是法制，然其教易施，雖無王者，如霸者富强之政，亦能及此。王者之妙，全在井田學校等法制，霸者富强，無其心，不得其道，故不能爲，即天地亦各有分限而不能爲，惟王者參贊化育，上下與天地同流，乃能爲之，此之謂王道。故此三者雖極重大，然只可謂王道之始也。

不是行王政後不消此三節，亦不是此三節中無王政，蓋法制備後，此三節道理已無所不盡，不必更説；在法制未備時，此三節爲至急，隨時隨地可行，若無此則下面王政亦無從施設矣。

當法制未備時，即撙節愛養，亦未有政令規條，但人君清心寡欲以開其源，不爲民物之害，則天地自然之利始出，然後可議法制耳。

不違、以時、不入，不是無王政，但就天地自然上節宣，雖功利之治，亦能及之；若「五畝之宅」節，則直是王者自爲製造，非天地之所能爲，中庸所謂「盡人物之性而參贊化育」者也，然究非王者鑿撰也，只就上節不到處，曲成輔相，若無王者，則天地亦無可如何耳。

看後世漢唐宋以來，非無賢君治世，然只在上節中運用，到王政便不能行，陋儒反謂井田、封建、學校之制，必不能復古，也只爲世間無參天地之人，胸中並無此見識榜様，輒道漢唐以下所爲，便是王政，豈不謬哉！

宅牆餘地，欲盡其利，故必有樹，凡本可樹，惟重本務，故樹必桑。

「謹」「申」之實在「教」「義」二字。孟子時王教衰絶，雖立庠序，而道德難一，故教須「謹」；庠序中孰不教孝弟，然其義未易明信，故義須「申」。申者，反覆丁寧，使紬繹其指歸之所在也。

當井制成時，家塾、黨庠、州序、國學，一時都定；到井法壞，連學制亦壞，故游士横，異端出。孟子下箇「謹」字，不特見庠序久廢，即有庠序，教術已亂，亦難爲理。如孟子勸滕行王政，而許行之流即至，此可驗也。

養民制法之道，上文已説盡，末節直打破後壁，抉出不盡心真情，令無躲閃處。

梁惠王曰寡人願安承教章

有云：禮至中古而備，亦至中古而壞。衣薪舉壘之初，掩骼埋胔而已；葬埋不已，而至於用器；用器不已，而至於爲俑。機變日滋，而繁文日勝，聖人之所以惡也。先生曰：「聖人之惡，單就不仁上起見，不爲憎機巧而追返真樸；亦單就俑而言，不推論喪禮原始，以葬埋明器爲世變繁文也。此是老莊家言，晉人得之以亂大道者，果如其説，則聖人將殫殘禮法，返之太古以爲治矣。」

梁惠王曰晉國天下莫强焉章

陳大士謂：省刑罰，薄税斂，從此推之，勸教勤學，禮賢任能，罪己責躬，弔死問孤，乃盡。艾千子云：省刑薄斂，當時救急之政，故特言之耳。勸教勤學，禮賢任能，王者大道理也；罪躬責己，弔死問孤，則霸者亦有之。救急之政，比王者大道理先一著，粗一著，比霸者所有，則又專似勾踐輩耳。先生曰：「此二句便是王者徹上徹下、徹始徹終本事，如何别尋補許多條目？總坐看得此二句粗淺，以勸教罪躬等作用爲精深也。不知此等作用正粗淺，豈特罪躬責己、弔死問孤爲霸者事，即勸教勤學、禮賢任能，亦不當王者大道理。千子謂省薄爲當時救急之政，也是一流見識耳。」

數赦非盛世之典，捐租亦黄老之治。數赦養奸，必有重法；捐租難繼，必有横征。省之薄之，只是得其平耳。

孟子見梁襄王章

三代以前，但有治亂，無分合，分合之事，始於周末，治亂以德移，分合必由力併。孟子謂「天下之生久矣，一治一亂」，此猶從德言，若周以後天下之爲治亂，止是一分一合皆以力，不以德，雖合一之時，亦與三代之治不同，故但可云分合，不可云治亂也。然其分也必亂，亂必至大殺戮而後有强國，有强國而後能混一，至其混一之所歸，則亦必就其中之能愛民不嗜殺者得焉，是雖尚力之中，終未嘗不以德收也。第德非三代之德，故治亦無三代之治耳。孟子立七國之時，早已知必有秦漢之事，只「不嗜殺人者能一之」一句，直斷盡漢唐宋以下。

有謂「定一」是以勢言，先生曰：「『定一』之規模氣象，三代與秦漢後，煞是不同。若單論勢力，是戰國以後之事，豈孟子之旨乎？」或曰：只論勢，則秦漢以後之「定一」，孟子之言皆驗。若但論理，則聖賢之説有不驗矣。曰：「聖賢之説，正不必一一求驗，然通盤算來，畢竟驗。一部孟子，正要挽回萬世帝王定一之心之道，非爲後世作符讖也。定要求説驗，不得不擡高秦漢以後，反不難貶聖人之道以就之，此陳同甫之謬，足以疑惑萬世，朱子所以力争也。」

齊宣王問曰齊桓晉文之事章

「仲尼之徒」節，是七篇尊王黜霸開卷第一義，後來「以齊王猶反手」、「願學孔子」、「不見諸侯」、「言必稱堯舜」、「舍我其誰」、「名實未加而去之」，皆已包舉言下。

正義立誠，是聖門升堂學問，聖賢之學，不是纔義便了，而桓文並是利；聖賢之學，不是纔誠便了，而桓文並是假。推此利與假之心，不至於弒父與君不止，此仲尼之徒所以無道桓文也。余嘗謂近世良知之學，説玄説妙，及其敗露，總不脱利假二字，然世且尊奉其書，偶有指摘之者，則如聞父母之名，掩耳唯恐不速，何也？只緣偌大世界，不曾見箇真程朱之徒。

餘干先生云：聖人不忍生民塗炭，故取霸者之功，聖門明修己治人之道，故羞稱之。其論亦正。然愚竊以爲羞稱霸者，正不忍生民塗炭也，取霸者之功，亦非有外於修己治人之道也。言豈一端，各有所當，論語爲門人辨駁管仲失君臣大義，故舉其功言，又當别論耳，是就一人身上説，非以霸功爲足學也。故仲尼之時，其徒原無道桓文之事者，非至孟子始黜之，看曾西數語可見。若春秋與桓文，亦是彼善於此，孔子正爲他非義，故借他行事作春秋以正三綱九法耳。齊宣所問桓文之事，只是問他富强權詐之術，亦並不是仲尼之所與者矣。故論學術，則孔子先不道桓文之事，若論人，則孟子亦必諒管仲之功，孔孟之尊王黜霸本一，未嘗有因時爲救之分也。

春秋時道桓文，尚論其功，如一匡九合，猶就其假仁義處言之；至戰國策士所言，則直取其貪殘詭詐之術，又桓文之一變矣，故曰五霸之罪人。齊宣所問，乃戰國之桓文，非春秋之桓文也，看一「事」字，則所指爲富强功利之粗迹可知。

有謂百姓皆以王爲愛，是設言以觀齊王。先生曰：「有是事，便有是言，情理之至，不必謂之設也。」

齊王本無仁心仁術，平時暴殄之行，百姓所孚信，則舍牛而疑其貪吝，乃必然之理。「我非愛其財，而易之以羊也」二句，是齊王不自知口氣，可見世間人心日在道理中起滅，卻只坐不知瞥過。

「見牛未見羊也」，不是孟子代齊王飾説解嘲，亦不是格非歸正，如好色好貨之類，此正孟子善於指點開導處，滿腔子惻隱之心，一端上全身盡露。「見牛未見羊」，體用具足，不分兩層，朱子所謂「體無限量，用無終窮，擴充得去，有甚盡時」。孟子説到此處，直是痛癢相觸，所以下節云云，若有一毫機權作用，隔著千里矣。

只一「未」字中，有多少道理事業在，下文推恩仁政皆包裹許。

「君子之於禽獸也」一段，是要引齊王不忍之心向百姓上用，故反就禽獸指出，若謂推此以愛百姓，則道理倒了，即成慈悲平等之謬。

自「吾老」「吾幼」以及「人老」「人幼」，理一分殊，有同有異，中間推行漸次，皆有實事實象。

「舉斯」「斯」字，指不忍之心所以老老幼幼者，「老吾老」「幼吾幼」處，便是「舉加」，非謂舉吾老吾幼者而加之人老人幼也。親疎遠近，總在「彼」字内看，其理乃盡。今人但曉「御於家邦」是「加諸彼」境界，不解「刑寡妻」「至兄弟」便是「加」也。寡妻兄弟家邦各自有道，絶不相同，卻只是此理，更無兩般，其自刑而至而御，卻又自有序。

「舉加」雖直捷便當，然其中即有次序，只一「加」字内包含善推之義。「加」字如何入次序？看上文刑至御，次序已在。

纔説箇「舉加」，便有實事在，有實事便有次第等級在，引之許多絡索，收來只是這些子，此所謂仁也。

玩「而已矣」語勢，是從寡妻兄弟家邦，反指轉「斯心」來見，其極易極近，以歆動其「舉加」，未便是鋪張推廣也。

「舉斯加彼」，即起下文「推」字。

「加」字輕，「推」字重，「加」字籠統説得盡，「推」字漸次説不盡，故下又添箇「善」字。「善」字從「彼」字生來，蓋吾老幼、人老幼、寡妻、兄弟、家邦、百姓、禽獸皆一「彼」字包之，則其中等殺次第，已與「足以保」三字中，有親親、仁民、愛物層級實際在，不是一念圓覺，普度衆生也。

齊王恩足以及禽獸，不是不能推，而功不至於百姓，此倒行逆施，正坐不善耳。「善」字從本達末，中間節節有本分實際。

物之輕重長短即在於物，心之輕重長短即在於心。不能度時，心亦一物，此庸人所以異於聖賢也；能度時，度心者即心，此凡人所以同於聖賢也。

本然之權度，正是凡民所同，聖人能度而庸人不能耳。

謂心無權度固非，謂心即權度亦非，即此是本天本心之異。

「明君」「明」字與「吾惛」句機鋒相值，又與「仁人體用」相通，知周萬物乃足以成仁，此至理也。

「王欲行之」節，是起下文，不是結前文。前「反本」指發政施仁，此節指下節，乃發政施仁之本也。

孟子時，民困已極，故其告君論政，只重在制産足民，而教學明倫，雖定説到，亦只舉大略，全書皆然。

孟子一生經濟實用，盡在農政，分田制禄，爲仁政根本。

吕晚村先生四書講義卷之三十一

孟子二　梁惠王下

莊暴見孟子曰暴見於王章

通章結穴在一「王」字，「王」字跟著「民」字來，「民」字又跟著「獨」「人」「少」「衆」字來，故全章之關要，都在「可得聞與」一節。

「今王鼓樂於此」兩節，是極言同樂不同樂之效，然孟子機鋒入處，正在「可得聞與」一節。

「獨樂樂」兩問，自是必然之理，不如此應不得。

「今王鼓樂」兩節，孟子描畫出兩種圖形，歆動齊君耳，與民同樂、不與民同樂，自在平曰，有實政在。

齊宣王問曰交鄰國有道乎章

略無一毫私心，方是「樂天」。

征苗戡黎，正是「樂天保天下」。

世儒謂封建必不可行者，只是私心。自秦以後，天下之大患坐廢封建故也。向使封建不廢，則天下之國星羅碁布，各戰其地，即有尾大跋扈之禍，亦楚弓楚得耳，自古豈有不亡之國耶？自封建不行，則大藩重鎮，尚足以屏翰王家；宋藝祖以杯酒釋兵權，就是暴秦一團私心，自以爲子孫萬世無患，孰知靖康德祐，子孫屠醢殆盡，率由兵弱之弊。誰生厲階，又將孰咎耶？故吾嘗以爲欲正萬世之利害，封建不可，然苟非樂天保天下之主，無一毫查滓於胸中，則封建亦必不能復行也。

當時講「交鄰」，原不是好意，直力不能併吞而又畏人蠶食，故爲此商量權術耳。孟子以「樂天」「畏天」答之，已教以「安天下之民」，不從鄰國爾我起見矣，故宣王大其言而以「好勇」爲辭，則已直露其貪殘攻取之心，故孟子又借「大勇」，曲引歸於本旨。曰「安天下之民」，則仍是「樂天者保天下」之説。宣王之好勇與問交鄰，始終原只一意，孟子答「安天下之民」與「保天下」，亦始終原只一意。

孟子借「好勇」語引齊君行仁，「安天下之民」，原從「樂天者保天下」來。此數節與「好貨」「好色」同例，非真勸其用勇，勸其不事血氣威武，而以安天下爲志也。

齊宣王見孟子於雪宫章

民樂君樂，事理迥别，如何混同得來？惟君民各得其樂，故同。亦惟民之樂須君得，則君之樂亦從民得，故同。究之君樂只在民樂中，故同。

有上之憂樂，有民之憂樂；有上憂樂民之憂樂，有民憂樂上之憂樂；必上先憂樂民，而後民憂樂上，究竟只重「上以民爲憂樂」。

四「樂」字各有義，「民之樂」指富養，「其樂」指游觀，「樂民樂」有仁政在，「樂其樂」是媚兹之應。

人止泛説憂樂同民者，謬也。樂民樂，憂民憂，是即有王政；樂其樂，憂其憂，是王化之應。其實民之憂樂與其憂樂各不同也，故上四句是分説。樂以天下，憂以天下，謂政成化洽，上下各得其憂樂，便是王者氣象，此是一總説，亦非混一憂樂也，大意只責重樂民憂民耳。

「樂以天下，憂以天下」兩句，是過脈語，總承上四句以起下文，故「以天下」三字中兼君民言；君民相憂樂，必上感而下應，故「以」字又側重君言，總之其義已盡。上文四句不是別增意思，亦不是上文氣象尚小，而此又推極天下之大也。

天下只在「民」字中大言之，不是「民」字外推言之。

「以」字文法，若云不以一身而以天下耳，樂民之樂，憂民之憂，只一字包兩層。

「巡狩」「述職」，省耕省斂，是先王觀之名；「巡所守」，「述所職」，「補不足」，「助不給」，是先王觀之事。先王而亦可以謂之觀者，以其名而言也；觀而仍別之以先王者，以其事而言也。

陳大士謂：巡狩實爲報禮，而以自狩爲文，曰非下交也，巡狩也，如是則天子尊；實爲廉察，而以出狩爲名，曰非廉察也，巡狩也，如是則諸侯安。先生曰：「此直是胡説！報禮之云雖鄙俚，猶有些小道理，若廉察諸侯之變，則竟以盜賊心事看帝王矣，奚其可？艾千子云：『帝王大典大制，都被秀才説壞，可歎也。』此言大有關係，學者戒之。」

春省耕而補不足，秋省斂而助不給，因論游觀及此，見王者一舉動亦無不勤恤民隱如是，非謂仁政主乎此，亦非板定常年條例也。若仁政，則自有經制富教大法，深宫大廷至治，固不止春秋區區矣。

省耕斂是恐其失時，補助不足不給又是耕斂中一節，有兩層義。

上文從天子説來，下面以夏諺爲諸侯度語，結「春秋」二句，在天子説爲是。蓋晏子答景公「比先王觀」語，其志願規模原大，孟子引以證憂樂以天下，未有不王意，亦不是小小事爲，不必因齊宣及景公，粘煞諸侯講也。

或云，天子儀衛繁重，不可輕出，土滿費繁，難言補助，獨不可簡其儀衛，節其冗費，以澤民乎？後儒認論事大約多此，如井田封建不可復之類，以爲明於古今之變，通達國體時務，不知皆叔孫希世之術，孟子所謂「逢長」者，不可以不辨也。

後世因游幸而有租賜酺復家者，雖非仁政，亦省之善也。

人臣因事効忠，有回天之力，須合大義，見實功，若後世出游之廟，避暑之宫，亦似補救，而實則逢長，所謂又從爲之辭，非格非之道也。伊川折柳之諫，今人以爲不得規諷之法，此正今人諂媚肺腸，自己流露耳。晏子回天在「興發補不足」，不爲景公粉飾觀名也。

孟子、晏子，總是借游觀引君施仁耳，不是勸游觀也。

孟子隨事納忠，如「好色」「好貨」皆是，須知其經綸大用不在此。「惟君所行也」，「惟」字兩邊説，是逼法，不是活法，活法正是逼法，不行此則行彼，道理分别如此，只看君所行何如，此處卻是他人著力不得。此句逼拶極狠，非謂但憑君做也。

「畜君者，好君也」，只如此説住，不更透轉正意，但指晏子忠愛，隨事納規之妙，而孟子言下情思，含蓄無窮。

孟子引此公案，下更不添一語，其勉君行仁政固是正意，而欲齊宣納諫如流、奮發有爲意，尤隱然切至。

齊宣王問曰人皆謂我毀明堂章

夫明堂者，王者之堂也，「王者」二字是責難語，非張大語。王者不獨指天子，諸侯能行王政者便是，看下文引文王治岐爲證，其上旨自明。

孟子開口便喝出王者之堂，行王政下面卻止説治岐，文王未嘗坐明堂，然所行卻即是王政，此正孟子鼓舞齊君意。

因明堂開陳王政，宜引武王周公制作之盛，與成康治化之隆，忽然提箇文王治岐爲榜樣，正是孟子善導齊王處，下面公劉古公都是此法。

鼓舞齊行王政，不引武周典制全盛爲法，而但述文王治岐之政，非謂齊不得行帝制，亦非謂文王之政又善於武周也。一見諸侯本當行王政，即文王可師；一見文王艱難草創時，尚必須此，況今日典故明備；三見王政原是救時撥亂之上策，雖弱小危急，惟此可以圖興。看孟子籌滕宋亦必以此，非太平迂論也。

明堂王者之政，當以武周所制爲法，而特舉文王治岐之政，爲諸侯行王政言也。人言孟子勸齊梁圖王爲無王，不知此等處，聖賢煞分明。專爲圖王而行仁義，即是霸術，其行仁義之本已失；若行仁義而王，卻是天理上事，自堯舜禹湯武以來，禪伐不同，其義一也。

「文王發政施仁，必先斯四者」，須知文王不是單憫惜此四者而獨加厚也，爲此四者尤窮，不及待仁政之行，仁政制度周詳，一時亦未能遽及四者，故曰「必先」。

説到此等處，似乎煦煦小恩，不知這纔是王者仁政盡頭。盡頭宜乎在後，卻爲此四種後不得，稍後即無及矣！緣他是分田制産養老慈幼之政所不能逮也。施仁必先，方見王者用心，必使天地間無一物不得其所，至此直是以天自居。他如桓文之治齊晉，越之復國，秦之興，其初亦無不以撫循生聚爲事，然卻是要用其民而然，則當其施恩善政之時，純是自私自利之心矣。看孟子舉文王至此，不過爲天地萬物區處一箇停當，未嘗於這上面，又有箇自己用處在此，朱子與陳同甫辨漢唐之治，不可以當三代，只爲這一點心天懸地隔耳。伊川臨死，語學者曰：「道著用，便不是。」此天德王道，淵源盡頭也。

「好勇」「好貨」「好色」之説，孟子正隨事攻其邪心，引之於正耳，非曰不能禁之使不爲，而姑曲爲之説也。君心者王政之根，未有以好勇及貨色之心，而可以行王政者也。文武豈真好勇，公劉亶父豈真好貨色者耶？若謂識時不能禁而操以爲資，則是枉道從彼也，是謂吾君不能也。後來苟且功利之見，明是枉己逢長，反借孟子之言爲牌面，而譏程朱爲不得事君之道，病皆坐此，不可不正之。

孟子謂齊宣王曰所謂故國者章

「如不得已」，只形容一箇「慎」字，其所以慎者，正爲難識也。知人，帝且難之，疇咨試可，無非是慎，慎便是識之之道，此外別無知人法也。

卑踰尊，疏踰戚，孟子原通論古今進退之常理，若專就戰國傾軋之事言，非本義也。

第四節總極言其詳慎，乃所謂「如不得已」耳，非謂問人多，便可信其不差也。兩「未可也」，不是多疑，只是虚心體訪，不遽專信貴近，正詳慎之至耳。若云明知左右大夫之多私，而猶必詢之，此李伯紀謂孝宗之「疑生闇」也，肘腋皆猜忌，豈可與共國事哉？左右諸大夫國人之言皆合矣，猶必自察，故曰「如不得已」。

「未可」，不是全然不聽。

有謂國人實共禍福，不肯以虚譽借。先生曰：「如此，則竟問國人可矣，何用多問左右、諸大夫哉？」

凡選賢才、衡文字，皆以明爲主，明即公也，未聞以公爲明者也。明則當，當即公，徒責其公，不過無私弊，絶請託，然而賢否未必當，則舉措顛倒，其心雖公，而於天理之當然，真不公矣。余少時見考試案發，論者以爲某某真孤寒，果公；或其案多温飽者，即譁以爲不公。余笑謂：今日不是賑貧，賑貧而舉報皆孤寒，乃爲公耳，考試當論文字之優劣，豈孤寒必通而温飽必僞也？假令顔淵與子貢同試，則淵居前爲公，若子貢與原思較，則思居前爲不公矣。此雖戲語，實至理也。

末節「如此」二字，若注看用舍刑殺，只講得父母職分，不講得父母真實義，須注看一「慎」字，則父母之本心大用俱出。

孟子謂齊宣王曰爲巨室章

「幼而學之，壯而欲行之」，兩「之」字自有所指在。今一讀得幾首熟爛時文，便思富貴利達，此亦幼學壯行耶？須問幼而學之是學箇甚，壯而欲行之是行箇甚？愛國當甚於愛玉，今反不如愛玉，怎見其不如？只在一「教」字較出。

孟子教齊王行仁政，而齊王反欲孟子爲功利，以是齟齬而道不行，此孟子去齊之本也。章中所指正爲是，非泛論用人當任能、不當任不能也。

齊人伐燕取之章

不説諸侯謀救燕而曰「謀伐寡人」，正見齊王滿肚皮仍是戀惜燕國不舍在，若説諸侯謀救燕，則齊王意中亦思及置君反燕矣。齊王只見諸侯私心，言此只與寡人爲難耳。末節原是正著，即天下之兵不動，亦義當如此，只是大非齊王之所欲，故就利害上發論耳。

鄒與魯鬨章

「莫以告」三字，是千古做官衣鉢，自奸雄以至庸鄙，皆包括此中，可惜有國者未之思耳。

滕文公問曰滕小國也章

鑿池築城，不必另尋賦帑，只將事齊事楚者爲之已足。

滕文公問曰齊人將築薛章

時移勢變，創垂中事正自不同。「爲可繼」，總歸一「善」字，行仁義，去功利，此善之實也，但盡分内，不求意外，而道自包舉，此爲善可繼與後世必王之實也。只管自一邊，正是天德王道之極，卻不是黄老之以退爲進。

爲善而後世必王，是言其理而命或未然，君子亦止盡其當爲之事。孔明但知漢、賊不兩立，王業不偏安，鞠躬盡瘁，死而後已，不逆睹成敗利鈍，此其所以有儒者氣象也。

滕文公問曰滕小國也竭力以事大國章

「屬其耆老而告之」，此正太王光明駿偉，與後世庸主舉動不同。其辭正而不詭，壯而不悲，有斷決而無依戀，從之者如歸，雖平日固結之深，亦由當下辭氣間，有以感動之也。

文公初謀事齊楚，孟子即以「效死勿去」告之，此是正策。到此又商不得免之局，是文公以與民死守之説爲不然，故孟子告以太王之事，而後仍以死守爲策，謂舍此别無妙法，然遷之説，勢不可行，則但有效死爲主耳。看上章已引太王，而末云「如彼何哉，彊爲善而已」，其義已見，故遷避之説，乃别策餘理，不當以世守節説在後，遂反作遷避之變計也。

去邠前如何籌畫，踰梁時如何約束，邑岐後如何經營，事出萬全，方是太王之遷耳。滕之遷得遷不得，只要此際自問何如太王，若謂孟子故作此難，要滕君效死，又不是。

論理論事勢，孟子自有一定之則，到人主才德力量所至，豈孟子之所能强？開陳善道，使之自取，要之孟子意中，固未嘗不以第一等作爲望滕君也。

可遷則遷，可守則守，必有一番經濟實學在此，正是齊王反手絶大本領。可笑鄙儒，每讀是章，必謂列國碁布，遷必不能，若謂孟子妄設是一策耳。夫邑戈之間，猶有棄地，一成一旅，尚可以爲，只坐鄙儒眼孔小耳。

魯平公將出章

道學非不美之名，而天下每以譏訶腐儒，是自别於道學之外也。曰「吾惡其假耳」，假誠可惡，不知於真不道學者何如？　道學小有玼釁〔一〕，則争摘詆之；不道學者雖通體悖惡無足道，曰「彼固未嘗道學也」。　道學之害如此，不過欲相率而歸於真不道學，斯無譏矣。此説亦自良知家始，古未之聞也。　臧倉衣鉢，流傳遍天下，道學者正當於此精進耳。

凡昏庸之於嬖人，始而愛昵，愛之至爲信服，信之至爲畏慴，而嬖人所以蠱惑箝制之法亦盡此矣。　只一「諾」字中，有愛昵，有信服，有畏慴。

行者自行，止者自止，更有甚「或」也？　然行之則行，止之則止，便自有箇「或」在。　識得此意破，覺世人許多觖望感激，俱不直一笑耳。　只是孟子之行須與人之行不同，孟子之止卻與人之止不同，這箇又要人喫緊著眼，又不可一齊抹倒也。

聖賢知天在一向，到此際明白説與不知者耳。道不行究皇皇，正是知天處，不是曉得天不欲，便罷休，若英雄豪傑歎天意，卻正不知天在。

孟子既知天，安用尤臧氏？此程子所以無憾於族子、邢七也。故不特叫罵不是，尖酸亦不是，尖酸之與叫罵，同出於憤恨也。

【校記】

〔一〕玼　四書語録作「瑕」。

吕晚村先生四書講義卷之三十二

孟子三　公孫丑上

公孫丑問曰夫子當路於齊章

功利之惡，浸淫人心，孟子以後，千載猶惑，學士大夫於此不曾分明，安得有學術事功乎？陳同父以漢文帝唐太宗接統三代，而朱子力辨之，正爲此也。

「德之流行，速於置郵而傳命」，孔子此言，自不關時勢説，單説德之行速如此；孟子前既言時勢之易，此引孔子之言，又見德行本易，故下文總結，謂「事半功倍」，方兼時勢説，見不必有文王之德，而王可反手也。

上文言時勢之易王，此言德本易王，兩兩平列；到下文「當今之時」，時也，「萬乘之國」，勢也，「行仁政」，德也，此三句，方合德與時勢言。

正講時勢，忽入此節，此正辨文王百年後興，與齊王反手異同處。「德」字即從「文王之德」「德」字生來，此孟子文章線脈也。文王無時無勢，然以百里起，正見德之速處，若齊之時勢，即德不必如文而王尤易矣。下文「事半功倍」對文王言也，故此節只引證得一箇「速」字。

此正對「文王之德」講，「速」字正對「百年」「繼之」，文無時勢故難，齊有時勢故易，然易固是速，難亦是速，緣德本極速也。

公孫原問「夫子當路於齊」，孟子答云「以齊王由反手」〔一〕，孰以之？孟子以之也。因公孫疑文王之難，故論及時勢之易，時勢就齊言，德字卻就孟子言。孔孟之德，得百里而君，皆能朝諸侯，有天下，如文王然，不論時勢也；齊宣何德，但猶足用爲善，能任孟子，亦可以王，然終不能盡孟子之量，故須乘時勢爲之，此孟子所以戀戀於齊也。要之聖賢以行吾道救濟天下爲事，或爲君，或爲輔相，其德則一，而所以行此德，畢竟不同，故孟子言時言勢，也只爲當路於齊立説耳。此一節卻是孟子全身自任處，引孔子之言，煞有微意。

「事半功倍」只是一箇「易」字，正對針「是以難也」「難」字，古人正指文王，是通章總結，王齊之易，與辨文王之難，兩件事理合一處。

公孫丑問曰夫子加齊之卿相章

動心不動心，便是王霸之分。

失聲破釜，見色豆羹，固動也；許由之玩世，子方之驕人，亦動也。古人謂被酒而狂，與醉而益矜慎者，均爲酒所動耳。

「孟施舍似曾子，北宮黝似子夏」，論語句似應立舍黝爲主，而援卜曾擬之，然孟子原爲論己之不動心，因公孫丑借孟賁爲言，故孟子亦借黝舍之養勇以引入養氣之説，一步步打到自身上。養勇亦以守約爲上，故二子中已是北宮陪舍，借黝舍陪出曾子子夏，卻又是子夏陪曾子，孟子之學，源本曾子，故説曾子正陪出自己，一路脱卸到曾子一住。此二句雖是評品黝舍，卻正爲過渡出曾子子夏，空中形影瞥颺，是孟子文章神化處。

「昔者曾子謂子襄」節是知言養氣源流公案，後半章推尊孔子作結，乃一瓣香從上法乳也。

兩箇「守約」，迥不相同，只換一箇「氣」字，而曾子之約自見。

「不得於言」，不知言也，言在外而知言卻在心。「勿求於心」，謂不復求知耳，今人看不可之意，卻與孟子不合，孟子意正欲求明其言之理於心。今人説求心，止是明心見性之意，與言更不相涉，不知離言而求心，正是告子宗旨，與孟子背馳處，如何反倒入他拳窠去？此不但不知孟子，並不知告子之言也。看告子「勿求」下兩箇「於」字，原緊帖上句言，「勿求心」之助於氣，「勿求言」之理於心，故曰「於」，非謂不得於心勿求氣，不得於言勿求心也。學者須明辨之。

「勿求於心」，不辨理也。孟子知言，正辨理也，非重言語也。

「不得」，正從向來「勿求」來。

有謂：異端一無所求於天地萬物，而惟我心之知，故可獨存其本；若我儒將有事於天下，而豈可徒守其至虛之心？故不得不治其末，是以論心者必兼論氣也。又謂：佛老之流，不可以用世者，治心而不治氣也。先生曰：「如其言，將謂異端專能治心而不可應世，聖學專爲應世而治氣，其治心則與彼同妙。推高異學之治心猶可言也，説壞聖人之治心治氣，不可言也！夫惟聖人爲專能治心耳，聖人之治心，以格致誠正修爲治，使心合乎一，而齊治平之道自出其中，此所謂知其心而存其本，而末無不該，合内外之道也。異端之不可用世，正謂不知心，不能存其本，故末不可通。如其本是，豈有絶末之理？若但謂其不能應世，彼且謂神通普度，以帝王身，宰官身，將軍、女子身，皆可説法，非頑空無作用矣。謝顯道歷舉佛説與儒同處，伊川子曰：『本領不是，一齊差卻。』秀才自不曉得聖人本領，妄謂吾儒之勝異端，只在能治家國天下，故勢不能沖淡寂寞，以求最上之高妙，是以本讓異端，而自踞於末以求勝，其不爲魔鬼所侮者幾何？ 夫治心應世，體用一原，如其言，則已判而爲二，判而爲二，則所謂應世者，已不關本體，已自流於功利，則儒者之道，已遠出二氏下矣，安得不皈依乞命哉！」

陸稼書云：時説謂告子守其空虚無用之心，不管外面之差失，因目爲禪定之學，其實非也。告子乃是欲守其心，以爲應事之本，蓋近日姚江之學爾。然既不能知言養氣，則其所守之心，亦何能以應事？ 故猶自覺有不得處；雖有不得，彼終固守其心，絶不從言與氣上照管，殆其久也，則亦不自覺有不得，而冥然悍然而已；以冥然悍然之心而應事，則又爲王介甫之執拗矣。故告子者，始乎陽明，終乎介甫者也。大抵陽明天資高，故但守其心，亦能應事，告子天資不如陽明，則遂爲介甫之執拗矣。介甫不知治其心而執拗者也，告子徒治其心而至於執拗者也，然則學陽明者，其弊必至於執拗乎？ 是又不然。如告子天資剛强，故成執拗，若天資柔弱者，則又爲委靡矣。故爲陽明之學，强者必至於拗，弱者必至於靡。然陽明之徒亦認告子爲老莊禪定之學，謂告子不得於心，勿求於氣，如種樹者專守其本根，不求其枝葉，若孟子言志至氣次，是謂志之所至，氣必從焉，則如養其本根而枝葉自茂，與告子之「勿求」者異矣。噫！孰知陽明之所以言孟子者，乃正告子之所以爲告子也與？先生曰：「百餘年以來，邪説横流，生心害政，釀成生民之禍，真范甯所謂『波蕩後生，使搢紳翻然改轍，至今爲患，其罪深於桀紂』者，雖前輩講學先生，亦嘗心疑之，然皆包羅和會，而不敢直指其爲非，是以其障益深，而其禍益烈。讀此論，爲之驚嘆，深幸此理之在天下，終不得而磨滅，亦世運陽生之一機也。至謂陽明天資高，但守其心，亦能應事，即朱子謂『禪家行得好，自是其資質爲人好，非禪之力』意。然如朱子所稱，必富鄭公呂正獻陳忠肅趙清獻諸公，乃可謂之行得好耳。按陽明所爲，皆苟且僥倖，不誠無物，吾未見其能應事也。觀其通近侍，結中朝，攘奪下功，縱兵肆掠，家門乖舛尤甚，皆載在實録，可攷而知也。實録稱其『性警敏，善機械，能以學術自文』，深中其隱矣。或曰：子何言之激也？曰：是則是，非則非，無渾融，無矯激。陽明答羅整庵書直指朱子爲洪水猛獸，比之爲楊墨。楊墨之於孟子，不可以包羅和會者也，使其果是，則朱子盡非，亦不可兩立也。凡論佛者，曰『我不佞佛，亦不闢佛』，此必深於佞佛者也。曰『我不入君子黨，亦不入小人黨』，此必深於媚小人者也。故凡謂朱陸無異同，及陽明之於朱子有合一處者，皆異端之徒，陰陽惑亂之術，不可不辨。」

「夫志」以下六句，每上一句是承上「不可」，是賓；每下一句是駁上「可」字，是主。

「持志」中，便攝入「知言」一節工夫。

「夫志」以下六句平列無疑，疑關在「至」「次」二字，孟子輕下原平，公孫重讀覺仄耳。孟子平中之仄在氣，而公孫所疑之仄卻在志，其錯綹處在此。

到不得而後求，已是補救末著，況勿求乎？　知言養氣，是不得前一步工夫，與告子之所謂「求」，本自不同。　告子只强制於臨時，孟子惟培養於平日，此自然不至於不得，而心之所由不動也。

知言則知之明，養氣則行之勇，知明處當，心自然不動。　聖賢工夫，總不外知行，知先行後，序必如此，若謂知行合一，不分先後，則孟子此二句，難免支離。　且「良知」二字發自孟子，而孟子自言其知，卻貼「言」字，言者，人言也，即讀書窮理之説也，孟子既知有良知，乃反舍其内而求之外何耶？　及言「養氣」，則又云「集義」，集者，事事積聚之謂，若統乎良知，則良知即義，又何用集？　若以良知集義，則義又在外耶？

養氣本於知言，即大學知止而定、静、安、慮、得，自到集大成之力因巧異是也。　孟子淵源曾子，以學孔子嫡脈在此。

「至大至剛」，亦是虚空擬議，即「塞乎天地」，亦是虚空氣象，須工夫到得此地，纔得此箇消息；即未能身造其境，也須相去一二級，見得聖人體段，便知此語不虚，不然，便活畫出一箇浩然模樣，畢竟影響難信，故孟子曰「難言」也。此節止説本來體段，何須説到直養工夫，豈不直養人原無此氣乎？非也。人人有此氣，因不能善養，則日就銷縮，自不得見，故信不及，必借直養無害者身上，纔信得此事真實，正孟子「善言」「難言」之法。

此節只説箇浩然體段，不及工夫，只消云「至大至剛，塞乎天地之間」足矣，只爲人人有此氣，卻不能直養無害，此箇體段不曾見，便説與他也信不及，故特下「以直養而無害」句，見曾做工夫了，纔見得這箇體段。「直養無害」四字，也是現成話，不是説工夫。

「塞天地間」，也不是空殼子話，天地間無非此氣，流行瀰滿，更無空闕處。天人一也，更不分別，只是人不能直養，自家不能完全此氣，與天地不相親切，只自家一箇身子動多格礙，何處見此箇氣象來？果能以直養無害，則天地間氣即我之氣，位天地、育萬物，亦復流行瀰滿，更無空闕處，所謂塞也。朱子云：「富貴貧賤威武不能淫移屈之類，皆低，不可以語此。」此是何等體段！

氣之本來與究竟，一天地耳，而其所塞處卻在天地之間，若離卻「之間」泛説氣盈天地，直是寬皮大話！樂記云：「一動一静者，天地之間也。」看世間許多事物道理，皆聖賢之氣爲之貞幹充周，上蟠下際，故能參贊而立爲三也。

配義與道，此是説養成之氣，義道有此氣，纔能行著出來，若義道生氣之功，又在下文，故「配」字倒互不得。

今人也曉得是義道，而不能行，或得半而中間消沮，或雖行而意象衰颯，皆不能養成此氣故也。故朱子於此節「氣」字指功用，而上節「氣」字指體段。

或云：有謂氣須合於義道者，無義道則氣餒，若云無氣則義道餒，便説不去。然如此，則下節又爲贅，大全蒙引諸説已辨之。義道固不可云餒，當是氣餒，蓋無是浩然之氣，則血氣已盡，所以不能配義道而餒，然説約又有以爲非氣餒乃體餒者，説正可參。要之皆非配義集義混一之説耳。先生曰：「『餒』字即指義道餒，有甚説不去！此説肆於袁黄，黄宗禪而叛注，真義外之學，故云云耳。若集注之意，則以氣與義道同爲吾身心以内所固有，但氣不浩然，則吾之義道亦不能行，即行亦不能盡，乃所謂餒也，故『配』字朱子以李延平『一滚出來』解之。黄爲禪學，看得義道便是外邊事，空空然在天地間，如何會餒？故云説不去耳。今既知氣配義道之爲是，又曲爲兩騎之説，得非所知仍有未知者耶？」

義是吾心之裁制，道乃天下之共理，義之盡頭統體處，便是道。義與氣最親切，舍卻義，氣亦無從配道，舍卻義，道亦不能生氣，故下文但言集義。「與」字最宜玩。

「義襲」，不必定是虚僞，只一二事偶合真義，而不能積久，則他行必多不慊於心，浩然之氣無從生而餒矣。看下行有「不慊」句，注云「所行一有不合於義」，則不慊乃指他事，非即指合義之事也。如此看，乃見下文必有「事焉」三句，工夫正在積久處。

金正希云：告子外義，卻不是襲義人，告子之外義，與襲義者之外義，正是相反之病，只是同一外耳。艾千子云：外義是釋氏有「悍然不顧，一切皆因緣根塵，於性無與」之意，襲義是桓文假仁假義之意。正希深於佛學，故於告子外義不能不一回護也。先生曰：「襲義即是外義，惟以爲外故可襲耳。外義者必襲義，如異學既以讀書窮理爲騖外，及其立説，又必襲力行，立大者，主静、體天理、知止、致良知、慎獨，諸經傳之言以行之，故未有不先外而後襲者也。但其中有淺深高卑之不同，其高且深者，笑外而襲者之僞飾，索性以不襲爲外，然究竟不能不襲。如大善知識，視一切皆幻妄，而上堂受戒，拈香喫菜時，又極精於世法，他極怪者外，到底離外不得，蓋外邊義理，原無一不是裏邊的。肯外求者正非外義，外義者必不外求，姚江以事物上求至善爲義外，正坐此病。正希爲彼學，故應作是解，千子亦從而兩視之，恐亦不免鶻突也。」

「必有事焉」四字，是三句總綱。「勿正」即根緊有事説，「而」字一轉，是找足語，非平舉也，故「而」字中雖有層次而無轉折。「心勿忘」二句，又從首句中説如此而猶未也，則又但當如此，看注中「其或未充」四字，則二句上確有一轉折。

「必有事焉而勿正，心勿忘，勿助長也」，「勿」字作三平看不得，看下文注云「舍之不耘，忘其所有事，揠而助長，正之不得，而妄有作爲」，則「勿忘」即對「有事」，「勿助」即對「勿正」，仍就上句申入一步耳。或又作三者相因反覆之説，朱子云：「不可萌一期待之心，待之不得，則必出於私意，有所作爲。」又云：「『有事勿忘』，是論集義工夫，『勿正』『勿助』，是論氣之本體，上添一件物事不得。」由是觀之，即有相因意，亦是「有事」與「忘」相因，「正」與「助長」相因，若「正」與「忘」，「忘」與「助」，未嘗有相因之説也。

三「勿」字作三平講者固屬謬解，即分上下兩截，而兩截看來仍是一樣者，亦非也。上句「有事」是正，「勿正」是轉，味「必」字「而」字可見。下兩句「勿忘」句是張，「勿助長」句是翕，味注「但當」「不可」字可見。

孟子爲告子强制其心，不能免正助之病，故下文直言「助長」。「有事勿忘」是前之「直養」，「勿正」「勿助」是前之「無害」，故節末「非徒無益，而又害之」「害」字前後相關。

異端無心得，無力行，亦不足以成異端，不足以惑君卿士大夫，但其所得所行，非聖人本天之道，未有不害政事、毒生民者也。看其門下堂堂，是何人物！惜昧聖道，爲其本心之説所惑溺耳。

有謂：申商韓李之説，不幸而見用，故害於政事之禍，如此其亟也。楊墨幸而不得志，故害於言而已，不及政事也。其幸而不得志，害不及政事者，孟子闢之辨之之力也，故夫知言之功不淺小也。先生曰：「老莊未嘗得志而害晉，佛氏未嘗用世而害漢唐以後世界，異端之害政事，不必其人見用也。嘉隆以後，學士大夫無不惑於邪説，至以其説入文字，觀者喜其新奇耳，然不覺已生於其心矣！塗炭陸沉，非其明驗耶？故謂幸不得志，害於言而已，不及政事，此猶未明孟子之言者也。」又曰：「楊墨佛老陸王皆未嘗得志，其禍最烈！申商韓李得志，其禍尚小耳。」

不厭智之事，不倦仁之事，非即以不厭不倦盡仁智也。以其不厭知其智，以其不倦知其仁，「也」字語氣當如此看。

不厭不倦是一事，智仁是全體。

人於世故井井，語及學問，便頭痛，便是下愚。

「可以仕則仕，可以止則止，可以久則久，可以速則速」，四「可以」即天道之本然，見權度之精，智之事也；四「則」字乃時中之大用，見神明變化之妙，聖之事也。此四句須一氣併讀乃得。

「得百里之地而君之」至「皆不爲也」，兩段合來纔看得聖人身分盡，然自俗眼觀之，難在上半段，不信也在上半段；自智者觀之，卻難在下半段，並信得上半段過也在下半段。後人疑程朱做不來，先打孔孟疑心起，直看得下半段是腐儒家當耳。

「見其禮而知其政，聞其樂而知其德」，四箇「其」字，明明虛指百王，與孔子分賓主，俗解反説包有孔子在内，孔子安得有禮樂與政？且子貢與孔子，又何消禮樂而知耶？

此「政」字是全體，猶云功業也，非政令之謂也。

「出乎其類，拔乎其萃」二句，俗解頗多有謂上句是説群聖人，下句是説孔子者，其荒謬固不足辨。又有謂兩句俱就孔子講者，則是群聖人與凡人，如霄壤之隔者，反比而同之；而群聖人之於孔子，未達一間者，反謂不可同日語也，何不均之甚耶！蓋此兩句皆就凡爲聖人者而言，言聖人之生，固有異於凡人耳。

三節總答所以異於夷尹之問，而引三子之言以證之，都對古今聖人比較，與凡民無與，有若要説得品級分明，故將衆人與群聖先簟起一層耳。「出類」二句，總説古今聖人，末句纔説孔子更盛如古今聖人。「出類」二句，人看來一樣無別，於是造爲一句指群聖、一句指孔子之説，尤爲杜撰。不知雖一樣指群聖，而義原不同，「類」指庸衆，「萃」指大賢以下。

孔子盛於群聖，其道德體段原自不同，看「集大成」章可見，人必欲從事功衡量，於是單推高其立言垂訓以當之，卻看小了孔子也。總是於聖人真實分量信不及，疑孔孟，疑程朱，都只自己眼孔低小耳。

孟子曰以力假仁者霸章

「以德行仁」，是一滚出來，有不忍之心，斯有不忍之政，「火然」「泉達」，原非兩層，兩層看便著假矣。

「以德行仁」，即所謂以不忍人之心行不忍人之政，直自裏面做出，凡念慮之微，及事爲之著，纔有幾微不停當處，則雖有作爲，亦如無有。此朱子「告君必以誠正」，而論漢高祖唐太宗「不無暗合三代之時，然全體只在利欲上」，謂陳龍川「追點功利之鐵，以成道義之金，不惟費卻閑心力，無補於既往，正恐礙卻正知見，有害於方來」，此天德王道之正宗，亦古今聖賢扶救人極之同心也。

「王」字是辨别語，不是張大功效語。

大亦何害，只是「待」字不好耳，「待」字只是力量不濟。

王易而霸難，五霸七國，枉費許多氣力，畢竟成何事業？「事半功倍」，「王齊反手」，此是孟子獨闢之論，此章本旨也。

但説心服猶覺籠統，加一「悦」字，又加「而」字一轉，方見王者服人，有不知其然而然之妙，「服」字氣象便不同。

說王說霸，忽然插入孔子作比方，甚是不倫，此正是孟子文章妙處，只要發明「王不待大」之理。行仁之德，至孔子而極，力之不大，亦至孔子而極，百里、七十里尚有力可待，孔子則併無待矣。以此看王者悦服之理，更親切分明可信。

「此之謂也」，繳「以德服人」，不指「服孔子」句，並不粘湯文，至武王更閒客矣。

孟子曰尊賢使能章

戰國時諸政弊壞已極，孟子就其最大者斟酌以行仁政耳，仁政固不只此也，然王者規模大段已具。

五節只説感應之情理如此，「願」者未即實事也，至「無敵」而「王」方是實效。所謂「賢能」，固非當時憑軾結靷之流也。所謂「尊使」，固非當時黄金百鎰、錦繡千純之謂也。孟子此言，亦正指當日厚幣招賢者而言耳。

三代教養造就，法備而化久，故人材迥異。戰國時，此道已壞，猝不能待，故孟子但言用人之法，蓋人材無時蔑有，但用之得宜，亦足以濟，後世求賢圖治，不過向此中補苴布擺耳，孟子卻便講井田學校，正爲後來教養地也。

有謂市廛而不征，法而不廛，不征而商已沐休，況井去其廛，則仁商者至矣，如是而商與農其惠均，此先王平民之道。先生曰：「先王畢竟貴農而惡逐末，待之不得均平也，均平則不均平矣。故但市有廛，而民居六區，初無所征也。市商多，則行廛；若市商少，則其地多空，勢難用廛，故但法而不廛。此是兩樣活變爲用之例，非一并同行者，故張子下兩箇『或』字可見。若竟與惠農均平看，太過矣。」

孟子曰人皆有不忍人之心章

全章指示性情體用勉人擴充，次節不是鋪排事功，正借聖人做箇極頭樣子，以爲擴充之的，是上一節注脚，下五節總冒。

因先王之政，見凡人之心之盡，不是因凡人之心，推出先王之政之異。

「以行」二句，即是「斯有」中事，此急疊語，非層次語也。但「斯」字指聖人過化存神不可知之妙，而「以行」二句即就其中見聖人實地施設處，卻正是下面擴充用力之方。

「以行」二句，正好與「離婁」章參看。心與政本一物也，未有政時先有心在，既有政後心即寓焉，「以」字如火之附薪，「行」字如舟之載物，只體貼二字之義，便已得其不可偏廢之理。在此章又偏注政一邊，蓋下文專講擴充也。

雖心政互舉，章意原重論心，然此二句所重卻在行政一邊，蓋此「行政」字，即後文「擴充」「保四海」者是也。人因下文不復言政，遂謂宜重在心，不知下文四節，只申解得首節「人皆有」之意，而末節乃應此節，正指點人去擴充，則此二句重行政，是孟子立言本旨。

「以行」二字即包下擴充義。先王不待擴充，自然行之；衆人必待擴充，方能行得。此三句是聖人與衆人交接處。

先王有心斯有政，便是現成擴充盡處，後人擴充亦須到此方得。

問：此二句根上文説先王乎？另推開説凡人乎？曰：看語勢自然根先王説，然已兼得凡人在内，蓋申言其理也。問：先王亦須擴充乎？曰：既竭心思焉，繼之以不忍人之政，竭與繼便是擴充，只是出來較自然耳。總是擴充，聖人以下，其分數不同，卻儘多。

「以行」是著力字，看後「擴而充之」「火然」「泉達」，是甚氣象，豈是泛然便能行？須著乾旋坤轉，雷厲風行始得。或曰：此二句指先王説，是安而行，後擴充是勉而行，此處不宜説得著力。吾謂二句也不曾粘煞在先王身上，只論現成道理如此耳，原兼安勉在内。用功有難易，分量有盡未盡，其爲行則一也。但此二句指現成説，下擴充則就此中指引人下手，究竟擴充只是行也。

自秦併天下以後，以自私自利之心，行自私自利之政，歷代因之。後儒商商量量，只從他私利心上，要裝折出不忍人之政來，如何裝折得好？不得已，反説井田封建學校選舉之必不可復，此正叔孫通希世度務之學，雜就禮儀，皆逢迎漢高之所欲，豈三代王朝之禮哉？王者之興，制度文爲，必取之儒者，儒者先自將不忍人之心，連根剗絶，又復何望乎？

汲長孺曰：「陛下内多欲而外施仁義，奈何欲效唐虞三代之治乎？」此言切中三代以下病根。故欲行三代之政，須先正三代之心，正三代之心，先須去私欲，私欲非剛烈不能去，故仁政亦非剛烈不能行也。

第五節與「公都子」章語同而意别。彼是從用而指其體，以證固有；此卻欲人識其體用而充廣之，故加一「端」字便有一「充」字對待，内之所有，須推而出之，使盡其量，正見重在行不忍人之政意。

莊子曰：「彼亦一是非，此亦一是非。」然畢竟有一定之是非在。蓋莊子只知是非之生於心，而不知所以是非者之由於智，是即本天本心之分。今人憎人説道理，也只怕「是非」二字，然究竟磨滅不得。是非之心，是天命中智之端，但説是端，須擴充始得，若不擴充，則如石火電光，其不牿亡於旦晝者幾？

是非從天出者一定，從心出者萬變而未有已也。如陳王以程朱爲非，亦是從心斷來，然程朱之道，久而不爲所斷滅，此天之一定者也。

近人惡説「是非」二字，凡有論是非者，必以「假道學」三字詆之。嗚呼！自宋以來，以此三字加人者，君子乎？小人乎？何勿思也！

「知皆擴而充之矣」「知」字，即貼在擴充然達上講，不是知一件，擴充又是一件也。「知」字極重，朱子謂：「不能擴充者，正爲不知，都只是冷過了。」

孟子曰子路人告之以有過則喜章

此章只是形容善量無窮，不是較量三人品第也。

「與人同，舍己從人」，正言其取善，非謂其忘也。即忘亦忘人己之見，豈忘善哉？渾忘意乃二氏之説，非孟子道理也。

人能弘道，非道弘人。「與人同」自是舜與人同；「舍從」「樂取」，自是舜舍從樂取；「與人爲善」，自是舜與人爲善。善之量固自大，然非舜何以見其大？有謂非舜能公之，是即不增不減，不垢不浄，不生不滅，諸佛衆生，同在大圓覺智，非聖賢所謂善與人同也。

黄陶庵云：後世多欲如漢武而曰「吾欲云云」，雜霸如唐太宗而曰「行仁義既効」，斯皆岐人已二之矣。陳亮乃欲使金銀銅鐵併歸一冶〔二〕，何哉？或舉此以問，曰：公每謂陶庵爲永康之學，今觀此論，得毋有未然耶？曰：請看其上句云「斯皆岐人已而二之」，便見其真同甫矣。漢武帝唐太宗之仁義，非仁義也，今但云「岐人已而二之」，則其看漢唐之善，即唐虞三代之善，第用處不同，此便是同甫金銀銅鐵一冶之義。陶庵特不自知耳，而反訶同甫，亦猶王伯安之詆禪也。

「取諸人以爲善」，是「與人爲善」者也，下句只在上句中推論一步，作兩層看不得，兩層則體用分夾，入機權作用矣。

舜只是自爲善耳，因爲而有取，取之愈廣，所及益遠。即取爲與，是極意形容取善之妙，非較量功效爲大小也。

此節就道理推論，不是事實。

孟子曰伯夷非其君不事章

清、和、隘、不恭，並行不掩。

以夷惠爲牌面者，後人之隘不恭也；以隘不恭爲牌面者，夷惠之自爲夷惠也，然則其源仍出之夷與惠耳。然孔子又曰：「伯夷不念舊惡。」孟子曰：「柳下惠不以三公易其介。」學者爲參案以觀之可也。

須識得隘不恭之外自有夷惠在，夷隘惠不恭外，更自有不隘之夷、不不恭之惠在，自不消爲夷惠斡旋，而當時學術，後世流弊，自能不爽銖黍矣。

金正希云：惠非真有玩弄一世之心也。依依之情，宛與無知之嬰孩，共出入而無心，曠蕩之懷，如共無情之鹿豕，入其群而不亂，此惠之以不恭成其聖也。非此不恭，則俛俯以就人，慄慄然以逢世，是即鄉愿之同流合污矣。又云：一肚皮輕薄，如何説得聖人？如此才説得有些身分。若今世所説不恭，何待君子始不由耶？先生曰：「正希自以爲得聖人身分矣，不知止到得莊列境界，與聖人仍無涉也。渠所謂一肚皮輕薄，更放下與低人比較，所指又是詭時鄉愿一流，故宜其以莊列爲聖人也。大凡禪門欺壓，止求勝卑汙詐僞一層，不知遮上面不是者正多。孟子所指不恭，乃聖之和之偏處，其辨甚微，正希卻將來做柳下本領看，故越深求，越差去耳。」

【校記】

〔一〕由　原作「猶」，據孟子改。

〔二〕治　原作「治」，據文意改，下一「治」字同此。